Herausgegeben von
Aşkın-Hayat Doğan & Patricia Eckermann

URBAN FANTASY:
GOING INTERSECTIONAL

Ach je Verlag
Berlin – AT&Tlantis – Tschuri
https://ach.je

Erstausgabe 2021
© 2021 der einzelnen Beiträge Die Autor*innen
© 2021 Ach je Verlag, Berlin
Ein Imprint der Ach je'schen Verlagsanstalt oHG

Lektorat: Aşkın-Hayat Doğan & Patricia Eckermann
Korrektorat: Giulia Pellegrino
Umschlagillustration: Mia Steingräber
Covergestaltung und Satz: Tobias Rafael Junge
Druck und Bindung: PRINT GROUP Sp. z o.o., Polen

ISBN 978-3-947720-63-7
eISBN 978-3-947720-64-4
Kindle 978-3-947720-65-1

L iebe Leser*innen,
herzlich willkommen in unserer Anthologie, in der
das Alltägliche mit dem Fantastischen verschmilzt – in
der Urban Fantasy. In der übernatürliche Wesen, aber
auch Menschen, oft mit magischen Fähigkeiten, in uns
vertrauten urbanen großstädtischen Umgebungen für
bessere Lebensbedingungen, für eine bessere Welt, für
ein selbstbestimmtes Leben kämpfen. Dem urbanen
Handlungsort kommt dabei eine wesentliche Rolle zu:
Die anonyme Stadt mit ihrem U- und S-Bahnnetz, den
Autostraßen, Bürogebäuden, Neonreklamen, Hochhäusern, Fahrstühlen und Szene-Läden bietet einen Wie-
dererkennungswert, der uns hilft, uns schnell in der Geschichte zurecht zu finden.

Gleichzeitig bietet die Stadt aber auch Räume, die
unter der uns bekannten Oberfläche liegen, abseits
der großen Straßen, in den Kellern, Seitengassen und
verlassenen Gebäuden. Oder auch mittendrin im Geschehen, allerdings nur sichtbar für Eingeweihte oder
Befähigte.

Diese Gegensätze, das Sichtbare und das Verborgene, zeichnen auch einen Großteil der handelnden
Figuren in den Geschichten der Urban Fantasy aus:
Mal wirken sie wie »normale« Menschen, mal offen-
baren sie ihre fantastische Seite, ihr »Anderssein«.

Superheld*innen, mystische Wesenheiten, Gotthei-
ten, Dämon*innen, Naturgeister, Magier*innen. Mal

11

ist es die Magie oder eine Superkraft, die eine Figur von den anderen unterscheidet und sie zum Ziel von Spott und Angriffen macht. Mal ist es die geschlechtliche Identität oder die Art zu lieben, mal ist es eine Krankheit, eine Behinderung, die Hautfarbe, der Herkunftsort oder die Religion. Hier stellt die Urban Fantasy einen deutlichen Bezug zu den gegenwärtigen Problemen her, vor denen die Gesellschaften unserer Zeit stehen. Und sie leistet noch mehr:

All die Themen, die uns in der Realität umtreiben, finden sich wieder in den Geschichten dieses Genres. Doch während die Medien es oftmals versäumen, die Perspektiven der »Anderen« (Marginalisierten) für nicht-Betroffene nachvollziehbar und empathisch darzustellen, rücken Urban Fantasy-Autor*innen sie in den Mittelpunkt ihrer Geschichten. Sie geben denjenigen eine Stimme, die sonst überhört werden. Sie machen diejenigen sichtbar, die sich mitten unter uns befinden und trotzdem übersehen werden.

Für uns als Herausgeber*innen lag es deshalb nahe, eine Anthologie zum Thema Intersektionalität mit dem Genre der Urban Fantasy zu verquicken.

Intersektionalität beschreibt den Umstand, dass eine Person nicht nur von einer, sondern gleichzeitig von mehreren Diskriminierungsformen betroffen ist. Der Begriff wurde Ende der 70er Jahre von Kimberlé Crenshaw geprägt. Die Juristin befasste sich damals mit der besonderen Diskriminierungserfahrung von Schwarzen Frauen. Die bekamen oft keine Jobs, obwohl Firmen dazu verpflichtet waren, auch Minderheiten einzustellen. Bei näherer Betrachtung stellte sich heraus, dass eine Firma, die sowohl weiße Frauen, als auch Schwarze Männer einstellte, juristisch korrekt handelte. Obwohl sie dabei diejenigen diskriminierte, die die Schnittmenge bildeten, weil sie gleichzeitig zu beiden Minderheitsgruppen gehörten: Schwarze Frauen. Mit dem Begriff »Intersektion«, zu deutsch: »Straßenkreuzung«, machte Crenshaw auf dieses Phänomen aufmerksam.

Insbesondere bei Antirassismus- und Empowerment-Seminaren wird deutlich, wie sehr Intersektionen das eigene Selbstverständnis, die Identitätssuche und den Lebensweg bestimmen, sei es bei queeren Muslim*innen, PoC mit körperlichen Behinderungen, traumatisierten Geflüchteten und, und, und ...

Heute wissen wir längst, dass viele Menschen Mehrfachdiskriminierungen ausgesetzt sind. Dabei sorgt schon eine einzelne Unterdrückungsform dafür, dass eine Person nicht als gleichwertig angesehen wird. Marginalisierte Menschen werden in den Medien deutlich unterrepräsentiert, ihre Bedürfnisse werden übergangen. Die gleichberechtigte Teilhabe an der Gesellschaft ist deutlich eingeschränkt. Intersektionen verstärken das: Je mehr Unterdrückungsformen auf einer Person lasten, desto unsichtbarer und handlungsunfähiger wird sie.

Für nicht-Betroffene ist es schwierig nachzuvollziehen, wie sich Rassismus, Sexismus und andere Arten der Menschenfeindlichkeit auf das Leben einer Person auswirken. Auch der Einfluss auf die Gesundheit, Gefühlswelt und das Selbstbewusstsein wird noch immer unterschätzt.

Die Zusammenarbeit an dieser Anthologie war sehr bereichernd. Wir Herausgeber*innen teilen die Erfahrung der Intersektionalität – Aşkın als homosexueller Moslem mit türkischer Migrationsgeschichte und Patricia als Schwarze und als Frau. Trotz dieser Gemeinsamkeiten haben wir einen teilweise sehr unterschiedlichen Blick auf die einzelnen eingereichten Kurzgeschichten. Darauf, was sie in uns triggern und wo sie uns empowern. Das ein oder andere Mal haben wir stark diskutiert, über Erzähl-Perspektiven, den Weltenbau und unsere persönlichen Interpretationen.

Dabei herausgekommen ist eine im besten Sinn diverse und bereichernde Sammlung von Kurzgeschichten, die meist auch einen Bezug haben zu den Themen, die uns als Gesellschaft aktuell umtreiben, wie Covid19, Rassismus, LGBTQI-Feindlichkeit oder Antisemitismus.

Mit dieser Anthologie präsentieren wir ein Universum fantastischer Geschichten, die mehrfach diskriminierte Figuren in den Fokus rücken. Dieses Universum wächst, je mehr ihr selbst dazu etwas beisteuert. Sei es durch weitere Geschichten oder auch nur durch eure Träume und Gedanken, die ihr miteinander teilt. Lasst uns Grenzen sprengen und das, was »mensch erzählen kann«, noch einmal ganz neu denken.

Denn es ist an der Zeit, dass wir uns einschreiben in die deutsche Fantasyliteratur, die für unser Verständnis einer diversen Gesellschaft immer noch viel zu weiß ist, viel zu alt, viel zu heteronormativ und privilegiert.

Gleichzeitig möchten wir nicht von Diskriminierungen betroffene Leser*innen einladen, sich für die Thematik der Intersektionalität zu sensibilisieren. Euch allen viel Spaß beim Lesen!

Aşkın-Hayat Doğan & Patricia Eckermann
Berlin und Köln im November 2020

■

DIE PRINZESSIN
Isabella von Neissenau

S ie wünschen?«

Für einen Augenblick überlegte Alena einfach weiterzulaufen, doch sie erinnerte sich an die Worte ihrer Schwester, dass sie als Frau höflich zu sein hatte. Mit gezwungenem Lächeln blieb sie stehen und musterte den schmächtigen Pförtner in seiner etwas zu großen Uniform. Tiefe Augenringe dominierten sein müdes, faltiges Gesicht und passten gut zum gelangweilten Ton seiner Stimme. »Sind Sie Frau Schäfer?«

Alena ging ein paar Schritte auf seine Kabine zu, zog ihr kurzes Kleid gerade und überprüfte flüchtig ihr jugendliches Aussehen im Glas der Trennscheibe. »Ja, ich suche Dr. Hochwart.«

Der Mann betrachtete sie skeptisch von oben bis unten und kontrollierte ihren Ausweis, bevor er widerwillig lächelnd den Gang hinunter deutete. »Einmal um die Ecke, dann die letzte Tür links.«

Ein gehauchtes Dankeschön später ging Alena tiefer in das Gebäude des Berliner Kriminaltechnischen Instituts. Mit seinen blassgrünen Böden, weißen Wänden und automatischen Türen erinnerte es unweigerlich an ein Krankenhaus und auch die sterile, metallisch riechende Luft unterstrich dieses Bild. Die junge Frau passte hingegen mit ihrer dunklen Schminke, ihrem Kleid in warmen Rottönen und ihrer teuren Handtasche kaum in die kalten Räume, doch Alena genoss diesen

Kontrast. Selbstbewusst schritt sie an den Angestellten des Instituts in ihren weißen Kitteln vorbei, bis sie das Büro von Dr. Hochwart erreichte. Durch ein offenstehendes Fenster war der kleine Raum unangenehm kalt, doch Alena kümmerte sich wenig darum und schlug demonstrativ ihre unbekleideten Beine übereinander, während sie vor dem Schreibtisch der fülligen Ärztin Platz nahm.

»Ich bin Ihnen sehr dankbar, dass Sie auf das Hilfegesuchen der Polizei geantwortet und uns bei der Identifizierung des Opfers geholfen haben. Aber ich kann mir trotzdem beim besten Willen nicht erklären, wie der Staatsanwalt Ihrem Anliegen zustimmen konnte,« begann Dr. Hochwart und rückte dabei ihre modische Brille zurecht. »Haben Sie sich das wirklich gründlich überlegt?«

»Ja«, entgegnete Alena knapp und beugte sich nachdrücklich nach vorne. »Ich will die Leiche meiner Schwester sehen!«

Die Ärztin nickte nachdenklich, öffnete suchend zwei Schubladen und reichte ihr schließlich aus der dritten eine Aktenmappe mit einigen Fotografien. »Wie Ihnen glaube ich bereits erklärt wurde, hat der Täter ihre Schwester schrecklich verstümmelt. Ich will Sie nicht bevormunden, aber vielleicht ist es besser, wenn Sie ihre Schwester so in Erinnerung behalten, wie sie zu Lebzeiten war.«

Alena schob die Mappe sofort zurück. »Ich bin nicht hier für Fotos«, zischte sie wütend, auch wenn ihre verstorbene Schwester diesen harschen Ton als unweiblich verurteilt hätte.

Die Ärztin seufzte leise, während sie aufstand und resigniert zur Tür ging. »Bitte folgen Sie mir.«

Wieder führte der Weg durch die sterilen Gänge des Kriminaltechnischen Instituts, doch dieses Mal ging es zum Fahrstuhl. Im zweiten Untergeschoss zog sich Dr. Hochwart dann Kittel, Haube, Mundschutz und Handschuhe über und Alena tat es ihr gleich. Immer wieder zupfte sie im Laufen an dem blassgrünen, unförmigen Outfit, das bis auf ihre roten Schuhe ihre figurbetonte Kleidung vollständig verbarg. Deren Absätze hallten dafür umso lauter durch die unterirdische Leichenhalle, bis Dr. Hochwart schließlich einen der Räume aufschloss und Alena hineinführte.

Regale mit medizinischen Utensilien und unleserlich beschrifteten Schubladen pressten sich hier zwischen nicht weniger als fünf Waschbecken. Auf den Anrichten darüber lagerten grell-gelbe Schläuche und ganze Wannen mit Desinfektionsmittel. Doch Alena schenkte den Gerätschaften der Gerichtsmedizin kaum Beachtung. Ihr Blick haftete starr auf der humanoiden Form, die unter einer schwarzen Plane auf der mittleren von drei metallenen Liegen lag.

Dr. Hochwart legte ihr beruhigend die Hand auf die Schulter. »Ich weiß nicht, warum Sie sich das antun, aber noch können Sie es sich anders überlegen.«

Mit einem kleinen Ruck befreite sich Alena von der Hand der Ärztin und schüttelte nur wortlos den Kopf. Dr. Hochwart seufzte ein weiteres Mal und zog langsam die Plane bis zu den Schultern der Verstorbenen zurück.

Das Gesicht von Prinzessin Iloris Torell, dem aufgehenden Stern, der Dritten ihres Namens und

Generälin der geflügelten Ritter war entstellt. Ihre Ohren waren abgeschnitten, die Augen nur noch leere Höhlen und tiefe Schnitte zeichneten Runen in ihre Haut. Alena flüsterte eine Grußformel in der ältesten aller Sprachen, während ihr Blick ruhig über die einst vollkommenen Züge ihrer Schwester schweifte. Wer kann dir das angetan haben?, dachte sie und erinnerte sich, wie Iloris und sie sich einst Riesen und Trollen entgegenstellten und selbst in die Tiefen der jenseitigen Höllen vorgedrungen waren. Sind wir so schwach geworden?

Während Alena noch in Erinnerungen versunken auf ihre Schwester starrte, machte sich Dr. Hochwart bereits daran, den Leichnam wieder zuzudecken. Alena sah das nur aus dem Augenwinkel und doch hielt sie blitzschnell die Hand der Ärztin fest.

»Frau Schäfer, Sie haben Ihre Schwester jetzt gesehen und das muss reichen!«, rief Dr. Hochwart energisch und wollte noch etwas hinzufügen, doch als die Haut von Alena zu flimmern begann, hielt sie inne. Stumm und verwirrt starrte sie auf die junge Frau vor sich, während Alena sich auf die Ley-Linien, das immer schwächer werdende magische Skelett der Welt, konzentrierte. Unter der Erde fiel es ihr leichter sie zu spüren und doch waren sie fast gänzlich verschwunden. Nur wenige Funken vermochte sie zu sammeln und formte sie zu einer schimmernden Schlange, die ihre Fangzähne in der Ärztin versenkte und sie in einen traumlosen Schlaf versetzte. In ein paar Stunden würde sie erwachen und sich an nichts erinnern was seit Sonnenaufgang geschehen war. Alenas Arbeit konnte beginnen.

Langsam enthüllte sie den geschundenen Leib ihrer Schwester und begann mit ihren Fingern über die blutigen Runen zu fahren, die am ganzen Körper in ihre Haut geschnitten waren. Alenas prüfender Blick suchte nach Kampfwunden von Waffe oder Zauber, doch sie entdeckte nichts außer schwarzen Äderchen an der Kehle ihrer Schwester. Wer immer der Täter war, hatte aber zumindest durch die abgeschnittenen Ohren und die ausgestochenen Augen sichergestellt, dass kein menschlicher Arzt ihre wahre Identität sofort bemerken würde. Oder aber der Täter hatte sie als Trophäen an sich genommen. Alenas Gedanken rasten um längst vergessene Schrecken, die gegen Iloris auf Rache sinnen könnten. Immer wieder schlug sie wütend mit der Faust auf die metallene Liege. Das Material bog sich unter ihrer Kraft und der Körper ihrer Schwester erzitterte.

»Wer hat dir das angetan?«, brüllte Alena mit aller Kraft, doch die Lippen ihrer Schwester blieben versiegelt und hallten ungehört von den kalten Wänden wider. »Wer wagt es uns anzugreifen?«, wiederholte sie ihre Frage, doch erneut gab es keine Antwort. Wütend schnaubend blickte Alena sich um und versuchte wieder die Kraft der Ley-Linien zu nutzen, um den Schleier der Vergangenheit magisch zu durchdringen. Doch die Ley-Linien waren zu schwach und ihre Konzentration reichte nicht aus. Es war als wollte sie mit einem Netz Wasser schöpfen. Alles was sie erreichte war ein leichtes Flimmern der Luft und ein Vibrieren der Utensilien in den Schränken um sie herum.

Der gescheiterte Versuch hatte mehr Kraft verbraucht als gewonnen und Alena spürte, wie der Glimmer, der ihr Aussehen formte, nachgab. Hektisch tastete sie über ihr Gesicht, suchte eine spiegelnde Oberfläche und untersuchte ihre Erscheinung. Höchstens einen Menschen würde ihr Glimmer noch täuschen können und die konnten ihr bei der Lösung des Rätsels nicht helfen. Trotzdem wollte sie nicht warten, bis sich ihre Kräfte erholt hatten. Sie brauchte Antworten und es gab andere, die zweifellos mehr über diese Runen und den Tod ihrer Schwester wussten und die königlichem Blut Gehorsam schuldig waren. Alena nickte entschlossen, zog eine Phiole aus ihrer Handtasche, hielt sie an das Ohr ihrer Schwester und öffnete sie behutsam. Ein in allen Farben des Regenbogens schimmernder Käfer kam aus dem Inneren hervor, streckte seinen vielfach gehörnten Kopf in alle Richtungen und kroch in das Ohr der Toten.

»Der Yetari wird deinen Leib verschlingen, Schwester, und du wirst wieder eins mit der Erde. Doch mein Kampf ist noch nicht vorbei!« Ohne eine weitere Geste des Abschieds machte sich Alena auf den Weg heraus aus dem Institut, legte die medizinische Schutzkleidung schon im Laufen wieder ab und begann mit den ersten Anrufen, sobald sie im Erdgeschoss wieder Empfang hatte. Die Jagd hatte begonnen.

■■■

Etliche Gespräche mit alten Kontakten und eine unangenehme Taxifahrt später stand Alena zwischen alten Plattenbauten im Osten Berlins. Der Himmel über ihr war trüb, die von Abgasen schwere Luft roch noch schlimmer als die in dem gammeligen Taxi und selbst eine lästige Fliege schien ihr aus dem Auto gefolgt zu sein, um ihr weiter mit ihrem Summen den Verstand zu rauben. Die junge Frau konnte ihre Wut nur schwer zügeln, doch zumindest fand sie nach einer Weile die gesuchte Adresse und konnte auch die Fliege mit einem gezielten Schlag verjagen.

Sie stand vor einem großen Elektromarkt, dessen blauweiße Einrichtung genau wie bei jedem anderen seiner Art gestaltet war. Alena schritt durch die Eingangstür, vorbei an Sicherheitssensoren und Regalen voller Kabel, Batterien, Druckerpatronen, Kopfhörern und Computertastaturen. Die anderen Kunden kümmerten sie genauso wenig wie das immer gleiche Warenangebot. Sie suchte einen der Mitarbeiter, den sie schließlich im zweiten Stock zwischen den Waschmaschinen fand. Er war gerade im Gespräch mit einem älteren Ehepaar und bemerkte sie zuerst gar nicht. Stattdessen erzählte er in blau-weißem T-Shirt und mit fachkundigem Ton von den Vorzügen der verschiedenen Modelle und schien sich dabei sehr zu gefallen. Was das Ehepaar mit seinen menschlichen Augen jedoch nicht sah, war, dass sich unter der Illusion eines Mannes mittleren Alters, mit Geheimratsecken und flüchtendem Kinn, ein alter Satyr mit Hufen und Hörnern verbarg, dessen einst braunes Fell grau und dünn geworden war.

Als Jens Iwanow, wie er sich laut Namensschild nannte, Alena jedoch schließlich bemerkte, brachte er das Beratungsgespräch zu einem schnellen Stopp und ließ die beiden Kunden mit ihrer Entscheidung allein. Stattdessen trat er auf die junge Frau zu und deutete eine Verbeugung an. Ihr geschwächter Glimmer war für seinen geschulten Blick mühelos durchschaubar.

»Mein Prinz, es ...« begann er, doch Alena unterbrach ihn mit erhobener Hand.

»Wo können wir ungestört sprechen?«, fragte sie barsch und folgte dem Satyr in einen der Lagerräume, auf dessen Tür groß »Zutritt verboten!« stand. Eine Kollegin und ein Kollege von Jens bemerkten zwar, wie er die junge Frau unerlaubt dorthin führte, doch wenn Alena die Blicke der beiden richtig deutete, schienen sie Jens in Gedanken mehr zu seiner guten Partie zu gratulieren. Doch im Augenblick gab es für sie Wichtigeres, als sich mit den vorschnellen Vermutungen von Menschen aufzuhalten.

In dem Lagerraum angekommen, verneigte sich der alte Satyr noch einmal ehrfürchtig vor ihr. »Wenn ich mich vorstellen darf, mein Name ist Orrus und es ist mir eine Ehre Euch zu dienen, Prinz Alenios.«

Alena atmete tief ein und konzentrierte sich auf ihre Mission. »Es heißt jetzt Prinzessin Alena«, korrigierte sie Orrus und konnte nicht anders als daran zu denken, wie er durch ihren Glimmer auf ihren männlichen Körper sah. Alle medizinischen Versuche ihn zu ändern scheiterten an der rasanten Selbstheilung ihres Leibs und ihre Magie an den geschulten Augen von Orrus. Doch bevor der Satyr etwas dazu anmerken konnte, fuhr sie fort, ohne Widerworte zu dulden. »Du weißt, weswegen ich dich aufgesucht habe?«

»Mein Prinz,« setzte Orrus an, kam ins Stocken und strich sich hastig über seinen Kinnbart, bevor er fortfuhr. »Eure Hoheit, es wurde mir in der Tat berichtet. Und ich war überrascht von Euch zu hören, Ihr wart so lange verschwunden, dass ich Euch tot glaubte.«

Erneut deutete Orrus eine unterwürfige Verbeugung an, doch Alena mochte sein Gehabe nicht. Sie standen nicht im einst gold-schimmernden Palast ihres Vaters, sondern zwischen Paletten mit braunen Kartons. In der Luft tanzten keine Feen, sondern nur Staubkörner im Sog der Klimaanlage und das Licht der surrenden Lampen war kalt und grau.

»Ich brauche deinen Rat, Wissenssucher.«, sagte sie und zeigte ihm eine Zeichnung der Runen. »Was bedeuten diese Symbole, die in den Leib meiner Schwester geschnitten wurden?«

Orrus nahm das Papier, führte es nahe vor seine Augen und musste sich schließlich auf eine der Paletten setzen, während auch er kräftezehrend versuchte die versiegende Macht der Ley-Linien zu nutzen. Sein Glimmer flackerte und für einen Moment fürchtete Alena jemand könnte hereinkommen und seine wahre Gestalt erblicken, doch sie blieben allein. Stattdessen formte sich ein schwerer, mit Juwelen verzierter Foliant aus funkelnder Energie in der Hand des Satyrs und er begann murmelnd auf alten Seiten Formeln und Zeichen zu studieren. Alena begann währenddessen unruhig auf und ab zu gehen, knickte dabei einmal fast mit ihren hohen Absätzen um und verfluchte sich für ihre Schuhwahl. Doch sie störte Orrus nicht bei seiner Suche und wartete geduldig, bis er langsam und wohlüberlegt zu sprechen begann.

»Eure Hoheit, die Runen sind dunkle Magie der Menschen, die nicht mit der Kraft der Ley-Linien, sondern mit Fleisch und Blut zaubern.«

»Blutmagie,« zischte Alena. Ihre schlimmste Befürchtung hatte sich bestätigt. »Doch was für ein Zauber ist es, den der Mörder wirken will?«

Orrus hielt kurz inne, als würde es etwas ändern, wenn er seine Erkenntnisse geheim hielt. Doch schließlich begann er leise, fast hauchend weiterzusprechen. »Es ist eine Beschwörung. Der Blutmagier will den Höllenfürsten Ashmodai in diese Welt rufen.«

»Ashmodai?« Alena erstarrte für einen Augenblick. Schon einmal hatte sie sich dem Feuer des Dämons in den jenseitigen Höllen gestellt, damals mit ihrer Schwester, und beide überlebten sie den Kampf nur knapp. »Zweifellos weißt du, dass ich diesen Namen nicht zum ersten Mal höre. Hat der Tod meiner Schwester mit unseren früheren Taten zu tun? Ist der Mörder ein Anhänger des Höllenfürsten, der seinem Herrn gefallen will?«

»Ja und Nein«, entgegnete Orrus und deutete auf den schweren Folianten in seinen Händen. »Die alten Schriften künden davon, dass Ashmodai nur mit königlichem Blut beschworen und beherrscht werden kann, das bereits von seinem weiß-glühenden Feuer berührt wurde.« Er atmete tief ein, bevor er fortfuhr, während Alena ihn mit ihrem Blick durchbohrte. »Und Ihr seid in großer Gefahr, Eure Hoheit. Denn der Blutmagier braucht euer beider Blut.«

»Halte mich nicht unnötig hin, Wissenssucher!« befahl Alena dem alten Satyr und hatte noch im selben Moment Iloris mahnende Stimme im Kopf, dass eine Frau nicht so barsch sein darf.

Orrus fuhr seinerseits augenblicklich fort: »Das Blut einer Prinzessin lockt den Dämon herbei, Eure

Hoheit, aber nur das Blut eines Prinzen vermag ihn zu beherrschen.« Der Satyr fühlte sich sichtlich unwohl in seiner Haut und schaute an Alena vorbei auf die unzähligen braunen Kartons, wo sein Blick schließlich an einer fetten Fliege hängen blieb. Alenas sah das und mit einem schnellen Hieb erschlug sie das Tier. »Richte deine Augen auf mich, Wissenssucher, wir ...«

Alena unterbrach ihre wütende Rede, da sich die Augen des Satyrs plötzlich geweitet hatten und blickte auf ihre Hand. Schwarzer, teerartiger Schleim und Klumpen geronnenen Blutes klebten daran. Sie war keine Gelehrte, doch auch sie wusste sofort, dass sie keine Fliege erschlagen hatte. Ein Homunculus, ein Blutgolem, hatte sie belauscht. Blitzartig suchte sie den Raum ab und auch Orrus sprang erschrocken auf. Aus der Verkaufshalle war bereits Tumult zu hören.

»Es tut mir leid, aber dieser Bereich ist nur für Mitarbeiter!«, betonte einer der Kollegen von Orrus mit Nachdruck und als Alena die Tür des Lagerraums einen Spalt breit öffnete sah sie, wie er mit dem Pförtner aus dem Kriminaltechnischen Institut sprach. Doch dessen faltiges Gesicht wirkte jetzt alles andere als gelangweilt. Seine Augen funkelten böse, als sich ein kleiner Schnitt in seiner Hand bildete und der Mitarbeiter des Ladens sich im nächsten Moment röchelnd an die Kehle faste. Schwarze Adern zogen sich dort über seine Haut, wie Alena sie bereits bei ihrer Schwester gesehen hatte. Und während der so Verzauberte zu Boden sank, trafen sich die Blicke Alenas und des Pförtners und der Mann lächelte siegessicher.

Ruckartig zog Alena die Tür wieder zu und schaute kurz zu Orrus, doch der alte Satyr würde ihr kaum helfen können. Noch einmal tastete sie mit ihren Sinnen nach den Ley-Linien, konnte sie nur wie einen Silberstreif am Horizont erahnen und formte mit großer Mühe einen goldenen Speer aus funkelnder Magie. Was ihr einst so leicht gefallen war wie Atmen, erforderte nun ihre vollständige Konzentration und ließ ihren Glimmer erlöschen wie eine Flamme, der die Luft geraubt wurde. Lange schwarze Haare, spitze Ohren, reptilienhafte Augen und ein immer noch schlanker, aber falscher Körper. Alena konnte nicht anders, als an ihre Erscheinung zu denken und doch war da auch die Kriegerin in ihr, die sich an alte Schlachten erinnerte. Schnell waren die unpraktischen Schuhe abgestreift und der Speer zum Kampf erhoben. Orrus verbarg sich hinter Kisten und Paletten und für einen Moment war es ruhig in dem kleinen Lagerraum.

Dann flog die Tür krachend aus den Angeln. Ihr Holz war schwarz und verrottet, als sei es hundert Jahre alt. Noch bevor sich der aufgewirbelte Staub legen konnte, trat der Pförtner durch das entstandene Loch, einen schwarzen Stab in der einen Hand, eine Kristallkugel mit rot waberndem Nebel im Inneren in der anderen. Ohne zu zögern ließ Alena ihren Speer auf ihn niederfahren, doch eine unsichtbare Kraft schleuderte sie zur Seite. Orrus nahm seinen Mut zusammen und wollte verzweifelt eine Kiste nach dem Blutmagier werfen, doch plötzlich griff auch er sich an die Kehle und sank atemlos zu Boden.

»Jämmerlich!« rief der Blutmagier mit unnatürlich schriller Stimme und während er sprach, begann sich sein Gesicht wie eine Maske von seinem Kopf zu lösen und gemeinsam mit seiner zu großen Uniform zu Staub zu zerfallen. Statt dem einfachen Pförtner stand eine hochgewachsene Frau mit schlohweißem Haar und ausgemergeltem Gesicht vor Alena. Unter ihrer hellen Haut zeichneten sich zahllose blaue Adern ab und ihr langes, dunkles Kleid stank nach geronnenem Blut.

»Dass ich deine lächerliche Verkleidung zuvor nicht durchschauen konnte, beschämt mich, Prinz Alenios.«

Abfällig musterte die Blutmagierin Alena, doch die hatte den Kampf noch nicht aufgegeben. Sie sammelte ihre Wut auf die Magierin, sprang mit einem schnellen Satz auf und schleuderte ein kleines Paket auf eine der Deckenlampen, deren Leuchtröhren funkenstäubend zersprangen. Für einen Wimpernschlag blickte die Blutmagierin zur Decke und dieser Moment reichte Alena. Blitzschnell stieß sie ihren Speer nach vorne, traf die Magierin zwischen die Rippen und verfehlte ihr Herz nur knapp. Erstickt rang die Magierin nach Luft, als statt dem Herzen ihre Lunge durchbohrt war, während Alena bereits zum nächsten Schlag ansetzte. Wirbelnd zog sie den Speer zurück, ließ ihn schwingend niederfahren und zielsicher traf die Klinge die Kehle der Frau. Dunkles Blut spritzte aus der Wunde auf Pakete und Alenas Kleid. Die Blutmagierin brach zusammen wie eine Marionette, deren Fäden durchtrennt waren.

Alena wollte aufatmen, doch Orrus rang immer noch verzweifelt nach Luft. Der Zauber hatte noch Kraft und die Blutmagierin ... Einen Augenblick zu spät setzte Alena zu einem weiteren Schlag an, doch noch bevor sie die Magierin traf, begann das Blut in ihrem Leib wie

Feuer zu brennen und zwang sie mit einem Schmerzensschrei in die Knie. Klirrend entglitt der goldene Speer ihren Händen, während sich die Blutmagierin unnatürlich wie eine gliederlose Puppe wiederaufrichtete. Ihre Wunden waren nicht verheilt, doch sie bluteten auch nicht mehr. Unheilige Magie gab der Frau neue Kraft und nahm Alena gleichzeitig die Kontrolle über ihren Körper, als würden ihre Muskeln gegen eine unsichtbare Kraft in ihrem Inneren ankämpfen und die Magierin das Blut in ihren Adern kontrollieren.

»Ich mag es kaum glauben, dass ihr einst uns Blutmagier erniedrigt und gerichtet habt, Prinz Alenios«, begann die Frau aus ihrer aufgeschlitzten Kehle zu gurgeln, während sie ihren dunklen Stab auf Alenas Brust legte. »Es widert mich an, dass die euren einst die Jäger waren und die meinen die Gejagten. Doch wie sich das Blatt nun gewendet hat, da eure Macht versiegt.«

Wie die Schnitte eines unsichtbaren Dolches bildeten sich im nächsten Augenblick klaffende Wunden auf Alenas Haut. Mühevoll unterdrückte sie es vor Schmerzen zu schreien und doch musste sie hilflos mitansehen, wie sich auf ihrem Leib dieselben blutigen Runen bildeten wie auf dem ihrer Schwester.

»Nun werden die Meinen über die Welt herrschen und Armeen von Dämonen werden Menschen und magische Wesen gleichermaßen in die Knie zwingen!« Die Magierin schrie ihre Worte mit übermenschlicher Lautstärke, die Deckenlampen im ganzen Gebäude zersprangen in tausend Scherben und eine unnatürliche Finsternis begann sich auszubreiten. Aus dem Verkaufsbereich waren ängstliche Rufe zu hören, Menschen verließen das Gebäude fluchtartig und während Alena noch um ihr Leben rang war Orrus bereits bewusstlos zusammengesunken.

Mit ihrem Stab begann die Magierin nun rot leuchtende Runen in die Luft zu zeichnen, sprach mit dunkler, verzerrter Stimme verbotene Formeln und schleuderte ihre Kristallkugel wuchtig auf den Boden. Klirrend zersprang sie und der rote Nebel in ihrem Innern, das Blut von Prinzessin Iloris Torell, begann sich in einem Wirbel mit dem aus Alenas Wunden zu vermischen. Die Beschwörung des Höllenfürsten Ashmodai war nicht mehr aufzuhalten.

Risse bildeten sich in der Zwischenwand zum Verkaufsraum, ließen sie stückweise zusammenbrechen und gaben die Sicht frei auf die in Dunkelheit gehüllten Regale voller Elektronikartikel. Das ganze Gebäude begann zu beben, ängstliche Menschen kauerten sich hinter Kühlschränke und Computergehäuse, während sich ein Spalt im Gefüge der Realität zu öffnen begann. Es war als würde ein Blitz von der Decke zum Boden zucken, der in der Zeit eingefroren war und wütend gegen die Kraft ankämpfte, die ihn festhielt.

Gerade gelang es noch einigen Menschen durch die zertrümmerten Eingangstüren ins Freie zu fliehen, als schwarze Klauen aus dem Blitz wuchsen, diesen auseinander rissen und ein Portal in eine Welt voller Klagen und Leid öffneten. Weiße Flammen züngelten aus dem Dimensionstor, ließen Metall und Plastik schmelzen und hüllten eine vielleibige Gestalt ein, die sich in den Raum zu wälzen begann. Ashmodai war erschienen - eine gewaltige, unförmige schwarze Masse aus Zähnen und Klauen inmitten eines Meeres aus weiß-glühenden Flammen.

Die Stimme des Dämons war ein gurgelndes Donnern, voller Schmerz und Zorn. »Wer wagt es, mich in diese sterbende Welt zu locken? Wer wagt es, mich aus meinem ewigen Schlaf zu erwecken?«

Alena hatte bereits kraftlos die Augen geschlossen, alles um sie herum drehte sich und sie vermochte durch den Blutverlust und die Schmerzen kaum noch zu atmen. So hörte sie nur, wie die Blutmagierin dem Dämon mit gebieterischer Stimme antwortete. »Ich habe dich beschworen, Höllenfürst! Mit dem Blut einer Prinzessin lockte ich dich aus deinem Reich und mit dem Blut eines Prinzen gebiete ich dir. Sei fortan mein Sklave und verneige dich vor mir!«

Eine unbeschreibliche Hitze erfüllte den Raum, als die Flammen des Dämons wütend aufloderten. Die Farbe an Wänden und Decken bekam Risse, der Boden platzte auf, Handys und Fernseher zerschmolzen zu unförmigen Haufen und auch vor der Blutmagierin machten die Flammen nicht halt. Ihre Haare fingen Feuer, ihre Haut warf Blasen und schreiend ging sie zu Boden. Mit schmerzverzerrtem Blick starrte sie in Richtung des immer größer werdenden Dämons, der sich brennend vor ihr aufbäumte.

»Du Närrin, keines Prinzen Lebenskraft bindet mich!« Die Blutmagierin begriff zu spät. Brennend und schwer verwundet konnte sie Ashmodai nichts entgegensetzen und war machtlos als sein glühender Leib sie erdrückte und ihren Körper zu Schlacke und Asche zermalmte. Doch ohne die Blutmagierin begann auch das Höllentor

seine Kraft zu verlieren und der weiß-glühende Höllenfürst wälzte sich, von unsichtbaren Kräften gezogen, in
seine Welt zurück.

Als er verschwunden war, brannte das Gebäude. Wo
die Flammen des Dämons nicht nur Asche und zer-
schmolzenes Plastik zurückgelassen hatten, hatten sie
Kartons und Styropor entzündet. Zahllose Brandherde
breiteten sich rasend schnell aus. Der Rauch entlockte
Alena ein schmerzhaftes Husten, während sie halb bewusstlos in dem einstigen Lagerraum lag. Von draußen hörte sie die Sirenen der Feuerwehr, musste an die
Worte des Höllenfürsten denken und konnte nicht anders als mit ihrem letzten Atemzug triumphierend zu
lachen.

■

DIE LETZTE HEIMKEHR

James A. Sullivan

Er wartete, bis meine Schicht im Lagerhaus vorüber war, und lauerte mir in der Gasse auf, die zwischen zwei Warendepots verlief und durch die ich oft den Weg zu meinem Wagen abkürzte. Er zog erst an meinem Rucksack, dann an meinem Haar, und schließlich trat er mir die Beine weg und verspottete mich. Und bei all dem konnte er nicht ahnen, worauf er sich einließ und wie es deswegen für ihn enden musste.

Sein starker deutscher Akzent ließ mich vermuten, dass dieser Mann in Irland fremd war – fremder noch als ich. Er erklärte mir, dass ich in solchen Sommernächten als Sexarbeiterin mehr Geld verdienen könne als im Lagerhaus als Nachtwächterin. »Alle stehen auf exotische Frauen«, fügte er hinzu.

Ein überhebliches Grinsen zog sich über seine gerötete Miene. Doch der Tritt in den Magen, der mich noch weiter hätte demütigen sollen, wurde zu einem Angriff gegen einen Körper, der sich gedankenschnell verwandelt hatte, als sammelten sich kalte Steine unter meiner Haut, ohne dass sich etwas nach außen hin andeutete.

Es knackte, als hätte mein Widersacher meinen Magen verfehlt und sich an meiner Hüfte den Fuß gebrochen. Während in mir der Schmerz nur kurz aufflackerte, stachelte er meinen Gegner zu einem langen Schrei an und brachte ihn aus dem Gleichgewicht, sodass er aus dem Licht der Laterne hinaustaumelte und stöhnend zu Boden fiel.

35

Ich nahm meine verborgene Verwandlung zurück, und das Verschwinden des Druckgefühls bescherte mir für einen Moment die Empfindung von Leerstellen zwischen Haut und Fleisch.

Langsam erhob ich mich vor dem Fremden. Er fluchte, löste vor Schmerz grunzend die Hände von seinem Fuß und griff in seine Jackentasche.

Ich musste lachen. Hier draußen in dem kleinen Gewerbegebiet am Rande von Tallaght würde uns mitten in der Nacht niemand hören – außer vielleicht Glenn, der mich drüben bei Almandine Logistics abgelöst hatte und wenig Sympathie für Menschen hegte, die nachts Leute überfielen.

Mein Angreifer fluchte mir variierende Bezeichnungen für Sexarbeiterinnen entgehen und zog einen Elektroschocker aus der Innentasche seiner Jacke.

»Ich hätte ja mit einem Messer gerechnet«, erwiderte ich. »Vor einer Pistole hätte ich sogar Respekt gehabt.«

Mit seinen Flüchen fand er schließlich das, was solche Kerle so oft finden, wenn sie mit mir zu tun haben und merken, dass sie unterlegen sind: Er verknüpfte rassistische und sexistische Schimpfwörter miteinander, als wären es Zaubersprüche, die im Verbund mehr Kraft entfalteten.

Mit einer schnellen Bewegung und angetrieben von der kühlen Magie, die in mir pulsierte, packte ich mit der einen Hand den Arm meines Angreifers, mit der anderen entriss ich ihm den schmalen Elektroschocker und warf diesen zur Seite.

Der Fremde griff nach meinem Arm, aber ich versetzte ihm einen Tritt zwischen die Beine und brach damit seine Angriffslust. »Das war von einer exotischen Frau!«, stieß ich ihm entgegen, während er nur ein Wimmern ausstieß. Ich trat ihm in den Magen. »Das war für die unverlangte Karriereberatung.« Ich trat immer wieder auf ihn ein. »Und der ist dafür, dass du was gegen Sexarbeiterinnen hast! Der hier ist für das N-Wort! Und das ist für die jämmerlichen Wortkompositionen!«

Mein Widersacher schaute schließlich mit hassverzerrter Miene zu mir auf und ballte seine Faust.

»Und der ist für all die, denen du vorher aufgelauert und was auch immer angetan hast«, sagte ich und versetzte dem Mann einen Schlag ins Gesicht. Er sank zusammen und starrte mich nur noch an.

Die Versuchung war groß, mich vor seinen Augen komplett in meine andere Gestalt zu verwandeln. Bisher war ich für ihn ein Mensch, der sich als wehrhaft erwiesen hatte. Zu gerne hätte ich ihm gezeigt, wie meine braune Haut ebenso ergraute wie meine schwarzen Locken. Früher hatte ich mich an den vor Angst geweiteten Augen meiner Widersacher erfreut. Aber damit hätte ich hier zu viel offenbart. Natürlich hätte man ihm zunächst einmal nicht geglaubt, dass er einer Frau aus Stein begegnet war. Aber es gab da draußen Leute, die es glauben würden – Leute, die nur darauf warteten, dass Meinesgleichen sich zu etwas hinreißen ließen.

»Wenn ich rauskriege, dass du noch mal irgendwem auflauerst, leg ich dich um«, sagte ich, und was immer der Angreifer, den ich gerade zum Opfer gemacht hatte, in meinem Gesicht fand, es brachte ihn zum Zittern.

Ich prüfte, ob mit meinem Rucksack alles in Ordnung war, und setzte den Weg zu meinem Wagen fort. Als ich am Ende der Gasse noch einmal zurückblickte, lag mein Opfer noch immer schwer atmend da und starrte mir hinterher.

In aller Ruhe näherte ich mich meinem Wagen – einem kotzgelben Haufen Schrott, der mich daran erinnerte, dass ich meinen geliebten Viertürer hatte verkaufen müssen, weil das Geld sonst nicht gereicht hätte.

Ich legte meinen Rucksack auf den Beifahrersitz ab, und nach dem üblichen Widerstand des Wagens und meinem Ritual des guten Zuredens sprang der Motor an. Während ich in Tallaght durch leere Straßen vom Industriepark in Richtung M50 fuhr, fragte ich mich, wie lange ich dieses Spiel des allmählichen Niedergangs noch spielen konnte.

Das neue Jahrhundert war nicht gut zu mir. Im letzten hatte ich mehr Geld gehabt, als ich gebraucht hätte. Aber mit meiner Ankunft in Dublin, abgeschnitten von fast allem, hatte ich nur von dem leben müssen, was mir geblieben war.

Als Schwarze Frau, am Akzent leicht als Amerikanerin zu erkennen, war meine Irland-Erfahrung eine der Fremdheit gewesen. Die Iren waren überwiegend freundlich zu mir, aber auch neugierig. Ich hatte lernen müssen, nicht viel zwischen mir und anderen entstehen zu lassen. Ich ging nicht mehr aus, wie ich es in den frühen 1920ern in New York mit Sema noch gerne getan hatte, oder mit ihren Vertrauten in den 1970ern in und um Seattle und Vancouver. All das war vorüber. Semas Vertraute waren fort, die wenigsten von ihnen dürften die Angriffe unserer Feinde überlebt haben – und falls doch, sind sie nun uralt und sehen ihrem Ende entgegen.

Das Altern ist eine Last, von der Sema mich befreite, indem sie mich zu einer Gargoyle machte. Aber was nützte es mir, nicht mehr zu altern, wenn ich einsam war und jedes Sichtbarmachen meiner selbst die Gefahr barg, dass dadurch auch Sema sichtbar wurde.

Glenn und die anderen kannte ich nur von der Arbeit. Es gab keine Überschneidung mit meinem Privatleben. Und bei den Leuten in meiner Straße, den Ladenbesitzern und bei den anderen Menschen, auf die ich immer wieder traf, achtete ich darauf, dass ich sie viel über sich selbst reden ließ, ich aber nur Unverfängliches von mir preisgab.

Die Neugier der Menschen zu befriedigen fiel mir leicht. Anders als die Schwarzen Iren war ich fremd in diesem Land und beantwortete gerne, woher ich kam und wie mein Leben in den USA gewesen war. Dabei merkte niemand, dass ich einen Teil meiner Erfahrungen aus dem 19. aufs 20. und 21. Jahrhundert übertrug.

Egal, wie gut ich darin war, das Gespräch vom Kern meines Wesens und meiner Erfahrung fernzuhalten, früher oder später würde irgendjemand merken, dass ich nicht alterte. Irgendwann würde ich auf die Verbindungen zurückgreifen müssen, die mir mit neuen Papieren eine neue Identität bescherten – ein neues Geburtsdatum.

Anders als Sema konnte ich mein menschliches Äußeres nicht nach Belieben anpassen. Mein menschlicher Körper sträubt sich gegen jede Veränderung. Schneide ich mir das Haar ab, wird es binnen Tagen nachwachsen. Nur in meiner Steingestalt kann ich mein Aussehen ein wenig verändern, habe es dabei aber nie so weit gebracht wie manche meiner Geschwister, die sich in alle möglichen Formen verwandeln können.

Offiziell war ich damals Anfang vierzig, sah aber auch da aus wie Mitte Zwanzig. Mein natürliches Haar verbarg viel meines Gesichtes. Dennoch würde ich die Leute, die mich kannten, nicht ewig täuschen können. Die Frage war: Durfte ich die alten Verbindungen nutzen – wie das letzte Mal vor einundzwanzig Jahren? Jeder der alten Kontakte barg die Gefahr, dass unsere Feinde uns auf die Spur kamen.

Aber selbst, wenn ich das Wagnis einging, konnte ich diese Kontakte nur gegen Bezahlung nutzen. Und an Geld mangelte es mir seit Jahren. Das erinnerte mich an die bitteren Jahre, ehe meine Eltern Sema gefunden hatten. Ich hatte in schlimmster Armut begonnen und fürchtete nun, dort wieder zu enden.

Trotz der nachtstillen M50, von der ich nach einer Weile auf die ebenso ruhige R148 abfuhr, hielt ich mich an die Geschwindigkeitsbegrenzung. Jede noch so kleine Abweichung mochte die Polizei oder irgendwen sonst auf mich aufmerksam machen. Der alte Wagen mit seiner unmöglichen Farbe stach schon genug hervor.

Damals, als Sema und ich noch menschliche Vertraute gehabt hatten, die alles für uns regelten, war ich nur selten einmal aus meinem Statuenschlaf aufgewacht – meist nur, wenn die Vertrauten mich weckten, weil sie meine Gesellschaft genießen wollten. Sie waren gewöhnliche Menschen gewesen, die ihr Wissen und die ihnen verliehene Verantwortung von Generation zu Generation weitergaben. Diese Gemeinschaft hatte sich wie ein Schutzwall um uns geschlossen.

Als unsere Feinde – die Söhne des Perseus – uns damals in Vancouver aufgespürt hatten und unsere Vertrauten Sema und mich – beide als scheinbare Statuen – per Frachtschiff auf Umwegen nach Europa geschickt hatten, da rechnete ich bei unserer Ankunft in Italien mit neuen Vertrauten. Aber da erwartete uns niemand. Also war es an mir, die Verantwortung zu übernehmen.

Fast aller Beziehungen beraubt blieb mir nur das Geld. Ich zog von Stadt zu Stadt und verwischte unsere Spuren. Erst in Dublin fand ich eine echte Zuflucht. Inzwischen aber war mir kaum etwas geblieben als das schmale Haus in der Amberson Street, das mir nur noch auf dem Papier gehörte. Und der Wagen, der nicht mehr lange durchhalten würde. Dagegen standen all die Schulden, die ich jonglierte.

Je weiter ich in dieser Nacht in die Stadt kam, um so dichter wurde der Verkehr. Nicht nur hatte Irland am Abend im Männerfußball gegen England gewonnen; die Band Seas of Hypnos hatte heute ein großes Konzert gegeben – ausgerechnet heute, da ich nach dem Angriff in der Gasse nur noch schnell nach Hause wollte.

Ich war zwar erleichtert darüber, dass es nur einer der üblichen Straßenlurche gewesen war, der mich angegriffen hatte, aber im ersten Augenblick, noch ehe er mich zu Boden geschickt hatte, war ich vom Schlimmsten ausgegangen: dass die Söhne des Perseus uns aufgespürt hatten. Sie hätten wahrscheinlich darüber gelacht, dass ich die Einzige war, die Sema beschützte. Oft flüsterte ich ihr verzweifelt zu, dass sie aufwachen müsse, um mir dabei zu helfen, eine neue Gemeinschaft aufzubauen. Aber sie schwieg jedes Mal.

41

Als ich mich im Stadtzentrum endlich aus dem triefenden Verkehr über die Talbot Street in die Amberson Street rettete, freute ich mich, dass ich diesmal einen Parkplatz kurz vor unserem Haus fand.

Niemand war unterwegs, und obwohl auf den Hauptstraßen Autos hupten und Fans sangen, drang kaum etwas in die kleine Straße zwischen der Marlborough Street und der Gardiner Street ein. Ich liebte es hier – mitten in der Stadt und doch weitgehend vor dem Lärm und der Geschäftigkeit verborgen.

Ich weiß noch, wie ich damals, als ich zum ersten Mal nach Dublin kam, das ganze Zentrum der Stadt zu Fuß erkundete und die Stellen sah, von denen man mir erzählt hatte – wo früher unser Untergrund gewesen war, an den heute nur noch einige tief hinabführende Einfahrten unter Gebäudekomplexen erinnerten. Wo heute Waren angeliefert wurden, hatten sich früher Alte Wesen verborgen. In geheimen Tunneln hatten sie sich unbemerkt durch die halbe Stadt bewegen können.

Doch all das war längst vorüber. Die Polizei war dem Untergrund zu nah gekommen. So hatte sich die Gemeinschaft aufgelöst und war nach England übergesiedelt – einige Gruppen in die Midlands, die meisten aber nach London. Dublin galt daraufhin als Ort, an dem es zu gefährlich war, um sich als magisches Wesen verborgen zu halten.

Ich war – soweit ich das sagen kann – die Erste, die in Dublin wieder Fuß fasste. Nach langem Zögern und zahlreichen Umwegen hatte es mich dorthin verschlagen. Aber ganz gleich, wohin ich gezogen wäre, meine Konten wären irgendwann leer gewesen, und ich hätte mir wie hier Jobs suchen und mich damit sichtbarer und sichtbarer machen müssen.

Ich näherte mich unserem Haus. Das Licht im Wohnzimmer brannte. Es war mein jämmerlicher Versuch zu signalisieren, dass jemand daheim war. Denn jedes Mal, wenn ich nachts ausging, fürchtete ich, jemand könne einbrechen, in meinem Schlafzimmer die verschlossene Tür aufbrechen und Sema finden. Mit der Zeit verblasste diese Angst, aber das Licht ließ ich immer noch an.

Unser schmales Haus wirkte im schwachen Schein der Straßenlaterne wie ein Lückenfüller zwischen zwei richtigen Häusern. Ich schloss die Haustür auf und war froh, sie schnell wieder abschließen zu können. Das Licht aus dem Wohnzimmer fiel auf die Wendeltreppe zur Rechten. Wie jeden Abend stellte ich meinen Rucksack auf der Treppe ab und betrat dann das Wohnzimmer, das sich neben dem Flur und der Küche entlang zog. Es war einmal gemütlich gewesen, nun aber gab es hier nur die Stehlampe und die alte Kommode.

Ich sehnte mich nach der Atmosphäre zurück, die dieser Raum früher versprüht hatte. Das ganze Haus hatte nach und nach seinen Charme eingebüßt. Zuerst hatte ich meinen Schmuck und all die anderen Wertsachen verkauft, die ich in den Jahren, in denen Sema wach gewesen war, zusammengetragen hatte. Dann hatte ich die Möbel versteigert. Mit meinen Erinnerungsstücken verlor ich den klaren Blick in meine Vergangenheit. Es gab nichts mehr, das mich beim Anblick zu einer Erinnerung stimulierte. Alles war nun von meinen Sehnsüchten nach besseren Tagen getrieben.

Ich knipste die Stehlampe aus, sah aber noch die kahle Umgebung mit meinem grauen Blick, der alles wie an einem trüben Tag erscheinen ließ.

Ein Knarzen von oben ließ mich erstarren. Ich lauschte, ob sich auf der Treppe jemand bewegte. Ich hatte zwei Gedanken, und beide drehten sich um Sema. Der eine wurde von meinen Wünschen bestimmt, der andere von meiner Sorge. Und wie so oft war meine Sorge stärker.

Ich wagte mich in den Flur und schaute die Treppe hinauf. Es war unmöglich, sich geräuschlos auf ihr zu bewegen. Dennoch stieg ich lauschend Stufe um Stufe empor und sog den starken Holzduft ein, den ich über die Jahre zu schätzen gelernt hatte. Auf den letzten Schritten hatte ich die geschlossene Badezimmertür im Blick. Links, wo die Treppe in den zweiten Stock begann, war es dunkel, rechts aber stand die Schlafzimmertür einen Spalt offen. Der Schein, der dort schlummerte, machte mich unruhig. Sollte es nun so weit sein? War sie endlich erwacht?

Trotz meiner Erwartung missachtete ich nicht die Vorsicht, die sich über die Jahre tief in mich eingeprägt hatte. Langsam schob ich die Tür auf, und mein Blick fiel auf mein Bett, auf dem sechs schwere Taschen lagen. Aus einigen von ihnen quollen Werkzeuge heraus. Ich schob die Tür weit genug auf, um alles zu sehen.

Die Tür zu Semas Zimmer hätte dreifach verschlossen sein sollen, aber sie stand offen und bot den Blick auf zwei Gestalten. Ich stürmte sofort auf sie los, doch kaum war ich über die Türschwelle, hielt ich inne, denn diese beiden Gestalten – zwei junge Männer mit verzweifelten Mienen und ausgestreckten Armen – waren offenbar auf ihrem Weg zu Semas Bett in der Bewegung zu Stein erstarrt.

Semas Bett – es war leer.

Auf dem Boden neben den Versteinerten lag ein Dolch mit gewundener Klinge. Ich kannte solche Waffen – magische Waffen, die Sema und ihren Schwestern schaden konnten und auch für mich – selbst in meiner Steingestalt – eine Gefahr darstellten. Der Dolch hatte einen goldenen Knauf, der das Haupt der Medusa zeigte. Es hätte unser Zeichen sein sollen – ein Zeichen, vor dem sich unsere Feinde fürchteten. Aber sie hatten es missbraucht. So wie Perseus in den Sagen Medusas Haupt wie eine toxische Trophäe vor sich hertrug, so trugen sie unsere Feinde auf Dolchen, an Halsketten, auf Ringen und anderen Schmuckstücken als Macht- und Siegessymbol. Aber beim Anblick der Versteinerten und bei dem würzigen Duft, der sie umgab, musste ich lächeln. Sema hatte sie für ihr Eindringen bestraft.

Meine Schadenfreude verschwand sofort, als mich ein weiteres Knarzen auf der Treppe daran erinnerte, dass da noch jemand auf mich lauerte. Sema hätte mir mit einem Schwall Magie, für die ich empfänglich war, signalisieren können, dass sie da war. Deswegen fürchtete ich, dass unsere Feinde sie entführt und einen oder mehrere Mörder zurückgelassen hatten, die sich um mich kümmern sollten.

Ich hob den Dolch vom Boden auf. Seine Magie war ein Kribbeln in der Luft. Diese Waffe konnte mir zwar schaden, aber es wäre nicht das erste Mal gewesen, dass ich die magische Waffe, die für mich oder Sema gedacht war, gegen unsere Feinde einsetzte. (Ja, ich habe schon Menschen getötet.)

Aus meiner Schadenfreude wurde Sorge; aus meiner Sorge wurde Tatendrang; und alles in mir drängte auf die Verwandlung. Als schöben sich Steinchen unter meiner Haut entlang, durchfuhr mich ein Schauer, dann festigte sich alles und wurde zäh. Im ersten Moment fühlte sich jede meiner Regungen an, als müsste ich meinen Körper dehnen und winden, damit er das tat, was ich wollte. Man sagt uns nach, unsere Bewegungen wären stockend und knirschend, aber das stimmt nicht. Wir sind zwar aus Stein, aber so flexibel wie Schlangen.

In meinem Menschen-Körper war ich von Semas in mein Zimmer gegangen, in meiner Gargoyle-Gestalt betrat ich nun den Flur. Da knarzte es erneut auf der Treppe.

Ich war bei den ersten Stufen angelangt, als mich ein Luftsog von rechts überraschte. Ein Mann stürzte mir aus dem Badezimmer entgegen, packte mich und stach mit einem Dolch zu. Eine gewöhnliche Klinge wäre an meinem steinernen Körper abgeprallt oder sogar zerbrochen, aber die Magie dieser Klinge öffnete unterhalb der linken Schulter einen Weg in mein Inneres.

Vom Schmerz gedrängt sprang ich zurück und wäre beinahe die Treppe nach unten gestürzt. Der magische Dolch wies darauf hin, dass mein Angreifer, ein blasser Mann, den ich auf kaum älter als dreißig schätzte, auf eine magische Kreatur gewartet hatte. Seine verwirrte Miene ließ mich jedoch vermuten, dass er noch nie ein Wesen wie mich gesehen hatte. Hätte ich das Licht im Schlafzimmer ausgeschaltet oder auch nur die

Tür hinter mir geschlossen, hätte er mich nun nicht im Schein, der in den Flur fiel, sehen können.

Die Verwirrung verschwand aus dem Gesicht meines Angreifers, und er griff mich erneut mit seinem Dolch an. Ich wich zur Seite aus und riss den Dolch, den ich in Semas Zimmer gefunden hatte, quer durch die Luft.

Mit einem Schrei sprang der Fremde zurück zur Badezimmertür und hielt die freie Hand auf die Hüfte gepresst. Ich wollte die Atempause nutzen, um aufzustehen, doch er trat mir den Arm weg, auf den ich mich stützte. Und wenngleich es meinem Gegenüber so vorkommen musste, als hätte er gegen eine Steinsäule getreten, verlor ich den Halt und stürzte wieder zu Boden.

Der Schmerz schien meinem Widersacher Kräfte zu verleihen, und ich fragte mich, ob er wirklich ein Mensch war. Er trat mir den Dolch aus der Hand, und mit weit aufgerissenen Augen holte er aus, um mir mit seiner Klinge eine weitere Wunde zu bescheren.

Ich war bereit, mich rückwärts die Treppe hinunterzustürzen. Es würde weh tun, aber brechen würde ich mir nichts. Da knarzte es erneut oben auf der Treppe, und der Mann verharrte – den Dolch erhoben, mit Hass in der Miene und Angst in den Augen. Mit einem schlürfenden Geräusch verwandelte er sich. Sein Gesicht, eben noch blass, wurde nun grau und hob sich nicht mehr von der Farbe seiner Jacke ab. Alles war grau geworden; alles war miteinander zu einer steinernen Masse verschmolzen: das Haar, die Finger – selbst sein linker Arm war mit dem Körper verwachsen. Der Dolch aber entglitt seiner erhobenen Hand und fiel zu Boden.

Langsame Schritte drangen auf der Treppe zu mir herab. Meine Angst schwand dahin, nur der Schmerz durch den Stich, den der nun Versteinerte mir eben noch versetzt hatte, strahlte über die Schulter in meinen Arm.

Da war sie – Sema. Sie trug das schwarze Kleid, das ich ab und zu wechselte, wenn es zu sehr Staub ansetzte. Da war sie – meine Gorgone. Ihre Magie drängte sich mir wie ein kühler Luftschwall entgegen, in den sich der würzige Duft des Versteinerten mischte.

Sema tauchte mit ihrem Schlangenhaupt unter dem Arm des Versteinerten weg, ging um ihn herum und lächelte mir entgegen. Ihre glänzenden Augen waren komplett schwarz. Als Kind hatte ich mich zuerst vor dieser Gestalt gefürchtet – besonders vor den einundzwanzig langen Schlangen, von denen jede ein eigenes Leben zu haben schien und die auch nun die Umgebung musterten und leise zischelten – waldfarbene Schlangen mit silbernen Augen.

Sema reichte mir die Hand, wie damals, als meine Eltern tot waren, und sie mich vor den Söhnen des Perseus in Sicherheit brachte. Sie hatte mir geholfen, und dann hatte ich ihr geholfen.

»Elena«, sagte sie mit ihrer hauchenden Stimme, nach der ich mich jahrzehntelang gesehnt hatte.

Ich fasste Semas Hand. Sie war kühl. »Ich bin es«, sagte ich leise. »Und ich habe dich vermisst.«

»Ich dich auch.« Sie atmete tief ein und weit aus. Nach einem Blinzeln strich sie mir über die Wange und verwandelte sich vor meinen Augen in eine Menschengestalt zurück – in die, als die ich sie kennengelernt hatte. Die graue Haut wurde braun, aus Rehaugen wurden braune Menschenaugen, und aus Schlangen wurde langes Lockenhaar. Sie war eine Schwarze Frau – Schwarz wie ich und Schwarz wie meine Eltern. Unser Schwarzsein hatte uns zusammengebracht. Sie war mitten im Bürgerkrieg erwacht, und ohne meine Eltern, die miteinander aus der Sklaverei geflohen waren und mit mir der anschließenden Armut entkommen wollten, wäre sie verloren gewesen. So groß Semas Macht war, so hilflos hatte sie damals der jahrhundertelange Schlaf gemacht.

Sie hatte sich mir auch in anderen Gestalten gezeigt, aber mit dieser Frau, die nun wieder vor mir stand, hatte ich gelebt. Sie hatte ich geliebt und liebte sie noch immer.

»Ich spüre meine Schwestern«, sagte sie. »Einige sind tot; einige sind erwacht. Die Zeit der Entscheidung ist nicht mehr fern. Und ich bin froh, dass du es bist, die mir geblieben ist.«

Sie fuhr mir durchs Haar. Nur sie durfte das. »Du trägst es wieder offen.«

»Das fällt heute weit weniger auf als früher«, sagte ich.

Ein Klingelton erklang. Sema stutzte. Ich aber ging ins Schlafzimmer und erblickte das Smartphone, das zwischen den Taschen lag. Auf dem Display sah ich das Bild des Mannes, der mich auf dem Heimweg attackiert hatte. Als Name stand dort: »Felix«.

»Was ist los?«, fragte Sema und strich mir von der Seite über den Rücken. »Was ist das für ein Ding? Und wer ist Felix?«

»Wir müssen los«, erwiderte ich. Ich ging in Semas Zimmer und holte die schwarze Reisetasche heraus, in dem sich neben ein wenig Kleidung vor allem Semas Papiere und auch ein Teil meiner Unterlagen befanden.

»Uns ist nicht viel geblieben«, sagte ich. »Keine Zeit für Erklärungen, kein Besitz und kaum Geld.« Ich packte die beiden magischen Dolche in die Tasche, denn ich wollte nicht, dass sie noch einmal gegen Wesen wie uns eingesetzt werden.

Sema schob ihre Hände auf meine Schultern.

Der Schmerz durchfuhr meine linke Körperhälfte.

Semas Blick fiel auf das Loch in meinem Shirt. »Wir haben einander«, sagte sie und küsste mich auf den Mund. Mit dem Kuss von ihren weichen Lippen erfasste mich ein Kribbeln. Es war Magie, die meine Wunde schloss und damit den Schmerz fortwischte, als wäre er nur ein Fleck gewesen.

»Danke«, sagte ich und atmete erleichtert auf.

»Wie viel Zeit haben wir?«, fragte Sema.

»Wahrscheinlich nur Minuten«, antwortete ich und verließ vor ihr das Zimmer. »Ohne Geld und ohne Kontakte werden sie uns aufspüren.«

Wir passierten den Versteinerten im Flur, und auf der Treppe sagte Sema: »Unterm Dach habe ich noch einen zur Statue gemacht.«

»Ums Aufräumen werden sich wohl unsere Feinde kümmern müssen«, erwiderte ich.

»Wie in alten Zeiten«, sagte Sema und ich erinnerte mich an unsere Eskapaden in Maryland in den 1880ern, als kaum eine Woche ohne Konfrontation mit den Söhnen des Perseus vergangen war.

Als wir unten vor der Haustür standen und ich mir meinen Rucksack aufgelastet hatte, fragte Sema leise: »Wo sind wir hier?«

»In Dublin«, antwortete ich.

Sema nahm die Reisetasche an sich. Wie immer wollte sie einen Teil der Last tragen. Von einer Dunkelheit umgeben, die unseren grauen Blicken nichts anhaben konnte, breitete sich das freche Lächeln auf ihrem Gesicht aus, das ich so vermisst hatte. »In Irland liegt vieles verborgen«, sagte sie. »Du erzählst mir alles über diese Zeit, und ich zeige dir alte Pfade, die gewiss kein Mensch je gefunden hat.«

Ich fasste ihre Hand, und das erste Mal seit Jahrzehnten hatte ich das Gefühl, nicht alleine zu sein. Ich war heute Abend ein letztes Mal in dieses Haus heimgekehrt, und was nun immer auch geschehen würde, sobald wir durch diese Tür ins Freie traten: Meine Hoffnung war endlich wiedererwacht.

■

VEGAN FÜR FORTGESCHRITTENE TOTE

Annie Waye

Ron!«, rief Christina durch die Tür der Umkleidekabine. »Beeil dich gefälligst, ich hab Hunger.«

Ich knöpfte schnell mein Hemd zu, schnappte mir meine Sporttasche und kam nach draußen. »Hier bin –«

»Oh Gott«, stieß sie hervor. »Was ist das?« Sie deutete auf mein Schlüsselbein.

Weil ich mein Hemd unsauber zugemacht hatte, war meine Haut dort deutlich sichtbar. Genauer gesagt die Bissspuren, die mein One-Night-Stand letzte Nacht an dieser Stelle hinterlassen hatte und die einfach nicht abheilen wollten. »Frag nicht«, stöhnte ich, als ich an die schlimmste Nacht meines Lebens dachte. »Frag einfach nicht.«

»Mache ich nicht«, gab sie zurück. »Überrascht mich nicht mal.« Sie rümpfte die Nase. »Du hast ihn schließlich im Internet kennengelernt.«

»Wo soll ich denn sonst tolle Männer kennenlernen?«, seufzte ich und setzte mich in Bewegung.

»Wenn ich das Geheimnis eines Tages selbst gelüftet habe«, erwiderte sie niedergeschlagen, »weihe ich dich gerne ein.«

Ich hatte mich am ersten Tag meines Design-Studiums geoutet. Ein neuer Lebensabschnitt, ein neues Ich – der bloße Gedanke daran hatte mir den Mut gegeben,

53

den ich achtzehn Jahre zuvor nicht aufgebracht hatte. Manchmal wusste ich immer noch nicht, ob ich es bereuen sollte.

Im Jahr 2006 war es nicht besonders einfach, schwul zu sein – nicht einmal in München, der Stadt, in der eigentlich alles möglich sein sollte. Männer verabscheuten einen, wenn sie nicht gerade selbst homosexuell waren. Sie riefen einem miese Sprüche hinterher und hatten schwul inzwischen schon als universelle Beleidigung für alles und jeden etabliert. Frauen fanden einen entweder komisch oder hingen einem aus den falschen Gründen am Rockzipfel.

So wie Christina. Sie war meine beste Freundin. Um nicht zu sagen: eine meiner wenigen Freundinnen. Ich hatte sie im ersten Semester kennengelernt, und auch wenn unsere Schwerpunkte uns in verschiedene Kurse geführt hatten, trafen wir uns immer noch jede Woche.

An manchen Tagen glaubte ich nicht, dass ihr etwas an mir persönlich lag. Wie jedes Mädchen in ihrem Alter brauchte sie unbedingt einen schwulen besten Freund. Damit ließ sich nämlich besser angeben als mit einer Handtasche.

Ich mochte sie trotzdem, nicht zuletzt, weil es sonst niemanden gab, den ich Woche für Woche zum Yoga schleifen konnte. Nicht mal meinen Mitbewohner, den ich pünktlich alle sieben Tage damit nervte.

Kev war ein typischer Mann. Bei ihm ging Fußball über Fitness, Bierabende über Badeurlaube und Feiern über Frisörbesuche. Wenn er abends auf der Couch fläzte und Chips in sich reinfutterte, widerte er mich an. Wenn er dann aber nur mit einem Handtuch bekleidet aus dem Bad kam, konnte ich keinen klaren Gedanken mehr fassen.

Er wusste, dass ich schwul war. Ich war mir sogar ziemlich sicher, dass er wusste, dass ich auf ihn stand. Er hatte mir noch nie eine klare Abfuhr gegeben – zumindest nicht, dass ich es kapiert hätte. Ein Teil von mir hoffte, dass er mich einfach nur hinhielt, weil er ein Fan von Slowburn war. Oder dass er sich erst noch selbst finden musste, weil er sein ganzes Leben gedacht hatte, hetero zu sein. Ich hatte schließlich auch lange genug dafür gebraucht.

Da mein Schwulenradar mich normalerweise nie im Stich ließ, gab ich ihm Zeit, sich über seine Gefühle klar zu werden.

Der Gedanke an ihn beflügelte mich, sodass der Nachhauseweg wie im Flug verging. Bis mir von einer Sekunde auf die andere kotzübel wurde. Und damit meine ich: kotzübel. Ich öffnete den Mund, um Christina zu sagen, dass ich mich nicht gut fühlte, doch stattdessen kam mir mein Mittagessen wieder hoch. Ich krümmte mich im letzten Moment und verteilte den halbverdauten Bulgursalat mit einem Platsch! auf dem Bürgersteig.

Christina kreischte, und ich sah aus dem Augenwinkel, dass sie einen Satz zurückmachte. Dabei war der Spuk schon längst vorbei. Alles, was rausgewollt hatte, war draußen. Aber ich richtete mich nicht wieder auf. Der Geruch meines eigenen Erbrochenen stach mir in die Nase und ließ eine neue Welle der Übelkeit in mir aufsteigen. Gleichzeitig bemerkte ich, wie die Ränder meines Sichtfelds sich dunkel färbten.

Mir wurde schwindelig – wieder so schnell und unerwartet, dass mir schwarz vor Augen wurde, bevor ich vornüber in meine Kotze kippte.

Als ich später im Krankenhaus zu mir kam, fühlte ich mich furchtbar. Nicht körperlich – sondern weil mir die ganze Sache so unglaublich peinlich war.

»Sie haben nichts gefunden, Ron«, beruhigte Christina mich. »Vielleicht hast du nur was Falsches gegessen.« Sie legte den Kopf schief. »Du siehst etwas blass um die Nase aus. Hier.« Sie schob das Tablett, das auf der Kommode neben mir stand, etwas näher in meine Richtung. »Du musst was essen.«

Ich beäugte es argwöhnisch und rümpfte die Nase. Neben einer undefinierbaren Pampe, in der man bestimmt Milchprodukte verarbeitet hatte, lag da ein Käse-Wurst-Sandwich. »Das einzig Vegane daran ist das Brot. Wenn überhaupt«, murmelte ich.

Das Leben war nicht immer einfach, wenn man schwul war. Noch schlimmer wurde es aber, wenn man ein schwuler Veganer war.

Kein Witz – manchen nimmt man damit jeglichen Wind aus den Segeln. Sobald sie wissen, dass du schwul bist, liegen ihnen schon hunderte von Sprüchen auf der Zunge. Wenn sie dann aber noch erfahren, dass du Veganer bist, sind sie vollkommen überfordert. Dasselbe Spiel andersherum – sie wissen gar nicht mehr, wo sie anfangen sollen. Ich war eine Goldgrube der blöden Sprüche oder der Kobold am Ende des Regenbogens, der anstelle eines Topfs mit Gold einfach nur grenzenlose Verwirrung dabei hatte.

Umso glücklicher war ich, jemanden wie Christina zu haben. »Richtig.« Sie lächelte mich triumphierend an.

»Aber ich hab mir so was schon gedacht. Und deshalb«
– sie kramte in ihrer überdimensionalen Handtasche
– »hab ich dir den hier mitgebracht!« Sie streckte mir
etwas hin, das sich als mein Lieblings-Schokoriegel ent-
puppte. Vegan, Bio, Fairtrade – allein die drei Worte
waren Musik in meinen Ohren und Grund genug, warum ich auf dem Schulhof den einen oder anderen Fausthieb ins Gesicht kassiert hatte.

»Danke«, sagte ich und meinte es von Herzen. Ich
nahm den Schokoriegel und riss die Plastikverpackung
weg. Obwohl mir normalerweise beim bloßen Anblick
(ich gönnte mir nicht oft Süßigkeiten) das Wasser im
Mund zusammenlief, zögerte ich. Ich hatte überhaupt
keine Lust, auch nur davon abzubeißen. Mein Hungerge-
fühl hatte sich auf Nimmerwiedersehen verabschiedet.

»Alles in Ordnung?«, fragte Christina vorsichtig.

Ich rang mir ein Lächeln ab. »Ja.« Ihr zuliebe biss ich
ein großes Stück des Riegels ab. In meinem Mund fühlte
er sich irgendwie zäh an, sodass ich gefühlt fünf Minuten darauf herumkauen musste, bis ich ihn endlich her-
unterschlucken konnte. Ich konnte förmlich spüren, wie
der Brei meine Speiseröhre hinabsackte und in meinem
Magen landete.

Sofort wurde mir wieder schlecht. Ich atmete tief
durch und versuchte, den Würgereiz zu bekämpfen, der
langsam meine Kehle hinaufwanderte –

Plötzlich ging die Tür auf, und Kev stand im Zimmer.

Ich war so schockiert, dass ich mich an mir selbst verschluckte. Ich hustete und war froh, dass mir der Riegel dabei nicht hochkam. »Was machst du denn hier?«,
fragte ich, als ich wieder Luft bekam.

Er runzelte die Stirn. »Die haben mich angerufen. Ich bin dein Notfallkontakt.«

»Was?« Christina zog eine Schnute. »Warum bin ich nicht dein Notfallkontakt?«

»Du bist doch auch da.«

»Das ist nicht dasselbe!«

»Die Ärzte haben gesagt, ich soll dich abholen«, meldete Kev sich wieder zu Wort. »Los geht's.«

Ich blinzelte. »Willst du nicht mal wissen, was mir zugestoßen ist?«

»Du hast aus Versehen Fleisch gegessen, dir den Finger in den Hals gesteckt und bist wie eine Diva in Ohnmacht gefallen.«

Ich riss die Augen auf. »So war das —«

»Können wir jetzt gehen?«, fragte Kev gelangweilt. »Ich verpasse das Spiel.« Damit meinte er natürlich kein Fußballtraining, sondern die blöde WM.

Christina schenkte mir einen scharfen Blick. Und auf den stehst du?, stand ihr ins Gesicht geschrieben.

Hilflos zuckte ich die Achseln, ehe ich mich aus dem Bett schälte – und bemerkte, dass ich nur einen Krankenhauskittel trug.

»Oh!« Christina sprang auf. »Ich bringe dir deine Klamotten!« Sie stolzierte zu einem Tisch auf der anderen Seite des Raums und brachte mir einen Kleiderstapel – und das mit einem solchen Engagement, als wollte sie mir beweisen, dass sie der bessere Notfallkontakt war.

»Danke.« Ich schickte mich an, den Kittel an Ort und Stelle auszuziehen.

Kevs Augen weiteten sich entsetzt. »Ich warte draußen.«

»Hab dich doch nicht so!«, rief Christina ihm grinsend hinterher, während er die Tür hinter sich schloss. »Der beißt schon noch an«, sagte sie dann.

An diesem Abend war alles wie immer. Kev starrte in den Fernseher, während ich betont sexy Yogaposen im Wohnzimmer übte. Doch mit den nächsten Tagen kamen die Veränderungen.

Ich aß nichts mehr. Ich konnte, wollte nichts mehr essen. Was auch immer in meinem Magen landete, beschwor einen neuen Würgereiz in mir herauf. Irgendetwas musste sich entzündet haben, aber nicht mal die sanfteste Detox-Kur konnte mich kurieren.

Am Anfang war es noch nicht so schlimm. Aber dann bekam ich Hunger. Allerdings auf nichts, das ich in meinen Kühlschrankfächern lagerte. Meine vorgekochten Mittagessen für diese Woche landeten entweder nach einem gescheiterten Essversuch in der Toilette oder gammelten vor sich hin. Immer, wenn ich die Kühlschranktür öffnete, blieb mein Blick an Kevs Vorräten hängen. Jedes Mal etwas länger.

Während ich Veganer war, war Kev bekennender Fleischfresser. Nach drei Tagen ertappte ich mich selbst dabei, wie ich eine ekelhafte Discounter-Plastikpackung mit Salamischeiben darin aus einem Fach nahm. Ich aß sie nicht. Ich roch nur daran – und mein Hunger wuchs ins Unermessliche.

Angewidert von mir selbst schleuderte ich das Fleisch zurück in den Kühlschrank. Wo mir sonst vom Geruch von Wurst immer schlecht geworden war, passierte jetzt das absolute Gegenteil. Ich wollte mehr. Viel mehr.

Ich hatte mir geschworen, nie wieder Fleisch, Fisch oder Milchprodukte zu essen – den Tieren zuliebe.

Ich hatte schon von Frauen gehört, die in der Schwangerschaft wieder zu Fleischfressern geworden waren, weil sie ihre Gelüste nicht unter Kontrolle gehabt hatten. Doch ich war nicht schwanger. Ich war schwul, aber im Gegensatz zu dem, was mir oft hinterhergerufen wurde, immer noch ein Mann. Was stimmte dann nicht mit mir?

Und das war noch nicht alles. Obwohl ich mich jeden Abend meiner Skincare-Routine widmete, wurde meine Haut immer blasser und spröder. Ich hatte mir ein Knie aufgeschlagen, als ich bewusstlos geworden war, und anstatt, dass die Wunde abheilte und verkrustete, blieb sie feucht und eitrig. Mit der Zeit befürchtete ich sogar, dass sie sogar größer wurde, und fing an, jeden Tag ein Foto davon zu machen, so sehr ich mich auch davor ekelte.

Irgendwann hielt ich es nicht mehr aus. Obwohl Kev seine nervigen Freunde zum Fußballschauen eingeladen hatte, ging ich ins Wohnzimmer. »Irgendwas stimmt nicht mit mir.«

Alle Blicke richteten sich auf mich. Jemand schnaubte. »Fällt dir das jetzt erst auf?«

»Hast du deine Tage bekommen?«

Kev hatte noch nie etwas Böses zu mir gesagt, nur weil ich schwul war – sondern nur, weil ich Veganer war. Seine Kumpel tickten aber ganz anders.

»Schnauze«, brummte mein Mitbewohner, ehe er schwerfällig von der Couch aufstand. Wir verzogen uns in mein Zimmer, und allein, dass er mir zuhören wollte, rührte mich so sehr, dass ich am liebsten losgeflennt hätte. »Was ist los?«

»Ich ... weiß auch nicht«, sagte ich leise. Ich erzählte ihm von meinen Beobachtungen und zeigte ihm meine Wunde, woraufhin er angewidert das Gesicht verzog. »Wenn ich es nicht besser wüsste«, endete ich, »würde ich sagen, ich bin ein Zombie.« Ich wollte lachen, aber alles, was aus meiner Kehle drang, war ein nervöses Kichern. Ich schluckte. »Könntest du ... mal meinen Puls fühlen?«

Kevs Brauen schossen in die Höhe. »Dein Ernst?«

»Mach's einfach!«

Widerstrebend ergriff er meine Hand und presste seinen Daumen in mein Handgelenk. Runzelte die Stirn. Machte dasselbe an meiner Halsschlagader. Blinzelte. »Ähm.«

Ein altes Blutdruckmessgerät war schnell gefunden. Ergebnis: null. Kein Blutdruck. »Wenn ich es nicht besser wüsste«, sagte Kev, »würde ich sagen, du bist tot.«

Ich drohte, den Boden unter den Füßen zu verlieren. »Aber ... ich lebe doch! Ich bin doch hier!« Ich starrte auf meine bleichen Hände. »Ich ...«

Kev war vollkommen ruhig. »Es gibt nur einen Weg, das herauszufinden.«

»Welchen?«

»Morgen«, entgegnete er. »Jetzt wird erst mal Fußball geschaut.«

Entgeistert starrte ich ihn an. »Was?«

»Hallo?«, entrüstete er sich. »Wir schreiben gerade ein Sommermärchen!«

Meine Kinnlade sackte herab. »Ernsthaft?«, fragte ich. »Die WM ist dir wichtiger als die Tatsache, dass dein Mitbewohner sich in einen verdammten Zombie verwandelt hat!?«

»Na ja«, fragte er gedehnt. »Hast du vor, mich zu fressen?«

»Nein!«, gab ich zurück. Zumindest nicht auf diese Weise.

Er zuckte die Achseln. »Na dann. Du wirst schon nicht dran sterben.«

»Ich bin schon tot!«, rief ich ihm hinterher.

Alles änderte sich, als ich am nächsten Tag nach Hause kam und ein Gehirn in der Küche fand.

Ich holte tief Luft. »Kev!«, schrie ich, sodass man mich wahrscheinlich im ganzen Gebäude hören konnte.

Wie mit Hummeln im Hintern schlitterte mein Mitbewohner in die Küche. »Was —« Er stockte. »Ach ja. Hab dir was mitgebracht.«

Wie versteinert stand ich da. »W-w-was ist das?«

»Ein Schweinegehirn. Hab's vorhin bei einem Bauern abgeholt.«

In einer mechanischen Bewegung drehte ich den Kopf und starrte ihn an. »Warum!?«, stieß ich hervor.

»Na ja, bevor er es wegwirft —«

»Du weißt genau, was ich meine!«, keifte ich.

Er zuckte die Achseln. »Wenn du ein Zombie bist, ist das vielleicht genau das Richtige für dich.«

Entgeistert schüttelte ich den Kopf. »Ich bin Veganer!«

Kev hob abwehrend die Hände. »Okay. Weißt du was? Ich lass euch zwei jetzt einfach alleine, und du entscheidest selbst, was du machst. Wenn du mich suchst ...«

»Fernseher«, brummte ich. »Schon klar.«

Ich konnte den Blick nicht von dem Gehirn reißen. Sein Anblick war gleichermaßen schmack- und ekelhaft. Es glänzte im Licht, das durchs Fenster hineinfiel, und ein metallisch-fleischiger Geruch stieg mir in die Nase, der meinen Magen knurren ließ.

Ich hatte Hunger. Ich hatte solchen Hunger. Der bloße Gedanke daran trieb mir Tränen in die Augen. Und sorgte dafür, dass ich die Kontrolle über meinen Körper verlor. Dass ich, ohne mich auch nur nach der Besteckschublade umzusehen, auf das Hirn zutrat und ein Stück davon mit den Fingern abriss. Ich drehte es nur ein paar Sekunden lang zwischen den Fingern – dann wurde der innere Drang unerträglich, und ich schob es mir einfach in den Mund.

Im Gegensatz zum Schokoriegel musste ich nicht lange darauf herumkauen. Das Verlangen war so groß, dass ich es als Ganzes herunterschluckte.

Als das Gehirn in meinem Magen landete, traf mich die Gewissheit, was ich gerade getan hatte, wie ein Schlag.

Während ich still und leise vor mich hin weinte, riss ich noch ein Stück Hirn ab und aß es. Und noch eines. Und noch eines. Bis der Teller leer war, ich nichts mehr hatte, womit ich mir selbst das Maul stopfen konnte, und meine Schluchzer neue Ausmaße annahmen, die sogar Kev auf den Plan riefen.

»Hey«, sagte er hilflos und legte mir eine Hand auf die Schulter. »Ist doch nur ein bisschen Hirn. Es gibt nichts, wofür du dich schämen müsstest.«

»Das tue ich aber!« Ich verbarg das Gesicht in meinen Händen. »Ich bin der abartigste, widerwärtigste –«

Mein Herz machte einen Satz, als Kev mich in den Arm nahm. »Bist du nicht«, sagte er sanft. »Du bist der coolste Zombie, den ich kenne.«

»Das wollte ich doch gar nicht sagen.«

»Ist mir – Wow«, stieß er hervor. »Du hast das ganze Hirn gegessen?«

Ich antwortete nicht. Ich konnte nicht. Seine Körperwärme betäubte mich, und ich war froh, dass ich davon nicht hungrig wurde. Stattdessen spürte ich dieselben Schmetterlinge in meinem Bauch wie immer, wenn wir einander so nah waren. »Wirst du mich jemals lieben?«, flüsterte ich.

»W-was?« Kev wollte von mir abrücken, aber ich klammerte mich an ihm fest, weil ich Angst davor hatte, ihm jetzt noch in die Augen zu sehen. »Lieben? Ähm, sorry«, sagte er vorsichtig. »Aber ich hab wirklich kein romantisches Interesse an dir.«

Widerstrebend löste ich mich von ihm. »Ist es, weil ich ein Zombie bin?«, fragte ich ernst.

Er schnaubte. »Nein, weil du ein Veganer bist. Ich könnte nie einen Veganer daten!«

Meine Augen weiteten sich. Hatte er sich gerade vor mir geoutet?

Kev stockte, als wäre ihm das auch aufgefallen. »... oder einen Mann«, fügte er halbherzig hinzu. Zu spät.

Ein paar Sekunden herrschte Stille zwischen uns. Peinliche Stille.

Ich räusperte mich. »Damit stellen sich drei Fragen. Wie ist das passiert«, zählte ich auf, »wie kann ich wieder normal werden, und wie kann ich bis dahin dafür sorgen, dass ich vegan bleibe?«

»Wirklich?«, brummte Kev.

»Veganes Fleisch schmeckt furchtbar ...«

»Und du musstest erst sterben, damit dir das auffällt?«

»... aber ich werde auf keinen Fall noch mal so was essen!«

Kev verschränkte die Arme. »Mit Hirnen tötest du kein Tier, weißt du. Das ist'n Abfallprodukt. Das Schwein wäre sowieso –«

»Nie wieder!«, unterbrach ich ihn.

Mein Mitbewohner kratzte sich am Kopf. »Was die erste Frage betrifft – bist du in letzter Zeit von jemandem gebissen worden?«

Ich erstarrte. Und dachte an meinen One-Night-Stand, der ... »Oh Mann.« Die Bissspuren sahen inzwischen ähnlich schlimm wie mein Knie aus. »Ich hatte Sex mit einem Zombie.« Man konnte wirklich niemandem aus dem Internet über den Weg trauen!

Kevs linkes Augenlid zuckte. »Okay. Dann wäre das ... schon mal geklärt, schätze ich.« Er dachte kurz nach. »Kennst du 3D-Drucker? Vor ein paar Jahren haben sie damit eine künstliche Niere gemacht. Vielleicht geht das ja auch mit Hirn. Wäre ja irgendwie vegan, oder?«

»Und warum in aller Welt sollte jemand ein Hirn drucken? Das kann man schließlich niemandem mehr einsetzen.«

»Warum nicht?«, fragte er verwundert.

»Weil derjenige, der ein neues Hirn braucht, schon tot ist.«

Er stutzte. »Oh.«

Ich rief bei meinem Hausarzt an, woraufhin mir die Nummer eines Psychiaters durchgegeben wurde. Als ich diesem mein Problem schilderte, wollte er sofort einen Termin mit mir ausmachen, aber auf einmal bekam ich ein komisches Gefühl bei der Sache und legte auf.

Die nächsten Tage über war ich auf Diät, während ich das Internet nach einer Wiederbelebungskur für Zombies durchsuchte. Ich schlug mich ganz gut. Aber alles änderte sich, als ich mit Christina über den Campus schlenderte und einer Gruppe Viertsemester entgegenkam.

Ich hatte in meiner ersten Woche in der Mensa mit ihnen gegessen. Einer von ihnen hatte mich dafür verurteilt, dass ich mir kein Schnitzel genommen hatte, sondern nur einen Salat, woraufhin ich erklärt hatte, Veganer zu sein. Seitdem erzählten sie überall herum, ich würde bei jeder Gelegenheit herumerzählen, dass ich Veganer war. Dass ich schwul war, machte die Sache auch nicht besser.

»Was will die Schwuchtel denn schon wieder hier?«, schleuderten sie mir entgegen.

»Geh Gras fressen!«

»Wann lässt du dich endlich umoperieren?«

Was sie sagten, traf mich mitten ins Herz. Gleichzeitig machte es mich unglaublich hungrig.

»Ron, nicht –«, wollte Christina mich aufhalten, konnte sie aber nicht.

Ich näherte mich einem von ihnen, bis ich direkt vor ihm stand.

Er zuckte nicht mit der Wimper. »Willst du mich jetzt küssen oder was?«

Knapp daneben. Ich öffnete den Mund und biss ihm ins Gesicht.

Mein Plan war es, ihm seine Wange mit einer scharfen Kopfbewegung aus seiner Visage zu reißen und in einem Stück herunterzuschlucken. Es gab nur eine Sache, die ich vor lauter Fleischeslust vergessen hatte. Ich war zwar ein Zombie, aber ich war nicht besonders stark. Jemand schlug mir mit voller Wucht gegen die Schläfe, und ich ging zu Boden. Benommen wollte ich mich auf den Rücken rollen, als ein Fuß in meine Magengrube krachte, dann noch einer.

»Aufhören!«, kreischte Christina, und nach zwei, drei gezielten Tritten ließen sie tatsächlich von mir ab und zogen davon, nicht ohne mit wüsten Beleidigungen und Drohungen, dass sie mich anzeigen würden, um sich zu werfen.

Was mich endgültig aus der Bahn warf, war nicht ihr Verhalten, sondern die Tatsache, dass ich keinen Schmerz spürte.

Und noch etwas: »Ich werde ins Gefängnis kommen.«

»Ach was«, winkte Kev am Abend ab. »Christinas Vater ist Anwalt, der boxt dich schon wieder raus.«

»Ich habe einem Menschen ins Gesicht gebissen!«, rief ich aus. »Ich hab es so was von verdient, in den Knast zu wandern!« Resigniert ließ ich mich neben ihm aufs Sofa fallen. »Ich bin eine Gefahr für die Menschheit«, flüsterte ich. »Wir müssen irgendetwas unternehmen, und zwar schnell.«

»Ach ja, ich hab wieder etwas Hirn für dich besorgt.«

»Nicht so etwas!«, knurrte ich. »Etwas, das mich wieder normal werden lässt!«

»Sorry, aber normal warst du vorher auch nicht.«

»Das ist doch –«

»Frostschutzmittel«, sagte er plötzlich.

Ich blinzelte. »Was?«

»Ich hab heute im Internet gesucht und eine Anleitung gefunden, wie man Zombies wieder normal bekommt. Du musst Frostschutzmittel trinken.«

Entgeistert starrte ich ihn an. »Wo in aller Welt hast du das gelesen?«

»Auf dieser Website, wikiHow. Da gibt es Anleitungen für alles.«

Das Internet mal wieder. »K-kann man an so was nicht sterben?«

»Na und? Du bist doch schon tot.«

Ich konnte kaum glauben, dass wir beide zehn Minuten später gegenüber voneinander im Wohnzimmer standen, ich mit einer Flasche Frostschutzmittel in der Hand. »Ich habe Angst«, gab ich zu. »Was, wenn etwas schiefgeht? Wenn ich ... doch noch ganz sterbe?«

Kev zuckte die Achseln. »Dann mach's nicht. Du kannst auch als Zombie weiterleben. Müsstest halt nur ab und zu ein Hirn —«

»Kommt überhaupt nicht infrage!«, unterbrach ich ihn.

Entgeistert schüttelte er den Kopf. »Du würdest lieber sterben, als kein Veganer mehr zu sein?«

Unsicher sah ich ihn an. »Ich ... weiß nicht ...«

»Ernsthaft?« Auf einmal wirkte er unbeschreiblich wütend. »Ich weiß, dass dich meine Meinung sowieso nicht interessiert, aber ...« Er holte tief Luft. »Mir wäre es lieber, du würdest Hirne fressen und dafür leben.«

Ich biss mir auf die Unterlippe und schmeckte sofort Blut. Mein Tempel von untotem Körper war eingestürzt. »Weil du Veganer so sehr hasst?«

Seine Schultern sackten herab. »Nein!«, sagte er, ehe er kraftlos wiederholte: »Nein ...« Ich wusste nicht, wie mir geschah, als er mein Gesicht in seine Hände nahm und seine Lippen auf meine drückte. Mein Herz setzte mehrere Schläge aus, in denen ich die Flasche fallen ließ, meine Arme um ihn schlang und den Kuss erwiderte. Ich hatte so lange auf diesen Moment gewartet. Wer hätte gedacht, dass ich erst sterben müsste, um Kev endlich rumzukriegen?

»Du schmeckst nach Hirn«, sagte er leise. Plötzlich verzog er das Gesicht.

»S-so schlimm?«, fragte ich, zwei Sekunden bevor er sich auf mein Hemd übergab.

Einen unendlich langen Moment starrten wir beide einander nur aus weit aufgerissenen Augen an. »Oh Mann«, stöhnte er, ehe er das Bewusstsein verlor und in meine Arme fiel.

Ich atmete tief durch – und erinnerte mich an meine blutige Unterlippe. »Oh Mann.«

■

DAS INNERSTE DER WELT

Lena Richter

Andere würden vielleicht sagen, du seist verflucht, dass du jetzt hier stehen musst, im Haus deiner Kindheit, nein, in dem, was die Flammen davon übriggelassen haben. Dass du in der Asche graben musst, und noch dazu allein. Doch das hier ist kein Fluch, das weißt du, denn alle, die ihn aussprechen könnten, sind tot. Du stehst in der Asche, und du bist allein, und seit zwei Wochen schon bist du die letzte Hexe von Berlin.

Als der Anruf kam, dachtest du eigentlich, du hättest zum ersten Mal seit Jahren alles im Griff. Dein Sohn schlief endlich die Nächte durch, die Augenringe deiner Frau waren weniger tief. Du hattest das Gefühl, dass deine Medikamente richtig eingestellt waren, deine Ärztin war zufrieden, und du warst es auch. Im Entwürfe-Ordner deines Mailpostfachs befanden sich Bewerbungsschreiben, und du hofftest, bald den Mut zu haben, sie abzuschicken.

Du hattest gerade ein Foto deines ersten selbst gekochten Essens seit Wochen gemacht, um es auf WitchCraft zu teilen, als das Festnetztelefon durch dein Glück schrillte.

Sie bedauern, dir mitteilen zu müssen. Deine Cousine Tina. Du bist die letzte lebende Verwandte. Komplett niedergebrannt. Du stellst das Gespräch auf Lautsprecher, damit deine Frau mithören kann, damit keine wichtigen Informationen von dem Nebel verschluckt

werden, der dein Gehirn in solchen Situationen über-
fällt. Während die Polizistin noch spricht, suchst du
nach Zugfahrplänen. Deine Frau schüttelt den Kopf,
aber du weißt, was auf dem Spiel steht.

■■■

Und jetzt bist du hier. Zwei Wochen warten, fünf Stunden Zugfahrt quer durch die Republik. Dann die Taxifahrt, die du dir eigentlich nicht leisten kannst. Aber das,
was jetzt kommt, wird anstrengend, und du brauchst jedes Quäntchen Kraft. Löffel gespart, denkst du müde,
als du dem Taxifahrer Geld in die Hand drückst.

Die Ruine, die einmal ein Haus war, das einmal dein
Zuhause war, ist ein Chaos aus Mauerresten, verkohlten Dachbalken und Bergen von Asche. Obwohl du
weißt, dass kein Feuer mehr darunter schwelt, fühlt
sie sich warm an. Die Feuerwehr hat das Gelände frei-
gegeben, doch aufgeräumt hat niemand. Zwischen
Asche und Schutt blitzen andere Dinge auf, wenn das
Licht auf sie fällt. Scherben aus Glas, Porzellan und
Ton. Du denkst an die Blumentöpfe voller Kräuter,
die deine Mutter früher auf allen Fensterbänken verteilt hatte. Holzstücke, die das Feuer nicht vollständig
verzehrt hat, Bruchstücke von Schränken, Regalen,
Tischen. Du erkennst die verschnörkelten Endstücke
einer Gardinenstange, den geschwärzten Einband eines dicken Lexikons. Dutzende kleine Gegenstände,
die das Feuer zurückgelassen hat. Und alles, was du
zu tun hast, bevor du endlich mit diesem Teil deines
Lebens abschließen kannst, ist, unter ihnen den richtigen zu finden.

Alles hat einen Kern, eine Essenz, etwas Wahrhaftiges im Zentrum seines Daseins. Auch normale Häuser, von normalen Menschen, du weißt das, du spürst es manchmal, wenn du über die Schwelle trittst. Manchmal ist offensichtlich, was es ist – die alte Standuhr im Flur, deren Ticken seit Jahrzehnten die Sekunden verzehrt, nur einmal, da blieb sie stehen, und niemand weiß, warum (eigentlich wissen sie es doch, aber manches Wissen kann nur dort existieren, wo nicht genau hingedacht wird). Oder der eine Teller in der WG-Küche, von dem niemand mehr weiß, wo er hergekommen ist. Manchmal ist es ein Geheimnis, das Bündel verborgener Briefe unter der losen Parkettbohle, die Zeitung unter vier Lagen Tapete. Manchmal ist es nicht das Haus selbst, sondern der Johannisbeerstrauch im Garten, gepflanzt über Generationen geliebter Haustiere. Und manchmal ist es schrecklich, manchmal ist es die Gedenkplakette am Haus, der Stolperstein vor der Tür. Was für normale Häuser gilt, gilt für dieses hier besonders. Irgendwo zwischen Trümmern und Asche liegt etwas, das die Essenz des Hauses in sich trägt. Starke magische Schleier sind in den Gegenstand gewoben, zu gefährlich wäre er sonst. Du wünschtest, sie wären nicht da, denn wie sollst du ihn finden? Und finden musst du ihn, heute noch, ehe die Schleier fallen, der Schutz erlischt und die Kräfte beginnen, unkontrolliert alles in ihrer Umgebung zu beeinflussen.

Eigentlich hast du keine Ahnung von solchen Dingen. Zum Glück kennst du die richtigen Leute. Billie ist eine der schlauesten Personen, die du kennst, und xier hat dich schon vor Jahren gewarnt, dass dein Ausstieg aus dem Hexendasein nicht so einfach sein wird, wie du dir das vorgestellt hast. Magie ist Magie, hat xier dir in einer privaten Nachricht auf WitchCraft geschrieben. Du kannst aufhören zu zaubern, aber du bleibst immer eine Hexe. Es folgte eine Liste von Eventualitäten, die deine Pflichten als Hexe erfordern würden. Dank Billie hast du gewusst, dass dieser Tag kommen würde. Du wünschtest, das würde irgendwas leichter machen.

■■■

Du hast Angst vor dem, was du tun musst. Magie hat ihren Preis.

Der erste Schritt ist einfach. Mit einer Nadel stichst du in deinen Finger, presst ein paar Tropfen Blut hervor und lässt sie in die Asche fallen. Hexerei braucht ihren Fokus, die Stofflichkeit, die Verbindung zu der Person, die sie wirkt. Deine Urgroßmutter hat dich gewarnt, niemals ein Haar zu verlieren in Gegenwart deiner Feinde. Deine Tante hat dir beigebracht, deine Tränen in einem Reagenzglas zu fangen. Du hattest den größten Streit deiner Teenagerjahre mit deiner Mutter, als sie darauf bestand, dass du benutzte Tampons nicht auf öffentlichen Toiletten zurücklassen darfst. Manchmal denkst du daran, wenn du auf der mit weißem Kunstleder bezogenen Laborliege sitzt und zusiehst, wie dein Blut in kleine Röhrchen rinnt, drei Stück, vier Stück, manchmal mehr als das. Wie die kleinen Etiketten sorgsam darauf geklebt werden. Winkler, Jennifer. Anschrift, Blutgruppe, Diagnose. Hättest du Feinde, sie könnten dich leicht finden. Aber die Zeiten von widerstreitenden Hexenzirkeln sind vorbei. Ihr seid nur noch wenige, und ihr habt verstanden, dass ihr einander braucht.

Noch nie warst du der WitchCraft-Community so dankbar wie heute. Du hast aufgehört, eine Hexe zu sein, ehe du gelernt hast, das Innerste eines Hauses mit einem einzigen Zauber zu finden. Du erinnerst dich an die elegante Abfolge von Worten, die deine Tante benutzt hat, wenn sie den Dingen auf den Grund ging. An ihre langen Finger, die sich im Takt der Worte bewegten, während vor ihren Augen, nur für sie selbst sichtbar, Schicht um Schicht der Realität abblätterte. Häuser, Menschen, Geschichten. Tante Moni konnte den Kern von allem finden, und wenn sie ihn gefunden hatte, dann zupfte sie behutsam an ihm, in die eine oder andere Richtung, und die Dinge änderten sich.

Du warst oft dabei, als du noch ein kleines Mädchen warst. Jemand musste schließlich dafür sorgen, dass Tante Moni den Weg nach Hause schaffte. Es zehrt an einem Menschen, das Wahrhaftige zu sehen. Wenn ihr Werk getan war, sah deine Tante blass aus, erschöpft auf eine Art, die über Müdigkeit hinaus ging. Dann warst du an der Reihe, in deinem Beutel Wasser, ein belegtes Brot und eine Tafel Zetti-Schokolade, im Kopf die Telefonnummer, um notfalls Hilfe holen zu können. Aber meist war das nicht nötig. Tante Moni lächelte mit blassen Lippen, biss einen Riegel Schokolade ab und drückte dir die Hälfte in die schweißnassen Finger. Dann nahmst du sie an der Hand, vielleicht auch sie dich, und ihr fandet gemeinsam den Weg nach Hause.

Niemand in deiner Familie ist alt geworden.

■■■

Du hast natürlich nie aufgehört, eine Hexe zu sein. Wäre deine Tante noch am Leben, würde sie ihre eleganten Worte sprechen, um in dein Inneres, den Kern deines Daseins, zu schauen, dann stünde dort unter anderem in klaren, unzerstörbaren Worten: Hexe. Mit einem Zusatz vielleicht. Hexe, inaktiv. Hexe, unfreiwillig. Hexe, stümperhaft.

Und stümperhaft beginnst du nun, zu zaubern. Du behilfst dir mit zwei simplen Kniffen, die du schon als Kind gelernt hast. Du sprichst die Worte, die dich die Aura eines Gegenstands sehen lassen, die umso heller leuchtet, je mehr Erinnerungen an ihn geknüpft sind. Und du sprichst die Worte, die die Wirkung auf den nächsten überspringen lassen, wenn du die Erinnerung gelesen hast. Dein Können reicht nicht, um den Zauber mehr als einmal zu wirken, und deine Kraft erst recht nicht. Aber mit diesem Trick wird die Magie sich selbst von einem Ding zum nächsten tragen. Du wärst niemals selbst auf die Idee gekommen. Aber Inaya und Amal haben sich zusammengetan, dir eine Anleitung geschickt, Schritt für Schritt, sogar ein Video mit den richtigen Handbewegungen war dabei. Du rufst es noch einmal in der WitchCraft-App auf deinem Handy auf, lächelst kurz, als du ihre ermutigenden Worte hörst. Du sprichst die englischen Formeln nach, der Magie ist die Sprache egal, haben sie dir versichert. Dann vollführst du die Gesten, wartest, was passiert. Fragst dich, was der Zauber dich kosten wird.

Das erste Aufleuchten ist so grell, dass du die Hände vor die Augen schlägst und vor Schmerz aufschreist. Du schimpfst laut, suchst in deiner Tasche nach deiner

Sonnenbrille. Irgendwie hast du erwartet, dass magisches Licht anders ist, einen Weg findet, deine geschädigte Netzhaut zu umgehen. Aber es tut dir den Gefallen nicht. Früher hättest du das grellgrüne Leuchten vielleicht gemocht. Aber seit das Medikament, das es dir möglich macht, überhaupt hier zu stehen, deine Augen für immer geschädigt hat, ist alles Licht zu grell. Medizin unterscheidet sich für dich nicht besonders von Magie. Sie ist wie die böse Hexe in alten Sagen, die für alles, was sie dir gibt, einen Preis verlangt.

Das grüne Licht stammt von einem winzigen Bilderrahmen, gerade so groß wie deine Handfläche. Im Inneren des Rahmens befindet sich hinter dem gesprungenen Glas kein Bild, sondern ein kreisrunder Aufkleber in grün-gelben, inzwischen verblassten Farben. Fast schneidest du dich in den Finger, als du ihn unter einem Trümmerstück hervorziehst.

Du zeichnest das allsehende Auge in die Asche, sprichst die Worte, die dich das Innere sehen lassen, den Kern jedes Wesens, jedes Gegenstandes. Kurz fragst du dich, was dein wahres Wesen ist, jetzt, in diesem Moment. Tochter, vielleicht, aber bist du noch Tochter, wenn du keine Mutter mehr hast? Mutter, vielleicht, aber bist du eine Mutter, wenn du das Kind nicht selbst im Leib getragen hast? Kurz denkst du an das Adoptionsverfahren, die vielen Formulare, die du noch ausfüllen musst, um Mutter des Sohnes zu sein, den deine Frau geboren hat. Deine Frau, die du deine Frau nennst, obwohl sie das nicht sein darf. Kann das Innere eines Menschen überhaupt eingetragene Lebenspartnerin lauten? Ist das nicht ein viel zu sperriger Begriff?

Du musst dich konzentrieren, verdammt. Einatmen, ausatmen. Es ist schon beinahe Mittag, und du stehst noch ganz am Anfang einer Kette aus Erinnerungen.

Langsam senkt der Zauber deine Gedanken hinab in den gerahmten Aufkleber, es fühlt sich an wie ein vorsichtiges Abtauchen. Der Kern des Bildes ist eine Erinnerung an einen Supermarktbesuch, bunte Waren in scheinbar endlos vollen Regalen, fröhliche Menschen, ein kleiner Auflauf an Personen, die um einen hellblauen Trabbi stehen. Und die bräunliche, leicht stachelige Frucht, auf der einst der Aufkleber prangte. Kiwi, sagt eine lachende Männerstimme. Was das wohl ist? Sieht aus wie eine Art Kartoffel. - Egal, pack ein, erwidert die Stimme deiner Tante. Das Begrüßungsgeld wird schon reichen.

Du fühlst dich auf einmal, als würde der Sprung im Bilderrahmen sich vergrößern, zu einem gähnenden Riss im Boden werden, der dich in sich hineinzieht. Es ist wie der alte Spruch mit dem Abgrund, der in dich zurückblickt. Nur müsste er hier wohl heißen, dass man keine Erinnerung erhält, ohne eine eigene preiszugeben. Aber es ist nicht eine einzelne Erinnerung, die in dir aufsteigt, es sind viele Fetzen von Erinnerungen. Manche sind leicht und hell, wie das Lachen deiner Frau, als ihr euch scherzhaft darüber streitet, ob ihr das Geschirr gerade auf- oder abwascht. Manche sind dumpf und dunkel, der Sachbearbeiter, der deinen Dialekt verspottet, die alte Frau, die im zufälligen Gespräch auf der Party fragt, ob deine Heimatstadt auch auf Kosten ihrer Steuergelder saniert wurde. Manche sind kaum greifbar, die vage Ahnung eines kratzigen Tuchs um deinen Hals, der

Jubel einer Menschenmenge, der von fern durch das gekippte Fenster deines Kinderzimmers klingt.

Seit du in der Schule gelernt hast, dass es das Land, in dem du geboren wurdest, nicht mehr gibt, seit du die Bilder aus jener Novembernacht kennst, fragst du dich, ob es Zufall war, dass deine Großmutter kurz darauf starb. Dass sie innerhalb von Wochen zu schrumpfen schien, weniger zu werden, bis sie mit dem ersten Schnee aus der Welt wehte.

Die Welt läuft nicht einfach von allein, hat deine Mutter gesagt. Wütend war sie, am Tag, als du ausgezogen bist, am Tag, als du ihnen allen gesagt hast, dass du das Hexenwerk nicht weiter lernen willst. Du wusstest noch nicht, weshalb dir so viel Kraft fehlt, du wusstest nur, dass dein Herz zu schwer und deine Knochen zu weich waren. Die Welt braucht uns, hat sie gesagt, wir sind die einzigen, die sie verstehen. Die bis ins Innerste sehen können. Du hast das nie gewollt, ins Innerste der Welt zu sehen. Und jetzt sitzt du hier, die Hände voller Asche, in den Fingern einen Bilderrahmen mit einem Sprung. Das Innerste der Welt ist dir egal, aber das Innerste dieses Hauses musst du finden. Vor Mitternacht. Wie in einem verdammten Märchen.

■■■

Das grüne Leuchten um das Bild ist erloschen. Du schaust dich um, wartest auf das nächste Licht, aber es kommt nicht. Wut steigt in dir hoch, hilflose, unbeherrschte, sprachlose Wut, auf dich selbst, auf die Ascheberge, auf diese ganze absurde Situation. Du möchtest nicht hier sein. Möchtest das nicht tun müssen. Schon beginnen deine Hände zu zittern, während Tränen in deine Augen schießen und das Blut hinter deinen Schläfen pulsiert. Du kämpfst, einige gequälte Atemzüge lang, gegen die Wut. Du kannst sie dir nicht leisten. Aufregung macht alles schlimmer, lockt die Schmerzen in deine Gelenke, legt noch mehr Nebel in dein Gehirn. Du atmest tief, betont ruhig. Zählst von Zehn an rückwärts und als du bei Drei angekommen bist, leuchtet unter der Asche ein violettes Licht.

Mit einem verkohlten Etwas in der Hand, das du zwischen Stein- und Holzstücken ausgegraben hast, zeichnest du erneut das Allsehende Auge. Du weißt nicht einmal, was du da eigentlich gefunden hast, es ist ein rechteckiges, flaches Ding, zur Unkenntlichkeit geschwärzt. Das Leuchten, ein dunkles, pulsierendes Violett, geht unverkennbar davon aus.

Dieses Mal ist die Erinnerung kein sanftes Abtauchen, sondern scharf und unmittelbar. Kein Bild, kein Ton, nur ein Gefühl. Du weißt, dass der Gegenstand in deiner Hand die Zugehörigkeit zu etwas repräsentierte, vielleicht war es ein Mitgliedsausweis, ein Parteibuch, ein Abzeichen. In dem Moment, den du nachfühlst, fand sie ein Ende. Ein unschönes, schmerzliches Ende, selbstgewählt und voller Gefahren. Es gibt Dinge, denen man nicht den Rücken zudreht, ohne Konsequenzen zu erfahren. Das schwarzverbrannte Ding in deinen Fingern ist im tiefsten Inneren das Gefühl eines Moments, in dem sich alles verändert hat.

Deine eigene Erinnerung ist ebenso unvermittelt. Das Behandlungszimmer, in dem du auf ein abstraktes Bild in fröhlichen Farben schaust, während die Worte deiner

Ärztin an dir vorbeiziehen. Vielleicht ist es nicht wahr, wenn du nicht zuhörst? Vielleicht träumst du gerade? Das Sie werden mit dieser chronischen Erkrankung leben müssen trifft auf deinen Ohren auf und bohrt sich unnachgiebig in dein Bewusstsein. Die Frau, die damals deine neue Freundin war und heute die Mutter deines Sohnes ist, drückt deine Hand ganz fest.

Du hast deine Mutter nie gefragt, ob sie dich gesund zaubern kann. Wir bestimmen nicht über Leben und Tod, hat sie immer gesagt. Wir beeinflussen nur manchmal, was die Menschen damit anfangen. Seit sie tot ist, fragst du dich, ob sie es doch versucht hat. Ob der schwere Verkehrsunfall, zwei Monate nach deiner Diagnose, eine Lüge war. Dir wird klar, dass du auf diese Frage keine Antwort mehr erhalten wirst, jetzt, wo auch deine Cousine fort ist. Du schiebst die Gedanken weg, zu den anderen Dingen, an die du jetzt nicht denken kannst.

Nachdem das violette Leuchten vergangen ist, brauchst du eine Pause. Ein halber Liter Wasser, das Sandwich, das deine Frau dir belegt hat, drei Tabletten. Du kaust und schluckst, sitzend auf einem verkohlten Dachbalken. Betrachtest die Tabletten in deiner Hand. Legst zwei weitere nach. Du wirst für diesen Tag bezahlen, schon jetzt spürst du den nächsten Schub in deinen Fingerspitzen und Zehen. Deine Energie ist ein Konto mit hohem Dispositionszins, jede Überziehung zahlst du in Raten zurück, und deine stümperhaften Zauber kosten Kraft. Du spürst in dich hinein, fragst dich, ob es reichen wird. Dabei bist du Meisterin darin, deine Kraft einzuteilen, jeder deiner Tage ist sorgsam organisiert.

Du führst Schlachtplanungen mit dir selbst, morgens, wenn du darauf wartest, dass die Beweglichkeit in deine Glieder zurückkehrt.

Du schickst eine kurze Nachricht an deine Frau, mir geht es gut, schreibst du. Natürlich geht es dir nicht gut. Aber jede Beziehung kennt ihre eigene Geheimsprache, und mir geht es gut ist deine Art, ihr zu sagen, dass du es aus eigener Kraft nach Hause schaffen wirst. Die Rückfahrt ist schon gebucht, ein Ticket für den letzten Zug, der heute fährt. Du weißt nicht, was du tun wirst, wenn du bis dahin den Kern des Hauses nicht gefunden hast.

Du tippst eine weitere kurze Nachricht an Billie, damit xier den anderen aus der Community sagen kann, dass ihre Tricks und Tipps funktioniert haben. Works like a charm, schreibst du, mit drei Zwinkersmileys, während du dich fragst, ob sie noch mit dir Kontakt halten werden, wenn das alles hier vorbei ist.

■■■

Der Nachmittag vergeht, während du einen Gegenstand nach dem anderen aus der Asche gräbst. Ein türkis leuchtender, halb geschmolzener Metallkrug, im Innersten der Gedanke an den ersten Schluck Wasser für einen Heimgekehrten, der in dir die Erinnerung an deinen ersten Kuss hervorruft. Ein bis zur Unkenntlichkeit geschmolzenes Metallfigürchen, im Kern die Gewissheit, jemanden nie wiederzusehen. Du denkst an Tante Moni, die starb, als du zwölf warst. Die eines Tages wieder loszog, um den Dingen auf den Grund zu gehen, und mit einem Lächeln abwinkte, als du fragtest, ob du sie begleiten sollst. Pass gut auf dich auf, sagte sie, ein Abschied, von dem nur sie wusste.

Die Farben wechseln, du taumelst von Gegenstand zu Gegenstand, Erinnerung zu Erinnerung. Längst bist du jenseits aller Kräfte, die du einteilen könntest. Das Kribbeln und Stechen hat sich zu deinen Knöcheln und Handgelenken vorgearbeitet. Es fällt dir immer schwerer, dich zu konzentrieren, die rettenden Tabletten scheinen deinen Kopf voller Watte zu zaubern. In einer Pause legst du eine Erinnerung im Handy an, neue Rezepte von deiner Ärztin zu holen.

Als die Abenddämmerung einsetzt, bist du endlich am Ende der Kette angelangt.

Die verbogene Schatulle aus Blech leuchtet orange-rot, wie Feuer. Ehe du es als magisches Licht erkennst, fragst du dich kurz, ob es unter der Asche immer noch irgendwo brennt. Deine Finger zittern und schmerzen, als du die verkohlte Schachtel aufbiegst. In ihr findest du, in Lagen aus Stoff und Wachspapier, einen winzigen Umschlag. Im Inneren liegt ein einzelnes Samenkorn.

Du hast ihn kaum berührt, als du dich erinnerst. Die Eberesche stand im Hinterhof, als du ein Mädchen warst. Als du elf warst, wurde sie gefällt. Zur Jugendweihe hat dein Onkel dir eine Schmuckschatulle aus ihrem Holz gebaut, die heute auf deiner Kommode steht. Niemals hättest du geraten, dass an dem Baum etwas besonders war. Aber der Zauber wirkt noch immer zuverlässig, Erinnerungen hüllen dich ein, diesmal fühlen sie sich beinahe wie eine Umarmung an. Du hast gewusst, dass deine Familie nicht immer schon in Berlin lebte. Jetzt erzählt dir das Samenkorn, dass der Baum im Hinterhof aus einem Setzling aus ihrer alten Heimat stammte. Das Innerste des Hauses liegt endlich vor dir, ein Gefühl von Hoffnung, von Neuanfang.

Deine eigene Erinnerung, die wie ein Spiegelbild dazu passt, ist ziemlich genau ein Jahr her. Deine Frau und du, auf der Schwelle der neuen Wohnung, die amtliche Lebenspartnerschaftsurkunde in ihrer Hand. Ihr lacht darüber, wie keine die andere über irgendwelche Schwellen tragen kann, sie hochschwanger, du chronisch krank.

Du lächelst, und mit dem Lächeln endet der Zauber, du lässt ihn und die Erinnerungen los.

Du fragst dich, was du anfangen sollst mit diesem Korn, das so viel bedeutet. Lässt du es einfach hier? Zerstörst du es, entzündest ein weiteres Feuer in der Asche, verbrennst das letzte Vermächtnis deiner Familie? Nimmst du es mit?

Du hältst das Samenkorn in den Händen. Es ist winzig, halb so lang wie dein Daumennagel. Der Kern des Hauses, im wörtlichen Sinne, kurz schnaubst du wütend-belustigt über diese Ironie. Doch dann wirst du still, als du die Magie des Innersten zum ersten Mal selbst begreifst, in den Händen hältst. Für endlose Augenblicke siehst du, was der Samen in sich birgt, was er werden könnte, werden wird. Siehst alle Varianten gleichzeitig.

Der riesige stolze Baum, gewachsen über Nacht in den Ruinen dieses Hauses. Die Wurzeln, die Straßen aufreißen, die Äste, die in die Nachbarhäuser greifen. Unkontrollierte Magie, die so sehr ausstrahlt, dass selbst die Menschen, die sie nicht sehen können, sich instinktiv fernhalten. Tage vergehen im Zeitraffer, Monate, Jahre.

Wo Berlin war, sind nur noch Holz und Äste und Blätter, rote Beeren, die bis in die Wolken wachsen. Die Zweige des Baumes reichen in den Himmel, seine Wurzeln bis ins Innerste der Welt.

Das Samenkorn, verbrannt, jeder Lebensfunke erloschen. Die Ruine, voller Asche und verkohlter Balken. Wieder vergeht Zeit, die Ruine verschwindet, ein neues Gebäude entsteht. Ein Haus ohne magischen Kern, ohne Erinnerungen und Geister. Die Menschen in Berlin wissen es nicht, aber zum ersten Mal treffen sie ihre Entscheidungen wirklich selbst.

Der Baum, die Eberesche, in deinem Garten. Die Äste reichen nicht bis in die Wolken, nur bis zur Höhe des Dachs. Dein Sohn weiß inzwischen, dass die roten Beeren giftig sind, erklärt es seiner kleinen Schwester. Du kannst das Gift sehen, wenn du richtig hinschaust, sagt er ernsthaft. Auch dein Sohn kann den Kern der Dinge sehen. Familie ist mehr als Blut.

Eine Myriade weiterer Varianten entsteht aus diesen dreien, weitere Bilder blühen kurz in deinem Geist auf. Eine geheime Stadt im Inneren der Welteneshe. Ein futuristisches Berlin, von einer Glaskuppel geschützt vor Magie. Ein Stammbaum von neuen Hexen, deren Ahnin du bist. Für einen Moment bist du gleichzeitig Samenkorn und aufblühende Knospe, Stamm und Wurzel, in den Wolken und im Innersten der Erde, du fühlst dich unsterblich und zerbrechlich, unendlich groß und unendlich klein.

Und dann schießt der Schmerz von deinen Füßen und Händen aus in alle Gelenke, in alle deine Knochen. Der Schub, den du mit purer Willenskraft hinausgezögert hast, hat dich eingeholt. Mit bitterer Klarheit erkennst du, wie tief im Minus deiner Kräfte du gelandet bist, aktivierst die App, um ein Taxi zu rufen. Dir bleiben nur noch Minuten, bis Schmerzen und Müdigkeit dich überwältigen. Minuten, um diese Entscheidung zu treffen.

Alle Zauber sind verflogen, und du bist wieder du. Nur Jennifer, Mutter und Tochter und irgendwie auch Hexe, geliebt und glücklich und traurig und krank, und allein in der Asche.

Das Innerste der Welt ist ein Samenkorn, kleiner als dein Daumennagel. Was damit geschieht, liegt allein in deiner Hand.

Was tust du?

■

DIE PIROUETTE

Ilka Mella

Francois drückte seine Trollnase platt an dem schrägen Dachfenster der Ballettschule in der Rue de la Pompe im 16. Pariser Arrondissement. Die Dunkelheit versteckte seine riesige Gestalt und er starrte gebannt auf die letzte Klasse des Abends hinunter.

■■■

Unten an den Ballettstangen standen fünfzehn junge Frauen wie Zinnsoldaten. Schwarze Trikots, helle Strumpfhosen, Schläppchen, streng zurückgebundene Haare. Außerdem hatten sie alle ellenlange Beine und eine schmale Wespentaille. Alle bis auf eine, deren schwarze krause Locken sich gegen den Dutt wehrten und überall zu Berge standen. Ihr Körper war schwer und ihre Ballettstrumpfhose war pink.

Die Schülerinnen standen gerade an der Stange und übten Batements jetées. Madame Mourman war unzufrieden: »Zehen strecken, Fersen nach innen. Und das muss schnell gehen, wie ein Peitschenschlag.« Francois hing an ihren Lippen. Er flüsterte leise ihre Worte nach, um sich nachher besser daran zu erinnern. Außerdem streckte er einen seiner Füße aus und versuchte auszuführen was Madame gefordert hatte. Dabei bewunderte er voller Stolz seine Ballettschläppchen, die er aus Lederresten selbst genäht hatte. Seine Trollfüße, deren derbe Haut sich einfach nicht weich schrubben ließ,

89

sahen darin schon viel eleganter aus. Wie gerne hätte er sich die dichten Haare auf seinen Fußrücken abrasiert, aber seine Familie wäre ausgerastet und so quoll unter den enganliegenden Schläppchen dichter Pelz hervor.

Rhythmisches Schlagen mit einem Stock lenkte seine Aufmerksamkeit wieder auf das Geschehen im Ballettsaal. Wenn Madame damit anfing, hieß es meistens nichts Gutes. Und schon war es soweit. Ihre hohe Stimme ging dem Troll durch Mark und Bein.

»Habt ihr keine Ohren? Kein Taktgefühl? Da kann ich die Musik ja auch gleich ausmachen! 1-2-3-4, 1-2-3-4.« Ihre Schülerinnen hatten mittlerweile rote Köpfe und bemühten sich, die schnellen Bewegungen zur Musik auszuführen.

Francois duckte sich als die Ballettlehrerin die Hände in die Höhe warf und den Blick nach oben – geradewegs aus dem Dachfenster – verdrehte, wie um den Ballettgott um Talent für die jungen Frauen anzuflehen.

In seinem Versteck hörte der Troll trotzdem auf die Musik und in Gedanken tanzte er. Er hatte kein Problem den Takt zu halten, und seine Füße bewegten sich schnell und akkurat. Wie gerne hätte er Madame gezeigt, dass er ihr größter Fan war. Doch keiner durfte von den Trollen in Paris wissen. Die uralte Geschichte von der Liebesgeschichte zwischen einem Wasserspeier von Notre-Dame und einer Menschenfrau musste vor den Menschen geheim gehalten werden.

»Wir kommen nun zu den Pirouetten.« riss Madames Stimme ihn wiederum aus seinen Gedanken.

Auf diese Exercice hatte er gewartet. Irgendetwas machte er bei dieser Königsübung des Balletts noch falsch.

»Julie, bitte,« mit einer Handbewegung forderte die Ballettlehrerin eine der Zinnsoldatinnen dazu auf, in die Mitte zu kommen.

»Zeig den anderen wie es geht.« Und Julie begann sich zu drehen, immer und immer wieder. Sie sah aus, wie aus einer anderen Welt und Francois blieb wie jedes Mal, wenn er sie sah, der Mund offenstehen, während seine Augen sich mit Tränen füllten. Dieses Mädchen war so voller Grazie, dass es ihn, wenn er sie tanzen sah, fast in den Wahnsinn trieb. Jedes ihrer perfekten, schlanken Gliedmaßen strahlte Eleganz und Perfektion aus.

Eine Welle der Frustration überrollte ihn und am liebsten hätte er sich das schwarze Trikot, das er nur bis zu seinem Bauchnabel hinunterziehen konnte, vom Leib gerissen und das weiße Tutu dazu auf dem Boden zertreten. Er machte sich einfach nur lächerlich.

Prompt überfiel ihn der verhasste Juckreiz, wie immer in den Armbeugen und Kniekehlen am schlimmsten. Bloß schnell an etwas anderes denken! Zum Glück waren unten im Ballettsaal die anderen Schülerinnen dran. Jetzt musste er genau aufpassen, wenn er erkennen wollte, was er selber falsch machte. Im Ballettsaal wurde es turbulent, da es den meisten Schülerinnen nicht gelang, die Balance zu halten und sie ziemlich durcheinanderpurzelten. Alle bis auf eine. Die junge Frau mit der pinken Ballettstrumpfhose strauchelte nicht einmal und immer wieder drehte sie sich – wie ein Wirbelsturm. Ihre Haarklammern verabschiedeten sich und die wilden Locken umrahmten offen ihr Gesicht. Ihre Bewegungen hatten so viel Kraft, trotzdem sah Francois, dass hier eine völlig andere Technik benutzt wurde. Das sah Madame auch so.

»Isabelle – raus!«

Schwer atmend kam die junge Frau zum Stehen.

»Ich habe es dir so oft gesagt, in diesem Saal unterrichte ich klassisches Ballett. Und auch wenn du meine Tochter bist, werde ich nicht dulden, dass du meine Kunst hier ins Lächerliche ziehst. Schon deine Strumpfhose ist ein Affront. Es würde dir nicht schaden, wenn du mehr auf deine Grazie achten würdest. Und da selbst viel Bewegung an deinem Problem« – sie sah auf Isabelles Oberschenkel, zwischen denen man nicht wie bei den anderen Mädchen durchsehen konnte –, »nichts zu ändern scheint, bitte ich dich zu gehen, bevor du meinen Schülerinnen Flausen in den Kopf setzt.«

Ihr Zeigefinger, der auf die Tür deutete, machte unmissverständlich klar, dass hier keine Bitte ausgesprochen worden war.

Isabelle ballte die Fäuste, und Francois nahm an, dass ihr Gesicht nicht nur von der Anstrengung hochrot war, als sie aus dem Saal stapfte. Der Troll biss sich auf die Unterlippe. Die Arme. Er war anscheinend nicht der Einzige, den seine Eltern nicht annahmen, wie er eben war.

Er schob sein Mitgefühl beiseite. Auch wenn Madame hier richtig gemein gewesen war, er war hier, um Ballett zu lernen und seine Pirouetten ließen zu wünschen übrig.

Als die Lehrerin sagte: »Alors, mes eleves on continue.« stellten sich alle Mädchen wieder im Raum verteilt auf und bemühten sich weiter.

»Du hältst die Arme nicht richtig.«

»Deine Augen müssen einen bestimmten Punkt fixieren.«

»Du nimmst zu wenig Schwung.«

»Du nimmst zu viel Schwung.«

»Du musst deinen Körper anspannen.«

»Du musst deine Knie strecken.« Das war es! Francois ging seinen Bewegungsablauf im Kopf noch mal durch und erkannte, dass er nie darauf geachtet hatte, seine Knie wirklich durchzudrücken.

Er wagte es, auf dem kleinen Absatz vor dem Fenster aufzustehen und versuchte die Grundstellung nachzuahmen. Sofort überfiel ihn ein heftiger Schwindel und er musste sich an dem Schutzgeländer festklammern.

In diesem Moment hörte er einen dumpfen Schlag ganz in der Nähe, wie von einer Dachluke. Er linste vorsichtig um die Ecke der Gaube und sah runde Arme, die begannen, sich nach oben zu ziehen. Dann erschien ein Kopf mit strubbeligen schwarzen Locken. Isabelle. Francois versteckte sich. Es war nicht das erste Mal gewesen, dass er mitbekommen hatte, wie die Ballettlehrerin ihre Tochter vor allen Schülerinnen ausgeschimpft und aus ihrem Ballettsaal verwiesen hatte.

Sätze wie »Wie kann ein Kind mit so wenig Grazie meine Tochter sein« und »Dein Trikot ist ja schon wieder zu eng« mussten ihr wirklich weh tun.

Auch heute war kein guter Tag für das Mädchen. So stark und stolz, wie sie gerade noch unten im Ballettsaal gewirkt hatte, jetzt war ihre Haltung gebeugt und immer wieder schniefte sie.

Isabelle tat ihm leid.

Er hätte sie so gerne getröstet, aber das ging ja nicht. Stattdessen durfte sie ihn auf keinen Fall entdecken. Deswegen zog er sich vorsichtig zurück, ließ sich an der Regenrinne, die empört ächzte, in den dunklen Hinterhof hinunter und trat den Heimweg an. Wenn er sich beeilte, konnte er vor der Mitternachtsmahlzeit noch ein bisschen zu Hause trainieren.

■ ■ ■

Francois eilte durch die Gassen der dunklen Stadt und vermied die immer noch mit Leben erfüllten Hauptstraßen. Am dunklen Ufer der Seine hielt er an. Er liebte den leichten Wind, der hier wehte. Er stellte sich so zu der Brise, dass seine juckenden Arme gekühlt wurden. Große Sprünge konnte er nur hier üben und so nahm er Aufstellung, strich noch einmal über sein Tutu und begann dann so graziös, wie er konnte, anzulaufen und mehrere grands jetées hintereinander zu springen.

Er sah die Bande junger Trolle erst als es zu spät war.

»Seht mal, Josephines Bruder.«

»Was? Das ist Pierre?«

»Nein, der andere Bruder. Der mit dem Sprung in der Schüssel.«

Francois wurde langsam eingekreist.

»Jo hat erzählt, der will gerne ein Mädchen sein. Klaut die Klamotten seiner Mutter.«

»Ob er wohl auch kämpft wie ein Mädchen?«

»Das werden wir gleich rausfinden.« Bei dem harschen Lachen der Bande begann Francois zu zittern.

»Lass mal sehen ob er schon heult.« Eine Taschenlampe flammte auf. Die Trolle waren wohl unterwegs
gewesen, um einzubrechen.

Das grelle Licht ließ ihn die Augen zukneifen, sodass er
sich die angewiderten Gesichter nur vorstellen konnte.

»Oh bei allen Steinen, sieht der ekelhaft aus!«

»Sieh dir mal diese Haut an. Total schuppig und
schmierig.«

»Nee, den fass ich bestimmt nicht an. Der ist wirklich
schon gestraft genug.«

»Geh zurück in das Gruselkabinett aus dem du gekommen bist.«

»Vielleicht weniger Schminke benutzen« riefen
sie ihm über die Schulter zu, als sie ihn gedemütigt
zurückließen.

Francois wollte nur noch nach Hause. Als er über die
Presqu'ile huschte, sah er hinauf zu den Gargoylen von
Notre Dame und verwünschte sie.

Endlich erreichte er die Metrostation La Bastille, und
betrat über die Gleise die Tunnels unter Paris und das
Trollreich.

■■■

Schweiß rann zwischen seinen dunklen Körperhaaren
über seine derbe Haut, während er in seinem Zimmer
trainierte. An mehreren Stellen war auch Blut beige-
mischt, da er dem Juckreiz nicht länger hatte widerstehen können. Er war zu verbissen und wusste es. Immer
wieder nahm er vor dem rissigen Spiegel Aufstellung, 4.
Position, ein Arm zu Seite, einer nach vorne, Blick auf
einen festen Punk gerichtet, Oberkörper angespannt.

Er zog das hintere Bein nach oben und legte seine Fußspitze an das Knie des Standbeins zum Passé und ging
auf die halbe Spitze, um zu drehen.

Aber jedes Mal fing er an zu trudeln und konnte die
Pirouette nur stolpernd beenden. Nicht einmal gelang
es ihm, in der dritten Position zum Stehen zu kommen,
so wie es sich gehörte. Es musste an seinem Standbein
liegen, aber wie konnte er seine krummen Beine dazu
überreden, sich zu strecken?

Francois begann aufgebracht in seinem Kellerzimmer
hin und her zu stapfen und kratzte an seinen Ellbogen.
Der Schweiß brannte in den offenen Wunden. Seine
Mutter durfte auf keinen Fall sehen, in welchem Zustand seine Haut schon wieder war.

Er starrte sein Spiegelbild an. Diese Nase und diese
trockene Haut mit den breiten Falten, die sich auch
um seine Augen legten als wäre er ein alter Mann! Was
würde Madame zu ihm sagen, einem Troll, dessen Haut
durch dieses ätzende Ekzem noch zusätzlich entstellt
wurde. Die Jungs an der Seine hatten recht gehabt.

Er machte sich doch lächerlich in diesem Trikot, das
er gestohlen hatte, und dem weißen Tutu.

»Francois, komm Essen!« rief in diesem Moment
seine Mutter. Er zerrte sich das dehnbare Oberteil vom
Oberkörper und stopfte es zusammen mit dem Tutu in
eine Ecke.

Dann verließ er sein Zimmer.

■■■

Missmutig schaufelte Francois seinen Rübenbrei in sich
hinein. Der Mutter entging seine Laune natürlich nicht.

»Was ist mit dir, ma biche?« Sie nannte ihn schon immer Reh, weil er für einen Troll so klein und schmächtig war. Als sie seinen Arm tätschelte und er unwillkürlich zusammenzuckte, sah sie in welchem Zustand seine Ellbeugen waren.

»Wie sieht deine Haut bloß wieder aus, Francois!«, rief sie besorgt. »Da müssen wir unbedingt wieder die Umschläge von Tante Emanuelle machen.«

Francois musste an sich halten, um nicht mit der Stirn auf dem Tisch aufzuschlagen. Diese Teerumschläge stanken so sehr, dass er den Geruch über Tage nicht aus seinem Pelz herausbekam.

»Was hast du eigentlich gerade bei dir gemacht? Es hat gekracht, als würde die Decke einstürzen«, knurrte sein Bruder Pierre während er sich Hühnchenfleisch aus den Zähnen pulte und anschließend laut rülpste.

»Workout«, antwortete Francois einsilbig. Er hatte diese Familie so satt.

In diesem Moment raste Josephine, die Jüngste in der Familie, herein, und in ihren Händen hatte sie – Francois Ballettsachen.

»Mama, schau mal Francois macht immer noch dieses Tanzzeugs.« Seine kleine Schwester war die größte Petze unter den Trollen, schon immer gewesen.

Als er aufstand, fiel polternd sein Stuhl um. »Gib das wieder her – das gehört mir. Und überhaupt: Was hattest du in meinem Zimmer verloren?«

»Einer meiner Freunde hat dich gesehen, mit dem Zeug da am Körper. In den Straßen von Paris. Ich werde auch schon ausgelacht, weil ich deine Schwester bin.«

Sie schüttelte die Kleidung vor Francois Gesicht. »Hör endlich auf so abartig zu sein.«

Langsam und drohend stand jetzt auch Pierre auf. Sein Bruder war über einen Kopf größer als er und knurrte ihn von oben herab an.

»Muss ich diesen Weiberkram erst aus dir rausprügeln? Wir haben dich gewarnt, du gehst in die Minen, wenn du nicht aufhörst. Stimmt doch Papa?«

Doch sein Vater war am Tisch eingeschlafen. Zu lange schon begann er am frühen Abend zu trinken, und bis die Trolle ihre Mitternachtsmahlzeit einnahmen, war er schon total dicht.

Francois begann zu weinen und er hasste sich dafür.

Aber er hob das Kinn und bemühte sich, seine Stimme nicht zu sehr zittern zu lassen.

»Ich bin wie ich bin. Weder Prügel noch Minen werden das ändern. Und jetzt muss ich hier raus.«

Im Vorbeigehen riss er seiner Schwester die Sachen aus der Hand und rauschte aus dem Raum.

■■■

Obwohl er wusste, dass er in der Ballettschule niemand antreffen würde, zog es ihn dorthin.

Der junge Troll war verzweifelt. Er konnte sich ein Leben ohne Ballett nicht vorstellen, aber wie sollte er das so, wie er war, leben? Wie sollte er jemals jemanden finden, der ihn unterrichtete und unterstützte?

■■■

Schniefend zog er sich an der Regenrinne auf das Dach hoch. Das Metall des Rohres knirschte beachtlich unter ihm. Irgendwann würde er damit einfach in den kleinen Garten der Madame krachen und damit unterstreichen, was er für ein Trampel war.

Er war dabei, sich mit dem Rücken an das Dachfenster plumpsen zu lassen, als er eine Silhouette ganz am Rand des Daches wahrnahm. Diese Haare! Es war Isabelle, die die Arme ausgebreitet hatte und zum Boden hinunterblickte. Sie ging langsam in die Knie. Francois hatte so viele Mädchen diese Bewegung machen sehen, bevor sie absprangen, dass er genau wusste, was sie vorhatte.

»Isabelle, Nein!« Madames Tochter begann heftig mit den Armen zu rudern und um ihr Gleichgewicht zu kämpfen. Mist, er hatte sie erschreckt. Mit zwei großen Schritten war er bei ihr und ergriff ihre Hand. Sie hielt sich bei ihm fest und ihr Schwanken ließ nach. Sie sah auf seine grobe, große Hand mit der trockenen, schuppigen Haut und den aufgekratzten Stellen, die eindeutig nicht menschlich war, riss die Augen auf und blickte in sein Gesicht. Er grinste unsicher und hielt sicherheitshalber ihre Hand gut fest, damit sie sich nicht aus Angst vor ihm in den Abgrund stürzte.

»Ich tu dir nichts«, sagte er behutsam. Dabei machte er mit der anderen Hand beschwichtigende Bewegungen.

»Treffen sich auf diesem Dach alle Freaks von Paris?«, meinte sie schließlich genervt. »Was...bist du überhaupt?«, fragte sie anschließend mit schief gelegtem Kopf.

Francois ließ sie los und ging einen Schritt zurück.

»Ich bin ... ein Troll.«

»Ein Troll! Willst du mich ... Ein Troll?« Bei jedem Satz, den das ungläubige Mädchen sprach, wippten ihre wilden Locken vor und zurück.

»Ja ... wir sind ... es gibt ein paar von uns in dieser Stadt«, murmelte er. Dann fragte er mit einem Blick auf den Rand des Daches:

»Was machst du da?«

»Mich umbringen. Mein Leben macht leider überhaupt keinen Sinn. Und du?«

»Ich ... was hast du eben gesagt?«

»Ich war dabei, vom Dach zu springen. Ich habe die ganze Nacht darüber nachgedacht, und habe mich entschieden, dass ich dieser Welt nur eine Last bin. Keiner wird mich vermissen.«

»Aber ... die Madame, ich meine deine Mutter – sie liebt dich.«

»Meine Mutter und Liebe? Ich glaube du verwechselst sie. Sieh mich doch an.« Mit diesen Worten fasste sie sich grob an ihren Bauch und kniff sich in die Speckfalten.

»Ich bin keine ihrer schwanengleichen Schülerinnen, die zu fliegen scheinen, wenn sie zu einem grand jeté abheben.«

»Aber – du tanzt toll!«

Francois biss sich auf die Lippe. Er hatte sich verraten. Verlegen kratzte er seine Ellenbeugen.

Prompt legte Isabelle den Kopf schief und fragte:

»Woher weißt du, wie ich tanze? Und was machst du eigentlich auf diesem Dach? Ich habe das Gefühl, du kommst hier nicht rein zufällig vorbei.«

»Ich ... ich lebe für das Ballett und ... ich verehre deine Mutter. Ich kenne alle ihre lecons.«

»Du? Ballett?« Isabelle sah ihn skeptisch an.

Francois ballte die Fäuste.

»Ist das nicht genau das Vorurteil, über das du dich beklagst?«

»Ich ... stimmt. Entschuldige, du bist der erste Troll, den ich kennenlerne, und dass dessen Leidenschaft jetzt genau noch Ballett ist, kommt – unerwartet.« Sie stand immer noch an ihrer Dachkante, aber verschränkte die Arme vor der Brust und meinte: »Zeig mal!«

»Was – hier?« krächzte Francois ungläubig.

»Natürlich. Als Kind war ich die Prima Ballerina meiner Mutter. Ich kann also beurteilen, ob du was kannst!«

Francois stand unsicher auf und sofort überfiel ihn wieder der bekannte Schwindel. Er war dabei, sich erneut auf dem Vorsprung zusammenzukauern, als ihm klar wurde, dass er hier die Möglichkeit hatte, vor Publikum zu tanzen – vielleicht zum einzigen Mal in seinem Leben. Also schloss er die Augen. Stand auf. Bildete mit seinen Händen eine Schale vor seinem Körper und überkreuzte seine Knie damit seine Füße die dritte Position bilden konnten. Dann begann er ein langsames Adagio zu summen und tanzte. Er wagte nur einfache Bewegungen, doch seine Arme beschrieben weite Bögen und erzählten von einer tiefen Sehnsucht, die er nur wenigen Leuten zeigte. Um sein Publikum nicht zu langweilen, beendete er seinen Tanz nach wenigen Minuten in einer gebeugten Pose voller Demut. Er stand da mit geschlossenen Augen und wusste nicht, was er jetzt tun sollte, bis ihn langsames Händeklatschen aus seiner Unschlüssigkeit erlöste. Isabelle applaudierte.

Er linste zu ihr herüber und sah wie sie lachte. Ihre Augen glitzerten jedoch feucht.

»Du hast wundervoll getanzt«, sagte sie mit einer Stimme voller Wärme. Aber dann verschloss sich ihr Gesicht als sie sagte: »Leider wird deine Sehnsucht nie erfüllt werden. Und meine auch nicht. Deswegen werde ich dem ein Ende setzen. Auch wenn meine Mutter anscheinend mittlerweile gemerkt hat, dass ich nicht nach Hause gekommen bin.«

Panisch sah Francois, wie sie sich wieder dem Abgrund zuwandte.

»Isabelle, warte, nein!« Er wusste sich nicht anders zu helfen, als zu ihr auf den Rand des Daches zu steigen. Die Welt drehte sich, als er aus Versehen nach unten sah. Mehrere Menschen hatten sich dort angesammelt, unter anderem die Madame, die ihrer Tochter verzweifelt »Chérie, komm dort herunter« zurief.

»Weißt du, jetzt kommt sie mir mit Chérie. Sie hat mich so schlecht behandelt. Als das angefangen hat mit dem Zunehmen und ich ihr gesagt habe, ich würde nicht mehr essen als früher, hat sie mir nicht geglaubt. Erst als ich nach vier Wochen nur Salat essen immer noch mehr Gewicht auf die Waage gebracht habe, ist sie mit mir zum Arzt gegangen. Seit wir wissen, dass ich einen Gendefekt habe, hat sie mich komplett abgeschrieben. So als wäre ich mit Übergewicht nichts wert. Aber das bin doch immer noch ich mit einem starken Körper, der gerne tanzt. Wenn ich mich mag wie ich bin, wieso kann sie es nicht? « Sie krallte ihre Hand auf ihr Herz und in ihren Augen standen jetzt Tränen, die von der Tiefe ihrer Verletzungen sprachen.

»Ja, ich weiß.« Als Isabelle eine wegwerfende Handbewegung machen wollte, sagte er: »Warte, lass mich ausreden. Denkst du ich als Troll, der am liebsten Kleider trägt und der, wenn er selber entscheiden könnte, sich all diese schwarzen Haare vom Körper rasieren würde, kann nicht verstehen, wie sehr du dir wünschst, so angenommen zu werden, wie du bist? Meinst du ich weiß nicht, wie sehr das schmerzt?«

Isabelle hörte ihm jetzt aufmerksam zu. Francois kramte in seiner Tasche und holte sein Trikot und das Tutu heraus.

»Sie haben mir heute angedroht, mich in die Minen zu verbannen, weil ich gerne das da anhabe. Was geht in diesen Wesen vor?«

Isabelles Augen funkelten auf einmal und ein leises Grinsen umspielte ihre Lippen. »Ach, da ist mein schwarzes Trikot hingekommen.« Als sie sah, wie der junge Troll dabei war, es fallen zu lassen wie eine heiße Kartoffel, beeilte sie sich zu sagen:

»Behalt es. Ich schenke es dir gerne. Wenn es dich glücklich macht, ist es mir eine Ehre.«

Immer noch etwas verlegen stopfte er das Oberteil wieder zurück und streckte ihr seine Arme mit den aufgekratzten Ellenbeugen hin.

»Seit ich denken kann, fühle ich mich nicht wohl in meiner Haut. Die, die mir am nächsten stehen sollten, denken, sie können es mit Cremes und Geringschätzung heilen.« Dann fuhr er verbittert fort: »Bevor du fragst: nein, ich habe keine Lösung zu diesem Problem. Aber,« und er sah auf seine Füße bei den nächsten Worten »ich würde dir meine Freundschaft anbieten.« Um das

Risiko nicht einzugehen, dass sie ihn auslachte, sprach er schnell weiter. Dabei grinste er etwas, um zu zeigen, dass er die nächsten Wörter nicht ganz ernst meinte.

»Und wenn du immer noch denkst, dass du die Ärmste bist, dann will ich dir sagen, dass ich alles dafür tun würde, Pirouetten so zu stehen wie du. Leugne es nicht, ich hab dich gesehen. Ich übe seit Wochen, aber dieser Körper weigert sich, mir zu gehorchen.« Sein Lächeln versiegte.

Isabelle sah ihn traurig an. »Vielleicht wenn wir uns früher begegnet wären, hättest du alles ändern können. Aber es ist zu spät. Hier werden gleich Menschen auf dem Dach erscheinen, die mich wieder in eine Anstalt stecken wollen, aus der ich das nächste halbe Jahr nicht herauskomme. Mich könnte nur ein Wunder retten.« Und mit diesen Worten ging sie wieder in die Knie, um zu springen.

Francois rief: »Du willst ein Wunder? Dann sieh her.« Vierte Position, Préparation der Arme, in die Knie gehen, Blick fest auf Isabelles erschreckt aufgerissene Augen gerichtet. Bevor sie ihn hindern konnte, stieß er sich ab, legte seine Fußspitze zum Passé an und drehte. Sein Wunsch, dieses Mädchen, dem das Leben so viel zu bieten hatte, zu retten, war so groß, dass er bis zum Himmel wuchs und sein Knie fest durchdrückte. Als er in der dritten Position wieder auf der Dachkante stand, die gerade so groß genug für seine Füße war, begriff er es erst. Er hatte es geschafft! Er hatte eine Pirouette gedreht und gestanden, auf dem Dach. Als Isabelle in seine Arme stürzte, umarmte er sie.

»Du – bist wirklich verrückt.« stammelte sie an seiner Brust. Er nahm sie an den Oberarmen und schob sie ein Stück von sich weg. »Wollen wir zusammen noch andere Wunder suchen gehen, die das Leben vielleicht für uns bereithält?«

Isabelle nickte zögernd.

■■■

In diesem Moment ging die Dachluke auf und Madame stürzte auf sie zu. Hinter ihr war der Kopf eines Feuerwehrmannes zu sehen.

»Isa, bleib weg vom Dach und von diesem Vieh, wir werden dir helfen.«

Isabelle reckte das Kinn und stellte sich schützend vor den viel größeren Troll.

»Ihr seid zu spät. Mein Freund Francois hat mich bereits gerettet.«

Der Troll wusste nicht wohin mit sich. Er hatte es wirklich geschafft. Sie hatte ihn ihren Freund genannt. Und jetzt stand er auch noch Madame gegenüber. Er schluckte. Wie erwartet hatte sie ihn »Vieh« genannt.

In diesem Moment sprach Isabelle weiter.

»Mutter, du hast eine Chance, das alles wieder gut zu machen. Ich möchte, dass du uns beide täglich zusammen unterrichtest.«

Als Madame empört Luft holte, schnitt ihr Isabelle das Wort ab.

»Wenn du ablehnst, werde ich mit Francois die Stadt verlassen. Compris?« Dann nahm sie den Troll an der Hand und stieg mit ihm durch die Luke vom Dach, ging mit ihm in den Ballettsaal und schaltete Licht und Musik ein.

■■■

Schnee wirbelte vor dem schrägen Dachfenster der Ballettschule in der Rue de la Pompe im 16. Pariser Arrondissement.

Francois und Isabelle trugen zueinander passende Tutus. Als sie vor dem Spiegel Aufstellung nahmen, lächelte der Troll. Auf seinen Augen war azurblauer Lidschatten und auch seine Lippen waren dezent geschminkt. Als er den Fuß zur Anfangspose streckte, lugte er kurz auf seinen jetzt stets frisch rasierten Fußrücken. Er streckte seine Arme graziös von sich und bewunderte seine unversehrten Ellenbeugen. Isabelle grinste ihn an.

»Bereit?«, flüsterte sie.

»Bereit«, wisperte er zurück. Sie gaben Madame ein Zeichen und sie ließ das Tonband mit »Dornröschen« laufen. Isabelle und Francois tanzten. Sie hatten außer der Madame kein Publikum, aber dieses Wunder wäre auch zu groß für die Welt gewesen. Trotzdem fühlte er sich reich beschenkt, als er mit seiner Seelenverwandten über das Parkett glitt und mit Leib und Seele tanzte. Und er war sich sicher, Isabelle ging es genauso.

■

BURKITTY
Aşkın-Hayat Doğan

Batgörrl_89 *vor 1 Sekunde*
+Stiftung Patriota Germania Da bin ich ganz bei Ihnen. Wenn ich mir ansehe, was für eine Richtung mein geliebtes Deutschland einschlägt, blutet mir das Herz. Wo kommen all diese Leute her? Wieso sollen sie hier geduldet werden? Ich will nicht tatenlos zusehen, wie Deutschland uns unter den Händen weggerissen wird! Trotz meiner strikten Haltung gegen die Tötung dieser Subjekte – Sie haben ja diverse erschreckende Lösungsmethoden detailliert beschrieben – haben solche Volksparasiten und Kulturzerstörer nichts in Goethes erleuchtetem Land verloren. Das zu sagen kostet mich jetzt zwar große Überwindung, aber auch bei ihnen handelt es sich doch um Menschen. Daher plädiere ich eher für die humanere Lösung: Alle müssen abgeschoben werden. Raus mit ihnen, raus aus Deutschland! Hinein in Flugzeuge, Züge, Boote, Laster und alle anderen möglichen Transportmittel und ab in die Antarktis. Alle Nazis, alle Rassisten, alle fremdenfeindlichen Aufrührer mit ihrem braunen Gedankengut haben hier nichts verloren! Weg mit ihnen! Weg, weg, weg! Da bin ich ganz bei Ihnen, ganz bei Ihnen!

Patriotische Grüße,
Genossin Batgörrl_89

Warten ... warten ... warten. Aktualisieren. Neun Dislikes.

Riem seufzte, vielleicht hätte sie doch #Sarkasmus oder #Nazis Raus hinzufügen sollen. Sie schüttelte den Kopf und klickte rüber zu einem anderen Fenster mit Tabellen und Diagrammen. Riem sah sich nochmal die DAX Werte der letzten zwei Tage an und wägte nachdenklich ab. Sie musste sich auf dem Laufenden halten, wenn sie weiterhin mitspielen wollte. Mit Sicherheit war nicht nur sie noch um zwei Uhr nachts wach, die Konkurrenz schlief ja bekanntlich auch nicht. Der Master in Wirtschaftsinformatik hatte hier in Bremen niemanden beeindruckt. Zwei Jahre lang hatte Riem keine Stelle bekommen, eine Absage nach der anderen, da ihr das »gepflegte Äußere« fehlte. Trotzdem verdiente sie ihre Brötchen, auch wenn sie sich online als koreanisches Wunderkind ausgab, das angeblich Abschlüsse von Yale, Harvard und MIT hatte. Im Grunde war es Riems Kunden egal, wie ihr Broker aussah, Hauptsache sie legte das Geld gewinnbringend an.

Nach einem unnötigen Besuch auf der Börsenseite XETRA, die Börse öffnete erst um neun, klickte sie alle Fenster weg und ging zu »Jacky Nails«, ihrer Lieblingsvloggerin. Die Nageldesignerin hatte ein neues Video hochgeladen, wo sie zeigte, wie man traumhafte Palmen auf die Nägel malen konnte, abwechselnd mit einer Wüste und einem Strand als Hintergrund. Doch der kurze Vlog von zwölf Minuten ging rasch zu Ende. Riem widerstand der Versuchung, ihr Nagelset rauszuholen und maximierte das Fenster ihres Mail-Accounts. Immer noch nichts. Unruhig klopfte sie mit den Fingern auf den Tisch und wurde langsam hibbelig. Riem mochte es nicht, wenn sie warten musste. In der Zeit hätte sie so viel erledigen können. Sie ging vor sich hin nörgelnd zum Bad und sprang hoch zur robusten Metallstange im Türrahmen. Eins, zwei, drei ... Beim 124. Klimmzug gab sie auf. Früher hatte Riem locker 300 geschafft, ohne sich richtig anstrengen zu müssen. Sie stellte sich mit leicht brennenden Armmuskeln vor den großen Spiegel im Flur und ließ deprimiert den Blick hoch und runterfahren. Die Schwangerschaft hatte ihren gestählten Körper aufgeweicht wie eine labbrige Scheibe Gouda, die man im Regen draußen auf der Veranda vergessen hatte.

Leicht gebeugt ging Riem zurück zu ihrem Rechner. Klick. Immer noch gähnende Leere im Posteingang. Klick. Natürlich nichts Neues bei Jacky. Klick. Satte 32 Dislikes. Riem machte eine wegwerfende Bewegung mit der Hand und öffnete ihren Nachrichtenanbieter. Gelangweilt scrollte sie die altbekannten Schlagzeilen vom Vortag runter: »Rechtsradikale zünden erneut Asylheim für Flüchtlinge an«, »Die ganze Welt staunt über das Mysterium des Schwarzen Schleiers«, »Vorsicht vor Micky und Donald! - Organschmuggel in Disneyland«, »Rabbi Rubinhain ist unermüdlich«. Klick.

»Auch im dritten Monat seiner Demo steht Rabbi François Rubinhain unermüdlich polternd vor der privaten Kunstgalerie Amandry in der Pariser Innenstadt. Behangen mit Glocken und Protestplakaten läuft er vor den Schaufenstern der Galerie auf und ab und macht mächtig Krach. »Ich werde nicht weichen!« hallt es vor den Stufen, »Her mit den Murmeln!« schreit er.

Wie zuvor berichtet, erregte der beliebte Rabbi zum ersten Mal die Aufmerksamkeit der Presse, als er vor drei

Monaten von der Galerie verlangte, das Gemälde seines Großvaters, des berühmten jüdischen Malers Olek Rubinhain, aus der Ausstellung zu entfernen und es seiner Familie zu überlassen. Das noch während des Zweiten Weltkriegs arisierte spätkubistische Werk »Murmeln«, auf dem mit Murmeln spielende Kinder in Warschau abgebildet waren, tauchte seit seinem Verschwinden erstmalig in der aktuellen Ausstellung Ein Himmel bunter Quadrate als Werk eines anonymen Künstlers auf. Mathieu Amandry, der Vorsitzende der Galerie und letzter Erbe der berühmten Sammlerfamilie, dementierte jedwede Kenntnis über solch einen Tatbestand und beauftragte einen externen Untersuchungsausschuss mit der Überprüfung der Behauptungen »dieses irregeleiteten Mannes.« Obwohl der Ausschuss das Gemälde als Murmeln von Olek Rubinhain bestätigte, kam Amandry der Pflicht nicht nach, das Werk auszuhändigen, da es just in derselben Nacht gestohlen wurde. Zudem ließen Amandrys Pressesprecher verlauten, der verblendete Rabbi hätte sich in seiner Wiedergutmachungstirade vielleicht sogar selbst mit Dieben eingelassen.

»Ich kann darüber nur lachen.«, sagt der sanfte Gottesmann und senkt doch betrübt das Haupt. »Das ist ein beschämendes Armutszeugnis! Selbst einem Herrn Amandry sollte klar sein, dass ein gestohlenes Bild gänzlich meinen Bemühungen widerstrebt und auf dem seriösen Kunstmarkt nichts taugt. Wie ich es schon mehrere Male kundtat, werde ich den Erlös des Gemäldes der SERDA-Stiftung spenden, die sich seit Jahren für die Betreuung traumatisierter ...«

Ding!

Riem wechselte sofort das Fenster und siehe da, die lang ersehnte E-Mail von Anonymous. Sie las die Mail gründlich durch, merkte sich Adresse und Safekombination, lud schnell die GPS-Daten auf ihr iPhone und knipste den Monitor aus. Auf Zehenspitzen schlich Riem ins Schlafzimmer und hörte das leise pfeifende Schnarchen ihres Mannes. Im kleinen vergitterten Bettchen daneben schlief ihr Sohn passend zu seinem Wesen friedlich wie ein Baby. Er war schon vier Monate alt, aber es fiel Riem immer noch schwer, ihn allein zu lassen. Auch nur für ein paar Stunden. Riem gab ihm einen sanften Kuss auf die Stirn, holte einen Satz ihrer künstlichen Spezialnägel aus der Kommode, zog ein schwarzes Stoffbündel aus dem Schrank und griff zu der Schublade mit ihren Ganzkörperanzügen. Doch ihre Hand fühlte nur den hölzernen Boden. Blind tastete sie die ganze Schublade ab und ging Schlimmes ahnend rasch ins Bad. Ja, sie waren noch da! Der ganze Korb! Riem setzte sich mit hängenden Schultern auf die kalten Kacheln und kämpfte mit den Tränen. War es denn so schwer, die Wäsche in die Trommel zu werfen und die Maschine anzuschmeißen? Manchmal hegte sie den Verdacht, dass er es mit Absicht vergaß. Vielleicht hoffte er, sie wäre es irgendwann Leid, ihn ständig daran zu erinnern und würde anfangen, die Wäsche einfach selbst zu machen. Andere Ehemänner erledigten fast die ganze Hausarbeit, Riem verlangte nur diese eine kleine Sache. Aber nicht mal das bekam er hin. Irgendwann würde sie noch explodieren. Riem wischte sich die Tränen weg und ging schnäuzend zurück ins Schlafzimmer. Sie bekämpfte den Drang, ihren Mann mitten in der Nacht zu wecken und einen makabren Streit

wegen nicht gemachter Wäsche anzuzetteln. Zähneknir-
schend griff sie nach dem bunten Teil, das sie in die Kiste
für die Altkleidersammlung geworfen hatte, und verließ
leise die Wohnung.

2 Uhr 43, Prag

Riem war oft in der Goldenen Stadt gewesen und das
nicht nur wegen ihrer morbiden Liebe zu Kafka. Prag
war leider der Umschlagplatz vieler Prostitutionsringe.
Trotzdem wusste sie die altbackene Schönheit der Stadt
zu würdigen. Sie atmete tief die belebende Brise über der
Moldau ein, sauste über die ächzenden Brücken, warf einen Gruß hoch zum Hradschin und behielt ihren Kurs.

Die GPS-Daten hatten sie zu einer entlegenen Lagerhalle
zwischen wild wachsenden Fliedersträuchern geführt.
Ein verlottertes Bauwerk aus den 60ern, dem der Mörtel
großzügig abging und das eigenartig nach Absinth roch.
Auf dem Schemel neben der Seitentür saß ein schlaksiger
Typ, der durch einen spärlichen Bartwuchs glänzte. Riem
schätzte ihn auf höchstens 20 Jahre. Um das Gebäude
herum drehten zwei weitere Wachen gemächlich ihre
Runden. Ein blonder Hüne mit Stiernacken und klotzdi-
cken Armen und seine Antithese: Ein dünner, drahtiger
Kerl mit pechschwarzen Haaren, der unaufhörlich kleine
bunte Schokolinsen aus der raschelnden Smarties-Packung in seiner Hand rausfischte und sich monoton in
den Mund warf. Nach drei Runden verschwanden sie im
ausgelagerten Wachstübchen vor dem Haupteingang,
das kaum größer war als ein Mauthäuschen. Riem glitt
leise heran und horchte durch die dünnen Wände. Sie
runzelte verwirrt die Stirn und lugte vorsichtig durch die

Scheibe, um sicher zu gehen, dass sie richtig gehört hatte. Beide saßen vor dem Gemeinschafts-Laptop und schauten wie hypnotisiert auf den Bildschirm, aus dem eindeutiges Gestöhne hörbar war. Riem rollte mit den Augen und bewegte sich Richtung Seitentür. Immerhin waren die beiden jetzt für ein paar Minuten abgelenkt.

Der dünnbärtige Junge saß auf dem Schemel und wiegte sich rhythmisch hin und her, während er mit unerwartet schöner Stimme einen Beatles Song sang. Riem beschloss, ihn zu Ende singen zu lassen. Die Beatles waren heilig. Doch kurz darauf stand er plötzlich auf und lief singend zu den Sträuchern, machte den Hosenschlitz auf und begann sich zu erleichtern. Riem seufzte: »Sorry, Ringo!« Sie schlich sich schattengleich von hinten heran und packte ihn am Kiefer. Bevor er verstand, was mit ihm geschah, presste sie die Hand auf seinen Mund und holte ihn mit einem angewinkelten Scherengriff aus dem Gleichgewicht. Wie ein umgekipptes Holzbrett fiel der Junge dumpf auf den Boden. Riem ließ sich synchron mit ihm fallen, drückte ihm das Knie ins Hohlkreuz und behielt ihn fest im Schwitzkasten, bis er das Bewusstsein verlor. Er fiel zusammen wie ein hilfloser Spatz. Riem zog seinen klapprigen Körper hinein in die Büsche und tastete ihn ab. Plötzlich ging eine Taschenlampe an und warf einen Lichtkeil direkt in ihre Richtung.

»Pavel?«, rief eine rauchige Männerstimme. »Bist du das?« Sie hörte, wie die zwei Wachen sich schnellen Schrittes zum Gebüsch näherten. Riem biss sich auf die Zunge und fluchte innerlich. Die Idioten waren aber schnell durch mit ihrem Filmchen. Sie blieben nah am Busch stehen. »Pavel, antworte!«

Riem trat langsam aus dem Gebüsch hervor.

»Halt!«, rief der große Blonde und richtete die Taschenlampe auf sie.

Riem blieb stehen. Beide Männer schauten sie einen Moment lang verwundert an und warfen sich fragende Blicke zu. Der Blonde fuhr mit autoritärer Stimme fort: »Sie dürfen sich hier nicht aufhalten! Das hier ist Privatbesitz. Ich muss Sie bitten, das Gelände zu verlassen.«

Riem schwieg.

»Können Sie mich verstehen?«

Stille.

»You not allowed here!«, sagte der Dunkelhaarige daneben und machte hektische Gesten mit den Händen, als würde er einen lästigen Schwarm Tauben verscheuchen.

Riem reagierte nicht.

Der Blonde verdrehte genervt die Augen und ging fluchend auf sie zu. Er streckte die Hand nach ihrem Arm aus: »Sie können nicht hierbleiben, ich werde sie jetzt hinausführen.«

Riem schnappte geschwind nach seinem Handgelenk, verhakte ihr hochschnellendes linkes Bein um seinen muskelbepackten Arm und zwang ihn zu Boden. Es knackte fürchterlich, als sie ihm den Oberarmknochen brach. Dem drahtigen Anhängsel klappte die Kinnlade runter und die Smarties-Packung fiel ihm aus der Hand. Der Hüne schrie wie am Spieß und versuchte mit der linken Hand vom Boden aus wahllos nach ihr zu greifen. Riem drückte mit dem Fußballen gegen seine Halsschlagader und er fiel fiepend in Ohnmacht. Gerade, als der Dunkelhaarige sich gesammelt hatte und zielsicher auf sie losstürmte, ließ sie von dem Blonden ab und wich mit einer hohen Flugrolle dem Fausthieb aus. Nur Sekunden später traf er Riem mit einem perfekt platzierten Phönixtritt an der Schläfe. Sie geriet ins Straucheln und musterte ihn eindringlich. Auf dem zweiten Blick erinnerte er Riem jetzt an die dunkelhaarigen, geheimnisvollen, arroganten Kerle aus den Heftromanen, die auf nervige Weise immer mehr waren als sie schienen.

»Jiu-Jitsu!«, rief sie anerkennend.

Der Kerl rümpfte mit blitzenden Augen verächtlich die Nase und ging mit angewinkelten Beinen in die traditionelle Grundstellung: »Prager Style!«

Riem knackte mit den Fingern und sicherte ihren Stand. Der Typ sprang mit schnellen Klapptritten in der Luft auf sie zu, doch Riem wich mit Leichtigkeit aus und verpasste ihm einen Kopfstoß. Er ging in die Hocke, trat nach ihren Beinen und entwischte ihrem Uppercut. Riem blockte seine einschlagenden Tigerpranken mit den geschützten Unterarmen und entglitt den blitzschnellen Hieben mit einem ziemlich hohen Rückwärtssalto. Doch bevor sie unten ankam, trafen die Zwillingsfäuste des Pragers sie mitten in die Magengrube. Riems Beine fühlten sich an wie die ungelenken Stelzen eines besoffenen Storches und sie hatte Mühe, aufrecht zu stehen. Japsend schnappte sie nach Luft und spuckte Blut. Zwischen den zuckenden Lichtpünktchen, die vor ihren Augen tanzten, warf Riem dem selbstverliebt grinsenden Prager einen bitterbösen Blick zu. Wutentbrannt wirbelte sie herum wie ein wild gewordener Krake. Ihre Arme und Beine schossen unter ihrer flatternden Burka wie tödliche Blitze aus dem Nichts hervor, die dem Tschechen einen Schlag nach dem anderen verpassten. Der Kerl ging in Abwehrhaltung und ließ die Augen nicht mehr von dem flirrenden Schwarz, um den einen oder anderen Tritt noch rechtzeitig blocken zu können. Aber es war zwecklos. In heftiger Rage landete Riem Treffer für Treffer und sein Körper ächzte und krächzte wie der Auspuff eines Trabbis. Nach einem fehlgeschlagenen Kranichgriff und dem schwungvoll einkassierten Nierenhieb, griff er wütend in das schwarze Geflatter vor sich hinein und zog so fest an der Burka, als würde er jemandem den Kiefer rausreißen.

Vor Schreck machte er einen Schritt zurück und sah sie entsetzt an. Als habe er aus Versehen einer Gazelle mit einem Ruck das ganze Fell abgezogen, stand Riem plötzlich nur noch in ihrem quietschbunten Hello-Kitty-Burkini da. Mit der schlapp runterhängenden Burka in der Hand glotzte der Heftromanwüstling mit aufgerissenen Augen auf die grotesken babyblauen, kanariengelben und pinken Katzenköpfe, die mit lidlosen Punktaugen dämonisch zurückstarrten. Riem verpasste dem verdutzten Typen einen wuchtigen Tritt ins Gesicht und ließ seinen Kiefer knirschen wie die zerbröselten Smarties unter seinen Füßen. Einem Sack Kartoffeln gleich fiel er bewusstlos auf den Boden. Zornig trat sie ihm noch zwischen die Beine und spurtete rüber zur Seitentür.

Riem drückte die abgenutzte Klinke runter und betrat die stickige Halle. Schwaches Mondlicht schien durch die schießschartenartigen Fenster hoch an den Wänden. Sie tastete an der rechten Wand neben der Tür und fand den klobigen Lichtschalter. Flackernd erwachten die Neonröhren an der Decke in fünf Metern Höhe und es fiel ein Schuss. Ein paar Meter vor ihr stand ein Mann mittleren Alters ohne Haupthaar und hielt eine rauchende Pistole in den zitternden Händen. Riem sprang hoch zu den Dachbalken und wich der Kugel um Haaresbreite aus. In der tristen Lagerhalle fiel sie auf wie ein leuchtendes Pokémon, gestrandet in einem schwarzweißen Stummfilm der 20er Jahre. Der Glatzkopf sah entsetzt zu ihr hoch und drückte erneut ab. Gleich einer Chimäre aus einem unentschlossenen Chamäleon und einer Libelle, sprang, hüpfte und glitt Riem von Balken zu Balken, bis der Mann all seine Kugeln verschossen hatte. Als die Pistole nur noch vergeblich klickte, stürzte sie wie eine wilde Wespe auf ihn hinab und vergrub ihre zehn Nägel tief in seinen Brustmuskeln. Er jaulte auf. Dicke Schweißperlen bildeten sich schlagartig auf seiner Stirn, als wäre er ein lebendig gekochter Hummer. Riem fiel ein, dass sie die Kalbshaxe nicht aus dem Gefrierfach rausgeholt hatte. Wütend krallte sie ihre Nägel noch tiefer hinein.

»Wo ist es?«, fauchte sie auf Tschechisch.

»Ich weiß nichts! Bitte, ich habe Kinder. Ich weiß nichts!«

Sie schaute sich um. Die Halle war ein einziges Labyrinth aus Kisten, Regalen und Kartons, die hoch bis zur Decke reichten. Es würde vermutlich Stunden dauern, bis sie den Flachsafe finden konnte. Riem zog ihre linke Hand aus seiner zerlöcherten Brust und setzte die bluttriefenden Nägel an seinen Hals.

»Ich schwöre, ich reiß dir die Kehle raus! Wo ist der Safe?«

»Was für ein Safe?«, stammelte er fiebrig »Hier gibt es keinen Safe. Ich sage die Wahrheit. Bitte, bitte, töten Sie mich nicht.«

Hastig zückte Riem ihr iPhone, öffnete die Bilddateien und zeigte es ihm. Seine Miene erhellte sich: »Es ist im

Sack! Da, im vierten Gang bei den Kaffeebohnen. Das ist die Wahrheit! Ich sage die Wa…«

Minuten später löste Riem den Feueralarm aus und ließ die vier Bewusstlosen hinter sich zurück.

3 Uhr 37, Paris

»Erledigt!« Riem schickte die SMS ab und lehnte sich gegen die Außenmauer der Synagoge. Es war eine angenehm milde Nacht, aber die Stadt der Liebe ging ihr gerade am Allerwertesten vorbei. Sie war müde und hatte den ganzen Weg über den berauschenden Duft von Kaffee in der Nase gehabt. Die Tschechen hatten es in einem der Bohnensäcke aus Kolumbien versteckt. Fest verpackt und verschweißt. Es war nicht leicht gewesen, mit dem sperrigen Bild hierher zu kommen. Die Synagoge von Rabbi Rubinhain zu finden erwies sich dagegen mehr als einfach. Und zu dieser späten Uhrzeit fiel niemandem auf, dass eine Frau in Burka ein Paket vor der Synagogentür abstellte. Die kubistischen Murmeln sahen in natura viel umwerfender aus als ihre digitalen Kopien.

Sie guckte wieder vergeblich auf ihr iPhone und dachte an den bevorstehenden langen Rückweg. Manchmal wünschte sie sich, sie wäre in der Matrix und könnte binnen Sekunden durch das Datennetz strömen und einfach den Standort wechseln. Aber die Realität war leider kein Film und sie war weder Neo noch Keanu Reeves. Aber so einen coolen Mantel wie den von Neo wollte sie auf alle Fälle auch haben. Wasserabweisend, kälteresistent und mit integrierter Wärmeregulierung. So ein fesches Teil mit breitem Kragen und weiten Taschen, in dem sie vielleicht noch eine Taschenlampe und Ersatznägel

verstauen konnte. Sie schaute auf ihren rechten Zeigefinger. Der Nagel war in der Mitte abgebrochen. Riem
seufzte. Einer ihrer falschen Edelsteinsticker war weg
und die mühevoll gemalte arabische Kalligraphie, die sie
so viel Zeit gekostet hatte, war nur noch zur Hälfte da. So
was passierte eben, es war nicht sehr schlimm. Zumindest nicht so wie die geplatzte Fruchtblase über Grönland
vor vier Monaten.

Ding!

Nachricht von Anonymous! »Danke für ihre Zusammenarbeit. Hier ist der Ordner.« Riem öffnete die Datei
und scrollte schnell durch. Alles über die Stiftung Patriota Germania. Mitglieder, Standorte, Kontodaten, Hier-
archien, Identitäten der Anführer.

»So, so!« Sie grinste hämisch. Es gab also noch viel zu
tun, aber alles zu seiner Zeit. Riem packte das iPhone weg
und rückte ihre Burka zurecht. Erst mal nach Hause und
eine Runde Milch abpumpen, die Brüste schmerzten ihr
schon seit Prag. Dann die Wäsche in die Maschine, die
Haxe rausholen und eine Mütze voll Schlaf. Und danach
ein ernstes Wörtchen mit dem lieben Ehemann reden.
Das mit der Wäsche ging ja mal gar nicht. Aber vor allem sollte sie sich langsam einen knackigen Superheldin-
nennamen ausdenken, Schwarzer Schleier war wirklich
furchtbar. Grübelnd schoss Riem wie eine Minirakete
hoch in die Luft und flog nach Hause.

ZUHAUSE

Ronja Schrimpf

Brust raus, Rücken gerade. Und die Hände an die Seiten!«, wies die Stimme an.

Maroochy unterdrückte den Drang, die Hände vor die Brust zu halten, und hielt sich an die Anweisungen. Die Tränen in ihren Augen hielt sie mit verbissener Miene zurück, als sie ihren Körper – nackt, bis auf ein Stück Stoff vor ihrer Leiste – der Stimme präsentierte.

Früher hatte sie es geliebt, nackt durch die Wälder des Gospers Mountain zu streifen, bedeckt nur mit dem Fell ihrer zweiten Haut. Aber hier, inmitten dieser Ansammlung aus Steinhäusern, im Reich der dyirra, fühlte sich ihre Nacktheit plötzlich wie etwas Falsches, etwas beschämend Freizügiges an. Sie hatte den Drang, sich in eine dieser blauen Stofffetzen zu quetschen, die die dyirra als Jeans bezeichneten, und ihre Brust mit künstlicher Wolle zu verdecken. Wie absurd, dass die wadjiin ihre Brust versteckten, schenkten sie damit doch ihren Kindern Kraft und Leben.

»Die Brandverletzungen an den Armen und Beinen sind gut verheilt. Aber die Patientin kann sich weiterhin nicht in ihre zweite Gestalt verwandeln.«

»Ich kann mich bestimmt noch verwandeln. Ich bin eine Darug! Ich muss nur wieder in die Wälder und dann ...«, verteidigte sich Maroochy, aber die Stimme fuhr unbeirrt fort: »Die Patientin ist den Aborigines

123

zugehörig. Bildungsstatus fragwürdig. Aber die Integrationswahrscheinlichkeit ist gut.«

Maroochy blinzelte eine Träne aus den Augen. Es mochte albern sein, doch als Aborigine bezeichnet zu werden, dem Wort der dyirra für die vielen Urvölker Australiens, machte etwas mit ihr. Als sei jede Kontrolle über ihren Körper und damit ihr Leben als Gestaltwandlerin für immer verloren.

Maroochy widerstand dem Drang, mit ihren Händen die Brust zu bedecken, und machte stattdessen einen Schritt vor: »Ich möchte jetzt gehen.«

Es war das erste Mal in dieser ärztlichen Untersuchung, wie die dyirra es nannten, dass die Stimme eine Pause einlegte. Hatte Maroochy sie mit dieser Forderung überrascht? Sie machte einen weiteren Schritt vor, angespornt durch ihren Erfolg: »Ich danke für die Hilfe. Auch für die Versorgung. Aber jetzt möchte ich gehen.«

Auf ihre Worte folgte wieder Stille. Mit einem unwohlen Gefühl in der Magengegend begann Maroochy, mit den Füßen zu wippen, auf die Zehen und wieder zurück. Gerne hätte sie etwas zerkaut. Es half ihr immer zu innerer Ruhe, einen Geschmack auf ihrer Zunge zergehen zu lassen.

Dann, plötzlich, durchbrach die Stimme die Stille. Sanft, doch unweigerlich bevormundend: »Du bist eine der wenigen, die gerettet werden konnten. Noch breiten sich die Feuer im Wollemi National Park immer weiter aus, sie haben schon einen großen Teil des Bush in New South Wales zerstört. Kind«, die Mischung aus Sanftheit und Eindringlichkeit wuchs, »Du kannst nicht zurück in den Bush.«

»Ich gehöre nicht hierher«, antwortete Maroochy frustriert. Wut und Trauer hatte sie die letzten Tage schon herausgeschrien, wann immer sie diese unsäglich quakende Stimme im Fernsehen verfolgt hatte, die die Zahl der toten Tiere und Bäume hochzählte wie einen umgedrehten Countdown. Zurück blieb nur unsagbare Leere in ihrem Herzen.

»Ein Mädchen gehört nicht in den Bush«, antwortete die Stimme, »Und solange du dich nicht verwandeln kannst, könntest du in der Wildnis auch nicht überleben. Sieh das Gute an der Situation: Der Staat bietet dir die Möglichkeit, ein normales Leben zu führen. Du kannst zur Schule gehen, dir stehen jederzeit die Vorteile der modernen Technik zur Verfügung und du hast – wenn du dich anstrengst – eines Tages Aussichten auf einen anständigen Job.«

Die Vorteile der modernen Technik hatte Maroochy in den letzten Wochen bereits kennengelernt, als sie in der langen Zeit ihrer Genesung jede freie Minute vor dem Fernseher zugebracht hatte. Ihr Kopf hatte geschwirrt von den Bildern brennender Bäume, schreiender Koalas und eines orangenroten Himmels. Immer wieder waren Männer und Frauen zu der Situation befragt worden und immer wieder waren dieselben Antworten gekommen: »Nein, wir haben die Feuer noch nicht unter Kontrolle. Nein, wir werden die Feuer in naher Zukunft nicht unter Kontrolle bekommen. Nein, die wenigsten Tiere konnten gerettet werden.«

Maroochy war die Berichte lange Leid gewesen, doch ihre Augen hatten sich nicht von den Rauchwolken abwenden lassen, die ihre Heimat in stinkendes Schwarz tränkten. Bilder von einzelnen geretteten Koalas hatten sich mit denen der Tragödie abgewechselt – doch der Blick auf ihre brandgezeichneten Körper hatte Maroochy schmerzlich an ihren eigenen erinnert.

■■■

»Während die Feuer in New South Wales weiter wüten, konnten einige Hundert Gestaltwandler aus den Feuern gerettet werden. Bislang hatten sich die Gestaltwandler – allgemeinhin bekannt als Aborigines aus dem Stamm der Darug – größtenteils von der unsrigen Welt abgeschottet. Grund dafür sind die immer wieder aufkehrenden speziezistisch motivierten Taten gegen Gestaltwandler. Der Staat Australien hat allen Aborigines eine Unterkunft und Schulbildung versprochen. Kritiker dieser Maßnahmen befürchten eine Wiederholung der zwischen 1909 und 1969 durch den Staat gestohlenen Aborigines-Kinder. Die geretteten Kinder würden in eine westlich geprägte Lebensweise gedrängt werden, so die Aussage der Aborigines SkinWalker Organization. Durch die völlige Zerstörung ihrer Heimat werde jede Verbindung zur kulturellen Herkunft eines Gestaltwandlers gekappt. Schon jetzt sprechen Kritiker daher von einer ‚zweiten gestohlenen Generation‘.«

»Schaust du schon wieder diesen Unsinn?«, drängte sich eine Stimme in den Vordergrund von Maroochys Bewusstsein. Widerwillig wandte sie sich vom Fernseher ab und schenkte Ava einen trotzigen Blick. Das Mädchen hatte sich betont lässig gegen die Wand gelehnt, die Arme über der Brust verschränkt.

»Seit du hier bist, sitzt du nur vor dem Fernseher. Du verlässt überhaupt nicht das Haus. Glaubst du, damit wird es besser?« fragte Ava und setzte sich neben Maroochy auf die Couch – ungefragt, zu Maroochys Ärgernis.

»Ich muss wissen, was da draußen passiert«, erklärte Maroochy und wandte sich wieder dem Fernseher zu. Da lief gerade eine Live-Sendung der Feuerwehr, die seit Wochen unermüdlich versuchte, die Feuer einzudämmen.

»Wenn ich aus diesen Höllenfeuern gerade so herausgekommen wäre, würde ich mich hüten, das gleiche nochmal im Fernsehen mitanzuschauen«, erwiderte Ava. Auch ohne den Blick vom Fernseher abzuwenden, spürte Maroochy, dass Ava sie beobachtete. Das tat Ava oft in letzter Zeit.

»Die Lehrer in der Schule regen sich furchtbar über diese Aborigines SkinWalker Organization auf«, erwähnte Ava betont beiläufig – und erneut ungefragt. In ihrer Stimme schwang ein unsicherer Unterton mit, der fast schon ängstlich klang. Das passte so gar nicht zu Avas sonst so überlauten, offenen Art.

Maroochy kannte Angst gut. In den Wäldern des Gospers Mountain hatte sie stundenlang in ihrer zweiten Haut gesteckt, war als Wallaby durch das Unterholz gestreift. Sie hatte gelernt, Gefahr zu wittern. Avas Verhalten hingegen konnte sie nicht einordnen.

»Frau Webster will uns in Geschichte sogar einen Aufsatz darüber schreiben lassen«, warf Ava in den Raum. Sie hatte sich eine ihrer blonden Strähnen geschnappt und zwirbelte sie zwischen den Fingern hindurch. Sie erinnerte Maroochy ein wenig an die merkwürdigen Fernsehsendungen, die Ava jeden Abend schaute. Am Anfang jeder Sendung starb ein dyirra auf mysteriöse Weise und seinen Tod versuchten zwei Frauen aufzuklären, deren Beziehung Maroochy immer noch nicht ganz durchschaut hatte. Wenn sie sich nicht irrte, schien gerade das Ava so zu gefallen.

Ein nackter Fuß landete in Maroochys Seite. Kopfschüttelnd versuchte sie abzurücken und sich von Avas Versuch, Aufmerksamkeit zu bekommen, nicht irritieren zu lassen. Mit einem gespielt entnervten Seufzen drehte sich Maroochy schließlich zu Ava zu und stellte die Frage, auf die Ava offensichtlich schon die ganze Zeit wartete: »Worüber genau will euch Frau Webster schreiben lassen?«

»Über die gestohlene Generation«, kam prompt die Antwort aus einem sehr zufriedenen Gesicht. Maroochy hätte gerne die Augen verdreht, aber irgendwie musste sie dann doch lächeln.

Damit Ava nicht auf die absurde Idee kam, das Lächeln wäre ihrem Verhalten geschuldet, wandte sich Maroochy dem Fernseher zu. Ava schien das jedoch nicht weiter zu stören, denn sie plapperte in einem fort: »Sie sagen, dass man die Verhältnisse von damals gar nicht mit heute vergleichen darf. Immerhin werden ganze Landstriche von den Feuern zerstört und da sei es nur richtig, die Aborigines-Kinder aufzunehmen und ihnen eine Perspektive zu geben.« Ava räusperte sich, legte eine Hand auf ihre Brust und sprach mit übertrieben hoher Stimme: »Die zweite gestohlene Generation? Eine Unverschämtheit! Wir haben niemandes

Zuhause zerstört. Wir haben die Feuer schließlich nicht gelegt!

Und dann ...«, Avas Stimme änderte sich wieder, überschlug sich fast vor Aufregung, »Dann hat sie mich aufgerufen. Wollte meine Meinung zu dem Thema wissen.«

Maroochy zog eine Braue hoch. Ihr Gefühl sagte ihr, dass nun der eigentliche Grund dafür kam, warum Ava ihr unbedingt von Frau Webster hatte erzählen wollen.

»Na sag' schon. Was hast du ihr gesagt?«, drängte Maroochy ungeduldig.

Mit einem triumphierenden Grinsen breitete Ava die Arme in ihre Richtung aus: »Ich habe ihr gesagt, dass wir uns auch ein Kind gestohlen haben. Mitten aus dem Bush. Und sie jetzt als süßes Wallaby-Haustier halten.«

Dieses Mal verdrehte Maroochy die Augen: »Das hast du nicht gesagt.«

»Natürlich!«, erwiderte Ava und riss in gespielter Empörung die Augen auf. Sie waren so blau wie der Himmel über dem Gospers Mountain, wenn es im Sommer lange nicht geregnet hatte. Vermutlich war der Himmel über dem Berg momentan genauso blau. Doch von hier unten sah man nur die schwarzen Wolken der Feuer, die den Berg mitsamt seinen Wäldern verschlangen.

»Maroochy, du bist mit Abstand das schönste Wallaby, das ich je gesehen habe«, erklärte Ava mit plötzlicher Ehrlichkeit. Etwas schwang in ihrer Stimme mit. Etwas, das Maroochy manchmal auch in ihren Augen zu sehen meinte, wenn Ava sie beobachtete.

Dann blitzten Avas Augen schelmisch und der Moment war vorbei. Dramatisch legte Ava ihre Hand über das Herz und verkündete aus vollem Halse: »Natürlich würde ich dich nie als Haustier halten«, ein sehr schlecht unterdrücktes Grinsen, »Es sei denn, du bittest mich darum ...«

In einer einzigen fließenden Bewegung hob Maroochy ihre menschlichen Füße, sandte ihren ganzen Willen in ihre Zehen und schlug mit ihren Wallaby-Pfoten aus. Nicht so sehr, dass es wirklich schmerzte, aber genug, um die kichernde Ava nach Luft schnappen zu lassen.

»Uff. Du wirst immer besser damit«, keuchte sie und rieb sich den Bauch, bevor sie wieder ernster wurde, »Und genau deshalb musst du morgen einfach mitkommen. Niemand versteht besser als du, was die Buschfeuer bedeuten.«

Wie einfach ihr diese Worte über die Lippen kamen. Ava hatte keine Ahnung, was es für Maroochy bedeuten würde, ihrer Bitte zu folgen. Maroochy wandte sich ab, starrte wieder auf den Bildschirm vor ihnen. Die Reportage über die Feuerwehr, die seit Wochen gegen die Feuersbrunst kämpfte, schien schon vor einer Weile geendet zu haben. Aktuell zählte ein Sprecher die Todeszahlen von Darug hoch, gefolgt von Schätzungen, wie viele sich noch abgeschnitten von den Feuern oder verborgen in den Wäldern befinden mochten. Irgendwo da draußen am Gospers Mountain wäre Maroochy heute Abend auch, hätte sie diese Frau von der Feuerwehr nicht mitgenommen.

Zuhause.

Keinen anderen Ort würde sie jemals so bezeichnen können, nicht einmal das Haus, in das sie vor einigen Wochen so herzlich aufgenommen worden war. Ava meinte es gut, aber wie sollte sie dieses Gefühl verstehen, wenn Maroochy es selbst nicht greifen konnte? Sie war abgeschnitten, ummauert, allein mitten unter Menschen. Sie gehörte nicht dazu. Aus so vielen Gründen.

Aber die Wälder um den Gospers Mountain brannten. Sie brannten lichterloh und was von ihrem Zuhause übrigbleiben würde, waren nicht mehr als die verkohlten Stümpfe der toten Bäume. Es gab kein Zurück in ihre Welt. Und auch wenn sie ihre Wallaby-Pfoten zurückhatte, so fehlte doch der Körper dazu.

»Maroooochy«, drängte sich Avas Stimme schon wieder ungefragt in ihre Gedanken. Dieses Mal schenkte Ava ihr ein strahlendes Lächeln, als sie Maroochys Blick auffing: »Wir wollen auf die Straßen gehen, um ein Zeichen zu setzen. Es gibt so viele Gestaltwandler, indigene Völker und so viele andere Lebewesen, die wegen der Feuer keine Heimat mehr haben. Aber dabei wird es nicht bleiben. Wenn sich nichts ändert, werden wir alle unser Zuhause verlieren.«

»Ich bin aber nicht dein abschreckendes Aushängeschild für den Worst Case«, sagte Maroochy ohne nachzudenken.

Ava wirkte erschrocken. Es war das erste Mal, dass Maroochy sie so sah, mit gesenktem Blick und verkniffenen Lippen. Noch bevor Maroochy etwas sagen konnte, erwiderte Ava hastig: »So meinte ich das nicht. Wirklich. Wenn du dich unwohl fühlst ... wir können ja deine Brandmale überdecken. Vielleicht sogar überschminken?«

»Eigentlich möchte ich das gar nicht. Es ist nur ... Ich habe das Gefühl, jeder starrt mich an, wenn ich draußen bin. Deshalb bleibe ich lieber im Haus und schaue fern. Das ist einfacher.« Das war zumindest die halbe Wahrheit.

»Ich glaube nicht ...«, Ava stockte, wirkte unsicher. Das war noch ungewöhnlicher für sie, »Vielleicht schaut der ein oder andere, ja. Aber das sind nicht so viele, wie du denkst. Die meisten gucken eigentlich nur, weil du so unsicher wirkst. Fast, als hättest du Angst.«

Jetzt war Maroochy an der Reihe, den Blick zu senken. Eine ganze Weile sagte sie gar nichts. Als sie schließlich ihre Stimme wiederfand, murmelte sie nur: »Wann beginnt das morgen?«

■■■

Die Straßen waren voll von dyirra, die sich auf dem aufgeheizten Asphalt aneinanderdrängten. Der Geruch von Schweiß und Straßenstaub kitzelte unangenehm in Maroochys Nase und sie musste dem Drang zu niesen widerstehen. Noch schlimmer aber empfand sie den Lärm, der in ihren Ohren schmerzhaft widerhallte: Rufe vermischten sich mit dem konstanten Summen hunderter Stimmen und dem Beat einer Musikbox, die jemand in der Nähe auf volle Lautstärke gedreht haben musste.

»Ist das nicht unglaublich?«, brüllte Ava über den Lärm hinweg und grinste über das ganze Gesicht. Fast schon konnte sich Maroochy vor ihren Augen sehen, wie die Arme der Masse nach Ava griffen und sie gierig zu sich zogen, bis sie auch ein Teil der Menge wurde. In Maroochy aber stieg der Drang auf, sich in ihre zweite Haut zu flüchten und als Wallaby zu verschwinden.

Aber da das nunmal keine Möglichkeit war, folgte Maroochy Ava durch die Massen hindurch. Sie betrachtete die Schilder aus Pappe und Papier und die vielen Gesichter, die sich nebeneinander reihten und immer wieder dieselben Worte wiederholten.

Und je länger sie die Menschen betrachtete, die hier so friedlich, aber doch entschieden für ein Zuhause kämpften, das allen und niemanden gehörte, desto schwindeliger fühlte sie sich. Vielleicht, nur vielleicht war sie ja doch ein Teil dieser Menschenwelt, wenn sie so sehr für die Welt der Darug einstand?

Als Maroochy den Kopf zur Seite wandte und ihre Augen Avas trafen, schrumpfte die Welt plötzlich auf diese zwei Pupillen, die so blau waren wie der Himmel über ihnen. Der schelmische Ausdruck blitzte wie an jedem Tag in Avas Augen, doch dieses Mal entdeckte Maroochy erneut diese Unsicherheit, diese Angst.

Angst wovor?

»Davor«, flüsterte Ava und einen Augenblick überlegte Maroochy, ob sie die Frage laut gestellt oder Ava ihre Gedanken gelesen hatte. Dann aber waren Banalitäten wie diese plötzlich wie weggewischt, denn sie spürte Avas Hand in ihrer. Avas Hand war so voller Wärme und Kraft und Stärke. Aus Avas blauen Augen war die Angst nicht gewichen, aber sie war kleiner geworden.

Es war nur ein kurzer Moment. Ihr Blick wanderte von Avas Augen weiter. Im Nachhinein konnte Maroochy nicht sagen, was ihre Aufmerksamkeit darauf gezogen hatte. Aber plötzlich traf sich ihr Blick mit dem eines Fremden. Ein dyirra, der sie beobachtete.

Wie lange hatte er sie schon beobachtet? Hatte er durchschaut, dass sie kein Mensch war? Ihre Narben gesehen? Hatte er beobachtet, wie Ava ihre Hand genommen hatte?

Es war zu viel.

Die Erkenntnis traf sie wie ein Schlag. Sie raubte ihr die Luft. Plötzlich wich die angenehm schummrige Atmosphäre dem Lärm, der im Laufe der Zeit immer weiter in den Hintergrund gerückt war. Sie spürte die fremden, menschlichen Körper, die sich an sie drängten, die sich bewegten wie eine gewaltige Masse aus Fleisch. Sie hörte die Schreie, die Rufe, das Lachen und roch die stickige, schweißdurchtränkte Luft. Mit einem Mal bildete sie sich ein, Rauch zu riechen. Die Luft wurde dicker, die Menschenmasse zog sich enger um sie zusammen. Die Welt schrumpfte, so wie sie zuvor auf Avas Augen geschrumpft war. Aber dieses Mal schrumpfte sie nur auf ein Gefühl.

Das Gefühl, zu rennen.

∎∎∎

Die Pfoten über die Augen geworfen, hatte sich Maroochy im Bett zusammengerollt. Sie war noch immer verschwitzt und ihr Körper fühlte sich ausgelaugt an. Vermutlich würde sie morgen einen Muskelkater haben. Ganz sicher jedoch würde sie der Kopfschmerz die restliche Nacht quälen.

»Da war Ava. Ich habe ihre Hand gehalten und sie hat gelächelt«, ging Maroochy die Szene wieder und wieder durch, »Dann dieser Mensch. Er hat mich beobachtet ... glaube ich? Und dann ...«

Ja, was dann? Hatte sie Ava die Hand entrissen? War sie einfach losgerannt? Hatte sie noch etwas gesagt oder war sie wortlos gegangen? Was musste Ava wohl denken? Das Klopfen an der Tür riss Maroochy aus den Gedanken. Stöhnend rollte sie sich noch enger zusammen, in der Hoffnung, man würde sie einfach hier liegen lassen. Am besten für immer, damit sie nie wieder jemandem unter die Augen treten musste.

»Ich hab' dich eigentlich vor dem Fernseher gesucht«, erklang Avas Stimme vor der Tür. Sie klang gezwungen fröhlich. Maroochy ignorierte den lächerlichen Versuch, ein Gespräch in Gang zu bringen, und starrte lieber weiterhin auf ihre Pfoten.

»Du kannst sogar schon deine Hände verwandeln? Wann ist das denn passiert?«, fragte Ava überrascht. Maroochy machte sich nicht einmal die Mühe, mit den Schultern zu zucken. Eigentlich ganz schön fies, wenn man bedachte, dass sie Ava vor einer Stunde wortlos hatte stehen lassen. Oder hatte sie doch irgendwas gesagt?

»Alles klar, wir ignorieren uns also«, erwiderte Ava und wirkte tatsächlich etwas unbekümmerter, »Ich wollte dir trotzdem mitteilen, wie froh ich bin, dich wohlauf zu sehen. Du warst kreidebleich, als du vorhin verschwunden bist. Ich hab' mir schon Sorgen gemacht.«

Die Holzdielen knarrten und im nächsten Moment senkte sich die Matratze nach unten: »Weißt du, Maroochy, vielleicht sollten wir das nächste Mal, wenn wir das Haus verlassen, 'ne Nummer kleiner anfangen. Oder vielleicht auch zwei.«

»Eher ein paar hundert«, nuschelte Maroochy zwischen ihren Pfoten hindurch.

»Dann ein paar hundert«, stimmte Ava zu, bevor sie zögernd fortfuhr, »Aber für eine dürrah ist dann schon Platz, oder?«

Für einen Augenblick herrschte Schweigen. Dann riss Maroochy die Pfoten vom Kopf und prustete los: »Dürrah?«

Ava schenkte ihr ein schelmisches Grinsen: »Du hast es mir nicht richtig beigebracht.«

Genau genommen hatte Maroochy niemandem etwas beigebracht, denn sie achtete penibel darauf, im Beisein von Menschen kein Darug zu sprechen. Sie hatte sich weniger auffällig und anders gefühlt, wenn sie sich an die anderen anpasste. Offenbar war ihr dies aber nicht so gut gelungen, wie sie geglaubt hatte.

»Also?«, fragte Ava nach und zuckte mit den Augenbrauen. Es hätte wohl ansprechend ausgesehen, wenn sie dabei nicht jedes Mal die Augen aufgerissen hätte.

Maroochy kam nicht umhin, zu lachen. Dieses Mal verbarg sie es nicht: »Ja, für eine ganz bestimmte dyirra ist Platz.«

Sie überlegte, ob sie Ava ihr plötzliches Verschwinden erklären sollte. Doch Ava schien nicht auf eine Antwort für diese Frage zu drängen. Außerdem konnte sich Maroochy selbst nicht erklären, warum sie in diese Panik gestürzt war. Sie war so von Angst erfüllt gewesen, dafür verurteilt zu werden, wer sie war: Für ihre Herkunft, für ihr Aussehen oder dafür, wessen Hand sie hielt.

»Maroochy?«, Avas Stimme klang nachdenklich. Sie hatte sich gegen die Wand gelehnt und zwirbelte ihre blonden Strähnen zwischen den Fingern, »Momentan läuft so viel schief. Es ist schrecklich, was dir passiert ist. Und so vielen anderen passieren auch schreckliche Dinge jeden Tag. Es macht mir manchmal so Angst, dass ich nachts nicht schlafen kann. Dabei passieren mir nie solche schrecklichen Dinge. Ich bin sicher. Ist das nicht verrückt?«

»Ich glaube, die ganze Welt ist verrückt«, erwiderte Maroochy, »Aber ich glaube auch, dass du Angst haben darfst. Es ist schlimm, was passiert. Aber es passieren auch gute Dinge.«

Ava hob die Brauen: »So? Und welche?«

»Zum Beispiel, dass ich meine vier Pfoten wiederhabe. Oder dass so viele Menschen auf die Straße gehen, um etwas Gutes zu tun. Dass man ein Zuhause verlieren, aber ein neues finden kann. Oder ...«, Maroochy biss sich auf die Lippen und blickte fest in Avas Augen, »Oder dass ich dich kennen gelernt habe.«

Ava beugte sich im selben Moment vor, als sich Maroochy aufsetzte. Sie kicherten, als sie sich dieses Mal einander näherten. Maroochy spürte Avas Atem auf ihren Wangen, die Wärme ihrer Haut in ihrem Gesicht und schließlich die Lippen auf ihren Lippen.

Dann löste sich Ava von ihr, viel zu schnell. Beinahe wäre Maroochy enttäuscht gewesen, doch Ava hatte sich nur von ihr gelöst, um ihr etwas ins Ohr zu flüstern.

»Du hast recht, es passieren auch gute Dinge«, Maroochy konnte es zwar nicht sehen, doch sie konnte das schelmische Grinsen in Avas Stimme förmlich hören, »Ich habe vorhin den Wetterbericht gehört. Es soll nächste Woche regnen.«

■

ZUNEIGUNGSFORMEN

Robin Nayeli

Schau, die Sache ist, Lilin weiß, dass sie gut in dem Job gewesen wäre. Sie redet vielleicht viel zu viel und ist eine schreckliche Mitbewohnerin vor neun Uhr morgens ohne mindestens zwei Tassen Kaffee mit jeweils sieben Löffeln Zucker. Sie weiß das, okay?

Aber sie weiß auch, dass sie gute Qualifikationen für den Job hat und ihn eigentlich mit Leichtigkeit hätte kriegen sollen. Was es nur noch frustrierender macht, dass sie die Stelle definitiv nicht bekommen wird. Nachdem der CD-Laden, in dem sie vorher verkauft hat, dicht machen musste, bräuchte sie ihn aber tatsächlich dringend.

»Nope!«, ruft sie also schon während sie die Wohnungstür aufschließt. »Ich weiß genau was du wissen willst und die Antwort ist nein. Nyet, nada, not happening!« Sie tritt im Flur ihre Schuhe von den Füßen und wirft ihren Rucksack daneben. Morgen wird sie garantiert darüber stolpern, aber heute ist das noch ein Problem für Zukunfts-Lilin.

»Was meinst du?«, fragt Rosa aus der Küche. Sie hat ein unschuldiges Lächeln hinter ihrer Tasse Tee versteckt. Urgh. Als hätte sie sich nicht direkt nach Lilins Verlassen auf den Stuhl gepflanzt, um auf diesen Augenblick zu warten.

»Du weißt, du brauchst gar nicht so zu tun«, schnaubt Lilin und rollt mit den Augen.

Sie stolpert über die kleine Stufe hoch zur Küche, die sie eigentlich seit Jahren kennt und die sie trotzdem immer wieder aufs Neue austrickst.

»Wie lief denn das Gespräch?«

Rosas allgegenwärtiger Optimismus würde als eines der großen ungelösten Rätsel der Menschheit gelten, wenn es nach Lilin ginge. Klar, sie hält auch nichts davon, sich mit aufgesetzter Kapuze und geschminkten Panda-Augen nachts auf verlassenen Spielplätzen rum zu treiben und depressive Gedichte an beschmierte Toilettenwände zu kritzeln. Aber im Angesicht der dauernden Absagen kratzt auch ihr Optimismus so langsam am Grunde seiner Existenz. Vielleicht würde er es ebenso noch schaffen, die weiße Flagge zu wedeln.

Gott! Wenn das so weitergeht, ist Lilins Verschleiß an Bewerbungsmappen bald höher als der ihrer Smarties-Packungen. Und sie liebt die kleinen Fucker. Da ist ein bisschen Realismus für die Situation doch wohl angebracht.

»In Ordnung, denke ich?« Sie zuckt mit den Schultern. Schlechter Plan, wenn man zeitgleich versucht sich aus seiner Jacke zu kämpfen. »Ist doch egal, sie werden mich sowieso nicht nehmen.«

Rosa stellt ihre Tasse auf dem Tisch ab und runzelt die Stirn. Oh oh, das heißt nichts

Gutes. Vor allem aber: Diskussion. »Warum sollten sie nicht?«

Lilin seufzt. »Guck, sie werden eine Nachricht zurückschicken, dass sie jemanden mit besseren Qualifikationen gefunden haben. ,Sorry Ma'am, aber leider ist die Stelle schon besetzt, viel Glück bei der Suche.'«

Sie verdreht die Augen. »Aber komm schon, wir wissen beide, woran es liegt. Sie sehen einen Sukkubus, und sofort geht die Panik in ihren kleinen, schamerfüllten Köpfen los. ,Oh nein, die wühlt bestimmt in meinem Gehirn nach schmutzigen Fantasien und erzählt die allen und wirft mir dann dauernd auf der Arbeit vorwurfsvolle Blicke zu'. Was ich nie tun würde? Ich meine: Hey, dir gefällt, was dir gefällt. Leben und leben lassen und der ganze Kram. Aber der Punkt ist doch, niemand will einen Sukkubus einstellen.«

Und wenn das nicht demotivierend ist und schmerzt, dann weiß sie auch nicht.

»Das ist Diskriminierung. Sie können dich nicht einfach aufgrund deiner Spezies ablehnen, das ist nicht richtig«, sagt Rosa bestimmt.

»Ach ja? Und wer soll sie bitte daran hindern? Die ,Sukkubus-Anti-Diskriminierungspolizei'? Die waren dann ja echt hilfreich bisher.« Rosas Blick sagt Lilin, dass ihr Sarkasmus gerade auch nicht sehr hilfreich ist. Einen Moment überlegt Lilin ihn einfach zu übergehen und in den Kühlschrank zu fliehen, um dort Reste vom gestrigen Abendessen zu jagen.

»Sorry«, gibt sie dann doch nach, fischt aber trotzdem einen Teller Nudelauflauf von gestern heraus. »Mich frustriert die Jobsuche einfach total.«

Rosa hat ihre schlechte Laune wirklich nicht verdient. Das kann Lilin zugeben und es hat rein gar nichts mit dem traurigen Blick zu tun, den Rosa draufhat.

Verdammt! Die Fee kann einen Blick aufsetzen, als hätte man ihrem dreibeinigen Kätzchen am Schwanz gezogen und wäre mit dem Auto drübergefahren. Nur um zu stoppen, zurückzusetzen und es dann nochmal zu überfahren. Während es in Strömen gießt.

»Ich schätze, ich muss mich doch mal in ‚unserem‘ Gewerbe umsehen. Da ist es wenigstens so gut wie Gesetz, dass ich einen Job bekomme.« Lilin stochert missmutig in ihren kalten Nudeln herum. Aber du hast geschworen, dass du das nicht machen würdest, ruft die kleine Stimme in ihrem Kopf, die die Quelle allen Missmuts ihres Lebens ist.

»Aber ich dachte, das... ist nicht so dein Fall?«, Rosa senkt ihre Stimme, als würde sie über die Geheimnisse einer dunklen Verschwörung reden. Lilin schaufelt sich mit einer Unbekümmertheit, die sie nicht wirklich fühlt, Nudeln in den Mund.

»Sieht nicht so aus, als hätte ich eine große Auswahl. Wer weiß, hinterher überrasche ich alle und bin vielleicht sogar gut in dem Job? Ich bin bestimmt richtig klasse. Ich mein, so schwer kann das doch nicht sein, oder? Hallo? Sukkubus hier. Sexuelles Verlangen hervorzurufen und erotische Fantasien zu erfüllen liegt quasi in meiner Natur.«

»Lilin-«

»Das geht mir bestimmt so von der Hand, warum sollte es nicht? Ich kann mit Leuten flirten-«

»Lilin-«

»-dann bekomme ich was anderes doch wohl auch hin. Einfach wie nur sonst was, richtig?«

»Lilin!«

Oh Gott, es würde eine absolute Katastrophe werden.

»Du weißt, du musst nichts davon machen?«, fragt Rosa vorsichtig. »Wenn du willst, kannst du es ausprobieren und mal schauen wie es ist. Wenn du dich unwohl fühlst, kannst du immer noch kündigen. Du musst niemandem etwas beweisen.«

Es klingt fast vernünftig, wenn Rosa es so ruhig und zuversichtlich formuliert. Lilin seufzt tief.

Später am Abend sucht sie die Kontaktdaten für »Ardat&Irdu« heraus, dem größten Unternehmen in der Erotikbranche. Nachdem Rosa über ihre E-Mail drübergeschaut hat, schickt sie die Anfrage ab. Immerhin haben die bisher für jeden Sukkubus und Inkubus einen Job gefunden.

■■■

Ja, Lilin ist sich bewusst, dass Sukkubi Sex und Erotik eigentlich mögen, okay? Aber für sie ist das wie als einzige normale Person zu einem Pizzaessen unter Freunden zu kommen und dann festzustellen, dass es nur Ananas-Schinken-Monstrositäten gibt statt der eigentlichen Heiligkeit.

Sukkubi sollten die Gerüche und Farben mögen, die sexuelle Anziehung und Erregung bei ihnen erzeugen. Aber während alle angenehme, harmonierende Farbenspektakel sehen, stechen Lilin die grellen Farben nur in die Augen und dann muss sie bitte jemand von diesem Trip runterbringen!

Vielleicht mögen andere Sukkubi sie für seltsam halten, aber sie weiß, dass sie die Normale ist. Kein vernünftiges Wesen steht auf moderne Kunst. Also danke für den Hinweis, aber nein. Dieses ganze Sexzeug ist einfach nicht ihr Ding und sie ist komplett okay damit.

Das einzige Problem: Alle anderen scheinen die Programmänderung nicht mitbekommen zu haben. Auch nicht Basti, dessen Aufgabe darin besteht, mögliche Jobs innerhalb des Unternehmens für sie zu finden. Sie hatte versucht, ihm die Problematik verständlich zu erklären, bevor er sich an die erste Suche gemacht hatte. Offensichtlich nicht verständlich genug.

Also sitzt sie jetzt im Schneidersitz auf einem Stuhl und wartet darauf, dass der erste Kunde vom Duschen wiederkommt und sich auf die Massageliege schwingt.

»Nur mal zum Reinschnuppern«, hatte Basti gesagt und ihr zugezwinkert. Lilin hätte dem Inkubus am liebsten die Mappe direkt über den Kopf gezogen, aber sie tut zumindest gerne so, als wäre sie zivilisiert.

Nachdem Abba, die Masseuse, die sie heute begleitet, ihr dann viel über Blockaden und fließende Energien im Körper erklärt hat, tut ihr Basti schon fast ein bisschen leid. Vielleicht hatte er ihr sogar zugehört, weil es nicht mal sonderlich erotisch oder sexuell klang. Mehr, als wären Erotikmassagen eben ganz normale Ganzkörpermassagen. Nun gut, bei der die Geschlechtsorgane mit massiert werden. Aber die sind ja auch irgendwo Teil des Körpers, wenn man drüber nachdenkt?

Als Kundin fände Lilin das seltsam, wenn noch jemand mit dabeisitzen würde, der nur beobachtet und keinen Ton sagt. Wobei, solange sie selbst reden kann ist das eigentlich nicht so das Thema. Darf sie hier aber nicht. Stattdessen hat sie die Anweisung bekommen, sich still zu verhalten. Eine Aufgabe, an deren Durchsetzung weiß Gott schon genug Leute verzweifelt sind. Es fällt ihr halt schwer, und? Gerade wenn sie nervös ist, und man, das ist sie gerade. Vielleicht. Aber sie versucht immerhin ihr Bestes, sich zusammenzureißen. Entgegen der allgemeinen Ansicht ist sie nämlich kein Kind mehr. Abba fängt an den Füßen des Kunden an und arbeitet sich langsam hoch. Tatsächlich kommt bei Lilin von seinen Emotionen bis auf ein dunkles Flimmern im Blickfeld und einem süßlichen Geruch nichts weiter an. Wenn das alles ist, kriegt sie das vielleicht wirklich hin. Gut, blockierte Energien, Chakren und das spirituelle Zeug ist vielleicht nicht so ganz ihres. Lilin hat sich der Esoterikszene nie mehr genähert als mit einem qualmenden Räucherstäbchen, mit dem sie irgendwie den Feueralarm ausgelöst hat. Selbst den Feuerwehrmännern war es ein Rätsel, wie sie das geschafft hat. Lilin ist der festen Überzeugung, dass es eine Gabe ist.

Aber sie könnte sich näher damit beschäftigen und es lernen. Ihren Schminkkoffer auspacken und sich ein Wickeltuch zum Anziehen zulegen. Oder den ganzen Tag in Leggings arbeiten. Wenn das kein erstrebenswertes Ziel ist, dann weiß sie auch nicht. Vielleicht sollte ihr Optimismus die weiße Flagge wieder einpacken und den Arsch hochbekommen.

Als hätte sie nicht mit Rosa genug Filme über Selbstfindung sehen müssen, erkennt sie den bedeutenden Augenblick des ‚Motivations-Findens‘ gar nicht. Was gleichzeitig auch der Zeitpunkt ist, an dem alles den Bach runter geht.

Der Geruch wird nämlich plötzlich stärker und bevor sie reagieren kann, füllt künstlich süße Wassermelone ihre Atemwege und sie erstickt gefühlt an Kaugummi. Was – ehrlich! – nicht angenehm ist.

Abba hingegen scheint zu mögen, was auch immer sie riecht, so tief wie sie einatmet. Hoffentlich nicht den gleichen künstlichen Geruch, sonst muss sich Lilin wirklich Sorgen um die Nase ihrer Mitsukkubus machen. Der junge Mann hingegen – oh, jap, okay, alles klar. Der ist definitiv auch zufrieden mit dem Prozedere der Massage. Jedenfalls soweit sie das hinter der Leinwand aus flirrenden Farben erkennen kann. Lilin hingegen? Nicht so sehr. Dafür ist sie sich sicher, dass sie sich bald übergeben muss, wenn der Geruch noch stärker wird.

Das hier ist definitiv nicht ihr Berufsbereich, keine Chance. Da kriegt sie niemand noch mal rein, geschweige denn um es selbst auszuprobieren. Nicht mal für allen freien Kaffee auf dieser und allen anderen Welten und in jeglichen Zeitschleifen.

···

Das versucht sie auch Basti noch mal zu erklären, als sie ihn später anruft, um Rückmeldung zu geben. Ein Versagen am Tag reicht, sie muss sich nicht auch noch mit dem Schreiben einer Mail herumquälen.

···

Lilin ist halt ein redseliges Wesen, ist so. Mit Leuten zu telefonieren sollte also kein Thema sein, wirklich, sie kann dir dein Ohr abquatschen, dass du aussiehst wie Vincent Van Gogh, und über eine Stunde füllen, indem sie dauernd zwischen den Themen springt, als wäre sie ein Eichhörnchen auf Speed, aber mit dem Redebedarf deiner Mutter, die du viel zu selten anrufst – verdammt seist du – und ohne dich einmal zu Wort kommen zu lassen oder zu atmen.

Reden? Definitiv kein Problem. Über Sex reden? Auch kein Thema. Aber, Achtung Seelen-Striptease, wer informiert sich nicht gerne darüber, was andere Leute so alles im Bett treiben? Sie hat halt eine schamlose Schwäche für skandalöse Themen und eine besonders hohe Faszination für das Sexleben anderer Leute. Vermutlich ein ungesund hohes Level an Faszination, aber was soll's?

Sie ist also mehr als aufgeklärt, auch was die weniger verbreiteten Vorlieben angeht. Sie ist asexuell, kein verklemmter Kirchengänger.

Aber.

»Das Problem ist, dass ich offenbar einfach kein Dirty Talk kann. Also so gar nicht. Was bedauerlich ist, weil man das scheinbar wirklich braucht, wenn man bei einer Sex-Hotline arbeitet«, erklärt sie Rosa, als wäre das ihre größte Erleuchtung, seit sie herausgefunden hat, dass ein Pullover Pullover heißt, weil er ein pull-over ist. Gecheckt? Er ist zum drüber ziehen.

Hach. Herrlich.

»Ich hab es ja versucht, ehrlich.«

Rosa guckt ihr geduldig zu wie sie mit den Töpfen hantiert, dabei so tut, als wäre sie ein kompetenter Erwachsener, der in der Lage ist, allein zu überleben, und könnte kochen.

»Aber wer kommt bitte auch auf so eine Idee mich da rein zu stecken? Ich meine, nicht Mal wenn ich Sex hatte, waren meine Gedanken beim Sex. Wie soll das da dann funktionieren? Ist ja schön und gut, dass Sex allen so viel Spaß macht, aber das ist ein schräges Hobby, das ich nicht so einfach vertreten kann. Als wären alle so begeistert davon, exotische Gänseblümchen zu züchten. Und klar, es ist ja auch schön für sie, wenn sie dafür so viel Begeisterung aufbringen können. Aber man, du solltest mir nicht mal einen Kaktus anvertrauen, wenn du ihn lebend wiederhaben willst.«

Rosa weiß, dass diese Metapher tatsächlich eine traurige Wahrheit in Lilins Leben ist. Einmal hatte Rosa in jede von Lilins tote Pflanzen kleine Schilder gesteckt mit der Aufschrift ‚Nein, ich wachse nicht knusprig, ich bin tot'. Knuspriges Wachstum hatte Lilin zuvor immer als Ausrede verwendet. Verdammt, wenn sie nur wüsste, wie Rosa dahinter gekommen ist...

Der Punkt ist, sie könnte nicht mal Pilze am Sterben hindern, wenn ihr eigenes Leben davon abhinge. Wobei Pilze auch keine Pflanzen sind, aber egal. Die Schlussfolgerung: Pflanzen und sie? Keine gute Kombination. Genauso wie sie und sexuelle Dienstleistungen. Manche Dinge sollte man einfach nicht mischen.

»Aber wie hast du es dann geschafft die letzten paar Tage da durchzuziehen?« Rosa zieht eine Augenbraue in ihrem niedlichen Gesicht hoch. Ach, Rosa. Immer voller Misstrauen ihr gegenüber.

»Naja«, vielleicht wird Lilin ein bisschen rot. Aber nur vielleicht. Und nur ein Bisschen. Verdammt nochmal! »Viele rufen eigentlich nur an, weil sie jemanden zum Reden brauchen? Und manche wollen auch gar nicht, dass man redet, sondern nur, dass man ihnen beim Sex zuhört.«

»Du hast dich durchgemogelt? Nicht dein Ernst.«

»Die Leute sind halt einsam!«, verteidigt sie sich. »Viele von denen wollen nur über ihre Arbeit lästern oder das letzte Spiel bequatschen oder über ihre Beziehungsprobleme reden. Komm schon, Rosa, wie kann ich ihnen das verweigern? Diese armen Leute brauchen offensichtlich Hilfe und haben mich zu ihrem Retter in der Not auserkoren. Zu ihrem Amor! Das ist eine Ehre, wie könnte ich sie zurückweisen? Ihre Seelen im Meer der Verzweiflung versinken lassen? Hab ein Herz.« Oh ja, auch Lilin kann die traurigen Augen auspacken.

»Du bist unglaublich. Die Kunden rufen für Telefonsex an und du bequatscht sie so lange, bis sie dich Beziehungsberater spielen lassen oder ihr den neusten Spielstand diskutiert.« Rosa schüttelt den Kopf, aber ihre Mundwinkel zucken.

»Was soll ich sagen? Ich habe viele Talente«, grinst Lilin. Verdammt, da hat sie Rosa eine Steilvorlage geliefert.

»Außer im Kochen«, erwidert Rosa auch direkt »Wieso missbrauchst du die Lebensmittel immer so? Dir ist klar, dass das eigentlich ein Essen werden sollte?«

Lilin streckt ihr die Zunge raus wie die Sechsjährige, die sie innerlich noch so was von ist, als Rosa sie vom Herd verscheucht und das Kochen übernimmt.

»Wie lange hast du noch vor, dich da um einen Job zu bemühen?«, fragt Rosa später beim Essen, nachdem sie einen Bissen geschluckt hat.

»Ich weiß nicht«, nuschelt Lilin mit ihrem Mund voller Spagetti, weil sie kein Benehmen hat. In dem Punkt ist sie einfach unmöglich. »So schlimm war es gar nicht bei der Hotline. Vielleicht bin ich besser darin, wenn ich nicht direkt mit Kunden zutun habe. Ich gucke mir wahrscheinlich noch ein paar an, aber dann bin ich es auch leid.«

Sie hat keine Lust, dass der Wink des Schicksals sie mit der vollen Bandbreite eines Zauns erschlägt.

■■■

Lilin ist nicht dumm, okay? Sie ist vielleicht etwas langsamer im Lesen und Schreiben, aber jeder, der sie kennt, weiß, dass sie reden kann wie ein Wasserfall. Ihre Gedanken hängen da sicherlich nicht hinterher. Gut, bei dem ein oder anderem das sie so von sich gibt, scheint es vermutlich so, aber es ist echt nicht der Fall. Statt in Gedanken Wort an Wort zu reihen, springt sie von Bild zu Bild. Ein Bild sagt mehr als tausend Worte? Tja, kein Wunder, dass ihr Mund dann nicht mehr hinterherkommt.

Aber das hat nichts mit Intelligenz zutun. Und sollte der Inkubus, der die Aufnahme leitet, am Ende des Tages auch nur irgendwas in die Richtung andeuten, wird sie ihm eine neue Körperöffnung boxen.

Eigentlich hätte sie Basti seinen Jobvorschlag mit einem ,Zur Hölle! Nein!' direkt wieder zurückgeben sollen. Aber bis sie verstanden hatte, was genau er ihr vorgeschlagen hatte, war es eigentlich schon zu spät gewesen.

Und er hatte sich wirklich bemüht. »Kein direkter Kontakt mit Leuten« schien aus irgendeinem Grund ein verdammt schweres Auswahlkriterium zu sein. Weiß Gott weshalb, ihr würden bestimmt ein Dutzend Berufe innerhalb der Erotikbranche einfallen, bei denen sie nichts mit Kunden zu tun haben musste.

Jedenfalls wenn sie sich damit beschäftigt hätte, was es überhaupt für Berufe gibt. Aber das ist immerhin ja auch Bastis Job!

Urgh! Er hatte so hoffnungsvoll ausgesehen, dass sie nicht das Herz hatte es direkt abzulehnen. Gott! Rosa durfte niemals davon erfahren. Lilin würde nie wieder irgendetwas durchgesetzt bekommen.

Außerdem ist sie schon so weit mit ihrer Legasthenie gekommen, sie will verdammt sein, wenn sie es nicht wenigstens ausprobiert. Immerhin ist sie ja auch nicht live On-Air, richtig? Richtig.

Als Sprecherin ein Erotikhörbuch vertonen? Vermutlich trotzdem nicht ihre schlauste Idee, aber sie hat schon dümmere Kämpfe gefochten. Sie würde einfach etwas vorlesen, schauen wie sie sich schlug, gehen, und das Ganze dann als peinliche Jugendaktion abstempeln, für die sie eigentlich schon zu alt war. Aber was auch immer. No risk, no fun! YOLO und so. Und bisher zeigen sich nirgendwo Formen oder Farben von sexuellen Gefühlen. Starker Pluspunkt.

Mit den Kopfhörern fühlt sie sich jedenfalls total professionell und seriös. Perfekt ausgestattet für diese epische Schlacht. Ihr Feind? Der Text, in dessen erstem Absatz »IebeBewegung Da niellessqürte Lin ba. Je beBewegung jag fe ihr woh li ge Schau der üb erden Rücken und frieb sie nä her am den Zu stand, in dem sie nurnoch ei neswollte: Da nielleunter sich unb sie über undübermifKüssenbede cken.

Ganzkurz hob Lin da den Btick und als sie in Da nielles Au gen bfickte merk te sie, dass das ein Feh lergewesen war. Sie komte sich nicht mehr ab wen den– doch sie wollte es auch nichf. Mit ei nemleisen zu frie den en Seutzenschod sie Da nielleinbienächste Gas se und gegenei ne Haus wanb.« steht.

Herr Leuder, der leitende Inkubus, lässt sie volle zehn Minuten Silbe an Silbe hintereinander hängen, bevor er alle von ihrem Elend befreit.

Lilin ist versucht im Anschluss etwas zu singen, nur um zu beweisen, dass es sehr wohl schlimmer geht. Vielleicht fühlt sie sich auch ein wenig verzweifelt. Einer der Jungs aus der Dreier-WG über ihnen war vor zwei Monaten runtergekommen, um zu fragen, ob bei ihnen alles in Ordnung sei. Pfffff. Lilin hatte nur zu »Let it go« in der Küche gesungen. Also bitte. Der Song allein ist schon so gut, dass ihn niemand verschandeln kann. Gleiches sollte eigentlich für einen Text gelten, der aus dem Erotikroman »Der Gesang der Sehnsucht« kommt und von Perpetunia Bloombottom geschrieben wurde. So ein Text hat zu viel Klasse als dass man den schlecht lesen könnte, egal wie man ihn vorträgt.

Glücklicherweise zeigt sich Leuder verständnisvoll, wenn auch ein wenig genervt, dass sie überhaupt gekommen ist und vorher nichts gesagt hat. Glücklicherweise für ihn, da Lilin ihm jetzt keine neue Körperöffnung verpassen muss. Trotzdem fühlt sie sich wie von einem Zaunpfahl erschlagen, als sie später nach Hause geht.

...

Schau, die Sache ist, Lilin weiß, dass sie gut in diesem Job sein wird. Sie redet vielleicht viel zu viel und ist eine schreckliche Mitbewohnerin vor neun Uhr morgens ohne mindestens zwei Tassen Kaffee mit jeweils sieben Löffeln Zucker. Sie weiß das, okay?

Aber sie ist momentan die einzige Person, die diesen Job machen kann und zur Hölle, wer glaubt sie davon abhalten zu können. Sie könnte nicht entschlossener sein, wenn es um die epische Schlacht zwischen Gut und Böse ginge.

»Jaja, ist okay, zügel dich«, ruft sie fröhlich in die Wohnung, als sie die Tür aufschließt. Oh Gott, sie fühlt sich fast schon eklig mit all dieser guten Laune und Motivation. Ihren Optimismus hat Bastis letzter Vorschlag jedenfalls gerade noch so vom Sterbebett zurückgeholt nach dem Desaster mit dem Hörbuch. Dafür hat er die weiße Flagge wieder eingesteckt und hopst mit bunten Blumenkränzen umher wie ein Flummi. Und wenn das nicht ein befremdliches Gefühl ist, dann weiß Lilin auch nicht.

Von der Küche kommt ein aufgeregtes Geräusch, dass fiese, aber korrekte Menschen als mädchenhaftes Quietschen interpretieren würden. Lilin stoppt überrascht beim Schuhe-von-den-Füßen-treten. Oh, wow. Vielleicht sollte sie direkt wieder umdrehen und aus der Tür flüchten.

»Wie war's?«, ruft Rosa ihr ungeduldig aus der Küche zu.

Kurz überlegt Lilin ihre Schuhe dieses Mal wirklich an den Rand zu stellen. Immerhin fiel Zukunfts-Lilin, inzwischen Vergangenheits-Lilin, auch wirklich vorher über die Schuhe im Weg. Aber: Das Geräusch von Rosa deutet auf einen akuten Notfall hin.

Und als würde sie dazu lernen, jetzt mal ehrlich. Sie tritt übertrieben vorsichtig über die Stufe in die Küche. Ha! Doch etwas gelernt. Nimm das, Nemesis!

»Es lief ganz gut«, sagt sie zu Rosa, aber ihrer Mitbewohnerin kann sie nichts vormachen. Wahrscheinlich wittert ihr komplett übertriebener Optimismus seinesgleichen. Jedenfalls strahlt sie Lilin begeistert an.

»Tatsächlich kam Basti auf die Idee. Ich hatte ihm ganz am Anfang gesagt, dass ich sicherlich nichts mit Träumen machen möchte. Zu intensiv sexuell und so.« Nee, wirklich. Die Träume anderer zu einem »Happy End« zu drehen? Nicht ihr Fall. Faktisch war nichts weiter davon entfernt ihr Fall zu sein, als ein »Feuchte Träume Special«. Da können Dinge mit hochkommen, die keiner wissen will. Wirklich keiner. Dinge, die so tief vergraben gehören wie der dritte Matrix Film. »Naja, zum Schluss scheint er verstanden zu haben, dass mein Problem nicht der ‚Menschenkontakt‘ ist,« Lilin macht die Gänsefüßchen sogar extra mit den Fingern mit. Nur, um es noch mal deutlich zu machen. »sondern der sexuelle Part. Scheinbar gibt es einen etwas ausgegliederten Bereich des Unternehmens, das sich mit Traumata beschäftigt. Alles in Richtung Sextherapie natürlich und nichts, worin ich auch nur irgendwie qualifiziert wäre.«

Sie lässt sich Zeit damit, sich zur Feier des Tages Limonade aus dem Kühlschrank zu holen. Rosas Blick nach zu urteilen weiß sie die dramatische Stille vor dem Auflösen nicht zu schätzen. Kunstbanause!

»Okay ist ja gut! Hör auf mich so anzugucken!« Lilin hebt abwehrend die Arme, als könnte sie das vor dem Bösen Blick schützen. »Scheinbar wollen sie ihr Therapieprogramm erweitern und sich auch um Kinder mit Traumata kümmern. Und weil ihre Zuneigung nur rein platonisch ist – weil Kinder – kann ich mit ihren Gefühlen arbeiten und mich um ihre Albträume kümmern. Während die andern die Gefühle der Erwachsenen zu einem »Happy End« verstärken, kann ich die Gefühle der Kinder verstärken und ihnen die Albträume nehmen.

Natürlich familiäre Zuneigung und Freundschaften, offensichtlich, die über das Böse der Albträume siegen.«

Na gut, vielleicht ist sie doch so entschlossen, weil es sich wirklich um epische Schlachten zwischen Gut und Böse handelt. Und sie wird mit Kindern arbeiten können. Ihren Lieblingswesen. Das liegt absolut nicht daran, dass Lilin selbst häufig noch ein Kind ist. Nope. Nein Sir. Ihrer Meinung nach sollten alle mal ein bisschen runterkommen und ein Eis mit bunten Streuseln genießen oder auf flauschigen Socken durch den Flur skaten. Aber das ist nur ihre persönliche Meinung. Kein Grund, auf sie zu hören.

»Das klingt richtig gut!« Rosa strahlt. Lilin hofft, dass ihr begeistertes Grinsen nicht so unheimlich aussieht wie Rosas. »Du solltest deinen Vorrat Chips holen und mir alles erzählen, während wir uns auf die Couch lümmeln«, schlägt sie vor.

Das ist solange eine gute Idee, bis Lilin auffällt, dass es ihr geheimer Vorrat an Chips ist. Bei dem sie in letzter Zeit das Gefühl hatte, dass immer mehr verschwand ...

Oh nein. Ihr unschuldiges Lächeln würde Rosa aus der Nummer auch nicht wieder raus bringen.

Trotzdem geht Lilin die Chips holen. Und stolpert über die Treppe zur Küche. Gottverdammt!

■

ANTIMYKOTIKUM

Oliver Kontny

Letztendlich nimmt Rapha mich doch auf den Dachboden mit. Sie wollte zuerst nicht, aber wenn ich was wirklich will, dann lass ich nicht locker, dann kann ich Leute zu Sachen bringen, die sie eigentlich ablehnen. Nur bei Rapha ist es schwieriger, weil sie meine beste Freundin war, als wir noch zur Realschule gingen. Sie kannte mich schon als Vierzehnjährigen und wusste, wie mies ich sein konnte. Sie hatte mit mir abgehangen, als die anderen Mädchen einen Bogen um mich machten, wir kifften zusammen, und einmal saß sie zwei Stunden mit mir an den Straßenbahngleisen und tröstete mich, als ich blutete und heulte, weil Glogowski mich verprügelt hatte. Bei Rapha komme ich mit meinen Skills also nicht weiter. Ich muss ihr glaubhaft Hilfe anbieten, damit sie meinen Vorschlag als vorteilhaft auffasst. Dann könnte es klappen.

Wir stehen vor dem Synthesizer. »Das ist er«, sagt sie überflüssigerweise, nachdem sie das staubige Bettlaken abgezogen hat. »Das ist ein Buchla 200«, sage ich. Er besteht aus einem hölzernen Gehäuse, das wie große, geschwungene Buchstützen zu beiden Seiten die horizontal einmontierten Panels umfasst. Eine absolute Schönheit. Seit Jahrzehnten unbenutzt, weil plötzlich alle scharf auf digitales Zeugs waren und die alten Schätze vergaßen. Dabei gibt es nix Besseres als vintage.

»Pass auf, was ich mache ist, ich schraube alle Module auf und reinige die Potis mit Kontaktspray«, sage ich, »Dann mit meiner Druckluftpistole überall den Staub rausblasen und wenn etwas lose ist, löte ich es nach, oder wenn ein Transistor kaputt ist, kann ich den sogar ersetzen.« Rapha schaut mich an, nicht ungläubig, eher alarmiert, als hätte ich sie gebeten, mein Bier zu halten, damit ich mich mit drei Spackos anlegen kann. »Ich weiß wirklich, wie man das macht, und außerdem gibt es so viele Online-Tutorials speziell zum Buchla 200. Ich mach ihn dir wieder fit, und dafür darf ich ihn acht Wochen behalten und spielen. Deal?«

»Ich weiß nicht, was Cynthia dazu gesagt hätte«, seufzt Rapha.

»Woher hatte dein Vater überhaupt so einen alten Synthesizer und warum hat er ihn nie verkauft?«

»Cynthia? Keine Ahnung, die Geschichte hat sie mir nie erzählt.«

»Warum eigentlich Cynthia?«

»Ich glaube, das war ein Wortspiel mit Synthie. Ziemlich basic...«

»Warum sich dein Vater auf einmal Cynthia genannt hat.«

»Frieder, das weißt du und ich hab es dir schon hundertmal erklärt. Schon auf der Schule.«

Solche Fragen bringen Rapha auf die Palme. Sie fühlt sich immer gleich angegriffen.

»Ey, das war Jahre vor Kraftwerk«, lenke ich ab, »Richtig früh. Hammergerät.«

»Ich überleg es mir nochmal«, sagt Rapha und zieht wieder das Bettlaken über die Panels.

Dabei bin ich extra mit dem Auto gekommen. Ich hatte es mir so schön vorgestellt, an dem Buchla herumzuschrauben und alles einmal schön sauber zu machen. So abenteuerlich. »Letztens ist ein Techniker an einer kalifornischen Universität beim Reinigen eines Buchla 100 auf einen krassen Trip gekommen, weil jemand im Inneren des Gerätes LSD gelagert hatte«, erzähle ich beim Runtergehen. »Das klebte da seit zig Jahren, und als er es wegmachen wollte, ist ihm was in die Blutlaufbahn geraten.« Rapha lacht.

■■■

»Stell dir vor, du bist auf der Arbeit, denkst dir nichts Böses, und plötzlich verändert sich deine Wahrnehmung.« Ich lasse mich in die Vorstellung fallen. »Die Welt um dich herum ist nicht mehr die Gleiche. Du weißt nicht mehr, was real ist und was eingebildet. Komische Gestalten tanzen um dich herum, es kommen von überall her Geräusche und Farben, die du noch nie gesehen hast. Vielleicht denkst du, dein ganzes bisheriges Leben warst du in einer Höhle gefangen, und jetzt kannst du raus.«

»Mh-hm«, macht Rapha.

»Das ist ein bisschen wie mit der blauen und der roten Pille. Du weißt schon, bei Matrix«, sage ich.

»Oh Gott.«

»Ich weiß, das hört Ihr Gender-Spezialistinnen nicht gerne.«

»Frieder, bitte. Du wolltest den Synthesizer sehen und ich hab ihn dir gezeigt.«

»Aber mal ehrlich, woher soll ein Normalsterblicher wissen, ob die Welt wirklich so schlimm ist, wie ihr behauptet, und ob tatsächlich alle, die nicht eurem Glauben folgen, unmittelbar am Untergang der Menschheit mitarbeiten?«

»Ist das dein Ernst?«

»Oder ob nicht in Wirklichkeit eine militante Minderheit versucht, eine Diktatur über den Rest der Gesellschaft zu errichten, die schön alle blaue Pillen schlucken, Gender-Sternchen hier, Sprachverbote dort, bis es zu spät ist. Und wenn mal einer nicht mitmacht, ist er sofort ein Nazi.«

»Du bist so ein Troll, Alter.«

Damit verabschiedet Rapha mich und zieht die Haustür zu. Ich tröste mich an dem schönen Piepsen, das mein Auto macht, wenn ich mit der Fernbedienung die Zentralverriegelung löse. Das ist auch schon fast vintage. Dass so Leute wie Rapha, die ja eigentlich okay sind, einfach nicht merken, wie sie mit ihrer Art die Sympathien der guten Leute verlieren. Also, die Rückendeckung von so normalen Leuten wie mir. Mal im Ernst, ich würd lieber die AfD wählen, als an der Humboldt-Uni ein Seminar in Gender Studies zu belegen. Die sind einfach null fehlerfreundlich und stehen total auf Strafen.

●●●

Aber Rapha hat mich auf eine Party am nächsten Abend eingeladen. Wahrscheinlich, weil sie schon von Vornherein wusste, dass sie mir den Buchla nicht mitgeben würde. Blaue Pille, um Frieder ruhigzustellen.

Ich gehe hin, natürlich gehe ich hin. Es ist eine dieser riesigen Altbauwohnungen mit Sechser-WGs, in denen früher herrschaftliche Familien gewohnt haben müssen. Ich glaube, die Leute wissen gar nicht, wie gut sie es haben. Die Musik ist mittelmäßig. Und es gibt ein Problem mit Raphas neuer Flamme. Ali. Wir sind uns vor ein paar Wochen begegnet und Ali mag mich nicht. Weil ich es gewagt hatte, zu fragen, wo sie eigentlich herkommt. Ich wollte es halt wissen. Aber das darf man ja heute nicht mehr. Man darf nicht nur nicht fragen, man darf es nicht einmal wissen wollen. Dabei interessiert es mich halt, ob jetzt der Vater aus Kamerun ist oder beide Elternteile aus den USA oder irgendwas mit Südamerika, da gibt es ja auch spannende Ecken. Aber diese simple Neugier gilt jetzt schon als schlimm, es gibt sogar einen eigenen Hashtag dafür, sie anzuprangern. Und Ali machte mir klar, dass ich selber googeln müsste, statt mich von ihr belehren zu lassen, warum mein Verhalten falsch war. Immerhin.

Im Wohnzimmer ist Gedränge, auf dem schmalen Flur auch. Ich gehe in die Küche und positioniere mich beim Kühlschrank. Da kann man gut überblicken, wer alles da ist, und unverbindlich Gespräche anfangen. Ich unterhalte mich mit einer Frau namens Deniz. Sie hat lange, schwarze Haare. Sie ist eine der wenigen Frauen mit langen Haaren auf der Party. Auch eine der wenigen Schwarzhaarigen. Ich frage sie zum Einstieg, was sie heute gelesen hat. Sie nennt nur Feuilletonartikel und regt sich darüber auf, dass angeblich alle alten, weißen Männer Greta Thunberg hassen. Sowas geht ja immer als Partygespräch.

»So einfach ist das für mich nicht«, sage ich lächelnd. Sie verzieht die Brauen.

»Erlaube mir, dass ich kurz den Advocatus Diaboli spiele«, sage ich. Sie hebt die Brauen.

»Wir haben da eine Opernsängerin und einen Filmproduzenten, die ihre kranke Tochter um die ganze Welt schicken, obwohl sie als Kind eigentlich ein Recht auf Spiel und Freizeit hat.«

Deniz öffnet langsam den Mund, ich rede weiter und lächele sie dabei an, ich bin einen Kopf größer. Ali kommt in die Küche und läuft auf den Kühlschrank zu. Als sie mich sieht, verfinstert sich ihre Miene, sie fasst Deniz an der Schulter und raunt ihr etwas zu. Auf einen Schlag schließt Deniz den Mund und hört auf, mich anzugucken. Sekunden später sind beide weg und lassen mich einfach am Kühlschrank stehen. Ich reiße die Tür auf, die Flaschen scheppern.

Eure Intoleranz ist ein Virus, denke ich. Die haben alle so Namen, wo man nicht wissen soll, was sie nun sind: Rapha, Alex, Sasha, Manu, Jo, Ali, Deniz. Eine falsche Frage und das war's.

Ich fasse einen Plan. Ich gehe schnell pinkeln, dann stelle ich mich wieder in die Küche. Ich warte. Hier muss Ali irgendwann wieder herkommen, und tatsächlich kommt sie. Allein.

»Eure Intoleranz ist ein Virus«, sage ich.

»Aha«, antwortet Ali, »aber was, wenn Maskulinität ein Virus ist?«

Ich lache auf.

»Genauer gesagt, ein Pilz?«, ergänzt Ali.

»Klar, die Hälfte der Menschheit ist krank und du allein hast es rausgefunden.«

»Erlaube mir, dass ich kurz Gottes Anwältin spiele«, sagt Ali, »Die Natur ist nicht nur auf den Menschen ausgerichtet. Manche Lebewesen existieren in Symbiose mit ihren Wirten und manipulieren dabei deren Verhalten.«

»Parasiten«, sage ich.

Sie schaut mich ganz seltsam und irgendwie auch mitleidig an. »Na ja«, sagt sie.

»War das jetzt auch schon wieder nicht richtig?«, frage ich. Ali holt Luft. Ich setze nach: »Weil man da an Juden denken muss, oder so?«

Ali lässt mich stehen. »Doch, es ist richtig«, sagt sie im Gehen. »Aber es ist sauschade.«

Was für eine Party. Da ist also diese Frau, die auf mich wirkt wie ein Tweet von Trump, die den ganzen Abend mit meiner ehemals besten Freundin rumknutscht und allen anderen befiehlt, bloß nicht mit mir zu reden.

Und da ist der DJ. Oder die. Muss man das gendern, oder darf man das auch nicht? Die Person, die DJ spielt, legt jedenfalls gerade was von Kassem Mosse auf und ich bin ein bisschen stolz, das auf Anhieb zu erkennen. Die Tanzfläche leert sich, na klar, ich stelle mich in die Mitte und schließe die Augen. Ich stelle mir vor, dass ich die Musik gemacht hätte, auf dem Buchla 200, und dass alle zu ihr tanzten. Mein Track würde Cynthisiza Rebirth heißen.

Rapha ist hinter mir, ich erkenne ihre Art, sich zu bewegen. Sie legt mir sanft eine Hand auf die Stirn. Den anderen Arm legt sie quer über meinen Brustkorb. Ihre

Flamme kommt. Ich denke, die würde jetzt eine Szene machen, aber sie sagt nichts. Ali umfasst meine Handgelenke und drückt meine beiden Arme runter. Dann kommt die Frau, die auf ihren Befehl nicht mehr mit mir geredet hat. Ich schnauze gerade Ali an: »Hey, was soll das?«, da sprüht mir Deniz etwas in den Mund, das eisig und bitter schmeckt. Mein Kiefer entspannt sich. Nur noch in den Armen habe ich Kraft, aber Ali hat offen gestanden mehr.

Die Frau, die nicht mehr mit mir reden wollte, nimmt meinen herunterhängenden Kiefer zwischen die Finger und flößt mir einen dicken, trüben Sirup ein, der nach Fenchel und Thymian schmeckt. Ich kann nicht anders, als ihn artig den Rachen hinunterlaufen zu lassen.

Es muss eine ganze Flasche gewesen sein, wie Jägermeister, nur besser.

Und bitterer. Wie diese italienische Limonade, die glücklich macht, aber auf der Zunge beißt.

Ich bin mehr benommen als wütend und starre die Frauen lange an.

»Was habt ihr mit mir gemacht?«

»Wir haben dir was gegen deinen Pilz gegeben«, sagt Rapha.

»Wir haben uns echt Sorgen gemacht die letzten Wochen über, das war wirklich schlimm bei dir«, sagt Ali.

»Hoffentlich geht es dir bald besser«, sagt Deniz.

»Was für ein Pilz?«

»Deine Maskulinität.«

»Im Ernst jetzt?«

»Ja, Frieder. Maskulinität ist ein Fungus, der den Wirtskörper befällt und die Wahrnehmung verzerrt.

Der Wirt tut dann Dinge, die für ihn selbst und für andere gefährlich sind«, sagt Rapha.

»Nur daraus ziehen wir unsere Legitimation, einzugreifen«, sagt Ali. »Normalerweise würden wir nie etwas mit dir machen, ohne vorher zu fragen, ob es für dich okay ist. Aber wenn eine Person sich selbst oder anderen schadet, dann müssen wir intervenieren.«

»Woher habt ihr diesen Scheiß?«, rufe ich. »Von den Gender Studies?«

»Ja, Frieder«, sagt Rapha und blickt mir tief in die Augen. Ich bemerke etwas an ihr, das mir nie zuvor aufgefallen war: ihre Zähne. Sie sind vorne ganz lang und scharf, nicht nur die Eckzähne, aber die besonders.

»Ein Forschungsteam der Gender Studies konnte erstmalig das Mycelgewebe isolieren, das für Maskulinität verantwortlich ist. Wir haben es unter Laborbedingungen auf künstlichem Nährboden gezüchtet, Kork, Mulch, du weißt schon. Wir mussten jahrelang in so weißen Ganzkörperanzügen mit Plexihelm vor dem Gesicht und Atemmaske rumlaufen, bis unsere Forschungsgruppe ein Antimykotikum entwickeln konnte, an dem die Pilze in unserem Labor starben. Danach begannen wir, Versuche an männlichen Leichen durchzuführen. Alles an der Uni. Mit öffentlichen Geldern.«

»Und warum kam das alles nie in die Medien, bitte?«

»Kam es«, sagt Ali. »Aber nicht in die, die du liest.«

Ali hat mich die ganze Zeit an den Handgelenken festgehalten. Ich spüre jetzt, dass sie von außen behaarte, innen hornige Klauen hat, die in scharfen Krallen enden.

»Wir haben noch keinen Namen für die Krankheit. Die Projektleitung bevorzugt Morbus Hornscheidt, aber viele von uns finden Maskulose treffender«, sagt Deniz. Ihre Augen funkeln tiefrot. »Wie findest du Maskulose?«

Sie hält ein Katana in den Händen und während Rapha sich duckt und Ali den Oberkörper zurückbeugt, holt Deniz aus und schlägt mir mit einem Schwung den Kopf vom Rumpf.

Ich fange an zu weinen und mein Magen krampft. Deniz nimmt meinen Kopf zwischen ihre Klauen und nagt daran.

»Bist du okay?«, fragt Ali und drückt meine Handgelenke. »In seltenen Fällen können nach der Einnahme Halluzinationen auftreten.« Alis Finger gleiten an meinen Handflächen herab, jetzt hält Ali meine Hände und schaut mir in die Augen. Ich weine immer noch. »Dein Körper hat jahrelang Enzyme ausgeschüttet, um ununterbrochen die Mykotoxine in deinem Gewebe abzubauen. Oft kommen die körpereigenen Enzyme nicht hinterher, dann entsteht eine Mykotoxikose, die wir Maskulinismus nennen. Jetzt, wo der Pilz keine Stoffwechselprodukte mehr in deinen Körper absondert, laufen die Enzyme plötzlich leer. Sie haben nichts mehr abzubauen und suchen sich andere stoffliche Verbindungen, die sie zersetzen können. Das ist erst einmal nicht gut für die Sensorik.«

»Wenn du willst, rufen wir dir einen Krankenwagen«, sagt Deniz.

Ich will keinen.

»Frieda, was du gerade durchmachst, ist wie mit Cynthias Buchla«, sagt Rapha und streicht mir durchs Haar. »Es ist echt nicht einfach, damit umzugehen, aber es lohnt sich, es zu lernen.«

»Du bist jetzt eine von uns, Frieda«, sagt Deniz und beginnt mit mir zu tanzen.

Ich lächele ihn an.

»Du bist schön, Deniz«, sage ich.

»Danke, Frieda.«

■■■

Später, gegen Morgen, laufen wir durch den Treptower Park bis zur Insel der Jugend und tauen eines der anliegenden Boote los. Deniz sammelt Geld ein und schiebt es unter der Tür des Bootsschuppens durch, dazu einen Zettel mit Namen und Telefonnummer. Wir paddeln den Fluss hinab bis zum Rummelsburger Hafen und lassen uns an die Stelle treiben, wo das Rundfunkgebäude der DDR stand; ab und an einzelne Paddelschläge setzend, um den Kurs zu korrigieren, gleiten wir durchs stille Wasser. Die Dunkelheit über der Spree ist dicht und in den kahlen Bäumen hängt Nebel. Wir vier sind ein gutes Team, das Boot gleitet gerade und flink durchs Wasser, auch wenn wir nichts sehen können. Oder haben die drei Katzenaugen? Was ist dieses rötliche Funkeln im Dunkeln?

■■■

Als wir angedockt haben, steige ich zuerst aus. Ich sehe Menschen, die sich offensichtlich die ganze Nacht über zu synthetischer Musik bewegt haben. Ich sehe eine Matrix aus Lautsprechertürmen, ich sehe die Rotunde des alten Sendesaals. Einige Menschen sitzen am Ufer, beachten uns aber kaum, als wir anlegen und aussteigen. Andere stehen auf dem freien Platz und unterhalten sich auf verschiedenen Sprachen.

Deniz hat auf dem Gelände ein kleines Studio ange-
mietet und führt uns durch die gebogenen Gänge der
Rotunde, bis wir schließlich in ein holzvertäfeltes Käm-
merchen kommen, das mit Mischkonsole, Monitorbo-
xen und vielen wild verkabelten Racks zugestellt ist. Im
Nebenraum ist es luftiger, die Decke ist sehr hoch. Auf
einem freistehenden Tisch steht der Buchla von Cynthia.
»Ali und ich haben ihn gewartet und gereinigt«, sagt
Deniz. »Das war ziemlich viel Arbeit. Rapha meinte, du
interessierst dich auch für sowas. Du kannst gern darauf
spielen, wenn du magst.«
Er schaltet die Stromversorgung ein und stellt mir einen Hocker hin. Dann gehen die drei ohne ein weiteres
Wort. Nach einer Weile kommt Deniz noch einmal, um
mir einen Kaffee zu bringen. Allerdings stellt er den Kaffee auf einem Stuhl zwei Meter vom Tisch entfernt ab
und bedeutet mir mit einem Lächeln, dass ich ihn auf
keinen Fall in der Nähe des Instruments trinken solle.
Ich hänge seinem Lächeln nach, treffe mit meinem Blick
noch seine Augen, als er sich schon abwenden will. Wir
funkeln einander an und aus dem Mixer surrt eine Puls-
welle. Ich mache mich daran, Kabelwege zwischen den
Modulen zu patchen und ehrfürchtig, schüchtern zunächst, an den Knöpfen und Fadern zu spielen.

■■■

Ich höre den Gebetsruf, als die Sonne aufgeht. Der Ruf
dringt von draußen durchs Gemäuer bis in mein Herz.
Oder wird er über die interne Lautsprecheranlage der
ehemaligen Rundfunkstudios übertragen? Ich weiß es
nicht. Aber ich weiß, dass nur weniges in meinem Leben

mich je so berührt hat wie diese Stimme. Sie ruft nach mir. Ich drehe das Mastervolume herunter, trete aus dem Studio und durchschreite in wachsender Ehrfurcht die leeren, schummrigen Gänge im Dämmerlicht. Ich finde die Tür an die frische Luft, die Stimme begleitet mich, ich freue mich über den neuen Morgen, wasche mich im Fluss und reihe mich, verspätet und noch ein wenig benommen, zwischen die anderen Menschen ein. Ich sehe Rapha zwischen vielen, mir unbekannten Gesichtern. Rapha wirft mir einen liebevollen Blick zu, schließt dann die Augen und legt die Handflächen bedächtig auf die Oberschenkel. Rapha atmet tief aus. Ich tue es hen nach.

Die Stimme, die mich rief, gehört einer imposanten Person in einem wunderschönen Gewand. Jemand neben mir beugt sich an mein Ohr und sagt: »Schau einfach auf al-Imamx und mach, was wir alle machen.« Al-Imamx richtet hen Gesicht gen Südosten und hebt die Hände. Wir klatschen und singen, und bald tanzen einige Menschen, die ich noch nie gesehen habe, im Kreis. Ali führt einen der Reigen an, al-Imamx einen anderen, und Deniz macht auf einem iPad abgefahrene Drums. Das Morgenlicht fällt endlich auf den Rummelsburger Hafen, die ersten Vögel scheinen schon zurückgekehrt zu sein und beginnen, sich zu regen, ihre Stimmen klingen klar, wissend und ohne Hast. Sie machen sich bestimmt bald daran, Nester zu bauen. Wir brauchen auch Nester auf dieser Welt, in den Häusern und Büros verkümmern wir.

Nach einer Weile schweift mein Blick wieder auf die Tanzenden. Am liebsten würde ich bis zum Ende meines

Lebens hierbleiben, Musik auf dem alten Buchla machen und fünfmal am Tag mit den anderen beten. Doch in der Predigt erklärt al-Imamx, dass das Paradies nicht von alleine kommen wird und es furchtlose Freiwillige braucht; in den Fabriken, wo das Antimykotikum hergestellt wird, in den Komitees, wo unsere Organisierung besprochen wird, und im Feld, wo es darum geht, täglich neue Listen und Taktiken zu erlernen, denn der Feind trifft uns, wo er nur kann, er will uns auslöschen, und es braucht all unsere verschiedenen Talente, um ihm entgegenzutreten. Wir müssen infizierte Personen daran hindern, sich selbst oder anderen zu schaden. Denn mit Einsicht und Entgegenkommen können wir angesichts des wissenschaftlichen Befunds nicht mehr rechnen, erklärt al-Imamx. Wir haben einen klaren Auftrag. Schließlich steht schon geschrieben:

Vielleicht aber verabscheut ihr etwas, das gut für euch ist, und vielleicht liebt ihr etwas, das schlecht für euch ist. Gott hat Wissen, ihr aber habt kein Wissen.

(Sure Die Kuh, Vers 216 in der Übertragung von Hartmut Bobzin)

■

MAGIEBEGABT, 35F, IN AUSBILDUNG

Teresa Teske

Heilenden, die wir in den letzten zehn Jahren aufgesucht hatten, hatten keine für sie befriedigende
Antwort gehabt auf die Frage: Was müssen wir tun, damit Natascha endlich normal wird? Wie retten wir ihre
Magie?

Da hatten sich so viele die Zähne dran ausgebissen,
denn meine Magie wollte einfach nicht, außer wenn
doch und dann aber absolut daneben. Für eine der ältesten magischen Familien im Frankfurter Gastrono-
miegeschäft? Sehr unangenehm. Vereinzelte Heilende
hatten meine Mutter immerhin auf das Wort »normal«
hingewiesen und dass dieser Gedanke veraltet und
nicht mehr mit heutigen Erkenntnissen der magischen
Gesundheit vereinbar wäre. Meine Mutter hatte sie alle
streng angesehen und sie zwei Dinge gefragt. Frage 1:
Hatten sie je einen Fall wie mich gehabt? Und Frage 2:
Hatten dem denn diese neumodischen Gedanken dabei
geholfen einen kontrollierbaren Zugang zu seinen Kräften zu bekommen? Die meisten Heilenden hatten leider
schon bei Frage 1 passen müssen.

Für mich war sehr schnell klar gewesen, dass es keinen üblichen Zugang zu meiner Magie für mich geben
würde. Noch nie hatte ich gut erfühlen können, wie viel
Magie in mir und meinem Umfeld entweder genutzt

oder ignoriert werden wollte. Was für jedes Mitglied meiner Familie und jedes magische Wesen auf der Welt so normal war, wie warm von kalt oder hell von dunkel zu unterscheiden, war für mich schon immer eine ewige Runde Doppelkopf gewesen, ohne Herz von Kreuz unterscheiden zu können. Und man spielte darum, ob man sich selbst oder die Mitspielenden sich beim Aufstehen vom Spieltisch ein Bein brachen. Wenn ich magisch Fenster oder Türen schließen wollte, habe ich stattdessen die Statik von Gebäuden verschoben. Wenn ich erfühlen wollte, ob mein Vater sich im Obergeschoss unseres Hauses befand, habe ich nicht mal unsere Katze Milli auf dem Sofa neben mir magisch spüren können.

In meinen Zwanzigern hatte ich mich damit und einer nicht ganz unbeachtlichen Menge Gras abgefunden, alle anderen jedoch nicht. Darum hatte ich immer wieder mehrere Monate in Gesprächen mit dem unterschiedlichsten therapeutischen Fachpersonal verbracht. Natürlich mit solchem, das gewusst hatte, dass es nicht nur um Rauschmittel, sondern auch um Magie gegangen war. Nach drei Monaten bei meinem letzten Therapeuten in Frankfurt war ich wieder clean gewesen und bin es bis heute. Eine Lösung für meine wacklige Magie-Wahrnehmung hatte er natürlich auch nicht gehabt. Außerdem hatten dann die Depressionen angefangen, die die Unberechenbarkeit meiner Magie nur noch verstärkt hatten.

Wie meine Mutter es mit mir im Haus noch bis vor einem halben Jahr ausgehalten hat, konnte ich mir nur schwer erklären. Wahrscheinlich ist mein Vater einer der Gründe dafür gewesen, dass es selbst bei meiner

Mutter so lange dauerte, bis sie die Hoffnung aufgegeben hat, selbst noch etwas Vernünftiges aus ihrem einzigen Kind zu machen. Ich kam nach Gießen und zahlte von meiner Ausbildungsvergütung zum ersten Mal im Leben Miete. Na ja, Miete. Das Gästezimmer war zwar klein, aber das was ich Marko zahlte, war eher eine spendable Beteiligung am Haushaltsgeld. Marko war sehr in Ordnung. Als Bruder meiner Mutter verstand er von Anfang an gut, warum Abstand zu ihr Wunder für eine angeknackste Psyche tut.

Er selbst war aus Frankfurt rausgezogen, als er ungefähr so alt wie ich gewesen ist und es satt gehabt hatte, der Familie wieder und wieder zu erklären, nein, seine Beziehungen zu Männern wären keine Phasen. Damals hatte ich ihn vielleicht einmal alle paar Jahre gesehen, zu einem runden Geburtstag meiner Großeltern oder einem Weihnachtsfest.

Als wir kurz nach meinem Einzug im Wohnzimmer bei Pizza zusammensaßen, meinte er, dass ihm die letzten 30 Jahre Abstand geholfen hätten, besser mit dem Kontrollverhalten meiner Mutter umzugehen. Trotzdem frage er sich regelmäßig, ob mehr Nähe zu unserer Familie nicht etwas wäre, was er sich in seinem Alltag wünschte. »Das ist es mir bisher noch nicht wert« war am Ende jedes Mal die Antwort gewesen.

»Ist schwul zu sein in Gießen leichter?« habe ich ihn gefragt. Er hat mich einen Moment lang prüfend angesehen und wow, ja, Bruder meiner Mutter. Ich habe mich an diesem Abend noch nicht getraut, zu sagen, warum ich das wissen wollte, und hoffte einfach, er würde mir das erst einmal so durchgehen lassen. Er antwortete mir, dass schwul oder irgendetwas unter dem Regenbo-gen-Label zu sein überall schwer sei. Aber es helfe, wenn die Menschen, mit denen man sich umgebe, einen nicht als minderwertig behandelten. Tja. In einer Großstadt wie Frankfurt gab es prozentual mehr queere Leute als in Gießen. Dafür hatte ich aber auch den Druck out and proud zu sein dort immer größer gefunden. Ich wollte nun mal ausprobieren, wie es sich anfühlte, eine bisexu-elle Frau in Gießen zu sein.

In dieser Stadt war echt einiges anders und ich wusste nicht, wie lange ich wirklich würde bleiben können. Es fuhren nur Busse, keine U-Bahnen. Es war ganz schön traurig. Immer, wenn ich ein Flugzeug hörte, dachte ich an die spontanen Urlaube übers Wochenende, das schnelle Einchecken nur mit Handgepäck und die ent-spannten Gesichter meiner Eltern.

Ich könnte selbst Ausflüge machen, dazu bräuchte ich weder den Frankfurter Flughafen noch meine Eltern. Marko würde mir das Auto mindestens für ein Wochen-ende leihen. Wenn ich mal entscheiden könnte, wo ich hinwollte, würde ich auch fahren.

Mit wem ich es hier aber definitiv länger aushalten würde, war Herr Bashir, mein Therapeut. Sicher, seit der ersten Woche scheuchte er mich an die frische Luft, riet mir von Alkohol ab und ließ mich mehr gedankliche Arbeit selbst machen als alle anderen zuvor zusammen. Dafür kam ich aber so gut ohne Magieblocker aus wie in den letzten zehn Jahren nicht. Und wenn ich doch glauben sollte, es würde alles zu viel werden, dann gab es auch in Gießen jemanden, der so ein Hausmittelchen besorgen konnte, wie mein Vater es mir regelmäßig bereitet hatte. Jemanden wie David, bei dem ich nicht mehrere Fragebögen ausfüllen musste, bevor ich ein Mittel für meine kontrolllose Magie bekam – mit der ich im schlimmsten Fall auch noch versehentlich das Papier der Fragebögen entzündete.

Wobei meine Mutter tatsächlich noch mal ihre Hände im Spiel gehabt hatte, war Ellas Laden, der Pony & Clyde. Man merkte Ella aber nicht an, dass sie meine Mutter kannte, beziehungsweise, dass sie jemand ist, den meine Mutter kannte. Ella war sehr viel bodenständiger und bewegte sich unter nicht-magiebegabten Menschen genauso sicher wie unter magiebegabten – und das ist im Netzwerk meiner Mutter wirklich eine Besonderheit. Da bleibt man auch heute noch gern unter sich. Ella dagegen beschäftigte Menschen mit und ohne Magiebegabung und regelte die Geheimnisse darum wie jedes andere Geheimnis im Kollegium auch – mit Diskretion am Farbregal und guten Tipps in der Raucherpause.

Jojo machte wie ich Ausbildung, war 17, magiebegabt. Celine, 22, rauchte Kette, aber spürte wie ich wahrscheinlich mehr Energie durch einen Föhn fließen als durch einen Windhauch. Die Arbeit in Ellas Salon hat mir vor Augen geführt, was ich während all der Zeit fast vergessen hatte, während ich mich, statt eine sinnvolle Aufgabe zu haben, ständig für diesen Mangel rechtfertigen und reden, reden, über ihn reden musste: dass ich gerne mit meinen Händen arbeitete. Und Haare fühlten sich wundervoll an. Manches Haar brauchte Zeit und Aufmerksamkeit und manches Haar zeigte einem sofort, was ihm am liebsten war. Aber jedes Haar fühlte sich großartig an, wenn ich es wusch und föhnte und da war es echt egal, dass Ella eine entfernte Bekanntschaft meiner Mutter war.

Es gab einige magische Kundschaft, aber die meisten wussten nicht im Ansatz von dem, was für alle Magiebegabte das Sahnehäubchen auf der Geburtstagstorte war und was mein Leben schwer zu leben machte. Zu der ganz normalen Kundschaft gehörte auch Fatimeh, die ich in meinem ersten Monat im Pony & Clyde kennengelernt habe.

Sie kam an einem Freitagnachmittag in Ellas Laden hineinspaziert, zu ihrem üblichen Termin, wie ich von Jojo erfuhr. Ihre langen, schwarzen, glatten Haare hatte sie zu einem Pferdeschwanz gebunden, die Augenbrauen waren sauber gezupft, aber nicht auffällig dünn. Sie trug wenig Makeup auf ihrer gelbbraunen Haut und eine Lesebrille. Auch wenn mein erster Eindruck von ihr ein strenger war, fiel Fatimeh sofort durch ihre unkomplizierte Art auf. Ella war gerade noch beschäftigt und sie müsse sich einen Moment länger gedulden? Kein Problem, dann ging Fatimeh noch einen Kaffee trinken oder in den Supermarkt nebenan.

Ihr ganzes Auftreten war so schwungvoll, dass ich mich am Anfang bei ihrem Alter völlig verschätzt habe. Als Ella später erwähnte, dass Fatimeh eine erwachsene Tochter habe und sie selbst dieses Jahr 55 würde, ist mir alles aus dem Gesicht gefallen. Meine eigene Mutter ist zwar 72, aber alle meine Tanten sind in ihren Fünfzigern und Fatimeh war einfach so anders, dass ich es nicht ganz glauben konnte.

Ich gab an dem Tag gerade den Fegedienst an Jojo ab, als Fatimeh mit Haarewaschen dran war. Mit meinen

eingeübten Sätzen stellte ich mich ihr vor und führte sie
an den Frisiertischen vorbei zu unseren Waschbecken.
Als sie sich gesetzt hatte, legte ich ihr eines der frischen
Handtücher von hinten über die Schultern. Kommen-
tarlos löste sie das Haargummi, bevor sie sich entspannt
zurücklehnte und ihr langes, volles Haar mein Waschbecken füllte.

Damals war mein Wunsch, möglichst wenig Kun-
denkontakt zu haben, immer noch sehr groß. Ich war
erst kurz in Gießen und mir bei weitem nicht sicher, ob
mir meine Magiebegabung wenigstens die einfachsten
Aufgaben durchgehen lassen würde. Trotzdem war das
Haarewaschen schon mein Highlight des Tages. Klingt
klein, ja. Aber das warme Wasser an meinen Händen,
die wiederkehrenden Bewegungen und die Zufriedenheit der Kundschaft bei den Kopfmassagen tat von Anfang an Wunder für meine aufgeregten Nerven.

»Ist das Wasser so angenehm?« fragte ich sie.

»Ja, super.«

Dann ein hörbares Seufzen, sodass ich lächeln musste.
Auf ihrem Gesicht, das ich schräg und über Kopf sehen
konnte, sah ich ein Lächeln.

»Eine Pflegespülung?«

Sie bejahte und ich nutzte die gewonnene Zeit, um
mit Druck ihre Kopfhaut zu massieren. Ella hatte mir
am ersten Tag den Satz: »Kopfmassage ist wie Hunde
zu kraulen, nicht Katzen zu streicheln« gesagt und daran hielt ich mich. Ich bemühte mich, die Stellen hinter
den Ohren zu erwischen, die obere Stirn auch, den Nacken nicht zu vernachlässigen – und das alles in fließenden, kreisenden Bewegungen. Ihre Haare waren

herrlich glitschig und gaben jeder meiner Bewegungen nach.

Mittendrin stöhnte Fatimeh plötzlich so laut auf, dass ich vor Schreck für einen Moment innehielt.

»Oh, das tut mir leid!« sagte sie und versuchte mit einer Hand vor dem Mund ein Lachen zu ersticken. Eine Kundin, die am Waschbecken neben ihr saß, lachte ebenfalls und meinte, manchmal müsse so etwas einfach raus, das sei ihr hier auch schon oft passiert. Ich erinnere mich daran, dass ich in dem Moment dachte, dass Fatimeh das schönste Lachen hatte, das ich seit langem gehört hatte.

Sie entschuldigte sich nochmal, als ich ihre Haare ausspülte, die nun so leicht durch meine Finger glitten wie die seidenen Halstücher meiner Mutter. Ich richtete ihr die ausgewrungenen Haare mit einem Handtuch auf dem Kopf und lächelte sie an, als sie aufstand. Ich liebte einfach die Menschen, die mit Handtuch auf dem Kopf im Laden standen. Komplett angezogen, aber Kopf nass.

»Keine Ursache, dafür bin ich ja da.«

»Na, dann weiß ich ja, nach wem ich jetzt zukünftig immer frage«, sagte Fatimeh.

Bei den Haaren und dem Lächeln würde ich da gut mit leben können, dachte ich. Und so haben wir es seitdem gemacht. Bei jedem von Fatimehs Besuchen im Pony & Clyde habe ich ihre Haare gewaschen und jeder ihrer Besuche hat mich ein kleines bisschen mehr daran erinnert, wie es war, für einen Menschen, den man kaum kannte, zaghaft Gefühle zu entwickeln.

Darum machte es mich besonders hilflos, dass ich heute während meiner Panikattacke gerade Fatimehs Haar aus

Versehen komplett weiß färbte. Die Panikattacke begann wie jedes Mal damit, dass sich der Fußboden wie eine Sandkiste anfühlte, in die ich aus Versehen hineingetreten war. Ich wankte kurz, aber hielt mich mit der Hand, die nicht den Wasserstrahl führte, am Waschbeckenrand fest. Ungläubig, ja, jedes Mal wieder ungläubig, starrte ich auf meine Hände und bemerkte, dass sie zitterten. Ein paar Atemzüge später setzte der Schmerz in meinem Brustkorb ruckartig ein und ich schloss die Augen, als ich mit einem gequälten Laut versuchte, weiter Luft zu holen.

Fatimeh bemerkte sofort, dass etwas passiert war und während ich um Luft rang, hörte ich sie über meinen zu lauten Herzschlag fragen, ob alles in Ordnung sei. Ich war schon hinter den Waschbecken auf den Boden gesunken und rieb mir über den Brustknochen, wie mein Therapeut es mir gesagt hatte. Ich dachte immer noch ich müsste sterben, aber ein Teil von mir hatte beschlossen, wenn ich schon sterben müsste, dass ich mir dabei auch beruhigend über den Teil meines Körpers streichen konnte, der mir die Luft zum Atmen nahm. Schlimmer konnte es nicht werden. Ich zog schnell und immer wieder Luft in meine Lungen, doch schien sie nicht zu genügen und ich schloss die Augen und begann mit meiner stummen Litanei, dass ich bitte, bitte, bitte nicht alleine sterben wollte.

Ich wusste nicht, wie viele schmerzvolle Atemzüge ich bewerkstelligte, bis ich Fatimehs Stimme hörte, die mit mir sprach. Natürlich verstand ich in meiner Panik nicht sofort, was sie sagte, doch ich wusste, sie sprach mit mir, denn meinen Namen erkannte ich. Ich rieb mir weiter in kreisenden Bewegungen über mein Brustbein und bestimmt auch knapp daneben. Das Nächste, was ich von Fatimehs Worten verstand, war Lob, ja, ich machte das gut und richtig und ich sollte nicht aufhören damit. Ich gab mir alle Mühe, während mein Herz weiter schmerzte und ich meinen eigenen Atem hektisch meine Lunge passieren hörte. Jeder Atemzug brannte weiterhin so heiß, dass ich mir und meinen Lungen vielleicht noch zwei Minuten gab, dann würden sie und ich uns nicht mehr so verausgaben müssen.

»Natascha, ich möchte dir meine Hand auf die Schulter legen«, hörte ich Fatimeh irgendwann ruhig sagen, »und ich möchte, dass du nickst, wenn das in Ordnung für dich ist oder den Kopf schüttelst, wenn nicht.«

Als ich ohne zu sehen nickte, spürte ich ihre Hand auf meiner rechten Schulter und wie sie mit einem sanften aber eindeutigen Klopfen betonte, was sie sagte: Wir würden jetzt gemeinsam atmen, ein, eins-zwei-drei-vier, und aus, eins-zwei-drei-vier, und ein, eins-zwei-drei-vier, und aus, eins-zwei-drei-vier. Natürlich kam ich nicht hinterher, das kannte ich schon, es ging nie am Anfang und trotzdem zwang ich mich wie jedes Mal mitzumachen. Ein, eins-zwei-drei-vier, und aus, eins-zwei-drei-vier, noch einige Male, doch der Druck blieb, er blieb und hätte er nicht schon längst weniger werden müssen? War es dieses Mal wirklich das letzte Mal?

»Wenn du kannst, mach die Augen auf«, sagte Fatimeh nach ein paar Minuten vielleicht. »Du hast Zeit.«

Peinlich laut zog ich Luft durch den Mund ein und schob sie wieder nach draußen, wieder und wieder. Nein, Augen auf war zu schwer. Die Dunkelheit machte es alles noch beschissener, aber genauso wie mein Herz und meine Lungen verkrampfte sich auch mein Gesicht unter den Schmerzen und Augen auf funktionierte einfach nicht. Aber Fatimeh ging nicht, sondern klopfte mir weiter beständig unseren Atemrhythmus auf die Schulter und zählte mit ruhiger Stimme laut mit, wenn ich nicht gut mitkam.

Ich wusste nicht, wie lange wir da auf dem Fliesenboden saßen und Fatimeh, ohne dass ich es mitbekam, wohl jeder Person, die sich uns näherte, signalisierte, dass wir noch einen ungestörten Moment brauchten. Es könnten zwei, aber auch genauso gut 20 Minuten gewesen sein. Irgendwann ging es, irgendwann öffnete ich meine Augen und sah in Fatimehs lächelndes Gesicht. Mein Herz klopfte wieder verlässlich, ich konnte wieder atmen und weil mein Körper den Überlebenskampf erst einmal hinter sich gebracht hatte, fand er nun die Energie, die ich brauchte, um vor Schreck zu weinen – denn Fatimehs Haare waren weiß, schneeweiß.

Noch lieber als weinen wollte ich laut schreien vor Ärger. Ich und meine kaputte Magiebegabung hatten das mal wieder getan! Ich fühlte mich wohl hier, in diesem Laden, in dieser Stadt und mit Fatimeh erst recht! Und dann bekam ich eine Panikattacke, als ich ihr – gerade ihr! – Haar wusch und färbte ihr wunderschönes schwarzes Haar weiß?

»Fatimeh«, brachte ich heraus, »dein Haar.«

Wirklich, von den Wurzeln bis in die Spitzen. Als wären alle Pigmente mit dem Wasser in den Abfluss gespült worden. Gerade bei Fatimeh, das war doch wirklich die größte Ironie.

Scheinbar mehr erschrocken durch meine Tränen als durch meine Panikattacke, versicherte mir Fatimeh, dass alles in Ordnung sei. Ich schluchzte ein oder zwei Mal peinlich laut auf und brabbelte weinend weiter: »Fatimeh, dein Haar, dein Haar«, bis sie die respektvolle Distanz zwischen uns schließlich aufgab und mich mit beruhigenden Worten und ihrem klatschnassen Haar umarmte. Für einen Moment war ich erschrocken, sog dann jedoch die Wärme ihrer Arme, Schultern und ihres Halses auf, an dem mein Kopf ruhte. Panikattacken ließen mich selbst an den heißesten Tagen immer eiskalt zurück und darum war Fatimehs Umarmung, auch wenn sie unangekündigt kam, ein wärmender Schutzschild gegen die Kälte.

Dann spürte ich, wie ihr Haar nicht nur ihre, sondern nun auch meine Kleidung durchnässte und der Grund, warum ich dort weinend auf dem Boden des Haarsalons saß, holte mich wieder ein. Weil meine Magiebegabung keinen Regeln gehorchte, hatte ich ungewollt alle Farbe aus den Haaren einer ahnungslosen Frau gezogen. Ich löste mich aus Fatimehs Umarmung so rücksichtsvoll, wie ich es konnte, stand auf und verließ hektisch den Salon, bevor ich entweder sie oder wen anderes weiter gefährdete.

●●●

Jetzt starre ich auf das Döschen mit den Magieblockern, das auf dem Tisch zwischen David und mir liegt und nippe an meinem Kakao. Weil ich das letzte halbe Jahr, mein halbes Jahr in Gießen, vorfallsfrei war und all die Verhaltensveränderungen in der Therapie meine Lebensqualität fast in den Himmel gehoben haben, dachte ich, ich bräuchte sie nicht mehr. Der heutige Tag würde ein dickes, rotes X im Kalender bekommen. Ich habe es so satt, das alles. Und dann steht da Fatimeh im Eingang des Cafés und hält mein Portemonnaie wie eine Eintrittskarte in der Hand. Sie kommt zu mir, als David aufsteht und an die Theke verschwindet.

»Hey.«

»Hey«, sagt sie. »Können wir reden?«

Ich nicke. »Klar«, antworte ich und habe keinen Schimmer, was da jetzt kommt. Sie setzt sich. Ihr ganzes Gesicht sieht jetzt anders aus, wo ihr Haar so hell ist. Ich schlucke meine Schuldgefühle runter und schaue auf den Tisch zwischen uns, um ihr zuhören zu können.

»Gleich als erstes, damit das aus dem Weg ist, Natascha«, beginnt sie leise, »ich weiß sehr genau, was da eben bei Ella passiert ist. Du hast eine Magiebegabung, wie einige in Ellas Salon und ihrer Kundschaft. Ich weiß das. Ich fürchte mich nicht davor und ich werde es nicht weitererzählen.«

Sie lächelt ein wenig, als ich sie daraufhin verwirrt anschaue. Noch könnte ich es leugnen.

»Ich habe es dir längst schon irgendwie sagen wollen«, erklärt Fatimeh, »aber Ella sagte mir anfangs, dass es dir guttut, dass niemand von deiner Gabe weiß. Darum habe ich es nicht gemacht. Das tut mir leid.«

Ich nicke stumm und wundere mich, wo ich hier gelandet bin, dass Menschen so viel Rücksicht auf mich nehmen. Ist irgendetwas Übernatürliches im Wasser, in der Luft? Wäre meine Magiebegabung nicht so eine Katastrophe, hätte ich mir diese Frage wohl sehr leicht selbst beantworten können.

»Danke«, sage ich ehrlich, aber damit sind nicht alle meine Fragen beantwortet. »Warum weißt du, was man bei einer Panikattacke macht?« Meine Eltern waren beide auch nach der zwanzigsten Panikattacke noch so überfordert, dass ich mich daran gewöhnt hatte, sie alleine auszusitzen.

»Mein Exmann ist Berufssoldat und hatte nach seinem Einsatz in Afghanistan lange welche«, erklärt Fatimeh. »Ich weiß, es ist für jeden Menschen anders, aber das, was ich bei dir gemacht habe, hat ihm oft geholfen.«

»Oh.« Ich weiß nicht, was ich sonst sagen soll. Scheiße.

»Das ist lange her«, lächelt sie schwach. »Hast du sie oft?«

»Nein, eigentlich nicht mehr.« Ich seufze.

»Das kann passieren«, sagt sie nachdenklich.

»Ja, ich weiß.« Es tut trotzdem gut, dass sie es sagt.

»Meine Gabe dagegen«, sage ich zögerlich, »ist eine viel kompliziertere Geschichte.«

»Ist schon gut«, sagt sie schnell, »du musst mir nichts erklären. Ich glaube einfach, du hattest einen Scheißtag und ich würde dich darum gern umarmen. Ist das in Ordnung?«

So richtig ohne Panikattacke oder Tränen? Oh wow. Dieses Auf und Ab zwischen all diesen Gefühlen hat mich enorm müde gemacht und darum nehme ich eine Umarmung von Fatimeh sofort. Ich lächle, nicke und deute auf den Platz neben mir auf der gepolsterten Bank. Fatimeh setzt sich neben mich und zieht mich in eine warme Umarmung. Ich höre sie leise »danke« sagen, dann schließe ich die Augen, atme tief ein und die Erinnerung an längst vergangene Kindheitssommer trifft mich unvorbereitet. Meine Finger streichen durch ihr Haar, das feucht in ihrem Nacken hängt und es ist genauso kräftig, wie ich es in

Erinnerung habe. Ich spüre in diesem Moment aber nicht nur ihr Haar, sondern erinnere mich an früher, wirklich ganz früher, als wir raus aus der Stadt gefahren sind, unter den freien Himmel, und ich weiß plötzlich und sicher, dass meine Magiebegabung damals noch nicht mein Feind gewesen ist, den ich jetzt mit ein paar Pillen ruhigstellen will. Als ihre Haarspitzen durch meine Finger gleiten, ist der Moment vorbei.

Wir lösen uns langsam voneinander und ich sehe in ihrem Gesicht dieses kleine Lächeln, das sie immer benutzt, wenn wir im Salon alle anderen ausblenden. Sie greift in ihr volles, weißes Haar und sagt:

»Ich überlege, ob ich es nicht einfach so lasse. Niemand ergraut unter natürlichen Umständen sofort komplett und es sieht immer so ein bisschen wild aus.« Sie grinst. »Dank dir nicht.«

»Du willst nicht, dass wir das rückgängig machen?« frage ich verwirrt. Also, ich kann das nicht, aber Ella sicher und ich meine damit nicht mit handelsüblicher Tönung.

Fatimeh schaut mich gespielt entrüstet an. »Gefällt es dir etwa nicht?«

»Was? Doch!« platzt es aus mir raus, bevor mein Mund nach dem handeln kann, was mein Gehirn schon verstanden hat: Sie will mich ärgern.

»Du siehst wundervoll aus«, schiebe ich darum mutig nach und werde mit einem Lachen belohnt, das zeigt, wie sehr sie sich über mein Kompliment freut.

»Jetzt lass mich heute mal etwas für dich tun«, sagt sie dann, zwinkert mir zu und steht auf. »Kakao?«

■

MAJAS QUESTE

Judith Vogt

Wie immer ist die Straße wie leergefegt.
Das ist nun einmal so, seit der Nebel Einzug hielt.
Es gibt strenge Regeln, wie, wann und wo man sich in den
Nebel wagen darf, und er wird dichter um Menschen-
gruppen herum, das heißt, Zusammenkünfte im öffentli-
chen Raum sind zu vermeiden.

Anfangs war es etwas kompliziert. Denn der Nebel
schneidet nicht nur die Sicht ab, er bewölkt auch Telefon-
leitungen, das Internet und die Satellitenverbindungen.
Er graut alles ein.

Ich habe mich schnell darauf eingestellt, dass wir nur
noch in festgelegten Rotationen aus dem Haus gehen
dürfen. Früher hatten unsere Eltern lange Arbeitswege,
jetzt ist alles im Viertel organisiert. Sie machen viel von
zu Haus aus, mein Vater hat den Job gewechselt, um in
den neuen Betreuungszentren für die Alten, Kranken
und Kleinen des Viertels zu arbeiten. Das wird nur symbolisch bezahlt, aber wir erhalten unsere Lebensmittel
mittlerweile ja auch für einen symbolischen Monatswert,
und die Miete ist auch symbolisch – und letztlich lebt es
sich ganz gut von Symbolen. Wir haben uns darauf umge-
stellt, dass auch in Gebäuden alles nur in kleineren Gruppen stattfindet.

Maja hat sich auch darauf eingestellt, sie kennt jede
einzelne Regel, und viele davon sicher besser als ich, aber
es gefällt ihr nicht. Sie beschwert sich immer, besonders

leise, als könne der Nebel sie hören und wütend werden. Heute haben wir uns den Tag so eingeteilt, dass ich mit ihr einkaufen gehe. Grummelig tritt sie auf dem menschenleeren Gehweg nach einem Stein. Ich halte ihre Hand, deren Haut so rau ist. Ich weiß auch nicht, warum ihre Hand so rau ist und meine nicht, ich bin eigentlich älter – sie ist dreizehn; drei Jahre und drei Monate jünger als ich.

Wir tragen beide einen leeren Rucksack. Um die Supermärkte herum ist der Nebel so dicht, dass man nicht mehr mit dem Auto oder Fahrrad dorthin fahren kann, man sieht kaum noch etwas. Deshalb gehen wir alle paar Tage zu Fuß einkaufen. Maja hilft gerne mit, sie kann ziemlich viel schleppen, bevor sie anfängt zu murren.

»Rechts ist zu viel Nebel«, sagt Maja, als wir an die Kreuzung oben an unserer Straße kommen. »Bei Dunkelgrau müssen wir den Umweg nehmen.« Sie hat sogar die Farbkarte dabei und hält sie kurz mit der freien Hand hoch. Ich sage doch, Maja hat die Sache voll im Griff.

»Dann gehen wir durchs Neubaugebiet, nicht schlimm«, sage ich.

»Aber da müssen wir aufpassen. Nicht in die Senke.« In der Senke sammelt sich abends der Nebel, und es ist schon viertel nach fünf. Das hätte ich fast vergessen, und ich drücke dankbar ihre Hand. Maja drückt zurück.

Ihr habt sicher schon gemerkt, Maja ist nicht der Durchschnittsteenager. Maja hat das Down-Syndrom. Vor der Nebelkrise war sie der geselligste, quirligste, vertrauensseligste, sonnigste Mensch, den ich kannte. Jetzt ist sie sehr ernst, und vielleicht ist das sogar überlebenswichtig, aber es macht mich trotzdem traurig. Durch die dicken

Brillengläser beäugt sie misstrauisch die Grauschattie-
rung des Nebels.

Wir biegen ab ins Neubaugebiet, und wieder hat Maja
absolut recht. In der Mitte der fünf fast symmetrischen
Straßenreihen befindet sich eine Senke, über die die
mittlere Straße verläuft. Dort wurde ein Bach überbaut
und in den Kanal verlegt (ich weiß, traurige Vorstellung),
und nachmittags sammelt sich der Nebel erst in Pfützen,
dann in Teichen, dann fließt er zusammen und schneidet
die eine Straßenseite regelrecht von der anderen ab. Unser Weg würde uns mitten hindurchführen. Maja zückt
die Karte, drückt meine Hand und schüttelt den Kopf.

»Nee. Zu grau.«

»Wirklich? Sollen wir es nicht einfach wagen, es ist nur
über die Straße!«

»Sami, nein«, sagte sie streng und lässt meine Hand
los, um ihre runde Brille auf ihrer Nase höherzuschieben.

»Aber dann müssen wir einen noch weiteren Umweg
machen.«

»Dann ist das eben so. Ich schreibe den anderen.« Sie
zückt ihr Handy, und ich werde ungeduldig, während sie
darauf herum tippt. Dann vibriert mein eigenes in meiner Hosentasche, ich bin mir sicher, es ist Majas Nachricht an die Familiengruppe. Sie besteht komplett aus
Emojis, auch da bin ich mir sicher. Immerhin kommen
die Nachrichten ohne Verzögerung an, das ist angesichts
so viel Nebels keine Selbstverständlichkeit. Vor uns wallt
er auf, plustert sich regelrecht, und jetzt ist die andere
Straßenseite tatsächlich nicht mehr sichtbar. Was vorher hell geklinkerte Reihenhäuser waren, scheint jetzt
wie eine vieläugige, dunkle Kreatur, lauernd hinter dem

dunkelgrauen Dunst. Die erleuchteten Fenster sind zu schnell zu fahl geworden.

»Lass uns jetzt endlich weitergehen.«

»Ja, machen wir ja!«, erwidert sie schlecht gelaunt und steckt das Handy weg. »Wir müssen außen rum, zum Spielplatz.«

»Das weiß ich, du Trödlerin.«

»Du trödelst selber«, grummelt sie. »Und nachher hat der Laden nicht mehr auf!«

»Der Laden hat noch stundenlang auf. Und wenn du nicht getrödelt hättest, hätten wir einfach noch über die Straße gehen können.«

»Mama will das nicht, dass wir noch über die Nebelstraße gehen, wenn sie mittelgrau ist, und du weißt das.«

»Aber du weißt es noch besser, du weißt alles besser, du trödelnde Besserwisserin.«

Sie grinst mich breit an, und wir gehen weiter. Die in verschiedenen Rot- und Orangetönen gestrichene zweite Häuserzeile des Neubaugebiets endet, und ich habe plötzlich ein mulmiges Gefühl. Endet sie nicht sonst mit einem leuchtend orangefarbenen Haus? Das, an dem wir nun stehen, ist dunkelrot. Vielleicht ist es nur das Licht, tatsächlich ist es so diesig heute, als würde sich der Nebel über uns und um uns herum zuziehen. Vor uns liegt die offene Fläche des kleinen Bolzplatzes. Er ist hellgrau vom Nebel, und feine Nieselfäden werden uns entgegengehaucht. Majas Hand und meine Hand umklammern sich wieder. Ich ziehe mit der anderen am Riemen meines Rucksacks und justiere ihn etwas.

»Hellgrau, dann mal los«, sagte ich, und wir gehen quer über den Bolzplatz. Das Gras ist lang, hier hat schon seit Monaten niemand mehr gespielt. Es streift kühl und feucht um unsere Sneakers und Hosenbeine.

»Igitt. Jetzt sind die Beine nass!«, protestiert Maja.

»Solange die Füße noch trocken sind.«

»Das sind Adidas-Schuhe«, betont Maya. »Die sind gut, und Herr Yilmaz-Kaya hat sie noch mal extra imprägniert.« Herr Yilmaz-Kaya ist der Schuster und Änderungsschneider hier im Viertel. Seit die Post nur noch unzuverlässig kommt, repariert er viel Gebrauchtes.

»Adidas, upgecyclet«, murmle ich und sehe mich um. Der Bolzplatz kommt mir so groß vor, so weit. Warum nimmt er gar kein richtiges Ende? Sind wir doch falsch abgebogen, auf eine der Wiesen zum Radweg rüber?

»Das ist falsch«, sagt Maja jetzt auch bestimmt. Ich schüttle den Kopf.

»Das kann nicht sein.«

»Es ist falsch, Sami.« Sie zieht mich in die Richtung, in der der Nebel nur ein feiner, heller Hauch ist. Dort sind weitere Gebäude. Seltsame, hohe Gebäude, höher als das Neubaugebiet, viel eher wie die Sozialwohnungen in der Gneisenstraße. Wie sind wir dahingekommen? Egal, wir gehen schneller und kommen ein bisschen außer Atem wieder auf eine Straße. Sie ist eigenartig knirschig unter den Sohlen, als läge ganz feiner Splitt darauf. Es gibt keinen Bürgersteig, und wir laufen auf der Fahrbahn. Das behagt Maja nicht, aber es sind ohnehin selten Autos unterwegs. Gerade sehen wir gar keine, nicht einmal parkende.

Maja kommt als Erste an einem der Gebäude an, sie zieht mich hinter sich her, und ich lasse ihre Hand auf keinen Fall los.

»Fühl mal«, flüstert sie. Sie hat ihre rechte Hand auf den Putz gelegt, aber jetzt legt sie auch unsere verschränkten Hände darauf, und wir entschränken sie kurz.

Auch die Hauswände sind wie mit feinen Steinchen bedeckt, rau unter unseren Fingern. Sie bilden Muster, als hätte jemand sie in Ornamenten an der Fassade angebracht. Ich kann sie mit meinen Blicken nur erahnen, sie verziehen sich wie Nebel. Außerdem, macht mir mein umherirrender Blick gerade klar, haben diese Gebäude keine Eingänge. Die ganze lange Häuserzeile hat keinen einzigen Eingang. Ich sehe nach oben – keine Balkons, nur Fenster und keins davon erleuchtet. Befinden wir uns auf der Rückseite dieser Häuser?

Ich ziehe Maja weiter und versuche, so zu wirken, als wüsste ich, wo der Supermarkt von hier aus liegt.

Wir kommen an eine sehr seltsame Stelle. Hier stehen die viel zu hohen Häuser ein Stück voneinander entfernt. Eine Gasse, nein, weniger als das, eine Ritze, vielleicht eine etwas zu groß geratene Dehnfuge – sie sieht absolut so aus, als würde sie sich einfach schließen, sobald man auch nur die Hand hineinstreckt – führt in der zu früh dämmernden Dunkelheit zwischen zwei der bestimmt zehn, fünfzehn Stockwerke hohen Wohntürme entlang und ... windet sich dann. Macht eine Kurve zwischen Häuserwänden. Maja kommentiert das mit: »Da ist kein Nebel.«

»Da können wir nicht rein, Maja, das führt nirgends hin.«

»Aber da ist am wenigsten Nebel«, beharrt sie störrisch.

»Maja, bitte, wir können nicht dahin gehen, wo am wenigsten Nebel ist, wir müssen zum Supermarkt.«

Sie zückt die Farbkarte. »Aber überall sonst ist der Nebel fast schon dunkelgrau.«

»Das schaffen wir noch. Gleich gehen die Straßenlaternen an.« Sie müssen einfach. Warum ist es schon so dunkel ohne die gelblichen Lichtpunkte im Grau, die uns durch die Nächte bringen?

Ich ziehe sie von dem Eingang weg, aber ich spüre es auch, diesen Sog, der davon ausgeht. Ich kann kaum atmen, irgendwie schmerzen meine Rippen beim Versuch. Ich gehe schneller.

Plötzlich hört die Reihe an schwarzen Hochhäusern auf. Wir stehen an einer Brücke. Das ist seltsam, weil gar kein Fluss durch unseren Vorort fließt. Rechts und links ist der Nebel jedoch jetzt schon dunkelgrau gepackt, aufgestapelt, Schicht auf Schicht.

Jetzt fragt ihr euch vielleicht, was passiert, wenn man dunkelgrauen Nebel betritt. Und obwohl ich es selbst noch nie ausprobiert habe, kenne ich die Geschichten: Menschen sind im Nebel verloren gegangen und nie wiederaufgetaucht. Am unheimlichsten finde ich jedoch, dass Menschen hineingegangen sind und Minuten später gealtert wieder herauskamen. Sie kommen wieder und sind erwachsen, obwohl sie als Jugendliche hineingingen. Oder sie haben tiefeingezeichnete Falten. Herzschwäche. Sind krumm und zittrig. Meinem Onkel ist das passiert. Er hatte Glück, es waren höchstens fünf Jahre, die ihm flöten gingen, sagt die Ärztin, aber mich packt kaltes Entsetzen, wenn ich daran denke, dass wir falsch abbiegen oder die Farbe in der Dämmerung falsch einschätzen und als Erwachsene wieder nach Hause kommen.

Aber wenn wir einfach weitergehen, kommen wir vielleicht niemals nach Hause – ich bin mir ziemlich sicher, dass sich so eine Brücke nicht in unserem Vorort befindet.

Maja guckt nach rechts und links und zückt diesmal nicht einmal ihre Karte.

»Das ist der einzige Weg«, sagt sie ohne das geringste Zittern in der Stimme, und ich halte mich an ihr fest, während sie mich auf die Brücke führt. Sie ist steil geschwungen, mit Kopfsteinen ausgelegt, rechts und links mit einer fast organisch wirkenden Begrenzung, die so niedrig ist und dabei so breit, dass ich mich einfach daraufsetzen könnte wie auf eine Parkbank, aber dann würde mir sauschwindlig. Maja hingegen geht nah heran, und ich verkrampfe meinen Griff um ihre Hand, denn manchmal kriegt sie ungeahnte Kletterlust und dann fürchtet die ganze Familie um ihr Leben.

Diesmal klettert sie nicht, sondern späht nur über die breite Brüstung. »Da ist gar kein Wasser«, sagt sie mit ihrer heiseren Stimme, die heiserer wird, wenn sie nervös ist. Ich zwinge mich nun doch, darüber hinweg zu spähen.

»Da waren Tiere drin«, sagt Maja, und das beruhigt mich überhaupt nicht. Unter uns erstreckt sich ein breites Flussbett, leer und braun und trocken, doch es sieht so aus, als hätten sich gewaltige Schlangenleiber oder Würmer hindurchgepresst, als der Schlamm noch nass war. Jetzt ist alles wie versteinert, Risse ziehen sich durch diese Abdrücke. Besonders weit in dieses beunruhigende Flussbett können wir nicht sehen, der Nebel zieht sich zu wie Reißverschluss. Nicht, dass ich in dieses Flussbett hinabsteigen will!

Vor uns steigt die Brücke rasch an.

»Maja«, murmele ich. Alles war so still. »Lass uns umkehren.«

»Geht nicht. Zu grau hinter uns.«

»Das sieht sicher nur so aus, weil es schon so dunkel ist. Wenn die Laternen angehen …«

»Nein, Sami. Vorne sind die Laternen schon an«, beharrt sie. Sie ist etwas weiter voraus und kann über die Kuppe blicken. Oben bleibt sie stehen und dreht sich zu mir um. »Keine Angst«, fordert sie mich auf. »Es geht da vorn weiter.«

»Okay«, flüstere ich und lasse mich von ihr weiterziehen.

Beunruhigenderweise bringt uns die Brücke erneut zwischen hohe Gebäude. Diese hier sind im Laternenlicht von einem seltsam ölig schimmernden Blauton, den man nur sieht, wenn man gerade nicht hinsieht. Die Häuser scheinen oben mit den niedrigen Wolken, dem hohen Nebel, zu verschmelzen.

»Maja, es tut mir so leid.«

»Was denn?«, fragt sie leichthin.

»Wir sind bestimmt in den dunklen Nebel geraten, und jetzt kommen wir erst nach Jahren wieder raus, und dann bist du schon erwachsen, obwohl du die süßeste Teenagerin aller Zeiten bist.«

»Du bist auch süß«, sagt sie. »Und wir sind nicht in den dunkelgrauen Nebel gegangen, Sami, keine Angst, ich hab aufgepasst.«

Niemand von denen, die in den Nebel geraten sind, hat von einem solchen Weg erzählt. Aber vielleicht vergisst man ihn, wenn man zurückkehrt. Werden unsere Eltern dann jünger sein als wir?

»Sami«, sagt Maja rügend. »Wir sind nicht im Nebel.«

Das macht die öligblauen Hochhäuser nicht besser. Sie alle haben winzige Fenster, so groß wie die einzelnen

Glasbausteine, die matt und blind in den Öffnungen stecken. Kein Licht ist dahinter, und das Material sieht gruselig aus. Ich fasse es nicht an. Und dann kommen wir wieder zu einer Lücke zwischen den Häusern. Maja bleibt stehen. Mir wird kalt.

»Hier können wir rein«, sagt sie ganz ruhig. »Da ist gar kein Nebel.«

»Maja, was sollen wir denn da drin? Wir müssen auf der Straße bleiben.«

»Ich glaube, wir sollten da reingehen.«

»Unsinn«, sage ich bestimmt, oder ich will es vielmehr bestimmt sagen, aber ich klinge ein bisschen schrill. Das wie flüssige Licht der Straßenlaternen saugt meine Stimme unangenehm ein. »Wir gehen weiter!«

Die Häuserzeile endet an einer mir vollkommen unbekannten T-Kreuzung, und rechts führt der Weg in eine Schrebergartensiedlung, in der alle Häuschen dunkel daliegen wie lauernde Kröten. Giftige Kröten, denn alle Pflanzen um sie herum sind kahl, und die Äste knirschen in einem Wind, den ich nicht spüre. Links gähnt eine Einkaufspassage. Sie ist überdacht, und kein Nebel lauert darin, also ziehe ich Maja entschlossen hinein. Die Passage ist am Boden und an den Wänden hellgelb gefliest. Hinter stumpfen Schaufensterscheiben, die von innen voller Handabdrücke sind, sehen wir Schaufensterpuppen, die nur Köpfe mit Schmollmündern auf eisernen Strichmännchenkörpern sind, als hätte jemand sich selbst ihre beigen Plastikleiber als Kleidung angezogen und sei damit fortgegangen.

Es gibt keine Eingänge zu den Geschäften und definitiv keinen Supermarkt, und ich bin jetzt kurz davor, einfach auszurasten, weil ich solche Angst habe, aber ich muss für Maja das ältere Geschwister sein, muss für sie da sein. Maja sieht sich im milchigen Licht der vergitterten Lampen an der Decke um und geht dabei einfach weiter, im gleichen Tempo wir vorhin. Dann kommen wir in einen Innenhof; wie ein Dalí-Gemälde spitzt sich über uns dieser geflieste Lichtschacht zu, und darüber wabert der Nebel.

Maja bleibt stehen. Hier treffen vier Passagen zusammen. Am Ende – Nebel. Sie zückt die Karte, sieht prüfend darauf.

»Sami«, sagt sie dann leise. »Wir müssen zwischen die Gebäude.«

»Warum?«, flüstere ich. »Warum willst du da immer rein?«

»Weil es richtig ist.«

»Aber wir wollen doch zum Supermarkt ...«, flehe ich.

»Nee«, sagt Maja. »Ich glaube, wir kommen nicht mehr zum Supermarkt. Aber wenn wir das nächste Mal an so eine Stelle kommen, dann musst du mit mir reingehen.«

»Okay«, würge ich hervor.

»Gut«, sagt sie und entscheidet sich für die hellgrauste Richtung.

»Ich rufe jetzt um Hilfe«, sage ich, als wir am Ende der Passage ankommen und tue, was ich schon lange hätte tun sollen: Ich zücke mein Handy. Es zeigt lauter Xe an – jedes Zeichen auf dem Bildschirm ist ein X. Nur das Hintergrundbild, ein lauernder Wolf, ist noch erkennbar. Ich stecke es einfach zurück und schwöre mir, dass mich das nicht verrückt macht vor Sorge.

Kleine, eingesunkene Häuschen vor uns haben Mulden in die Straße gedrückt, und wir können über ihre Dächer sehen. Es sind viele, sie liegen uns beinahe zu Füßen, erstrecken sich in Quadern und Quadern und Quadern mit Gassen und Straßen dazwischen. Sie haben keine Eingänge. Keine Fenster. Alle Pflanzen sind verdorrt. Ganz kurz muss ich daran denken, wie ich mit der Schulklasse ins Holocaust-Mahnmal in Berlin gegangen bin, so wirkt das Meer aus Klotzhäusern auf mich. Obwohl sie alle gleich hoch sind, werden die Sträßchen dazwischen tiefer und tiefer. Maja führt mich und ich folge. Sie hat ihre Karte und findet den Weg mit schlafwandlerischer Sicherheit, während ich zwischen diesen Albtraumhäusern nur schreien möchte. Und dann findet sie die Wand wieder, an der ich sie zweimal vorbeigezogen habe. Sie ist direkt hier. Wir sind so tief in die Mulden hinabgestiegen, dass die zwergartigen Klotzhäuser wahre Riesen sind. Und während alle Sträßchen zwischen ihnen immer ziemlich exakt zwei Meter breit gewesen sind, liegt direkt links von uns jetzt eine schmale Spalte. Kaum mehr als eine Dehnfuge.

»So, jetzt kommst du wohl endlich mit«, sagt Maja viel zu laut, und ich beruhige sie mit einem geflüsterten »Ja, ja!«

Sie geht voran, und ich, älter und größer, bleibe hinter ihr und mache mir fast in die Hose. Ihre Hand ist auch schweißnass, aber vielleicht ist das mein Angstschweiß. Die Gasse zwischen den beiden beunruhigend warmen Hauswänden macht einen Knick ins Dunkle. Aber Maja hat recht: Kein Nebel. Wir gehen ein paar Schritte, und dann kommen wir heraus, einfach so, auf einen Platz, der nur von Lampen erhellt wird, die wie Fackeln in den Hauswänden stecken. Ihr Licht flackert, aber es ist elektrisches Licht.

In der Mitte des Platzes ragt eine Art Fernsehturm auf. Wir hätten ihn von weiter hinten sehen müssen, aber na ja, offenbar ist das hier Magic-Nebelhausen. Ich lege den Kopf in den Nacken, aber er wird nicht einmal in der Kugel unterhalb der Spitze von Nebel umwölkt. Stattdessen ist dort oben ein sanftes Licht hinter gewölbten Fenstern, es schwappt heraus und sickert sanft auf den Platz herab.

Die absolute Stille wird von einem hellen Ping unterbrochen, und die glatte Oberfläche der Basis des Turms öffnet sich plötzlich und dahinter gähnt ein von geisterhaftem Neonlicht erhellter Aufzug. Maja geht einfach hinein.

»Geht's dir noch gut, wir können da nicht rein!«, stoße ich hervor, aber sie sieht mich nur strafend an durch dicke Brillengläser. Ich füge mich mit klopfendem Herzen.

Im Aufzug lässt Maja meine Hand los. Sie drückt auf den einzigen Knopf. Auch auf diesem ist ein X.

Ich werde mit schier überirdischer Kraft Richtung Boden gepresst, als der Aufzug nach oben schießt. Mir bleibt Luft und Spucke weg, und dann, bevor ich denken kann, macht es wieder Ping, und die Tür öffnet sich in einen Donut-förmigen Raum, dessen Mitte der Aufzug bildet.

Keine Möbel befinden sich darin, aber auf einem aus vielen Gelbtönen gewebten Teppich genau auf der anderen Seite – einmal um den Aufzug herum – liegt sie.

Daran ist ein Zettel befestigt, er ist auch gelb. Ein Post-it. Maja kann nicht gut lesen, sie versucht es als sie den Zettel sieht, aber sie ist zu aufgeregt. Sie gibt ihn mir.

»Es ist an der Zeit«, steht darauf, und ich lese es Maja unwillkürlich vor. »Deine Schwester ist die Auserwählte. Stell es nicht in Frage. Hilf ihr bei ihrer schweren Aufgabe. Es ist so weit.«

»Sie meinen mich«, stellt Maja noch mal klar, obwohl ich das schon begriffen hab. »Deine Schwester.«

»Du bist die Auserwählte. Was heißt das?«

Aber Maja ist schon dabei, sie in ihren Rucksack einzupacken. Er wird prall und rund, und mir ist klar, dass wir uns mit dem Tragen werden abwechseln müssen. Ich bin nicht nur Sami, ich bin Sam. Und sie ist nicht nur Maja, sondern Frodo. Aber ein gut gelaunter Frodo, der genau weiß, wie Erdbeeren schmecken.

»Dann los«, sagte Maja, und das war schon als Kind immer ihr Lieblingsspruch. Dann los, so begannen alle Spiele, alle Rangeleien und Unternehmungen. Damals, als der Nebel noch nicht war. Ich erinnere mich mit einem Mal so heftig daran, dass es schmerzt. Aber Majas Dann los zieht mich schon zurück zum Lift, und wieder drückt sie auf das X, und der Aufzug saust herab, dass es schmerzt. Diesmal falle ich beinahe in die Gegenrichtung, an die Decke.

Er öffnet sich, und der Nebel ist auf den Platz gekrochen, am Boden wie dunkelgraue Schlangen, Ranken, Würmer aus Nebel. Maja ist nicht so geschickt wie ich, und als ich sehe, dass sie nicht schnell genug ausweichen kann, hebe ich sie einfach auf meinen Rücken. Sie ist ganz schön schwer, aber zusammen schaffen wir es. Wir treten in einen hellerleuchteten Hauseingang zwischen zwei Fackellaternen. Hinter uns kriecht der Nebel über die Schwelle. Ich lasse Maja wieder auf den Boden, und wir laufen, jetzt wieder Hand in Hand.

Die Flure gehen weit, und keine Tür zweigt davon ab. Wir rennen, und unsere Schuhsohlen machen laute Geräusche auf dem Linoleum. Schließlich endet der Korridor einfach auf einem Balkon.

Wir reißen die Glastür auf und laufen hinaus. Und da sehen wir die anderen.

Sie alle stehen auf ihren Balkonen. Immer einzeln oder zu zweit, damit der Nebel sich nicht nähert, der draußen nur noch die obersten Balken einer Schaukel aus seinem Meer herausschauen lässt wie einen überfluteten Steg an der Nordsee.

»Hallo!«, ruft Maja und nimmt den Rucksack von den Schultern. Die Leute wenden sich ihr zu, manche grüßen zurück. Hinter uns kriecht dunkelgrauer Nebel durch den Korridor und frisst das Licht. Maja greift in den Rucksack und holt sie hervor. Gierig kommt Nebel von unten, wallt auf wie eine Springflut, zischt uns Gischt entgegen.

»Du kannst sie hier nicht freilassen! Dann wird sie komplett verschlungen, und dann wird es für immer so sein!«

»Ich weiß!« Majas Unterton ist gehetzt, etwas quengelig. »Du musst mir helfen, sie zu verteilen!«

Sie greift mit der Hand mitten in die Masse hinein, und ich halte die Luft an, denn es muss unfassbar wehtun. Maja wird schmelzen, einfach so, vor meinen Augen.

Aber das passiert nicht. Ihre breite, kleine, raue Hand gräbt einfach hinein, packt ein Stück und hebt es vorsichtig heraus. Staunend schauen wir den Schneeball aus gelbem Licht in ihrer Hand an. Er ist ein Stück Sonne.

»Schnell, Sami, wir müssen die Sonne teilen!«, drängt Maja, und jetzt begreife ich, was sie vorhat. Der Mann auf dem Nachbarbalkon hat sich ihr zugewandt, sein Gesicht leuchtet hell vom Widerschein der Sonne in Majas Hand.

»Hier!«, sagt sie und reicht sie einfach von Balkon zu Balkon. »Weitergeben!«

Im Aufteilen ist Maja absoluter Profi. Und die Sonne ist eine echte Freude für alle, die gern teilen: Maja holt Stück um Stück um Stück heraus, doch sie wird nicht weniger.

Der Nebel zischt vor Wut auf der anderen Seite der Balkontür, aber noch hat er keinen Weg zu uns nach draußen gefunden. Und der Springflutnebel ist sogar etwas zurückgedrängt, der Schein der Sonne dellt ihn ein, je mehr davon auf den Balkonen verteilt wird. Ich traue mich jetzt endlich auch, ich greife auch in die Sonne, während ich aus den Augenwinkeln sehe, wie die gelben, handtellergroßen Bälle an ihre neuen Bestimmungsorte wandern. Dann los, dann los, hecheln meine Atemzüge, und ich forme Ball um Ball, wie aus warmem Sand fühlen sie sich an, nur stabiler. Jetzt werfe ich sie ein Stockwerk über mich, und die Leute dort fangen sie auf, rufen und jubeln.

Bald erstrahlt der ganze Innenhof, und der Mann nebenan hilft uns hinüber auf seinen Balkon. Als wir auf der anderen Seite sind, verschwindet der, von dem wir gekommen sind. Mit ihm die Glastür und der Nebel dahinter.

»Vielen, vielen Dank!«, sagt der Mann, setzt seine Sonne in einen leeren Blumentopf und holt Limonade aus dem Kühlschrank.

»Wir müssen weiter«, sage ich, als Maja schon ein großes Glas an die Lippen gesetzt hat und in großen Zügen trinkt. Sie macht nach jedem Schluck ein genießerisches Aah. »Wir müssen zurück zu unseren Eltern.«

»Aber wir müssen auf dem Weg noch die Sonne aufteilen«, klärt mich Maja auf.

■■■

Als wir dieses Haus verlassen, wird mir klar, dass es einer der Wohntürme ist, die ich kenne. Wo waren wir nur vorher? Mein Handy zeigt wieder das ganze Alphabet an. Und Maja? Ich trage mittlerweile den Rucksack, und sie geht von Haus zu Haus und teilt Sonnenbälle aus. Die Leute stellen sie in Gläser, schrauben sie in Lampenfassungen, hängen sie an Fäden hinter ihre Fenster. Dunkelgrauer Nebel wird hellgrau. Hellgrauer Nebel fängt an, sich zischend vor Wut zurückzuziehen, je mehr goldgelbes Licht die Nacht zum Tag macht. Erschöpft kommen wir mit der Sonne zu Hause an. Papa nimmt uns beide in den Arm, obwohl er das bei mir nur noch selten macht. Es ist viel zu spät für den Supermarkt, er hat sich solche Sorgen gemacht. Mama ist mit dem Auto unterwegs, um nach uns zu suchen, aber sie folgt der Spur aus Sonnenkugeln bis nach Haus. Sie weint vor Erleichterung und Glück.

Viele weinen in den nächsten Tagen. Wir wissen nicht, warum die Sonne nicht mehr am Himmel war, sondern in einem alten Fernsehturm auf uns wartete. Wir wissen nicht, warum Maja die Auserwählte ist, die sie aufteilen soll. Aber wir wissen eins: Die Sonne ist zurück.

Es ist alles nicht ganz so, wie wir es kannten. Aber Maja hat sich schnell darauf eingestellt. Sie ist ein Erdbeeren-mit-Schlagsahne-Frodo mit der Sonne im Gepäck.

Und morgen kommen wir vielleicht bei euch vorbei, wenn ihr uns braucht!

■

SERENADE UND DIE BERGE

Luna Day

Im Allgäu zu leben ist schon eine Herausforderung. Berge, Kühe und kilometerweit nichts als Einöde. Dort aber zu bestehen als eine übergewichtige Sirene, ist dann natürlich noch unnützer. Wie will man denn bezirzen, wenn man jemanden trifft, der alt oder miefig ist? Zumal es hier einen Zusammenhalt gibt, den ich von nirgendwo anders her kannte, und es daher auffallen würde, wenn mir einer aus dem Dorf seine Lebensenergie schenkt. In die nahegelegene Stadt zu fahren und dort die Lebensgeister aufzufrischen, ist allerdings auch ungünstig. Zu schnell hat man dort die Polizei am Hals. Aber warum hat es mich dann hierher verschlagen und nicht in eine Großstadt, wo jeder sich selbst überlassen ist?

Nun ja, das ist meine Geschichte, die ich euch erzählen will.

■■■

Es begann ... gute Frage, wann genau kann ich gar nicht sagen, doch ich erinnere mich, wie er mir auffiel. Er war ein schnuckliger Bauerntrampel, frisch aus dem Elternhaus ausgezogen und dachte, bereit für die Welt zu sein. Ich lachte ihn dafür aus. Dicke Brille auf der Nase, dass seine blauen Augen noch größer wirkten. Ein Bauch, der meiner Rundung Konkurrenz macht und schon der Ansatz für eine Glatze, nur gut, dass er helle Haare hatte, dass man es nicht gleich bemerken würde, zumindest als normaler Mensch. Das war ich aber nicht, auch wenn ich so aussehe. Sicherlich mag er nicht so schnuckelig wirken mit diesen Eckdaten, aber John hatte ein schönes Gesicht dazu. So unscheinbar, strahlend und hoffnungsvoll.

Immer wieder stolperte er, als er auf mich zulief. Das frisch bestellte Glas Wein war am Ende nur noch eine Pfütze. »Ich ... Ich ...«, stotterte er los.

»Du?«, zog ich ihn schmunzelnd auf. Zweifelsfrei sagte sein Duft mir schon, dass er gerade mehr vorhatte, als mir nur ein Getränk auszugeben. Und dies auch noch ohne meinen Lockruf.

»Wein?«, fragte er dann, als sein Blick auf das fast leere Glas in seiner Hand glitt.

Ich wollte nicht lachen, aber es war einfach zu süß. Die Männer, die ich bezirze, waren Sklaven meiner Gedanken, selten kam einer von allein zu mir – und schon gar nicht so wie John.

Es schmeichelte mir. »Trinkst du mit?«, wollte ich von ihm wissen. Vielleicht war genau das der Moment, in dem ich beschloss, mehr über diesen jungen Mann zu erfahren und die männliche Gattung nicht nur als Lebensspender zu sehen.

Seine Mundwinkel zuckten nach oben. »Ja«, gab er erleichtert von sich und nahm den Barhocker neben mir. »Ich bin Johannes, aber meine Freunde nennen mich John. Und du?«

»Serenade.«

»Hast du denn so eine Abendstimme?«

Das war das erste Mal, dass ich überrascht wurde. In seinem Kopf war mehr, als bei den meisten. »Nicht wirklich.«

»Und warum haben dich deine Eltern damit bestraft?«

»Bestraft«, sagte ich leise. »Ich würde eher sagen, dass sie nicht nachgedacht haben, es ist einfach anders bei uns.«

»Wie bei uns?«

»Ich bin eine Sirene.«

Er sah über meine Schultern und dann zu meinen Beinen. »Nö, da sind weder Flügel noch eine Flosse.«

»Oh ja, der griechische Mythos«, seufzte ich. Ich betrachtete die Menschen in diesem kleinen Lokal. »Siehst du den da drüben?« Am Fenster stand ein muskulöser Mann, der auf jemand wartete, so vermutete ich, da er immer wieder aus dem Fenster und auf seine Uhr blickte.

»Das ist Marcel, ein Freund von mir.«

Ich schloss meine Lider und konzentrierte mich auf mein Inneres. Leise summte ich mein Lied. Nicht dass ich diesen Kerl wirklich wollte, aber er stand allein, was immer gut ist und na ja, Kraft brauchte ich auch gerade nicht. So ein Mann wie Marcel würde mir aber Lebensenergie für eine lange Zeit geben. Plus das, was ich noch hatte, würde ich knapp ein dreiviertel Jahr, wenn nicht sogar fast ein Jahr auskommen.

Ein Ruck ging durch Marcels massiven Körper, meine Melodie hatte ihn erreicht, sofort waren seine Pupillen verschleiert und er wandte sich uns zu. Hypnotisiert kam er immer näher.

»Was hast du gemacht?«, fragte John entsetzt.

»Das, was Sirenen machen, um jemand zu bezirzen. Du wolltest es ja nicht glauben«, sagte ich.

»Mach ihn normal, bitte.« Das letzte Wort stieß er flehend aus.

Ich ließ ungern ein Opfer von mir frei, aber diesen hier brauchte ich ja nicht und er war nur ein Anschauungsobjekt. Ein Schnipsen, und er stand stirnrunzelnd vor uns. »Was mach ich hier?«

»Beweise«, antwortete ich und wollte eigentlich gehen.

John legte seine Hand auf meinen Arm. »Wann bist du wieder hier?«

Jetzt war ich es, die fragend aussah. »Ich bin eine Sirene, ich glaube nicht, dass du ...« Ich unterbrach mich selbst. »Es ist besser für dich.«

Er wollte etwas sagen, nickte dann. Ich ging. An der Tür stieß ich mit einer Frau zusammen. Sie entschuldigte sich und eilte zu den beiden Männern, die ich gerade stehengelassen hatte. Bis das Holz mir meine Sicht nahm, starrten John und ich uns an.

Ich haderte mit mir selber, weiterzugehen oder doch wieder hinein. Meine Entscheidung fiel mir recht schwer, aber ich schüttelte meinen Kopf und ging los.

»Serenade«, hörte ich John hinter mir rufen. Mein Blick wanderte zu ihm. Schwer atmend stand er vor mir. »Du hast nicht recht«, keucht er wie ein Bulle.

»Ach ja?«

»Ja, weil ...« Er hob die Hand, um mir zu zeigen, dass ich warten sollte, bis er zu Atem kam. »Es ist meine Entscheidung, ob es wirklich besser ist oder nicht.«

»Dir ist schon klar, dass ich eine Sirene bin? Um zu leben, muss ich einem Menschen die Lebensenergie aussaugen.«

»Wie oft?«

»Was wie oft?«

»Ja, wie oft machst du das, jeden Tag, zweimal am Tag oder ...«

»Kommt auf den Mann und seine Lebensspanne an. So ein Mann wie Marcel würde mir aber Lebensenergie für eine lange Zeit geben. Plus das, was ich noch hatte, würde ich knapp ein dreiviertel Jahr, wenn nicht sogar fast ein Jahr auskommen. Das ist aber selten, ich hätte mit höchstens sechs Monaten gerechnet.«

»Bringst du die Menschen damit um?«

»Ist diese Frage ernst gemeint?« Er nickte. Genervt rollte ich mit den Augen. »Sicher, sonst bekomme ich noch weniger und muss mir schneller jemand neuen suchen.«

»Und Tiere?«

»Was?« Ich war verwirrt.

»Hast du es schon mal mit Tieren versucht, also ... du weißt schon«, fügte er leise hinzu.

»Nein.«

»Warum denn nicht, ich meine, sie haben eine längere Lebensspanne und es ist nicht so ...«

»Mord ist Mord«, warf ich ein. »Es ist egal ob Tier oder Mensch.«

»Es ist trotzdem ein Unterschied, ein Mensch ist meiner Ansicht nach verwerflicher. Tiere wie Kühe und Schweine werden auch geschlachtet, um uns Energie zu geben. Da ist es doch egal, wenn du einem Nutztier das Leben aussaugst und wir ,Normalen' es dann zubereiten.«

Aus seiner Sicht hatte ich das noch nie betrachtet. »In meinen ganzen Jahren ist mir so etwas nie zu Ohren gekommen, ausschließen kann ich es nicht. Ich habe mir darüber auch nie Gedanken gemacht.«

»Teste es doch aus.« In seinen Augen war ein Glanz, der Hoffnung und Vertrauen ausstrahlte.

»Ich muss darüber nachdenken«, meinte ich und wandte mich wieder ab.

»Jeden Freitag sind wir hier«, rief er mir hinterher.

Meine Beine führten mich fort. Regen setzte ein, und der Asphalt leuchtete nun bunt im Schein der Neonlichter, der sich von den Reklametafeln der Geschäfte widerspiegelte. Normalerweise ließ mich dieser Anblick freudig in den Himmel blicken und jeden kühlenden Tropfen empfangen, das Schauspiel des Lichterspiels betrachten. Doch an diesem Abend war es mir egal. Ich hatte Jahre damit verbracht, Menschen zu schaden, obwohl dies vielleicht nicht nötig war? Nie in meinem ganzen Leben hatte ich davon gehört und doch dachte ich über seinen Gedankenschritt nach. Konnte es wirklich sein, dass dies funktionierte? Ich war allein gewesen, keine andere Sirene hatte mir es erklären wollen. Die zierliche und schöne Gestalt würde ich durch den Dreck ziehen, wurde mir stattdessen vorgehalten, statt mir zu helfen.

Die nächsten Tage waren eine Aneinanderreihung eines Gedankens, der sich einfach nicht abschütteln ließ. Austesten wollte ich es aber auch nicht, somit saß ich in einem Loch. Ich sah keine Lösung am Ende, nur noch mehr Fragen. Andere meiner Art konnte ich deswegen nicht behelligen, nicht weil sie sich vielleicht darüber lustig machen würden, oder sich wie ich darüber wochenlang Gedanken machten, ihnen war es schlichtweg egal. Für die Sirenen, die ich kannte, gehörte es einfach zu ihrem Dasein dazu, Menschen die Energie zu nehmen. Für mich war dies, bis ich John kennenlernte, auch so gewesen – warum auch nicht? Vielleicht würden die anderen auch darüber nachdenken und es ausprobieren wollen? Aber ich glaubte nicht daran. Für die anderen Sirenen war es doch normal und alles so leicht. Sie genossen den Rausch, der beim Lebensentzug entstand. In der Hinsicht war ich eben auch nicht wie die anderen.

■■■

»Du bist blass«, sagte eine Stimme, die mir bekannt vorkam.

In diesem kleinen Wald in der Nähe meines Zuhauses, gab es einen spärlichen Hain, der für mich Ruhe und Zuflucht zugleich war. Selten sah ich hier jemand anderes. John dort wiederzusehen, verwunderte mich sehr.

»Zu viele Gedanken«, antwortete ich ihm.

Schwer setzte er sich mir gegenüber auf den Waldboden. »Wegen dem, was ich gesagt habe?«

Ich hätte leugnen können, aber gebracht hätte es mir nichts. »Ja.«

»Es ist über zwei Monate her und das macht dir immer noch zu schaffen?«

»Ich suche starke Menschen aus, die viel Kraft besitzen und gesund sind. Ich kann das, was ich tun muss, um selber zu überleben, zwar nicht vermeiden, aber ich will es nicht allzu oft machen müssen.«

»Das ist doch etwas Gutes.«

»Es bleibt trotzdem Mord.«

»Wie geht das vonstatten, beißt ihr sie? Oder schlitzt ihr sie auf? Oder?«

Ich griff in das Gras vor mir. Dass jemand mich das mal fragte, hätte ich nicht gedacht und warum es mir unangenehm war, darauf zu antworten, wusste ich nicht. »Ein Kuss«, flüsterte ich. »Na ja, so mach ich es zumindest, es ist eigentlich der Atem, den wir aussaugen.«

»Und warum tust du das?«

Ich atmete tief durch. »Sie sterben dank mir, ich will, dass sie nicht qualvoll ihre letzten Minuten erleben.«

»Ihr verzaubert sie doch.«

»Wenn einem die Luft abgesaugt wird, ist das kein Bezirzen mehr.«

»Erkläre es mir.«

Aus einem Impuls heraus beugte ich mich nach vorne und gab ihm einen Kuss. »Hast du etwas gemerkt?«, wollte ich leise wissen.

»Nein«, kam genauso kaum vernehmlich von ihm.

Dann sog ich an seiner Kraft, seinem Leben, nicht viel und doch riss er seine Augen auf, griff sich an den Hals. »Stopp«, krächzte er.

Nur schwer konnte ich mich zurückhalten, aber ich schaffte es. Seine Energie hatte einen lieblichen Geschmack und mein Körper rief nach mehr. »Es tut mir leid«, gab ich von mir und wollte wieder gehen. Doch seine Hand griff nach meinem Arm und hielt mich zurück.

»Warum ist das so erschreckend anders?«, hinterfragte er, als er wieder Luft bekam.

»Ich weiß es nicht.«

»War es schwer für dich?« Ich runzelte die Stirn, er zog an meinem Gelenk, aber Kraft hatte er nicht mehr. »Dass du aufgehört hast.«

»Es war das erste Mal, das ich so aufgehört habe.«
Langsam setzte ich mich neben ihn. »Wie geht es dir?«
»Ich fühle mich, als wenn ich ein Burn-out hätte.«
»Du hast mir ein Jahr deines Lebens gegeben.« Meine
Nase kribbelte und meine Augen fingen an zu brennen.
»Hey, ich lebe noch«, sagte er und legte den Arm um
mich. »Du hast es geschafft aufzuhören, zählt das nicht
mehr?«
»Ich wollte dir nie wehtun«, schluchzte ich. Die Tränen konnte ich jetzt nicht mehr aufhalten.
»Ich weiß.« Er drückte mich enger an sich und strei-
chelte meinen Rücken. »Ich wollte es wissen und mir
hätte klar sein müssen, dass du es auch beweisen wirst.«
Seufzend rieb ich meine Lider. Ich wusste nicht, was ich
sagen sollte. Es zu erzählen, war für die meisten Menschen
nicht begreiflich, darum hatte ich lange vor unserer ersten
Begegnung damit angefangen, es vorzuführen. Doch John
das anzutun, war mir sehr viel schwerer gefallen, warum,
wusste ich nicht. »Ich verstehe dich«, sagte er dann. »Und
ich bewundere dich für deine Einstellung. Aber da du so
darunter leidest: was spricht dagegen, es einfach auszuprobieren? Komm mit mir, meine Eltern schlachten dieses Wochenende. Wenn dir unsere Schweine auch Kraft
geben, kannst du darauf zurückgreifen.«
»Ich kann nicht.«
»Warum?«
»Was, wenn es nicht klappt und ich etwas brauche?
Soll ich wieder dir wehtun oder deiner Familie?« Mir
war schon klar, dass dies nicht eintreffen würde. Aber
ich hatte Panik und suchte eine Ausrede, die für ihn
glaubhaft sein könnte.

Dann sagte er etwas, was ich noch nie gehört hatte: »Ich vertraue dir.«

»Warum?«, brachte ich zögerlich hinaus.

Der zweite Satz, den ich zwar schon mal vernahm, aber nur unter meinem Zauber: »Weil ich dich mag.« Gefolgt von einer sanften Berührung seiner Lippen. Die Röte war deutlich in seinem Gesicht zu sehen, als er etwas auf Abstand ging.

»Das hätte dich dein Leben kosten können«, flüsterte ich.

»Es war mein Risiko. Und wie gesagt, ich vertraue dir.«

Noch nie hatte ich einen Mann geküsst, ohne sein Leben zu nehmen, auch dieses Gefühl war mir vollkommen fremd. Doch seine Lippen zu spüren und dann seine Zunge, war berauschend. Nicht so sehr, wie wenn das Leben in mich geht, aber trotzdem beeindruckend. Ich spürte ein Flattern in meinem Bauch und wie mein Gesicht sich erwärmte.

●●●

So kam es, dass ich zwei Tage später mit John in seinem Auto in das tiefste Deutschland fuhr.

»Ist es deinen Eltern wirklich recht?«, wollte ich wissen, als er auf einem Schotterweg das Gas drosselte.

»Du hast es doch gelesen.«

Dieser neumodische Schnickschnack von einem Handy, mit großem Bild und gefühlt Hunderten von Kameras, war nichts für mich. Mein Blick ging trotzdem darauf. Das grüne Sprechblasensymbol mit dem Hörer darauf zeigte eine Eins.

»Sagen und denken ist immer etwas anderes.«

»Willkommen in der Neuzeit«, meinte er darauf. Dieses Gespräch hatten wir die letzten beiden Tage geführt. Doch er sagte immer, dass es weitaus schlimmere Kreaturen auf der Welt gibt und dies auch seine Eltern so sehen. Wie kamen sie zu so einer Aussage? Ob ihre Nachbarn auch Kreaturen waren, oder sie solche Bekannte hatten, wusste ich nicht. Sicherlich waren wir auch ab und zu in den Medien. Vielleicht waren sie auch nur einfach freundlich und sahen das Gute in den Wesen anderer. Ich hatte Angst.

»Siehst du die Felder?« Ich nickte. »Dies gehört alles zu unserem Besitz.«

»Du musst dich nicht wegen so etwas profilieren.«

»Bei dir vermutlich nicht, das stimmt.« Kurz ging sein Blick zu mir. »Da bin ich auch froh darüber.«

Das Lächeln, das meine Mundwinkel nach oben zog, konnte ich nicht unterdrücken. Nie in meinem Leben hatte ich so etwas verspürt.

■■■

Vor einem großen Bauernhaus mit Ställen auf der gegenüberliegenden Seite hielt John das Auto an. Nachdem er den Schlüssel abgezogen hatte, wandte er sich an mich. »Bereit?«

»Nein«, brachte ich schnell über meine Lippen und starrte das ältere Paar an, das auf uns zu kam. Seine Mutter war sehr alt oder hatte sehr viel durchgemacht. Sie hinkte und ging nach vorne gebeugt, ihr Mann gab ihr Halt. Ihre Haare waren schon mehr grau als braun. Johns Vater hingegen sah mehr wie sein älterer

Bruder aus, nur das Haar hatte schon graue Strähnen. Ich wusste, dass er nur noch seine Eltern hatte, daher konnten es nicht seine Großeltern sein.

Er griff nach meiner Hand. »Ich bin bei dir.«

Gerade noch, bevor seine Wärme meine Haut berührte, wollte ich sagen, »fahr mich heim«, aber in diesen Moment, mit diesem Satz kombiniert, schöpfte ich Mut. Ich war immer allein. Menschen mieden mich, nicht nur, wenn sie bemerkten, dass ich eine Sirene war. Sondern eher, weil ich nicht schön genug war. Schlank und vollbusig lautete das Schönheitsideal in dieser Zeit und es wurde immer schlimmer.

»Willkommen«, sagte Johns Mutter, als ihr Mann die Beifahrertür geöffnet hatte. »Es ist schön, dich endlich kennenzulernen.« Kein verächtlicher Ton, keine versteckte Botschaft. Sie meinte, was sie sagte.

Sein Vater hielt mir die Hand hin. »Sie sind also eine Sirene, ich habe mir sie immer ganz anders vorgestellt.«

»Rainer!«, brummte seine Frau tadelnd.

»Du weißt, ich halte nichts von dieser Geheimniskrämerei.«

»Entschuldigen sie ihn bitte, ich bin Anette.«

»Serenade«, gab ich leise von mir und stieg mit seiner Hilfe aus.

»Und das ist mein Mann Rainer.«

»Dachte ich mir schon.«

»Also?«, hinterfragte ihr Mann erneut.

»Der Mythos der Sirenen ist in vielen Kulturen anders beschrieben. Es gibt nur eines, was in jeder Erzählung vorkommt und wahr ist: Wenn das Lied einer

Sirene einen Menschen erreicht, ist sie für denjenigen die Schönste.«

»Das willst du nicht erleben, Papa«, meinte John und umarmte seine Eltern. »Marcel hat Tanja in den Wind geschossen danach.« Ich runzelte die Stirn. »Das Mädchen, mit dem du zusammengestoßen bist.«

»Nachwirkungen«, seufze ich.

»Dann kommt mal rein, ich habe den Grill angezündet«, sagte Johns Vater. Warum er dabei schmunzelte, wusste ich nicht.

John legte seine Hand auf meinem Rücken und schob mich seinen Eltern hinterher. »Siehst du, alles gut«, flüsterte er mir zu und gab mir einen Kuss auf die Wange. Irgendwie war es das auch, der Abend war schön und lustig. Ständig erzählten Anette und Rainer Anekdoten aus Johns Kindheit und brachten mich damit zum Lachen. Jedes Mal, wenn sie aber über sich und ihre Liebe redeten, sah ich zu John und er zu mir. Ich fragte mich, ob auch ich einmal dieses Glück verspüren würde. Ob Sirenen auch lieben konnten? Ja, wir bekamen Kinder, aber ich wusste, dass dies mit bezirzten Männern passierte. Hatte je eine von uns Liebe verspürt? Liebte meine Mutter meinen Erzeuger? Was war Liebe eigentlich?

»Was hast du?«, fragte John mich leise.

»Nichts.«

»Nein, so kommst du mir nicht davon.« Er nickte zu seinen Eltern. »Ist es ihretwegen? Machst du dir immer noch Sorgen?«

»Nein, alles gut.«

»Wie habt ihr euch eigentlich wiedergefunden?«, wollte sein Vater dann wissen. Einerseits war ich erleichtert, dass er mit seiner Frage John ablenkte, anderseits wollte ich dieses Thema umgehen.

»Ich bin ihr gefolgt«, gab John zu und atmete tief durch. »Ich fuhr vorbei, als sie in den Wald ging und bin ihr dann nach. Noch einmal wollte ich die Chance nicht vertun.«

»Und du?«, fragte mich seine Mutter.

Ich wandte meinen Kopf ab.

»Wir brauchen Zeit, es ist alles etwas neu für sie«, antwortete John. Er stand auf. »Komm ich zeig dir unseren Hof.« Einen Widerspruch ließ er nicht zu.

■■■

Am Morgen, als die Schweine im Stall ihr Grunzkonzert begangen, wurde ich wach und folgte ihren Lauten. Sein Vater fütterte sie gerade. »Guten Morgen«, brummte er. Ich hingegen nickte nur. Meine Hand strich über die Borsten eines Tieres, das sich schmatzend über den Trog hermachte.

Auch ohne mich umzudrehen wusste ich, dass es John war, der sich hinter mich stellte und mich umarmte. »Hey, wo warst du denn?«

»Sie sind laut, das bin ich nicht gewohnt.«

Er hielt meine Hand. »Versuch es.«

»Ich habe Angst«, flüsterte ich.

»Vertraue dir, wie ich es tue.« Er schob meine Finger unter die Schnauze des Tieres. Es war eine andere Art von Energie, nicht zu vergleichen mit der Lebensenergie eines Menschen. Ob es wirklich half, wusste ich in diesen Moment nicht. »Ich werde immer für dich da sein«, flüsterte John mir zu. Ich traute mich nicht, mich umzudrehen und ihn anzusehen. Er ließ meine Hand los und umarmte mich einfach nur.

■

PLATANENDOM

Stefanie Huber

Die Zeitungen hatten es wirklich versucht. Beispielsweise die Chefredaktion jener namhaften Tageszeitung, die, auf die jüngsten Entwicklungen im Land reagierend, zuerst das Ressort Streit gründete, dieses wenig später etwas unbeholfen in Ideenkrieg umbenannte, und, als auch das nichts half, zu jeder Sonntagsausgabe das neue Magazin Schredder legte – eine vierfarbig matt bedruckte Beilage voller literarisch verarbeiteter, kunstvoll illustrierter Gewalt- und Völkermordphantasien. Für jede Opfergruppe und jeden Angsttyp war etwas dabei: Massenerschießungen in Moscheen und Schulen, Leichen, die in vergifteten Freibädern schwammen, Attentate in Einkaufszentren, U-Bahn-Waggons, die in Tunneln explodierten, Massaker auf Mittelalter-Festivals, und so weiter und so fort. Mit diesen Beiträgen war die Redaktion der naiven Vorstellung aufgesessen, der Realität zuvorkommen und ihr so das Wasser abgraben zu können, damit übereifrige Bürger nicht mehr das Gefühl hätten, die schlimmsten Alpträume der Menschheit eigenhändig in die Tat umsetzen zu müssen. Aber es war längst zu spät. Sie waren nicht mehr zu erreichen. Viele trugen jetzt Ohrstöpsel und liefen mit knallroten Augen durch die Landschaft, gezeichnet von Aggression und Anstrengung. Sie peilten Ziele im Raum an, die nur sie selbst sahen. Ihre Augen waren böse Spiegel, ihre Gehirne schmerzende Klumpen, ihr Gehen schlug Schneisen des Hasses in die Atmosphäre.

···

Wir schrieben das Jahr des Schneetigers, als Mona Werner am äußersten Rand des urbanen Gebiets durch feindliches Flussland lief, wobei sie alle paar Meter ihre Augen dabei ertappte, wie sie zwanghaft die Gemäuer abscannten. Nach »geschichtlich Gewachsenem«, so nannte sie es und meinte damit doch eigentlich die Spuren großbürgerlichen, städtischen Lebens, das hier einmal stattgefunden haben mochte, wie in ihrem alten Viertel. Architektonische Eleganz mit großstädtischer Beiläufigkeit, im Selbstbewusstsein von Gründerzeittreppenhäusern oder in der Großmut eines Erkers. Formen jenseits des Miefs der Mietskasernen, die man hier im ersten Drittel des zwanzigsten Jahrhunderts für all die Waffenfabrikarbeiter gebaut hatte und welche inzwischen vornehmlich von Polizeikadern und Altenpfleger*innen bewohnt wurden. Doch so sehr sie auch suchte: Da war nichts Nennenswertes.

Vor anderthalb Jahren war Mona durch die ins Absurde gestiegenen Mieten aus ihrem schönen Kiez hierher verdrängt worden, während dort die touristische Aushöhlung unaufhörlich voranschritt. E-Roller, Rollkoffer und glotzende Air-BnB-Schwärme wurden im Akkord durch Straßenzüge und Immobilien gejagt, um die Investitionsobjekte innerhalb des S-Bahn-Rings von Menschen ihrer Einkommensklasse zu säubern.

Die neue Umgebung hingegen bot für Monas gegen den kalten Februarwind geduckte Silhouette einen

Hintergrund, der sie ausspie, von dem ihr Lächeln abperlte. Die Landschaft nahm ihren Körper nicht auf, er sank nicht in sie hinein, wie copy-pasted schleppte Mona ihn durch die Gegend. Auch hatte sie ständig damit zu tun, das Gemurmel und die Blicke der Menschen zu dechiffrieren – und die Aufkleber zu entziffern, die ihr gelegentlich auf Rohren und Laternenmasten begegneten, und die die Farbskala der Häuserfassaden von hellbeige bis ockergrau kurz unterbrachen. Was in Gottes Namen bedeutete »Pinguine gegen Links«? Und hatte dieser Mann gerade wirklich »... immer mehr Schwarzköppe ...« gebrummt, als er an ihr vorüberlief? Sicher war sie nicht, trotzdem begann sie intuitiv, eine Vivaldi-Melodie zu summen, während ihre Umrisse vor dem Hintergrund flirrten. Das war es also heute, das Berlin für Arme. Arm und sexy waren auseinandergedriftet wie Fett und Wasser.

■■■

In einem Radius von fünfhundert Metern war die Tankstelle der einzig begehbare Ort. Eine tröstend warme Insel, geschäftige Fläche im Neonlicht dutzender Logos, die überbezirklich Vertrautheit schufen. Der Laden war erfüllt vom Geruch nach Automatenkaffee und Aufgebackenem. Ein lautes, schläfrig machendes Grundsurren hüllte alles ein. Der Tankwart bellte seine Floskeln mit einem dezenten Schwung, der sein üppiges Gesichtsfleisch nachzittern ließ. Wenn er fragte »Bei Ihnen soweit allet jut?«, war seine Stimme ein Gurgeln aus der Tiefe, als müsse sie sich erst durch Berge von Fett hindurcharbeiten. Mona orderte einen Flat White. Dafür gab es auf der Maschine noch keinen Knopf, da die für diese Kaffeevariante nötigen Arbeitsschritte erst kürzlich auf dem Automaten installiert worden waren, weshalb der Tankwart SHIFT und dann einen unbeschrifteten Knopf unten rechts drückte. Während er dabei zusah, wie sich die Tasse füllte, legte er den Kopf schief, was eine ansehnliche Nackenfalte erzeugte. Sie griff derweil nach dem Faltblatt eines neu eröffneten Hundesalons und fächelte sich Luft zu, während sie ihren Blick auf einen unbestimmten Punkt oberhalb der Mikrowelle zwang. Sie hatte eine Schwäche für Männer, die mindestens zehn Kilo zu viel auf den Rippen hatten. Männer, bei denen die Weichheit des Fleisches und ein gewisser Schmiss auf solche oder ähnliche Weise zusammenfielen. Ständig wollte ihr Blick zum aparten Schlitz unter dem ausrasierten Haaransatz zurück. Sie wandte sich ab. An der gegenüberliegenden Wand zeigte ein Flachbildfernseher gerade die Live-Übertragung eines Staatsempfangs. Pink gekleidete Tänzer führten eine Choreographie auf, Schnitt, der amerikanische Präsident und die First Lady winkten, im Hintergrund das Taj Mahal. Über den unteren Bildschirmrand lief in roter Schrift eine Eilmeldung: Police say driver deliberately rammed car into crowd. Police say driver is 41 year old German. Jetzt füllte ein heißer Wind Monas Torso und schlug ihr gegen den Rachen. Sie zahlte ihren Flat White und verließ die Tankstelle.

■■■

Draußen fiel ihr die fünf Meter hohe, teerschwarze Bronzeskulptur einer Dogge auf, die das Dach einer

Garage zierte. Mona hätte schwören können, dass sie vor dem Wochenende noch nicht dagestanden hatte. Der Hund versperrte ihr den Blick auf den Stillen See. Während sie im Vorbeigehen zu den glänzenden Muskeln des mächtigen Tieres aufsah, musste sie an das Fitnessstudio denken, beziehungsweise an Samis Bemerkung, die er beim Pilates hatte fallen lassen. Plötzlich konnte sie es annehmen: Sami hatte recht, ihr Eskapismus hatte wirklich etwas Preppermäßiges. Nur war ihres eben ein Preppertum für eine andere Klientel als die, die hier sonst so durch die Straßen stapfte, die sich überdimensionale Südstaatenflaggen in die winzigen Gärten hängte und wer weiß was im Schuppen bunkerte. Die Kundschaft der hiesigen Survival-Läden und Biker-Stores, mit ihren Pfeffersprays, Macheten, Gewehren und Odinflaggen in den Schaufenstern, wo für jedermann ersichtlich Schilder mit Aufschriften in Fraktur zum Verkauf auslagen. Darauf stand zum Beispiel »Der einzige Fachkräftemangel herrscht im Bundestag« oder »Deutsche Schutzzone«. Pogrombedarfsläden, wie Mona sie liebevoll nannte. Aber wenn sie abendelang auf Websites wie Spitogatos.gr nach günstigen Wohnungen in Athen suchte – das neue Berlin, wie mancher raunte – oder auf rightmove.co.uk nach einer Wohnung in Marokko, dann war da nicht nur die Sehnsucht nach bugainvillea-bewachsenen, sonnigen Mauern oder der vermeintlich natürliche Wunsch eines Menschen über fünfunddreißig nach einem Ort, der ihm gehört. Sie dachte bei diesen Online-Suchen auch immer ein Szenario mit, bei dem sie, nachdem sie sich monatelang in ihrer Wohnung verschanzt hätte, im letzten Moment noch ein paar Sachen packte, um schließlich mit dem verängstigten Kind in ein Taxi zu steigen, würde der öffentliche Verkehr für ihresgleichen doch längst nicht mehr nutzbar sein. Ein Taxi, das ein freundlicher Fahrer führe, dessen Nummer sie sich am besten jetzt schon notierte, der sie zum Flughafen brächte, oder, falls Flughafen nicht mehr ginge, einfach nur Hafen, jedenfalls zu einem Punkt, von dem aus man Deutschland noch verlassen könnte, in allerletzter Sekunde. Vor sich sah sie zwei Zifferblätter sich übereinander schieben wie den Mond über die Sonne bis zur Finsternis. Dieser »Tag X«, der in ihren Gedanken langsam zur festen Größe wurde – war es derselbe, den die Prepper meinten?

...

Wenig später brachte Mona sich unauffällig in der Seegarn-, Ecke Pechstraße in Position. Mit ihren schwarzen Dr. Martens betrat sie den kreisrunden Gullideckel. Es hatte zunächst mehrere Versuche gebraucht, diesmal gelang es ihr sofort, den exakten Winkel zu rekonstruieren. Das erste Mal war reiner Zufall gewesen. Als sie im Schlendern dort verweilt hatte, um spontan die Verbreitung von Nattern in der Havelregion zu googeln, hörte sie plötzlich die Stimme. Sie kam von unten, offenbar aus dem Boden, doch als Mona durch die ovalen Öffnungen des Gullideckels lugte, an deren Rändern sich winzige Wälder aus Moos gebildet hatten, sah sie nur das schwarze Wasser geheimnisvoll glitzern. Die Stimme klang angenehm väterlich. Sie sprach mit sanftem, badischen Zungenschlag.

»Geschichtlich gewachsen, sagen Sie?«, das war die Begrüßung, und weiter: »Junge Dame, der mit unzähligen linksextremen Aufklebern und Sprühereien vandalisierte Gründerzeithauseingang, nach dem Sie sich sehnen, mag ja einer wie Ihnen das Gefühl geben, daheim zu sein. Geschichtlich gewachsen indes, das ist etwas ganz Anderes. Erlauben Sie mir, Ihre Idee umzuformulieren. Die ästhetische Verkommenheit gewisser Mauern spiegelt für Sie das Ahasverische wider, diesen beliebigen Gallert, in dem sich Ihre globale Klasse durch die Welt bewegt. Für uns Somewheres hingegen, die ja gottlob noch in der...«

Mehr hörte sie nicht, denn damals war sie buchstäblich schreiend davongelaufen. Danach musste sie sich über den Schreck erstmal fünf Tage krankschreiben lassen. Mittlerweile jedoch war sie regelrecht süchtig geworden nach der täglichen Konsultation der Stimme aus dem Gulli, die sie jedes Mal elektrisierte und bis zur Verzweiflung aufwühlte. Kaum hatte sie jetzt in der Mitte des Kreises die Hacken zusammengeführt und die Stiefelspitzen ausgerichtet wie die Zeiger einer Uhr auf viertel nach zwei, begann die Stimme zu sprechen:

»Mein Eindruck ist, Sie nehmen sich das alles sehr zu Herzen. Dabei richten sich unsere Bestrebungen ja keineswegs gegen Sie als Person. Im Gegenteil, eine gut integrierte, gebildete Passdeutsche wie Sie ist mir im unmittelbaren Gespräch – was wir hier ja haben – viel lieber als so manch einfach gestrickter, von einer ungebremsten Globalisierung womöglich verrohter Volksdeutscher. Es geht jedoch ums Gesamtphänomen, wissen Sie, zu dessen Auswüchsen Sie, Bildung hin oder her, nun einmal gehören. Dabei ist das berühmte Straßenbild, prima facie, nur ein äußeres Symptom. Deutschland hat eine causa finalis, ein Endziel auf dieser Welt. Und die sogenannte Vielfalt, dieses von oberster Hand verordnete Biotop für alles Hybride, und der sich daraus ergebende Mangel an phänotypischer Stringenz, ja diese Verwaschenheit im Physischen, nehmen direkten Einfluss auf unsere ohnehin schon gebeutelte Volksseele. Und das, gnädiges Fräulein, ist das wirklich Verheerende. Der metaphysische Schaden, den Sie anrichten.«

Dass, wer da sprach, wahrscheinlich körperlos war und dass sich ein Gullideckel zwischen ihnen beiden befand, schaffte die nötige Distanz, dass Mona nicht losrannte, was das Zeug hielt, sondern mit flachem Atem zuhören konnte, während sich die symmetrische Konstellation der gusseisernen Öffnungen wie ein Mantra in ihre Bindehaut brannte.

»Gut, nun sind Sie einmal hier. Auf einem Boden, auf dem Sie eigentlich qua natura nichts zu suchen hätten. Ist es Ihre Schuld? Nein. Wird der Universalismus der Linken Sie gegen den Volkszorn retten können, wenn er erst einmal ausgebrochen ist? Wieder nein. Möchten Sie meine Lösung für dieses Dilemma hören, das ja weiß Gott nicht nur Ihres ist?«

Der Stimme zu antworten, hätte geheißen, eine Schranke zu durchbrechen, die Mona lieber bewahrte. Solange sie nur zuhörte, sagte sie sich, bestünde ja theoretisch noch die Möglichkeit, dass diese disembodied voice einfach so vor sich hin brabbelte, ganz unabhängig von ihr. Eine Antwort schien die Stimme auch gar nicht zu erwarten.

»Das Heilmittel heißt Remigration, und zwar großangelegt. Zählen Sie zu denjenigen Passdeutschen, die im Zweifelsfall bedingungslos hinter Deutschland stehen? Dann sind Sie selbstverständlich von diesen Maßnahmen ausgenommen. Wir sind ja keine Rassisten. Garantieren, dass der heilsame Volkszorn, ist er einmal entflammt, nicht auch Sie träfe, kann Ihnen jedoch keiner – was ich, das können Sie mir glauben, persönlich sehr bedauere, lachen Sie nicht! Auf menschlicher Ebene trauere ich um jeden Südländer, dem auf meinem Boden ein Unrecht widerfährt. Sie sehen aber doch sicher auch, dass mir die metaphysische Zukunft unseres Volkskörpers, und wir sprechen hier immerhin von hundert Millionen Deutschen, wenn man die gegenwärtig österreichischen und schweizerischen Gebiete mitrechnet, sehr viel näher geht als das Schicksal vereinzelter, wenn auch noch so wohlintegrierter Fremder.«

Ein Auto fuhr vorbei. Das ließ die Stimme wie üblich verstummen. Mona wartete, ob noch etwas kommen würde. Eine greise, dicke Dame mit violettem Haar schob ihren Rollator über den Gehsteig, das Gesicht schmerzverzerrt. Auf der anderen Straßenseite fuhr ein alternder Biker, schwarzgekleidet und im tiefergelegten elektrischen Rollstuhl, in die Gegenrichtung. Es ist alles ein großes Sterben hier, dachte Mona. Sie spürte Erleichterung und ging.

■■■

Erleichterung war es auch, was sich einstellte, sobald sie im Bann der Stimme auf dem Gullideckel stand. Es war eine Erleichterung, die sofort aufgebraucht war, ein ungesunder Kick, der nach mehr verlangte. Ohne, dass sie es selbst so hätte sagen können, schien sich unter dem Gullideckel eine Art Epizentrum zu befinden, ein Ort, an dem sich alles verdichtete. Hier, so dachte sie, erführe sie wenigstens, wohin der Wind wehte.

■■■

Im ansonsten leeren italienischen Restaurant auf der Hauptstraße steckten drei brennende Kerzen im mit zuckerfreien Smarties dekorierten Geburtstagskuchen.

Die Gaben die wir ha-aben, die sollen es dir sa-agen, wir haben dich so lieb.

Da stand es, das Kind: In seinem himmelblauen Dschilbab sang es hingebungsvoll und schief, während es mit andächtig zum Gefäß gefalteten Händen seinen kleinen Oberkörper hin und her wiegte. Ein Sterntaler, ein Räuberkind mit runden Milchbacken, es war die Perfektion auf Erden. Es war alles, was heil war. »Mama«, rief es aufgeregt und zupfte an Monas Ärmel, »Mama, heute Nacht habe ich von einem Elefanten geträumt, der Rolltreppen umschmeißt.« – »Echt? Ja, und was dann?« – »Ich hatte Beulen, aber die sind einfach abgefallen. Die hat der Wind weggeschossen. Dann hab ich geträumt, dass du keine Augen hattest. Aber dann hab ich hingeguckt, und du hattest Steinaugen.« – »Is ja 'n Ding...«, sagte Mona angestrengt heiter, während heißer Wind von unten gegen ihren Kehlkopf drückte. Sie musste einatmen, ausatmen, einatmen, was aber so einfach gar nicht war, denn längst kämpfte sie andernorts mit den Tränen. Dann war da noch Monas Mutter, die demonstrativ harmonisch über den Geburtstagstisch hinweg an ihr vorbeilächelte, den Blick durch das Fenster zur Hauptstraße gerichtet, hinaus in die harmlose Bilderbuch-Kleinstadtwelt, die sie überall zu sehen glaubte und die sie umschmeichelte und die Mona ausschloss. Qua natura, um es mit dem Vokabular der Stimme zu sagen, doch jetzt ließ eine andere Stimme, die eines älteren Herren mit starkem iranischem Akzent, sie aufhorchen. In lauten, grammatikalisch komplexen, makellos deutschen Schachtelsätzen erzählte dieser den Restaurantbesitzern von seinem Wintergarten, den das Orkantief »einfach so weggepustet« hatte. Das gab ihr eine kleine Dosis Zuversicht – ob der Orkan »Waltraud« gemäß der aktuellen Deutungslage nun als eines der vielen Vorzeichen verstanden werden musste oder nicht. Es waren solche, in einem Territorium wie diesem, seltenen Überlagerungen, beispielsweise von Akzent und Bildungssprache, die davon zeugten, dass Sprache allen gehörte, seit Anbeginn der Menschheit.

■■■

Meistens bekam Mona alles hin. Sie nahm viel in sich auf, schluckte einiges hinunter und tauchte oft unten durch. Zuweilen war sie selbst erstaunt über die eigene Resilienz. Aber manchmal ging es nicht mehr, so wie heute. Sie musste sich jemandem mitteilen. Jemand Neutrales. Und dieser jemand war, ob es ihr nun gefiel oder nicht, Daria.

Mit ihren rot gefärbten Dreads und Baby Bangs sah Daria ein bisschen so aus wie Olga Tokarczuk. Eine Neunziger-Jahre-Ästhetik, die Mona ärgerte. Dass Darias wildes Augen-Make-up im Umkreis von acht Kilometern der edgyste Anstrich von Leben sein sollte, machte Mona regelrecht fertig, wie der blasse Goa-Look sowieso. Das also war der Gegenpol zum hier allgegenwärtigen Nackentattoo der zwanzig bis fünfundvierzigjährigen Männer – keltisches Zeugs – und ihren wasserstoffblonden, sonnenstudiobraunen weiblichen Pendants, oder halt zur mittelalten Version mit Bürstenschnitt und Funktionskleidung. Klar standen die Winde günstig und lernte man eine*n von ihnen kennen, stellte sich oft heraus, dass sie einfach Figuren aus der Unterwelt waren, ihr Fleisch gründlich durchgewalkt mit hartem Alkohol und Tabak. Doch das machte es nicht besser.

■■■

Sie wollte Daria noch eine letzte Chance geben. Sie konnte froh sein, überhaupt einen Therapieplatz gefunden zu haben. Immerhin würde Daria ihr zuhören, musste sie ja, Mona bezahlte sie schließlich dafür. Dass die Stimme aus dem Gulli aber tatsächlich sie meinen könnte, es wollte nicht in Darias Weltbild passen.

■■■

Nun galt es, sich einzustimmen entlang der Jätestraße. Diese Straße, die ein Saum war, ein Ende, die letzte Straße vor der Havel, deren sanft geschwungenem Lauf sie folgte. Kopfsteingepflastert, kaum befahren und doch erstaunlich breit. Über die gesamte Länge bewacht von alten, großen Platanen, deren Stämme jetzt cremefarben und nackt waren, wie die Hälse großer Urechsen. Einatmen, ausatmen, einatmen. Während Mona lief, wie einem unsichtbaren Pfad folgend, reckten die

Bäume sich an ihren Schläfen vorbei zu Spitzbögen. Das ist eine Kathedrale der Bewusstheit, rechts die Mietskasernen, links die einstigen Bootshäuschen aus Backstein, später, grausam kleinlich, die brandneuen Eigentumswohnungen mit Havelblick. Und schließlich die Brache mit den leeren, halb eingekrachten Schuppen des ehemaligen Gärtnereibetriebs, die es bald nicht mehr geben würde und dem im Vorderhaus eingemieteten Rettungsdienst, mit den Wagen in Neonorange, das sich so melancholisch vom Grünbraun der Winterwiese absetzte. Bog man gleich darauf scharf nach links in einen kleinen Weg, der direkt auf die Havel zulief und der so unscheinbar war, dass man ihn jedes Mal fast übersah, kam nach etwa zehn Metern Darias Versteck. Ein an den Zaun getackertes, handbeschriftetes Din-A4-Blatt in einer trüben Klarsichthülle diente als Schild, darauf stand: »Daria Petranek. Heilpraktikerin«, und etwas zierlicher, fast schamhaft darunter: »Psychotherapeutin & Schamanin«.

Der verwitterte Flachbau stand auf einem schmalen, wilden Grundstück und jetzt im Winter freute sich Mona auf die überreifen Äpfel, die im Spätsommer übers Gras verstreut liegen und vor sich hin faulen würden, während ihr das Dickicht der benachbarten Brache entgegensurrte: Unaufhörliches Grillenzirpen und das Gezwitscher tausender Vogelarten, die seit Jahrhunderten als ausgestorben galten.

■■■

Jetzt redete Mona. Von Wörtern, die sie krank machten. Von Misstrauen, gegen das sie nie ankam, egal, wie glatt, wie klein sie sich machte. Von der Angst, zur falschen Zeit am falschen Ort zu sein und der Angst, ganz weg zu müssen. Daria saß vornübergebeugt in ihrem Schaukelstuhl aus Rattan und hörte zu, ihre Alabasterfinger umfassten eine mit der Skyline von Manhattan bedruckte Tasse. Sie nahm einen Schluck, Tulsi-Tee bestimmt, sah Mona ernst an und sagte: »Angst ist ein Gefühl. Dieses Gefühl ist an sich nicht gefährlich. Dass du dich ihm stellst, ist mutig. Betrachte deine Angst doch als Übung. Du kannst sie wegatmen.«

Daria schloss die Augen und hauchte ein Puuuh, dabei spielte ihre Hand einen sanften Wind, der schlängelnd um ihren Kopf wehte. Peinlich berührt wandte Mona den Blick ab. »Diese Menschen sind krank«, fuhr Daria fort, »Wohin sie auch gehen, sie hinterlassen Zerstörung. Dabei hassen sie sich selbst am allermeisten. Am Ende aber siegt immer die Liebe. Nur sie kann Leben schaffen. Wir müssen handeln. Wir müssen konstruktiv sein. Es wird ein Kampf.«

Jetzt schaute sie erwartungsvoll zu Mona, die aber stierte auf das Teppichmuster und versuchte, sich wegzubeamen. Also sprach Daria weiter: »Niemand hat je behauptet, es würde einfach werden. Folge deiner Angst nicht, Mona. Ich zum Beispiel lese nie Kommentare im Internet. Das bringt nämlich nichts.«

Das hätte sie besser nicht gesagt. Mona rührte sich keinen Millimeter, nur ihre Augen wanderten jetzt in Darias Gesicht und krallten sich darin fest.

»Verdammte Scheiße, Daria. Wovon redest du eigentlich? Glaubst du, ich muss ins Internet, um diese Scheiße mitzukriegen? Und was willst du immer mit meiner Angst? Das ist doch kein nebulöses geistiges Phänomen. Das Problem liegt doch nicht in mir. Ich habe Angst, weil ich mich dem ganzen Auslöschungsgelaber nicht gewachsen fühle. Die Waffen sind echt. Die Bedrohung ist doch konkret: Menschen mit bestimmten Geisteshaltungen wollen Menschen mit bestimmten Körpern eliminieren, per Wahlzettel oder Gewehr. Und ich gehöre nun einmal zur zweiten Gruppe. Das ist eine optische Tatsache. Egal, wie viel Selbstoptimierung ich betreibe.«

Daria, deren Lächeln ein wenig steif geworden war, schnappte nach Luft, doch Mona ließ sie zu nichts kommen. »Bei anderen Phänomenen, die einen konkret bedrohen, muss man doch auch vorher wissen, wie hoch die akute Gefahr ist. Nimm einen Vulkanausbruch als Beispiel. Da ist Selbstevakuierung im Vorfeld doch auch eine konstruktive Handlung.«

Jetzt war sie aufgestanden, ihre Stimme war leise und tief: »Weißt du was, Daria? Scheiß auf Therapie. Was ich wirklich brauche, ist Magie. Ich brauche eine Superkraft. Was ist denn jetzt mit deinem Schamanen-Ding. Willst du's nicht mal für was Sinnvolles einsetzen? Oder kriegen das immer nur irgendwelche Irinas und Brigittes, die ihren gottverdammten Ex zurückwollen?«

Sofort darauf schämte Mona sich für den Rant und sah besorgt zu ihrer Therapeutin. War sie zu weit gegangen? Darias Nasenflügel hoben und senkten sich. Ihr von dem roten Pony umrahmtes Gesicht wirkte jetzt alt und verschlossen. Sie starrte zum Fenster raus, wo sich fadendünne Lichtlinien gegen das weinrot-lackierte Bambusrollo zu einer wellenförmigen optischen Täuschung brachen. Daria schien etwas mit sich selbst auszumachen. Als Mona in ihrer Hosentasche ein Tempo zerrieb, hörte sie es knirschen.

»Gut. Ich werde dir etwas geben. Auch wenn das schon arg in Richtung der 4 GDs geht.« – »In Richtung der was?« – »Die Vier Geschmähten Dinge: Nekromantie, Dämonenbeschwörung, Zeitreisen und Telepathie. Also pass auf, ich gebe dir jetzt das mächtigste Hypnoskript, das ich habe.«

Daria schloss die Augen – eine Geste, angesichts derer Mona immer das unangenehme Gefühl ungebetener Intimität beschlich. Und dann sah sie es. Daria hatte sich tatsächlich Augen auf die Lider tätowieren lassen. Es sah unsäglich albern aus. Mona würde sie nie wieder ernst nehmen können. Sie musste an die Augen der Oktopusleiche denken, die sie mal als Kind in ihrem Sandeimerchen aus dem Meer geborgen hatte. Schräg schielte Darias zweiter Blick an Mona vorbei. Wie passend. Doch plötzlich schien etwas einzurasten. Die auftätowierten Pupillen trafen Mona, hielten sie fest und ließen sie nicht mehr los. Mona wurde eingesogen, das fühlte sie, dorthin, wo zwei schwarze Punkte sich in der Unendlichkeit verloren. Diese Unendlichkeit war ein violetter, kalter Raum und Mona raste hinein, dem Unbekannten entgegen. Sie hatte Angst. Versuchte, sie wegzuatmen. Vielleicht war es nur eine Entscheidung entfernt, dass alles aufhörte.

■■■

Mona fand sich auf dem Gullideckel wieder, ein Brecheisen in der Hand. Ohne zu zögern fuhr sie damit in eine der Öffnungen und versuchte, den Deckel aufzuhebeln.

Er war zu schwer. Trittweise schob sie ihn mit dem Fuß zur Seite. Als er weit genug geöffnet war, stieg sie hinab. Unten stand das Wasser knöcheltief. Aus dem Zwielicht blickten sie mehrere Augenpaare an, trotzig. Dunkelgraue Wassergeister, dicht gedrängt, sechs an der Zahl. Sichtlich verunsichert von ihrem Besuch, waren sie jedoch kaum wehrhafter als ein nasses Handtuch. Mona fühlte keine Angst, nur einen Ingrimm, ähnlich der gelangweilten Abscheu, die sie beim Putzen empfand. Busted, dachte Mona. Kommt her, ihr Vögel. Sie griff nach der erstbesten Kreatur. Ein Leichtgewicht, sie konnte es sich einfach über die Schulter werfen. Dort war sogar locker noch mehr Platz, also griff sie wieder und wieder in die glitschige Gruppe. Als Mona nach draußen kletterte, hingen sie ihr alle matt triefend über den gebeugten Rücken. Ihr schwarzer Daunenmantel sog sich mit Jauche voll. Aber das war es ihr wert. Eine Lösung war es nicht, das wusste sie selbst. Schließlich waren die sechs Gesellen, genauer das Wasser, aus dem sie bestanden, nur ein Trägermedium. Aber musste Mona nicht handeln? Ihr Leben wieder in die eigene Hand nehmen? Entschlossen steuerte sie die Havelpromenade an. Sie würde das jetzt durchziehen. Gleich neben der Feuerwehr, dort, wo es kein Geländer gab, würde sie das dreckige Bündel in die graue Flut werfen, bis es endlich mit einem lauten Plissssch verschwände. Der Abendhimmel flimmerte, zarte Aprikot- und Lilatöne mischten sich ins Lichtblau und aus dem Osten trug der Wind ein Raunen her, das klang wie von hundert Männern in der Ferne. Es kam aus der Polizeiakademie.

■

KORALLEN
Marcel Lewandowsky & Schwartz

I.

Ein Brummen im Halbdunkel, als wolle die Welt aus dem bläulichen Schatten unter seinem Handy hervorkriechen. Er nimmt es kaum noch wahr. Es ist die neunte Woche all dessen; die vierte, seit er die Push-Notifications für alle News- und Social-Apps aktiviert hat, und seither gehen Meldungen ein wie unregelmäßige Pulsschläge. Das Handy liegt immer mit dem Display nach unten neben ihm auf der Matratze, und nur manchmal wird er von den Push-Meldungen geweckt. Meist ist er zu müde, sie gleich zu lesen: am Morgen erinnert er sich halb daran, nachts nach dem Telefon getastet zu haben. Er greift nach dem Handy, rollt sich schlaftrunken aus dem Bett und schleicht schließlich in die Küche, als wolle er irgendwen anders nicht wecken.

Er schaltet die Kaffeemaschine ein, das Handy legt er vor sich auf den Tisch, das Display nach oben. Dann stützt er den Kopf auf die Hand und liest die Nachrichten, so wie die Mitglieder des Bundestages den Kopf auf die Hände gestützt hatten, als sie die Online-Petition des Deutschen Verbandes der Altenpflege lasen, die endlich die erforderlichen 50.000 Unterschriften beisammen hatte und sich für eine Gefahrenzulage in den gefährdeten Arbeitsbereichen aussprach. Die Chancen dafür stünden, laut einem Insider, nicht schlecht. In Warschau hat eine Gruppe von etwa dreihundert Menschen an der Rondo Daszyńskiego-Kreuzung stundenlang den Verkehr der beiden Hauptverkehrsstraßen blockiert. Im Londoner Vorort Lewisham wurden Kinder auf einem Spielplatz attackiert, der Angreifer schwenkte eine Mistforke. Zwei Mütter wurden leicht verletzt, ehe die Polizei den Mann überwältigen konnte, und endlich ist der Kaffee fertig, und er geht auf die Terrasse.

Draußen ist es mild. Die Terrasse läuft zur Straße hin in einer kaum erwähnenswerten Treppe aus, die er mit dem Becher in der Hand hinunterstapft. Jetzt steht er mit den nackten Füßen im taunassen Gras zwischen den Büschen und blickt in die Mulde, die ein Teich hatte werden sollen. Zähes Wasser hat sich darin gesammelt, und Algen haben zu wuchern begonnen. Daneben liegen die Steine, manche bereits vorsorglich platziert, andere achtlos hingeworfen. Er nippt am Becher und blickt in Richtung der Landstraße, die hinter dem kleinen Garten liegt. Nur noch selten fahren Autos dort entlang, der Vorort verläuft sich in der Landschaft. Die Dächer der Häuser gegenüber blinken in der aufgehenden Sonne. Die Luft ist kühl an diesem Morgen. Das Handy könnte im Haus geklingelt haben.

Er findet sich auf der Bank neben der Eingangstür sitzend wieder. Insekten summen träge über ihm, aber sein Blick ist auf die Brüstung vor der Terrasse gerichtet. Einer der Balken fehlt; wie eine Zahnlücke. Er hatte nie richtig in die Fugen gepasst und lehnt im Keller neben der Werkbank. Manchmal denkt er daran, ihn einzusetzen, aber jedes Mal winkt er den Gedanken von sich wie ein lästiges Insekt. Nur einmal, in der ersten oder zweiten Woche all dessen, als ihm der Tag mit einem Mal fad erschien, ging er nach unten, prüfte die Farbe des Balkens und schliff einige Splitter an den Enden ab. Dann war er unschlüssig, zumal er meinte, das Handy oben gehört zu haben, und ging erst auf und ab und schließlich wieder nach oben.

Nun ist es also die neunte Woche, und er sitzt auf der Bank auf seiner Terrasse und stellt die Kaffeetasse auf der breiten Lehne zu seiner Rechten ab. Er nimmt das Handy zur Hand. Drei tote Jugendliche bei einem Angriff auf dem Panteón Civil de Dolores-Friedhof in Mexiko-City letzte Nacht. Er wischt durch die Kommentare. Und warum verschweigt ihr wieder das Alter der Angreifer?? Die Polizei Berlin meldete, dass es auf Grund der aktuellen Lage übers Wochenende dreimal mehr Notrufe gegeben hätte, man die Lage aber im Griff habe. Von wegen im Griff, wir haben euch Samstag gerufen, aus WILMERSDORF! Hat ZWEI Stunden gedauert!! Polizei dein Freund und Helfer und so. In Moskau diskutiert man bereits eine Verlängerung der Ausgangssperre wegen des Zwischenfalls im Mariinski-Theater in Sankt Petersburg, Leute wenn nicht bald was passiert haben wir Mexiko und Russland gleich vor der Haustür, ich sags ja nur! Er legt das Handy mit dem Display nach unten auf die breite Lehne zu seiner Linken.

Einige Äste haben begonnen, sich zwischen den Planken hoch zu tasten; er hatte sie schon längst abschneiden wollen, aber er hat es sich angewöhnt, sie von der Bank her anzustarren und ab und an mit den Zehen anzustoßen. Aber all das tut er nur, um seine Gliedmaßen beschäftigt zu halten und nicht ständig nach dem Telefon zu greifen. Und dennoch sitzt er auf der Terrasse und wischt über den Bildschirm, so lange, bis die Nachrichten und Kommentare einander nur noch wiederholen, miteinander zu sprechen und sich gegenseitig der Richtigkeit zu versichern scheinen, ein aufgeregtes Gemurmel, eine Insektenwolke über seinem Kopf.

II.

Abends dann, ohne dass er darauf warten würde, klappern endlich die Schritte auf dem Bürgersteig, der parallel zur Terrasse verläuft. Sie hallen in den umzäunten Gärten, bis schließlich der Nachbar im blassen Anzug hinter der Hecke rechts der Veranda erscheint. Seine klobige Tasche pendelt an der Hüfte, und immer hat er die Krawatte gelockert, als sei ihm der Hals eng geworden über den Tag, den er damit verbracht hat, auf einen bläulichen Monitor zu starren, bis die Horizontal- und Vertikallinien der Exceltabellen ihm den Blick zerschnitten. Er muss die akkuraten Drahtzäune in dieser Straße hassen, die die wilden Büsche in genauso geometrische Zellen einteilen, aber er schaut trotzdem kurz herüber und grüßt mit gehobenem Kinn. Sein Haar glitzert in der Sonne. Er wohnt gut, wie sie alle hier gut wohnen, und immer lächelnd, wie einer dieser alten Werbespots für Versicherungen, aber er lächelt schon seit Wochen nicht mehr, und warum geht er überhaupt noch in ein Büro, wo doch die meisten Bürobetriebe Home Office angeordnet haben, 70% laut einer Spiegel-Online-Meldung, die vor einigen Wochen über das Display geweht ist, von wegen Home Office, mich haben sie gleich gekündigt, schrie ein nüchternes Schriftbild darunter, würd am liebsten alle Altersheime abfackeln! Er versucht sich an den Namen des Mannes im blassen Anzug zu erinnern; er hatte ihn irgendwann einmal erfahren, aber er will ihm nicht einfallen, und dann verschwindet der Mann hinter der Hecke, und eine neue Push-Mitteilung liegt obenauf. Er nimmt das Handy von der Lehne. In der liberianischen Hauptstadt Monrovia sind drei Männer von einer aufgebrachten Menschenmenge gelyncht worden. Zeugen sagten aus, die drei über 60 Jahre alten Männer hätten sich eigenartig verhalten. Liberia, das sind Mangrovensümpfe und dampfende Urwälder; Kalaschnikowsalven knattern trocken im grünen Dunkel, wenn sie das Feuer auf Alte eröffnen, die sich auf der Sandpiste vor den Büschen herumtreiben. Er legt den Kopf in den Nacken und betrachtet die vernarbte Unterseite des Dachs, unter der sich die Insekten sammeln. Manchmal schlägt er vor seinem Gesicht mit der Hand ins Leere, weil er glaubt, dass ein Schatten vor seinen Augen pendelt.

Drinnen lässt er die Schlappen im Flur neben dem Sideboard stehen, auf dem immer noch die Urlaubsprospekte liegen, Bali, zwei Jahre hatte er Geld beiseite gelegt dafür. In der Küche schmiert er sich ein paar Brote, die er auf einem stumpfen Teller ins Wohnzimmer trägt. Endlich kann er sich rücklings auf dem Sofa ausstrecken. Der Laptop steht aufgeklappt auf seinem Bauch, und er wechselt zwischen seiner Serie und Facebook hin und her. Die Systempresse verschweigt es natürlich wiedermal aber wir wissen es alle: KEINER von denen ist unter 55! Informiert euch mal selber! Er nickt auf dem Sofa ein und dämmert in die farblose Zone, in der er noch nicht recht zu schlafen wagt. Nach anderthalb

Folgen seiner Serie schreckt er auf, klappt mit tauben Fingerspitzen den Laptop zu und geht ins Bad. Er vermeidet es, sein Spiegelbild anzusehen, während er sich zwei Handvoll warmes Wasser ins Gesicht wirft. Später im Bett schließt er die Augen, aber seine Lider wollen immer wieder aufspringen, es kostet Anstrengung, sie geschlossen zu halten. Dutzende Male wirft er sich herum, bis er bemerkt, dass das Bettlaken feucht geworden ist. Schließlich lässt er die Waden aus der Decke gleiten und steht auf.

Ärgerlich tritt er hinaus auf die Terrasse. Sommerwärme staubt aus den Büschen. Er steht in einer Wolke kleiner Insekten, lehnt sich an die Brüstung und schaut auf die schwarze Straße. Das Handy liegt locker in seiner Hand, und er blickt in das schreiende Weiß, das seine Augen schmerzen lässt, um die eingegangenen Meldungen zu lesen. Es ist kurz nach elf; Fälle von Kannibalismus, die vor allem aus Russland und den USA gemeldet worden sind, konnten bislang nicht bestätigt werden. Von wegen, meine Schwägerin lebt in Wyoming, die hat das selber gesehen! Zwei Opas haben ner Frau regelrecht das GESICHT ABGERISSEN! Was gibts in russischen Altenheimen zu Mittag? Steak Tartar lololol. Er richtet sich hinter der Brüstung auf. Die meisten Fenster in der Straße sind schwarz. In manchen leuchtet blaues Fernsehlicht. Auf dem Roten Platz ist es im April noch kalt, und hektische Schritte knirschen im Neuschnee: Помощь! Он кусается! Die Küchen in Russland sind schmal und dunkel, und die Tapeten sprudeln über mit braunen und gelben Blumen. In den Küchen stehen kleine runzlige Frauen, denen man nichts Schlimmes zutraut, mit dämmernden Augen über einem dampfenden Topf voll Fleisch. Vor den flachen Supermärkten in Jacksonville, Florida, verladen weißhaarige Männer in Blousons Berge von braunen Papiertüten in ihren Pick-Ups und verschanzen sich dann wieder in ihren faltbaren Häusern mit den bronzenen Türknäufen. Menschliche Laute dringen aus den Vorratskammern.

Er reibt sich das Kinn und blickt in die Stille, etwas Elektrisches kriecht seine Wirbelsäule hinab. Er zuckt zusammen. Hinter den Feldern rauscht ein Automotor. Er sieht die Scheinwerfer gemächlich hinter den Zäunen aufleuchten. Kein Pick-Up. Das hier ist nicht Florida. Er bleibt hinter der Brüstung stehen, bis die Lider schwer werden.

Sein Schlaf ist flach, nur ein ungefähres Dämmern; er bleibt trotzdem bis zum Vormittag liegen. Auf der Terrasse isst er mit Spiegeleiern belegte Schwarzbrote. Die Sträucher auf der anderen Seite des Gehwegs sind aus der Form geraten. Äste tasten sich auf den Asphalt. Das Gesicht abgerissen. Er holt die Gartenschere, heute muss er endlich etwas tun, ja, heute, er legt sie neben sich auf das leere Sitzkissen, und wirft nur noch schnell einen Blick aufs Handy: Was ist so schwer daran bei allen Leuten über 60 einen Psychotest zu machen und wenn die auch so Macken haben die einfach wegzusperren? Es mehren sich Hinweise darauf, dass die pandemisch auftretenden schizoiden und dissozialen Persönlichkeitsstörungen ausschließlich bei Menschen über 50 auftreten, so ein Sprecher der World Psychiatric Association. Dabei ist die Symptomatik nicht klar umrissen. Schon 6 Millionen Klicks hat das YouTube-Video, in dem ein Experte für Pandemien erklärt, es mehrten sich Hinweise darauf, dass neben katatonischen, manieristischen, epileptischen Merkmalen auch Massenpsychosen zu beobachten seien; aggressive, gemeingefährliche Verhaltensweisen machen etwa 30-35% der bisher ausgewerteten Fälle aus. Aber das werde verschwiegen, weil Alte eine wichtige Wählergruppe sind. In Dortmund an der Löttringhauser-, Ecke Grottenbachstraße, hat gestern einer mit grauen Haaren stundenlang rumgeschrien und gelacht! Wer kennt noch die alte Komödie Trau keinem über 60 haha??

Er lässt die Hand mit dem Telefon sinken und blickt auf die leere Straße. Die Büsche sind schwarze Krabben, die frech nach dem Bürgersteig greifen. Die Schere liegt neben ihm auf der Bank. Leute das ist jetzt kein Scherz! Meine Nachbarin hat erzählt, dass im Dorf von ihrem Ex-Mann in Heuweiler Breisgau eine Oma ihren Enkel gehäutet hat!! Die Behörden vertuschen das natürlich! Er liest den Satz zweimal, nimmt die Schere und tritt von der Terrasse auf den Bürgersteig. Hier ist der Wind klar und umspielt ihn wie einen Stein, er fühlt sich nackt. Er geht in die Hocke und knipst einige der mit feuchtem Staub bedeckten Zweige ab, kleine Krabbenbeinchen, er wirft sie in die Büsche, dann geht er vor den Sträuchern auf und ab und wischt die Blätter mit dem Fuß beiseite. Währenddessen hebt er immer wieder den Kopf, um den Bürgersteig hinabzublicken. Beim Häuten fällt das Opfer wiederholt in Ohnmacht, und wird wegen der anhaltenden Schmerzen immer wieder aufgeschreckt; es stirbt oftmals erst nach Stunden oder Tagen. Er geht zurück auf sein Grundstück und betrachtet zufrieden sein Werk.

Obwohl der Kaffee inzwischen kalt ist, trinkt er ihn abends auf der Veranda; das Koffein lässt sein Herz rasen, aber er wird trotzdem müde; eigenartiges Gefühl. Er blickt auf die gestutzten Büsche, die nun geometrisch korrekt sind. Einige Blätter wehen noch auf dem Asphalt, und bald sollte er die harten Schritte der Lederschuhe hören, die sich von der Bushaltestelle hinter der Hecke her nähern; die Tasche an der Hüfte und die Krawatte, Ton in Ton mit dem Anzug. Der Kopf, der unter dem müden Blick rasch gehoben wird.

Aber die Straße bleibt leer. Die neunte Woche all dessen.

III.

Er hatte sich vorgenommen, die Straße hinunter zu laufen, vor Wochen schon, als auf den Feldern noch der Reif geglitzert und an der Straßenecke noch der Bus gehalten hatte. Auf Twitter hat jemand ein Bild der Spree gepostet; das Wasser ist klar, #naturereturns. Jemand hat es mit einem Kommentar geteilt: Das hat mit Natur nichts zu tun da ist einfach der Dreck auf den Grund gesunken weil die Boote nicht mehr fahren #naturemyass. Nur die Straße hinunterlaufen, bis zur Kreuzung, an der die Felder beginnen und von der aus man die dürren Strommasten in der Ferne sehen kann.

Alle über 50 wegsperren, meine Meinung! Gegenüber der Grundschule ist ein Altersheim, sowas ist einfach unverantwortlich! Was redet ihr meine Mutter ist weit über 70 und gesund das hat nix mit dem Alter zu tun!!! Er hält das Handy in der Faust; ein brummender Chitinpanzer. Er streicht mit den Fingern über das glatte

Gehäuse, während er im Schatten der Terrasse sitzt, und wartet auf die klopfenden Sohlen auf dem Asphalt, die das Erscheinen des Mannes im Anzug ankündigen. Der Anzug wird an seinen Schenkeln kleben, und vielleicht hat er das Sakko in einen Daumen gehakt und über die Schulter geworfen, weil es noch warm ist, heute um kurz nach sechs. Der Mann wird den Kopf heben und nicken, und von der Terrasse aus wird er zurückgrüßen, angenehmen Abend Ihnen, und danach den Kaffee austrinken, der inzwischen kalt und ölig ist.

Einmal hört er Schritte auf dem Bürgersteig, aber aus der falschen Richtung und auf der anderen Straßenseite. Eine Frau führt im Halbschatten einen mageren Hund spazieren; ihr Haar ist blass, und sie blickt sich hektisch um. Der Hund zieht sie hinter sich her, und sie verschwindet hinter den Hecken. Wie lange sollen wir uns noch von irren Senioren umbringen lassen? ALLE Täter waren über 60 zieht euch das mal rein! Niemand ist mehr sicher! Er reibt sich mit klebrigen Fingern die Augen und wischt durch die Nachrichtendienste. In Tel-Aviv soll unbestätigten Berichten zu Folge ein Mann seine drei Enkelkinder erwürgt haben. In Kopenhagen sei eine Frau an der Ampel aus dem Auto gerissen und in Hals und Genick gebissen worden. Eine Stellungnahme der Polizei steht noch aus. In Lansing, der Hauptstadt des US-Bundesstaates Michigan, verübten Unbekannte einen Anschlag auf das Simken Adult Foster Care. Fünf Bewohner kamen dabei ums Leben. Schon am letzten Dienstag wurden in Budapest drei Menschen von der Fiatal milícia angegriffen und schwer verletzt. Die Mitglieder der Bürgerwehr skandierten »Alte, raus aus

Ungarn!«, während sie die Opfer mit Baseballschlägern traktierten. Zeugen sagten aus, wie auf der Hohe Straße in Köln ein offenbar verwirrter älterer Mann Passanten mit Bissen attackiert habe.

In Köln. Wohin sie vor einem Jahr den Betriebsausflug gemacht haben. Wo er im Brauhaus Päffgen Simones Hand hatte halten wollen. Vor einem Jahr, keine 200 Kilometer entfernt. Ihm wird übel, und er blickt in die Richtung, aus der der Mann im Anzug kommen wird: war lang heute im Büro, Skype-Meetings mit Übersee, Sie wissen ja, wie lange sowas dauert, und dann noch die Zeitverschiebung. Vielleicht ist seine Tasche leichter heute, weil er das Notebook im Büro gelassen hat, und vielleicht hat der Kiosk an der Bushaltestelle noch offen, und er hat sich ein Bier gekauft, kein Päffgen, sondern ein Dortmunder Union, das zwischen Daumen und Zeigefinger baumeln wird. Die Schuhe muss er morgen putzen; mit der Hitze hat sich Staub abgesetzt.

Ohne es zu bemerken, hat er sich tiefer in die hölzerne Bank gezwängt. In einer Ecke der Terrasse bemerkt er einen verästelten Schatten. Als es in den Vorgärten dämmert, erhebt er sich und tritt an die Brüstung, in Richtung der Schritte, die jetzt von den Feldern her anbranden. Überstunden heute, bleibt einem nix erspart, trotz der schweren Zeiten; das Haar wird dem Mann im Anzug in Strähnen über die Stirn fallen, man kann vielleicht über etwas lachen. Er kann sich einfach nicht an seinen Namen erinnern, obwohl er ihn schon einmal gehört hatte, bei einem der Nachbarschaftsfeste, bei denen Grillgeruch durch die Gärten zog und Bier aus Weißblechfässchen strömte.

Ein Lachen wie eine Handvoll Bleistifte, die keckernd auf raues Holz fallen, saugt plötzlich die Stille ein; es wird lauter, bis es schließlich hinter dem Busch hervortritt und über der niedrigen Krone schwebt. Er hat für einen Moment zu atmen aufgehört, ein Bein hinter sich, bereit, im Schatten zu verschwinden. Einen Moment noch will er glauben, dass die gescheitelte Cubiclefrisur seines Nachbarn über den Blättern auftauchen wird. Stattdessen greifen ledrige Finger nach den Ästen, und ein blasser Mond schiebt sich hinter der Hecke hervor. Unter den Augen hängen Lefzen dicker Haut, und ein Mund formt atonale Worte: Korallen!, hört er die Alte rufen; Korallen! – warum klingelt das Telefon?

Er findet sich im Schatten des Vordachs wieder, in den er, ohne es zu bemerken, zurückgewichen ist. Sie zieht ein Bein nach. Feuchte Gummisohlen schmatzen auf dem Gehsteig. Kurz hat es den Anschein, als wolle sie den Kopf heben und in seine Richtung blicken. Instinktiv duckt er sich weg, Heuweiler Breisgau; der Kopf der Alten, die an seiner Terrasse vorbeischleicht, baumelt schlaftrunken auf den Schultern, und sie flüstert: Korallen, nimm doch mal jemand ab! Und dann hustet sie einen Namen aus, zweimal, als ob sie wolle, dass er ihn versteht: Thomas! Thomas! Das Telefon!

Jetzt stolpert er rücklings gegen die Bank. Das Holz knirscht, aber die Alte dreht sich nicht um. Sie brabbelt vor sich hin und verblasst in der Dunkelheit. Er greift nach der leeren Kaffeetasse und hält sich daran fest; seine Hände zittern. Enkel gehäutet, und Thomas: Thomas war der Name des Mannes im Anzug, an den er sich nicht erinnern konnte. Der verästelte Schatten in der

Ecke hat sich zu bewegen begonnen. Eine Winkelspinne flüchtet ins Dunkel.

IV.

Mit einem Mal hat die Nacht die gelbe Farbe von Krankheit und Auswurf angenommen. Der kleine Bildschirm schmerzt in seinen Augen und wirft flatternde Schatten auf seine Stirn. Natürlich können die Medien das nicht so schreiben, aber die Wahrheit ist doch, dass es IMMER Alte sind! Wieso können die das nicht so schreiben? Du siehst doch was in Ungarn und Polen passiert! In so nem Kaff an der Ostsee sollen paar Opas Leute gefressen haben LEBENDIG weiß da jemand was genaueres?? Ja sorry Leute aber JEDER 60+ ist halt potenzielles Risiko und ne Gefahr für die Allgemeinheit! Ja und jetzt? Willst du alle über 60 wegsperren oder was??

Er liest sich eine Weile durch das Stimmengewirr. Dann schreibt er darunter: Ich glaub mein Nachbar ist verschwunden. Und heute hab ich ne ältere Frau gesehen, die seinen Namen vor sich hin gemurmelt hat. Die wirkte extrem verwirrt. Was nun? Dann legt er das Handy weg. Mit aufgeregtem Gemurmel im Ohr schläft er ein, und wacht Stunden später auf, und das Gemurmel hält immer noch an.

Seine Lider brennen, aber die Müdigkeit spürt er kaum, als er durch die Antworten auf seine Frage wischt. Sicher dass er verschwunden ist? Wo wohnst du? Wahrscheinlich auch gefressen lol. Wie alt war die? Wird schon nix sein, mach dich nicht verrückt! Nicht verrückt machen, Junge mach mal die Augen auf! Wart ihr verabredet? Würde sofort die Polizei rufen. Ja sorry sags ungern aber geh mal davon aus dass was passiert ist!! Alter was bist du denn für ein Stalker? Haha was soll passiert sein du Idiot? Die Behörden würden es niemals zugeben, aber ALLE über 60 sind potenzielle Kannibalen und Mörder! Das aufgeregte Geschnatter verwirrt ihn, und er beschließt, erst einmal wach zu werden.

Dann steht er mit dem dampfenden Becher in der offenen Tür zur Terrasse und reibt sich das vom Schlaf klebrige Gesicht. Die Straße liegt in kühlem Licht. Es ist früh. Der Mann im Anzug wird bestimmt gleich zum Bus gehen, hektisch, weil es gestern spät geworden ist und er verschlafen hat. Er wartet. Aber der Mann kommt nicht. Als es wärmer ist, setzt er sich an den Tisch, und hier bleibt er, wie jeden Tag, seit all dies angefangen hat, und der Mann ist einfach nicht gekommen, und das schreibt er einem als Antwort. Hm! Ja kein Plan ruf doch die Polizei? Klingel mal bei ihm. Ich sag doch: gefressen, pahaha! Die Alte hat den safe umgebracht.

Wie es so ist mit Erinnerungen, scheint das Gesicht der Alten als Wasserzeichen neben der Hecke zu schweben. Er kann sehen, wie ihr Kiefer sich aus dem Gelenk gelöst hat und der knöcherne Bogen leblos in der Haut liegt. Korallen, hatte sie immer wieder gemurmelt und ihn an den Namen seines Nachbarn erinnert; er hatte gehört, wie er von ihren Lippen huschte. Thomas, der einen hellen Anzug trug, als er an jenem Tag zur Arbeit ging, weil es sommerlich zu werden schien; der die alte Frau, die er vom Sehen vielleicht zu kennen glaubte, mit einem kurzen Nicken grüßte. Thomas, den Anzug hatte er beim Herrenausstatter gekauft, der vielleicht kurz auf sein Telefon blickte, als die Alte einen Schritt auf ihn zu

tat, und der erst dachte, sie hätte vielleicht einen Schwä-
cheanfall und würde stürzen, und der die Arme ausbreitete, um sie aufzufangen. Stattdessen fiel sie ihm gegen
die Brust; ihr Gesicht war nur noch ein Mund mit riesigen Zähnen, die Augen wie im Schmerz verzerrt, Opfer
erleiden Bisswunden in Hals und Gesicht oder werden
ins Genick gebissen, und dann hockte sie mit verwun-
dertem Blick auf dem leeren Bürgersteig, den Metallge-
schmack seines Blutes auf der rauen Zunge.

Irgendwo in der Straße wird ein Hörer aus einer Te-
lefongabel gehoben. Polypenfinger rühren in einer
Wählscheibe. Sie flüstert etwas in das Mundstück, das
wie Thomas oder Korallen klingt: sie raunt nur die Vo-
kalfolge, denn manchmal wird ihre Erinnerung trüb. In
Neukaledonien haben sie angeblich ALLE Bewohner
über 50 auf unbewohnte Inseln verbannt, endlich mal
ne Regierung die durchgreift! Ich habe Rentner gesehen,
die standen stundenlang an nem Spielplatz! Immer auf
der Stelle! Die Bullen sind natürlich NICHT gekommen!

Im Keller steht die Werkbank; ein Folterinstrument
im Halbdunkel. Unter dem schmalen Fenster dreht sich
der Staub wie eine Wolke glitzernder Insekten. Neben
der Werkbank lehnt der Balken, den er längst in die Ter-
rassenbrüstung hatte setzen wollen. Nur zur Sicherheit
nimmt er ihn mit nach oben. Auf dem Sideboard liegen
die Urlaubsprospekte. Der Balken liegt angenehm in
der Hand. Beim letzten Mal hat er das Holz fachmän-
nisch abgeschmirgelt, und der Balken ist leichter, als er
ihn in Erinnerung hatte. Er stellt ihn neben die Bank,
setzt sich und gießt sich Kaffee ein. Zwischen den Korallen leben kleine Fische, kleine Fische in grinsenden

Korallenwäldern, weiße Korallenwälder in der blauen See. Unter Wasser klingen die Schreie auf den Pfahlbauten erstickt, als fehlte den Stimmen dort oben der Sauerstoff, und dann stürzen Körper in Wolken aus schäumendem Wasser; das Wasser färbt sich rot, und die Körper sinken mit wehenden Schöpfen zum Grund. In Paris wagt sich niemand mehr in die Metro. Die Waggons sind dunkel. Jacksonville und Moskau sind dunkel, der Busch in Liberia ist dunkel. Er hat lange keine Polizeisirene mehr gehört. Genau genommen hört er seit Tagen gar nichts, und er kann sich nicht erinnern, dass heute ein Auto die Terrasse passiert hätte. Er gießt sich Kaffee ein, aber er braucht ihn nicht. Er wird nicht müde, auch dann nicht, als es Mitternacht und die Luft trügerisch milde geworden ist. Hinter der Hecke kann er das Schmatzen gummierter Turnschuhe hören.

Seine Hand greift nach dem Balken. Es ist die zehnte Woche all dessen.

■

GEZEITEN
Jade S. Kye

Lorenna ließ sich unbekümmert durch das Wasser gleiten. Sie streckte die Arme links und rechts seitlich an ihrem Körper und bewegte ihre Flosse ab und an von unten nach oben und wieder zurück, um die aktuelle Geschwindigkeit beizubehalten. Ihr bester Freund und von ihrem Vater beauftragter Aufpasser Finnraey schwamm entspannt neben ihr her.

Mit kräftigen Schlägen ihrer türkisfarbenen Schwanzflosse hing sie ihren Freund wieder ab. Bei jeder Bewegung schimmerte die Flosse mehr grün oder blau. »Na komm schon du Steinanemone! Ich komme noch zu spät zu der Versammlung!« Fin schüttelte den Kopf und verzog die Mundwinkel nach unten. »Ich verstehe sowieso nicht, warum du dir das Ganze antun willst. Es ist nicht so, als hätten die Menschen großes Interesse daran gezeigt, sich gemeinsam an einen Tisch zu setzen.« Er hielt nicht viel von dem Ausschuss, zu dem Lorenna eingeladen worden war. Für ihn waren Menschen gefährlich. Er erinnerte Lorenna gerne daran, wie ein Fischkutter ihn einmal fast aus dem Wasser gezogen hätte, weil er sich in einem ihrer übergroßen Netze verfangen hatte. Lorenna fiel ihm ins Wort, bevor er die erste Silbe aussprechen konnte. »Ich weiß, dass man dich fast an Land geholt hätte. Und mir ist auch bewusst, dass das etwas sehr Traumatisches für dich war und du dir deshalb Sorgen machst. Ich glaube aber, dass genau aus diesem

Grund ein gemeinsames Gespräch guttun könnte. Vielleicht könnten wir Normgrößen für Fischernetze aushandeln. Oder bestimmte Zeiten, in welchen nicht gefischt werden darf. Versuch einfach das Gute daran zu sehen und freu dich für das Meervolk!« Sie lächelte ihn aufmunternd an und streckte ihren linken Arm nach ihm aus. Finnraey nahm ihre Hand und drückte diese - etwas länger und fester als nötig, aber das verbuchte Lorenna unter seiner Nervosität.

Bald sahen sie die Bucht vor sich. Finnraey hielt an und schüttelte den Kopf. »Näher schwimme ich da nicht ran. Du magst vielleicht gerne hin und wieder an Land gehen, aber ich bleibe lieber hier. Bitte pass auf dich auf. Ich werde hier auf dich warten!« Finnraey sah sie mit zusammengezogenen Brauen an, denn er wusste, wie selbstverständlich Lorenna sich in Gefahr brachte. Doch besonders in unbekannter Umgebung zwischen großteils fremden Wesen könnte das schlimmer enden als sonst. Normalerweise war er da, um auf sie aufzupassen. Normalerweise.

»Ach Fin! Das wird schon. Du kannst meinem Vater in der Zwischenzeit Bericht erstatten, dass ich gut an Land angekommen bin, in Ordnung?« Lorenna lächelte ihren Beschützer freundlich an, ehe sie den Kopf schief legte und ihm zunickte, was heißen sollte, dass er sich auf den Weg machen konnte. »Ich warte lieber, bis du WIRKLICH sicher an Land angekommen bist. Ich traue den Menschen nicht. Und im Notfall ...«

»Fin! Jetzt ist aber gut.« Mit diesen Worten wendete Lorenna sich von ihm ab und schwamm in Richtung des Ufers. Wenn alles so lief wie besprochen, dann müsste am Strand in der Nähe des Phönix Hotel Seeblick ein Rollstuhl stehen samt einer Tasche mit Kleidung und einem Handtuch. Sie ließ sich langsam durch das Wasser gleiten, bis es so seicht wurde, dass sie Mühe hatte voranzukommen. Sie hob den Kopf aus den kleinen Wellen und ließ den Blick über den Strand schweifen. Es waren nur wenige Menschen zu sehen. Gerade lief eine Mutter mit ihrem Kind den Strand entlang. Sie hatten einen Korb dabei und das Mädchen sprang immer wieder von einem Fußabdruck der Mutter zum nächsten. Lorenna schmunzelte. Sie schob sich die letzten Meter umständlich mit den Händen und der Schwanzflosse aus dem Wasser. Es dauerte nicht lang, da wurde auch schon eine Gruppe junger Menschen auf sie aufmerksam, alle in Hemden und Sakkos. Für einen spontanen Besuch am Strand sah die Gruppe zu edel aus. Das musste wohl das Begrüßungskomitee sein. Sie schob sich noch ein paar Zentimeter weiter aus dem Wasser und winkte der Gruppe lächelnd zu.

Sie nahm die Hand wieder runter, als sie merkte, dass die fünf auf sie zu kamen. Ihre Aufmerksamkeit wendete sich nun ihrer Schwanzflosse zu. Da diese nun zu großen Teilen aus dem Wasser herausragte, begann sie zu kribbeln. Das Jucken verschlimmerte sich. Inzwischen waren die fünf bei ihr angekommen und sahen, wie sich die Schuppen auf ihrer Flosse verformten und den Blick auf zwei helle Beine freigaben, mit vereinzelten türkisen Schuppen, die sich um die Beine bis hin zur Hüfte zogen. Sie lächelte der Gruppe immer noch freundlich zu. Der letzte junge Mann, der bei ihnen ankam, schob einen Rollstuhl vor sich her, was sich auf dem sandigen

Strand als etwas schwieriger herausstellte. »Oh, vielen Dank für den Rollstuhl und das große Begrüßungskomitee«, richtete Lorenna das Wort nun an die fünf. Diese musterten sie allerdings nur von oben herab. Eine der Frauen in der Gruppe stieß den jungen Mann neben sich mit dem Ellenbogen an und flüsterte ihm etwas zu, wo-raufhin beide zu Lachen begannen. Er stellte den Rollstuhl neben sich ab und schloss den Halbkreis um Lorenna, indem er sich zu den anderen gesellte.

Sie wusste nicht, wer angefangen hatte mit dem Finger auf sie zu zeigen, doch es dauerte nicht lange, da begannen alle durcheinander wüste Beleidigungen von sich zu geben und weiterhin auf sie zu deuten. »Fischhirn! Geh zurück, wo du herkommst! Los, schieben wir sie wieder ins Meer!« Die Gruppe lachte, während Lorenna weiterhin versuchte, sich mit den Händen in Richtung des Rollstuhls zu ziehen, den die Gruppenmitglieder nacheinander zur Seite schoben. Lorenna kroch dem Rollstuhl eine gefühlte Ewigkeit hinterher. »Bitte. Gebt mir wenigstens die Kleidung oder das Handtuch!« rief sie inzwischen verzweifelt. Ihr war klar geworden, dass diese Menschen ihr nicht helfen würden. Doch sie gab die Hoffnung nicht auf. Es ärgerte sie, dass sie außerhalb des Wassers keine Kontrolle über ihre Beine hatte. Woran genau das lag, wusste sie nicht. Doch sie hatte akzeptiert, dass alles seine Vor- und Nachteile haben musste.

Finnraey beobachtete das Spektakel aus der Ferne und kam herangeeilt. Doch er wagte sich nicht so nah an Land, dass auch er möglicherweise seine Flosse verlor. Er wusste nicht, welche Auswirkungen es auf ihn haben würde. Das konnte man nie so genau wissen. Manche verloren die Stimme, andere die Kontrolle über die Beine, wieder andere konnten ihre Flosse gar nicht ablegen. »Lori! Komm zurück! Wir gehen!« Durch die Rufe aus dem Wasser war die Gruppe kurz abgelenkt, was Lorenna zumindest ermöglichte, das Handtuch von der Sitzfläche des Rollstuhls zu ziehen und sich die Sandkörner von den Beinen und Armen zu wischen. Als die Gruppe jedoch erkannte, dass Finnraey nicht aus dem Wasser kommen würde, gingen die Beleidigungen weiter. Einer der Männer trat Sand in Lorennas Richtung, woraufhin die anderen zu Lachen begannen.

»Was denkt sich diese Kommission eigentlich? Warum sollten wir Hand in Hand mit solchen Wesen leben wollen? Reicht es nicht, dass sie die Tümpellurche ausfindig gemacht haben? Brauchen wir jetzt wirklich auch noch die Fischhirne an Land?« Die anderen nickten zustimmend und verfielen in ein Murmeln. Deshalb fiel es niemandem auf, dass eine junge Nymphe sich dem Geschehen näherte. Die dunkelbraune Nymphe zog ihr Sommerkleid zurecht, sodass es einen Teil der schuppigen Beine verdeckte. Mit schnellen Schritten näherte sie sich den sechs Personen und musterte den vermeintlichen Anführer der Gruppe durch ihre schlitzartigen Pupillen. Sie hatte nur einen Teil der Unterhaltung mitbekommen, doch das war genug, um zu wissen, dass sie sich nun einschalten musste. »Fischhirne ist also eure neue Lieblingsbezeichnung, ja? Etwas Besseres ist euch nicht eingefallen? Verzieht euch, sofort! Das wird noch ein Nachspiel für euch haben.« Während sie das aussprach, nahm sie den Rollstuhl an sich und schob ihn so hin, dass Lorenna sich die Kleidung nehmen konnte.

Als die Gruppe noch immer mit offenen Mündern um die beiden herumstand, zog Myraste die Brauen zusammen und zeigte ihre spitzzulaufenden Zähne. Das reichte aus, um die Gruppe zum Gehen zu bewegen. »Es tut mir so leid, was dir passiert ist. Kann ich dir noch irgendwie helfen? Ich nehme an, wir beide haben dasselbe Ziel? Die Versammlung für die Gleichberechtigung der magischen Wesen in Wismar? Ich heiße übrigens Myra.« Myraste lächelte die Meerfrau freundlich an, während diese sich zurechtmachte und den letzten Sand von ihrer Kleidung klopfte. Lorenna nickte und seufzte. »Lori. Ich habe mir das alles ein klein wenig einfacher vorgestellt. Wenn man schon eingeladen wird, dachte ich, dass einem dann auch Respekt entgegengebracht wird. So etwas habe ich wirklich noch nie erlebt an Land.« Die Nymphe legte ihre schuppige Hand auf Lorennas Schulter und drückte diese aufmunternd. »Wir werden das bei den Antidiskriminierungsbeauftragten melden! Ich bin gerne deine Zeugin. So ein Verhalten will ich nicht dulden. Vor zwei Jahren ging es mir hier ähnlich. Da hatten sie gerade erst die Existenz der Nymphenvölker entdeckt. Der Anfang ist glaube ich immer schwer.«

Die beiden machten sich auf den Weg zum Phönix Hotel Seeblick, um sich dort noch vor Beginn der Konferenz mit den Beauftragten zusammenzusetzen. Myraste schob die Meerfrau in dem Rollstuhl vor sich her. Der Sand am Strand machte den Weg zum Hotel nicht gerade einfach, aber sie kamen endlich, voller Sand, in der Hotellobby an. Dort fragten sie direkt an der Rezeption nach, wo sich die Antidiskriminierungsbeauftragten aufhielten, da diese ein separates Tagungszimmer bezogen, bevor die Konferenz begann. Die junge Frau an der Rezeption deutete, ohne aufzusehen, mit dem Finger einen Gang entlang. »Der Weg zu den Konferenzräumen und den Beauftragten ist ausgeschildert. Einfach ganz bis zum Ende des Gangs durchgehen und dann die linke Tür nehmen.« Dann sah sie von ihrem Computerbildschirm auf und wollte die beiden Frauen anlächeln, ehe ihre Mundwinkel im Gesicht einfroren. Schnell senkte sie wieder den Blick und tat beschäftigt, um sich nicht weiter mit den Frauen beschäftigen zu müssen. Myraste seufzte und unterdrückte einen Kommentar zu dem Verhalten. Sie hatte lange genug herumgestritten. Außerdem war das aktuelle Problem schlimmer als eine Frau hinter einem Schalter, die nicht lächeln wollte.

Lorenna sah über ihre Schulter nach oben zu Myraste, welche bereits begonnen hatte, den Rollstuhl den angezeigten Gang entlang zu schieben. »Sind die Menschen immer so ... anders, wenn sie mit uns reden?« Bisher hatte sie nicht viele Zusammentreffen mit anderen Menschen gehabt, wenn sie sich an Land begeben hatte. Daher trafen sie diese kleinen Aggressionen besonders hart. Die Nymphe wusste nicht so recht, wie oder was sie antworten sollte. Es hing immer von so vielen Faktoren ab. Deshalb blieb sie zu dieser Frage stumm. Lorenna brauchte nicht mehr als das, um sich ihre Antwort selbst zusammenreimen zu können.

Die beiden blieben vor der Tür am Ende des Gangs stehen. »Sicher, dass wir da jetzt rein gehen sollten? Ich meine, es ist ja nicht sooo viel passiert. Und ich weiß

nicht, ob sie es ernstnehmen würden.« Lorenna legte
die Hände an die Räder des Rollstuhls und wollte sich
gerade von der Tür abwenden, doch Myraste blieb hart.
»Nein! So etwas dürfen wir nicht auf uns sitzen lassen.
Sie gewöhnen sich sonst nur daran, dass sie uns so be-
handeln dürfen. Und wer weiß, wie lange sie dich da im
Sand hätten kriechen lassen, wenn ich nicht aufgetaucht
wäre. Wir sollten etwas sagen!« Und mit diesen Worten
klopfte sie an der Tür und trat kurz darauf ein. Sie hielt
die Tür für die Meerfrau auf und wartete, bis auch sie in
den Raum gerollt war. Myrastes Worte hatten bei Lorenna zu einem Umdenken geführt. Die junge Nymphe
hatte Recht.

Das Zimmer war klein und unscheinbar eingerichtet.
Zwei aneinandergestellte Tische wurden als Schreibtisch verwendet. Vorne an einem der Tische war ein
Schild mit Klebeband befestigt worden. ‚Antidiskrimi-
nierungsbeamte‘ stand in fein säuberlich geschriebenen
Buchstaben darauf. Ein ähnliches Schild hing auch in
ähnlicher Schrift an der Tür. Hinter den Tischen saßen
eine Frau und ein Mann. Sie hatten beide ein schickes,
dunkelblaues Oberteil an und hatten auf Brusthöhe je
ein Namensschild befestigt. Tanja und Paul hießen sie.
Sie sahen von ihren Unterlagen auf und musterten die
beiden Eintretenden schnell. Die Frau fuhr mit dem
Finger über eine Liste, als würde sie nach Namen suchen. »Ihr seid Lorenna und Myraste, richtig?« Die beiden nickten. Der Mann fragte: »Womit können wir euch
denn weiterhelfen? Sucht ihr den Konferenzraum?«
Myraste schüttelte den Kopf. »Wir sind hier, weil wir
unangebrachtes Verhalten melden wollten. Dazu kann

Lorenna allerdings mehr erzählen.« Mit diesen Worten sah die Nymphe zur Meerfrau und nickte ihr aufmunternd zu.

Lorenna atmete tief durch, ehe sie zum Sprechen ansetzte: »Also, es geht um meine Ankunft hier. Das Begrüßungskomitee hat mich zwar am Strand erwartet. Allerdings haben sie mich weder begrüßt, noch haben sie mir die bereitgestellte Kleidung oder den Rollstuhl überreicht. Sie machten sich über mich lustig und benutzten speziezistische Beleidigungen. Die Situation klärte sich erst, als Myraste dazu kam.« Paul begann etwas aufzuschreiben, Tanja musterte die beiden. »Habt ihr denn Namen von den Anwesenden? Sicher, dass es kein Scherz war, den du vielleicht nicht verstanden hast?« Myraste zog scharf die Luft ein. »Solltet ihr nicht hier sein, um uns zu helfen? Stattdessen zweifelt ihr die Aussage an? Ich kann bestätigen, was Lorenna hier gerade erzählt hat. Die fünf hörten erst auf, nachdem ich dazu kam und sie weggescheucht habe. Sie hätten Lorenna vermutlich noch eine ganze Weile halb nackt dem Rollstuhl hinterher kriechen lassen! Ich erwarte, dass ihr der Sache nachgeht!« Lorenna konnte sich ein Lächeln nicht verkneifen. Es freute sie zu wissen, dass jemand hinter ihr stand und sie in dieser schwierigen Situation unterstützte. Eine Person, die ihre Probleme nachvollziehen konnte.

Ein Blick zu den beiden Menschen am Tisch zeigte jedoch, dass der Versuch zwar nett gemeint war, allerdings niemand der Sache weiter nachgehen würde. Tanja verdrehte die Augen, während sie etwas auf den Block, der vor ihr lag, kritzelte. Paul tippte ungeduldig

mit seiner Ferse auf den Boden und seufzte. »Natürlich sehen wir uns die Sache mal an. Ihr könnt in der Zwischenzeit schon einmal in den Versammlungsraum gehen. Durch die Tür, rechts den Gang, den ihr entlanggekommen seid, zurück gehen und die erste Tür links.« Paul machte eine wischende Handbewegung, um die beiden aus ihrem provisorischen Büro zu scheuchen. Lorenna und Myraste sahen sich gegenseitig an, doch sagten nichts mehr. Auf dem Gang angekommen hielt Lorenna kurz inne. »Ist das gerade wirklich passiert? Warum haben sie diese Beauftragten überhaupt eingestellt? Ich denke nicht, dass es irgendwelche Folgen geben wird.« Myraste zuckte mit den Schultern und schüttelte den Kopf. »Ich muss zugeben, dass ich die bisher nie besucht habe, obwohl es einige Male notwendig gewesen wäre, weil ich mir so eine Reaktion schon gedacht hatte. Was will man auch erwarten, wenn sie die Antidiskriminierungsbeauftragten nicht divers genug gestalten?«

Die Versammlung verlief wie erwartet. Die Menschen spielten sich auf und wollten Mitspracherechte in Bereichen, von denen sie keine Ahnung hatten. Sie wollten die tiefsten Tiefen der Meere mitgestalten dürfen. Und die Festlichkeiten des Nymphenvolks mitbestimmen. Vor allem aber wollten sie, dass die einzelnen Bereiche strikt getrennt werden. Man sollte eine Art Pass brauchen, wenn man sich in den menschlichen Bereichen aufhalten wollte. Und spezielle Arbeitserlaubnisse sollten verteilt werden. Mit Obergrenzen, die kaum Spielraum ließen. Lorenna hatte sich zu Myraste an den Tisch gesetzt und die gesamte Versammlung aufmerksam verfolgt. In der Runde konnte sie auch Feenvolk erkennen. Bisher kannte sie nur alte Sagen und Geschichten über sie, was den Austausch mit ihnen nur noch spannender machte.

Nach der Versammlung wurden alle Anwesenden zu einem Abendempfang eingeladen. Die Terrasse des Hotels und die Fläche um das Gebäude herum waren festlich geschmückt. Das musste das Personal wohl während der Versammlung gemacht haben, denn bei ihrer Ankunft sah es noch nicht so bunt aus. Viele der Anwesenden zogen sich an die zwei Bars zurück und besorgten sich Getränke. Lorenna blieb an Myrastes Seite. Die beiden verstanden sich direkt. »Wir könnten eine Runde spazieren, wenn du möchtest. Auf meinem Weg hier hin sind mir einige schöne Stellen aufgefallen.« Myraste ging ein paar Schritte voraus und sah sich zu Lorenna um, welche zögernd zu der Party schaute. Doch als sie die Empfangstruppe lauthals lachend an einem der Stehtische sah, wendete sie den Rollstuhl und folgte der Nymphe. »Laufen alle Versammlungen ab wie die heute?«, fragte die Meerfrau ihre Begleiterin, welche daraufhin seufzte. »Mehr oder weniger. Die Menschen fühlen sich irgendwie ... bedroht, glaube ich. Und deswegen wollen sie so wenig Kontrolle wie möglich abgeben. Was heute alles Thema war, wundert mich nicht. Sie haben letztes Jahr bereits davon geredet, Quoten und Ähnliches einzuführen.« Myraste schüttelte den Kopf.

»Können wir zu dem Steg gehen? Vielleicht sehen wir dort Fin.« Lorenna sah aufmunternd zu Myraste in der Hoffnung, dass sie das Thema vorerst nicht weiter vertiefen mussten. Für heute hatten sie genug Aufregung gehabt. Die beiden Frauen machten sich schweigend auf den Weg. Sie mussten einen unebenen Pfad entlang, bei dem Myraste ihrer neugewonnenen Freundin half nicht umzukippen. Sie waren so sehr damit beschäftigt sich irgendwie über den Pfad zu schlängeln, dass sie gar nicht bemerkten, dass das Empfangskomitee ihnen in einiger Entfernung folgte. Sie wankten stark und stachelten sich gegenseitig auf, während sie den beiden folgten. »Die kriegen wir noch! Die Fischfresse und ihre Freundin sollen wissen, dass sie beim nächsten Mal das Maul nicht so weit aufreißen sollten! Kommt schon!«

Lorenna lehnte sich hinten an ihrem Rollstuhl an, legte den Kopf in den Nacken und sah in den Himmel. »Weißt du, wenn ich draußen ganz weit im Meer bin, dann schwimme ich abends auch gerne an die Oberfläche und sehe mir die vielen tausenden Sterne an. Es ist irgendwie ... beruhigend!« Sie lächelte zu den Sternen auf. Myraste schob ihre neue Freundin noch ein paar Schritte, ehe sie relativ am Ende des Stegs stehen blieb und sich neben den Rollstuhl der Meerfrau setzte. »Ich kenne das. Der Ausblick von meinem Tümpel aus ist auch so schön. Man sieht so viel vom Himmel und den Sternen, je weiter man von den großen Lichtern der Stadt entfernt ist.« Sie ließen den Nachthimmel auf sich wirken, das Glitzern des Wassers vor ihnen, welches kleine Wellen schlug. In der Ferne meinte Lorenna, ihren Freund Finnraey zu sehen. Besser gesagt seinen Kopf, der hin und wieder aus dem Wasser hinausragte. Es wirkte, als würde er winken. Myraste und Lorenna hoben beide die Hand und winkten zurück, dann jedoch spürte die Meerfrau einen Schlag gegen ihren Rollstuhl. Die Empfangstruppe hatte sich bis zu ihnen auf den Steg geschlichen und nun stand einer der Männer vor ihr und grinste breit. Er holte noch einmal aus und trat erneut gegen den Reifen des Rollstuhls. »Du hinterhältige ... Fischfresse! Verschwinde ... zurück ins ... Meer!« Seine Beleidigungen wurden von Tritten unterbrochen, die ihn jedes Mal zum Wanken brachten. Myraste wollte sofort aufspringen, um ihrer Freundin zu helfen, doch ein anderer packte sie an den Schultern und schleuderte sie wieder zu Boden. »Mit dir sind wir auch noch nicht fertig!«

Myraste konnte sich gerade noch abfangen, ehe sie mit dem Kopf an einem der Holzbalken anstieß, die verhindern sollten, dass man ins Wasser fallen konnte. Bevor sie etwas sagen konnte, hörte sie ein scheppern. Der Rollstuhl war umgefallen und Lorenna lag mit dem Bauch auf dem Steg. Sie kroch von ihrem Angreifer weg. Myraste wartete auf den richtigen Moment, trat ihren Angreifer gegen das Bein und brachte ihn so zu Fall. Sie lief schnell zu ihrer Freundin, um ihr beizustehen. Die Nymphe half Lorenna sich aufzusetzen und wollte gerade den Rollstuhl wieder aufstellen, als der erste Angreifer wieder zu einem Tritt ausholte, um den Rollstuhl ins Wasser zu befördern. Doch stattdessen traf er Myrastes Arm. Die Nymphe zog ihn schnell zurück und hielt ihn mit der anderen Hand. »Mist!« Lorenna konnte sich das Ganze nicht mehr ansehen und richtete sich so weit auf, wie es ihr möglich war. Die Gruppe hinter ihrem Angreifer trat einen Schritt zurück. Man konnte in ihren weit aufgerissenen Augen die Furcht sehen. Die Erwartung, ob jetzt etwas Schlimmes passieren würde. Welche Kräfte diese Meerfrau haben mochte.

Ihr betrunkener Angreifer jedoch wankte einen weiteren Schritt auf sie beide zu. Als er gerade drohend die Hand hob, in welcher er eine Bierflasche hielt, warf sich Myraste nach vorn und brachte ihn aus dem Gleichgewicht. Er brach durch das morsche Holzgeländer und fiel samt Flasche ins Wasser. Es war ein ruhiger Abend, dennoch war es kühl und eine leichte Strömung hatte bereits begonnen, ihn weiter hinaus zu ziehen. Der junge Mann planschte hilflos mit den Armen im kalten Nass und versuchte seinen Kopf über Wasser zu halten, während seine Kleidung sich mit Wasser voll sog. Sie begann schwer zu werden. Das panische Rufen und Japsen brach immer wieder ab, wenn er unter Wasser gezogen wurde. Seine Freunde hatten sich inzwischen an das Geländer gestellt und riefen ihm aufgeregt Dinge zu. »Scheiße! Mist! Verdammt!!! Was machen wir jetzt?« Eine der Frauen zeigte auf Lorenna. »Das ist doch so eine Fischfrau oder wie auch immer man die nennt. Die kann schwimmen! Die kann ihm helfen!« Die anderen in der Gruppe fingen nun an, auf Lorenna einzureden. Sie solle sich nicht so haben und endlich ins Wasser springen, um sich zu verwandeln. Oder wie auch immer dieser Hokuspokus funktionierte.

Je mehr Zeit die Meerfrau sich ließ, umso wilder wurden die Beschimpfungen, die man ihr an den Kopf warf. Deshalb sah sie lieber zu ihrer neuen Freundin, um sicherzustellen, dass es ihr gut ging. Myraste nickte ihr zu und richtete sich keuchend wieder auf. Sie legte die Handflächen auf ihre Oberschenkel und beugte den Oberkörper nach vorne. Der Schmerz im Arm war vorerst vergessen. »Tu endlich was, du Fischf...« Der Satz wurde von einem Platschen unterbrochen. Lorenna hatte sich zum Rande des Stegs gezogen und sich ins Wasser fallen lassen. Gespannt lief die Gruppe zum Geländer des Bootssteges und hielt Ausschau nach ihrem Freund und der Meerfrau. Dort, wo Lorenna eben ins Wasser geglitten war, schwammen nur noch ihre Kleidungsstücke. Ein erschrockenes Aufatmen ging durch die kleine Gruppe, die nun gespannt auf die Wasseroberfläche starrte. Auch Myraste suchte angestrengt nach Lorenna. Hatte irgendetwas bei der Verwandlung vielleicht nicht funktioniert? Sie nahm sich vor, gleich hinterherzuspringen, wenn ihre Freundin nicht innerhalb der nächsten Minute auftauchte. Doch so lange ließ Lorenna nicht auf sich warten. Die Meerfrau nahm unter der Wasseroberfläche Anlauf und sprang ungefähr einen Meter hoch aus dem Wasser, in welches sie sich nach einem Rückwärtssalto wieder fallen ließ. Myraste klatschte und lachte. Noch nie hatte sie eine echte Meerfrau gesehen. Mit Fischschwanz und allem Drum und Dran.

Man hätte bei Lorennas Anblick fast den wild strampelnden jungen Mann vergessen können, der immer wieder den Kopf aus dem Wasser streckte und mit den Armen im Wasser planschte. Die Freunde des Angreifers besannen sich wieder. Sie winkten und deuteten zu ihrem Freund und riefen der Meerfrau dabei zu, dass sie ihn nun endlich retten solle. Lorenna allerdings sah zum Steg hoch, streckte ihre türkis-grüne Flosse aus dem Wasser und winkte damit, wie man es in Dokumentationen manchmal bei Walen und Delfinen beobachten konnte. Sie ahmte Delfingeräusche nach, während sie die Schultern hob, als könne sie die Gruppe nicht mehr verstehen. Die Frauen begannen laut zu kreischen, als sie vollends davon überzeugt waren, dass die Meerfrau sie nicht mehr verstand. In diesem Moment sah Lorenna zu Myraste und zwinkerte ihr zu. Sie hielten noch ein wenig Blickkontakt. Die Freundinnen verstanden sich und nickten. Es war so, als hätten sie mit diesem kurzen Blick eine Einigung gefunden. Sie verstanden beide, was die jeweils andere wollte. Myraste richtete sich wieder auf und verließ den Steg, während das Empfangskomitee damit beschäftigt war, Lorenna nachzurufen und hektisch zu winken. Lorenna wendete sich in der Zwischenzeit ab und schwamm nah an der Wasseroberfläche zu ihrem Freund und Beschützer Finnraey. Dieser hatte das Schauspiel aus der Ferne beobachtet und war ein wenig nähergekommen, um herauszufinden, ob seine Freundin Hilfe benötigte. »Was hatte denn dieses Schauspiel zu bedeuten Lori?«, fragte er sie schließlich. Doch Lorenna lächelte nur, nahm ihn an der Hand und verschwand mit ihm wieder in Richtung Meer.

■

KEIN ALLHEILMITTEL

Amalia Zeichnerin

Wieder eine Hochphase. Trotz meiner Medikamente. Ihr fragt euch bestimmt, was das bedeutet. Hochphase, das heißt in meinem Fall: Am Wochenende die Nächte durchtanzen. Viel Flirten. Mich fühlen, als ob mir die Welt zu Füßen läge. Ich war gerade wieder aus einem dieser endlos tiefen, schwarzen Löcher geklettert, die Depressionen jedes Mal mit sich brachten. Vier Wochen war ich ausgefallen, aber das kannten meine Kolleg*innen in der Bücherhalle in Hamburg-Altona schon. Die Arbeit dort war die einzige Konstante in meinem Leben.

Eine Therapeutin hatte mir dazu geraten, als ich ein Teenager war: »Suchen Sie sich einen möglichst stressfreien Job«. Ich war ihrem Rat gefolgt, hatte meine Liebe zu Büchern sprechen lassen. Manchmal war die Arbeit öde, manchmal hatte ich nervige Kunden, aber im Großen und Ganzen tat mir die Struktur dort gut – das Katalogisieren, die Ordnung. Und ich hatte das Glück, wirklich nette Kolleg*innen zu haben.

In Hochphasen wie dieser nahm ich alles intensiver wahr – Farben, Gerüche, Musik ... Eine Afrodeutsche mit einem Shirt, das mit einem Leopardenprint bedruckt war, riss mich aus meinen unzusammenhängenden Gedankensprüngen und legte mehrere Bücher auf den Tisch. Sie trug einen goldenen Ring am rechten Ringfinger. Mit wem sie wohl verheiratet war?

Meine Gedanken wirbelten durcheinander, während ich sie höflich anlächelte und nach ihren Büchern griff. Die Ehe für alle war spät nach Deutschland gekommen, erst 2017. Auch schon wieder zwei Jahre her. Theoretisch konnten wirklich alle heiraten. Das galt nicht nur für gleichgeschlechtliche Paare, sondern auch für Menschen und übernatürliche Menschen – Homines Supernaturales – Vampire, Tierwandler, Fae, Sidhe, Strigae, Dämoniae, Angelii und viele andere. Manche Aktivist*innen der Übernatürlichen lehnten die Bezeichnung »übernatürlich« ab, weil sie sich als »natürlich«, als Teil der Natur empfanden. Allerdings gab es den Begriff schon seit mehr als zweihundert Jahren, seit die Übernatürlichen sich zu erkennen gegeben hatten. Seitdem kämpften sie um ihren Platz in der Gesellschaft, wie andere marginalisierte Gruppen auch, und das überall auf der Welt.

Und es gab noch immer Leute, die im Gesetzestext der Ehe für Alle keine Berücksichtigung fanden – die genderqueeren und auch trans Leute hatten mit diversen Problemen zu kämpfen. Es gab noch eine Menge zu tun. Himmel, wo war ich schon wieder mit meinen Gedanken gelandet!? Typisch für diese Hochphasen – wirre Gedankensprünge, lose Assoziationen, ausgelöst durch winzige Details, in diesem Fall ein Ehering.

Ich händigte der Dame mit dem Leopardenprintshirt ihre Leihbücher aus. Ob sie eine Leopardenwandlerin war? Vermutlich würde ich das nie erfahren. Vielen Übernatürlichen sah man nicht an, wer sie waren.

...

Anders war es allerdings mit der Dame, die mir nun eine Ausgabe von Sheridan Le Fanus »Carmilla« entgegenhielt. Sie war blass – zu blass für einen Menschen, niemand schminkte sich so bleich. Bis auf manche Gothics. Glänzendes kupferfarbenes Haar und deutlich sichtbare Fangzähne. Sie trug einen violettgrauen Mantel, dazu schwarze Overknee-Stiefel über einer anthrazitfarbenen Skinny Jeans. Es war längst dunkel an diesem Novembernachmittag, sonst hätte sie nicht hierherkommen können.

Himmel, sie sah zum Anbeißen aus! Blödes Wortspiel in dem Zusammenhang, Jeanie. Konzentrier dich auf deine Arbeit.

»Freut mich, dass so alte Klassiker auch noch gelesen werden«, sagte ich und leckte mir über die Lippen.

»Ich hatte das Vergnügen, den Autor kennenzulernen«, sagte sie mit einem leichten Akzent, den ich nicht recht einordnen konnte. Ihre graublauen Augen fixierten mich. »Das war 1869, in Dublin. Aber ich bin noch nicht dazu gekommen, »Carmilla« zu lesen. Ich habe mich dran erinnert, als ich bei Youtube eine Webserie mit dem gleichen Namen gefunden habe.«

Ach, Vampire waren zu beneiden. Manche von ihnen waren jahrhundertealt – und sie hatten so viel Zeit zum Lesen. Sie lächelte mich nun offen an, strich sich eine rote Strähne aus der Stirn.

Ich blickte hinter sie. Gerade stand niemand hinter ihr, um ebenfalls Bücher auszuleihen. Jeanie…, warnte mich eine kleine innere Stimme, oder vielmehr ein Gedankenimpuls. Den ich beiseite fegte. In Hochphasen fiel mir das Flirten leicht. Also ließ ich meinen Charme spielen und schenkte ihr ein verführerisches Lächeln. »Wollen wir uns vielleicht mal treffen? Ich würde zu gern mehr über Ihre Begegnung mit Sheridan Le Fanu hören. Und wie Ihnen »Carmilla« gefallen hat.«

Ihr Lächeln entblößte ihre Fangzähne deutlich. »Wäre mir ein Vergnügen.« Sie griff in ihre Handtasche und drückte mir eine Visitenkarte in die Hand. »Ich weiß, das ist ein bisschen altmodisch, aber es erinnert mich an meine Jugendzeit«, sagte sie. »Und wir können uns gern duzen. Ich bin Isobel.«

Das Adrenalin in meinem Körper tanzte Samba. »Freut mich. Ich heiße Jeanie. Eigentlich Jeanine, aber Jeanie ist mir lieber.«

■■■

Beziehungen hielten bei mir nie lange. Das Auf und Ab meiner Manien und Depressionen hatte keine meiner Exfreundinnen lange mitgemacht. Ich war in Therapie und nahm Medikamente, aber beides war kein Allheilmittel.

In den manischen Hochphasen blendete ich viele meiner Probleme aus. Und fühlte mich auch so: blendend. Vier Tage nach unserem Kennenlernen traf ich mich mit Isobel im Café Supernaturelle am Jungfernstieg, das von einer französischen Tierwandlerin geführt wurde. Im Café hingen lauter Abbildungen von Katzen und ich wette, Vivienne war selbst eine Katzenwandlerin.

Isobel sah umwerfend aus in dem kupferfarbenen Satinoberteil und dem engen schwarzen Rock. Ich hatte mich ebenfalls in Schale geworfen und dank der Hochphase fühlte ich mich ausnahmsweise ziemlich sexy.

Sie bestellte Blut, erwärmt auf menschliche Körpertemperatur. Vampire tranken entweder Tierblut oder von menschlichen Spendern, dafür gab es einen eigenen Markt.

»Viele Gaststätten weigern sich noch immer, Blut zu servieren«, verriet sie mir, nachdem Vivienne mir einen Latte Macchiato und Isobel eine Tasse Blut gebracht hatte. »Manche unserer Aktivist*innen betrachten das als Diskriminierung und es gibt auch Petitionen dazu.«

Sie trank einen Schluck und wischte sich mit einer wunderbar gezierten Geste etwas Blut von den Lippen. Ich fragte sie nach Sheridan Le Fanu. Sie erzählte mir eine Anekdote über die Begegnung mit ihm, der ich kaum folgen konnte, weil ich so von ihrem Gesicht, ihren Gesten und ihren wundervollen Augen gefangen war.

In den Geschichten heißt es ja immer, Vampire üben einen Bann auf ihre Opfer aus, aber das sind Ammenmärchen. Die Wahrheit ist, dass manche von ihnen, wie auch andere Menschen und Übernatürliche, einfach sehr charismatisch sind.

»Bist du mit jemandem zusammen?«, fragte sie plötzlich.

Ich verschluckte mich fast an meinem Latte Macchiato. »Ähm. Nein, gerade nicht.« Meine letzte Beziehung war vor einem Jahr in die Brüche gegangen.

»Ich bin bi und gelegentlich polyam, aber ich bin gerade single.«

Ich hatte einige Bekannte aus der queeren Community, die auch polyam lebten, darunter eine ziemlich stark beharrte Fae und ein sehr süßer Wolfwandler.

»Hattest du denn schon viele Beziehungen. Ich meine, weil du ...«

»Weil ich Jahrgang 1844 bin? Ach ja, die Frage hör ich oft.« Sie seufzte und trank einen weiteren Schluck.

»Aber weil du gefragt hast, ich war mit zwölf Personen zusammen. Sechs Vampirdamen, ein männlicher trans Sidhe – nach heutigem Verständnis. Eine genderqueere Person und vier Männer, zwei davon Menschen. Und ich hatte zweimal eine Dreiecksbeziehung.«

»Wow«, rutschte es mir heraus. »Da kann ich nicht mithalten.«

Sie lachte hell auf. »Hey, das ist doch kein Wettbewerb.«

»Auch wieder wahr.« Isobel wurde mir immer sympathischer.

...

In den folgenden Wochen stellte mich Isobel ihrem Freundeskreis vor – eine bunte Mischung aus queeren und nichtqueeren Leuten, sowohl Menschen als auch Übernatürliche. Wir zogen am Wochenende um die Häuser, zu zweit oder mit Freund*innen. Und nach mehreren langen Winternächten voller intimer Gespräche hatten wir Sex.

Ihr fragt euch jetzt sicher, ob sie dabei mein Blut trank. Das wird ja immer so erzählt und man sieht es in den Filmen. Aber eigentlich ist es wie im BDSM – eine Frage des Konsens. Ich wollte nicht gebissen werden, und für sie war das okay.

Allerdings war unser Zusammensein nicht ohne praktische Probleme: Tagsüber konnte ich sie zwar zu Hause besuchen, allerdings ohne Sonnenlicht, in einer abgedunkelten Wohnung. Sie brauchte wenig Schlaf, sowohl tagsüber als auch nachts. Isobel arbeitete als Krankenpflegerin in Nachtschichten, eine Tätigkeit, der sie bereits im 19. Jahrhundert in Irland nachgegangen war.

»Du schläfst so wenig«, sagte sie einmal zu mir, als ich bei ihr übernachtete. »Fast wie meinesgleichen. Ist alles in Ordnung? Menschen sollten doch mindestens sieben bis acht Stunden schlafen. Oder gehörst du zu denen, die mit deutlich weniger auskommen?«

Ich schluckte. Es wäre so einfach gewesen zu lügen. Aber verdammt, sie war Krankenpflegerin. Ihr würde ich nicht lange etwas vormachen können. Ein kurzer Blick in meinen Badezimmerschrank und sie würde anhand meiner Medikamente wissen, was mit mir los war.

»Ja, also weißt du, es ist so ... ich habe die bipolare Störung. Ich bin in Therapie deswegen, schon seit Jahren und ich nehme Medikamente, aber ... ich habe gerade wieder so eine Phase, in der ich wenig schlafe. Eine manische Phase.«

»Oh.« Sie sah mich aufmerksam an. Ich versuchte ihren Gesichtsausdruck zu deuten und scheiterte.

Ich hatte auch meinen ehemaligen Freundinnen erzählt, was mit mir los war. Früher oder später. Aber sie waren nun halt – meine Exfreundinnen. Mit einigen hatte ich mich sehr verkracht, mit anderen war es ein freundliches Auseinandergehen gewesen. Ich war nicht gut mit Beziehungen.

Mir kribbelten die Augen. »Weißt du ... die letzten Wochen waren für mich die reinste Achterbahnfahrt. Es ist wunderbar mit dir, aber diese scheiß Manie verlangt mir alles ab. Und dieser verdammte Schlafmangel. Ich habe hin- und her überlegt, ob ich mich schon wieder krankmelden muss, weil ich mich kaum noch auf die Arbeit konzentrieren kann.«

Sie umarmte mich, als mir die Tränen kamen. »Hey. Wir stehen das zusammen durch, okay? Sag mir einfach, was du brauchst.«

Ich musste plötzlich unter Tränen lachen. »Ich hab schon mehrmals gehört, sich zu verlieben, das bringt Symptome mit sich, wie bei einer Geisteskrankheit. Man schläft nicht mehr, denkt obsessiv über die geliebte Person nach ... hat keinen Appetit, weil man plötzlich von Luft und Liebe lebt. All so was. Und bei einer Manie ist es halt ähnlich.«

Ihre Augen weiteten sich. »Du liebst mich?«

»Ich wäre sonst nicht hier«, erwiderte ich.

»Aber ... ich bin eine Vampirin.«

»Ja, und?«

Sie zog mich in eine weitere Umarmung und küsste mich so stürmisch, dass mir ein bisschen schwindlig wurde.

»Ich bin so froh«, sagte sie leise, als wir uns außer Atem voneinander lösten. Sie flüsterte mir ins Ohr, dass sie mich auch liebte. Vergessen waren die Tränen, ich schwebte ein paar Zentimeter über dem Boden. Gefühlt, nicht in echt. Ich bin ja weder Fae noch Engel und habe auch keine Flügel.

■■■

Vielleicht kennt ihr die Geschichten, in denen Vampire Menschen verwandeln. Gibt ja jede Menge, auch in der

Folklore und manches davon ist über zwei Jahrhunderte alt. In Hamburg gibt es dazu ganz klare Gesetze – und auch auf Bundesebene: Vampire dürfen niemanden in Vampire verwandeln. Wer dagegen verstößt, muss mit lebenslangen Gefängnisstrafen rechnen. In anderen Ländern steht darauf noch die Todesstrafe – die kriminellen Vampire werden dann dem Sonnenlicht ausgesetzt.

Und genau damit fingen Isobels und meine Probleme an. Aber ich greife vor. Irgendwann hatte mich die Manie so erschöpft, dass das Pendel in die andere Richtung ausschlug. Ich hatte mich nicht krankschreiben lassen, hatte weitergearbeitet, bis meine Vorgesetzte ein ernstes Gespräch mit mir führte. Danach ging ich zu meinem Psychiater und dieser schrieb mich nach einem zwanzigminütigen Gespräch für vier Wochen krank. Ich musste mir einiges von ihm anhören und er passte meine Medikamentendosierung an.

Ohne die Medizin hätte ich wahrscheinlich schon mehrmals versucht, mich in einer depressiven Phase umzubringen. Allerdings hatten die Tabletten auch den Nachteil, dass ich mir bei höheren Dosierungen wie ein Zombie vorkam. Meine Gefühle: Wie abgestumpft. Wie in Watte gepackt. Und meine Libido verabschiedete sich auch bis auf weiteres. Ich konnte wieder länger schlafen, mich wieder besser konzentrieren. Aber ich fühlte mich völlig gleichgültig.

Der Zauber des Verliebtseins verschwand durch die Hintertür. Ich war wie abgeschnitten von Isobel, auch von anderen Leuten aus meinem Umfeld und beobachtete mich selbst wie von außen, bei allem, was ich tat.

Diese kleine fiese Stimme aus meinem Unterbewusstsein, die immer in den Depressionen übermächtig wurde, machte mich bei jeder Gelegenheit fertig. Du bist eine Versagerin, Jeanie. Du wirst es immer sein. Du wirst auch diese Beziehung verlieren, wie alle anderen vorher. Isobel wird schon bald merken, wie jämmerlich du bist. Dann wird sie dich verlassen! Die kleine Bibliothekarin, die immer von ihrer Liebe zu Büchern redet und sich einfach nur hinter all den Regalen verstecken will vor der Welt da draußen, weil die ihr zu hart ist. Du hast deine Eltern enttäuscht. Wirst nie Kinder haben. Nicht mal als Regenbogenfamilie, weil du das nie packen würdest, nicht mit deiner bipolaren Störung, du nichtsnutziges Elend.

So ging das den ganzen Tag und am liebsten hätte ich laut geschrien, um diese grässliche Stimme zum Verstummen zu bringen. Aber nun saß ich krankgeschrieben zu Hause und hatte zu viel Zeit, um nachzudenken. Das nutzte mein Unterbewusstsein aus – wie ein elender Schmarotzer, der seinen Wirt töten wollte.

Um mich abzulenken, begann ich Zeugs im Internet zu lesen. Über Vampire. Ich wollte mehr über Isobels Leute wissen. Sie hatte mir viel von Irland erzählt, auch über Dublin, aber kaum etwas über Vampirismus. Ich hatte bisher weder Vampire in meinem Bekanntenkreis gehabt, noch hatte ich viel über sie gelesen. Von manchen belletristischen Werken abgesehen, aber das war halt Fiktion.

Ich stieß auf eine Webseite, die sich mit dem Thema »vampirische Verwandlungen« beschäftigte. Es waren ziemlich detaillierte Augenzeugenberichte, auch von einigen Ärzten. Manche davon stammten aus dem 19. Jahrhundert, andere aus dem frühen 20. Laut der Webseite waren damals Vampire noch nicht für die Verwandlung von Menschen strafrechtlich verfolgt worden. Ich las den Bericht eines bulgarischen Arztes von 1895, der ins Deutsche übersetzt worden war:

...

Ein Mann von Mitte dreißig, der das Blut eines Vampires trank, wurde daraufhin zunächst bewusstlos. Nach etwa zehn Minuten setzten starke Krämpfe ein, die seinen gesamten Körper durchschüttelten und er kam wieder zu sich. Er würgte außerdem Gallenflüssigkeit hoch und nässte sich ein. Die Krämpfe dauerten fast eine halbe Stunde an und sein Gesicht und Hals röteten sich stark. Er litt sichtlich unter starken Schmerzen. Die Halsschlagader trat deutlich hervor sowie weitere Adern und diese verfärbten sich dunkel. Recht plötzlich fiel er daraufhin in eine tiefe Bewusstlosigkeit, ein komatöser Zustand. Ich behielt ihn unter Beobachtung. Nach 68 Minuten konnte ich eine deutliche Reduzierung des Herzschlages feststellen, nach weiteren 25 Minuten auch der Atemtätigkeit und der Temperatur seiner Haut. Sieben Stunden später hatte er deutliche Fangzähne und erwachte aus seiner Bewusstlosigkeit, mit einem sehr starken Blutdurst.

Der Mann hatte zu Lebzeiten an einem starken Asthma gelitten. Dies war vollständig verschwunden.

...

Das machte mich neugierig – eine chronische Krankheit, die durch die Verwandlung vollkommen aufgelöst
wurde?

Abends telefonierte ich mit Isobel.

»Wie gehts dir, Jeanie?«, fragte sie.

»Geht so. Ein bisschen besser als gestern. Hör mal,
ich habe heute ein bisschen was über Vampire gelesen.
Stimmt es, dass chronische Krankheiten bei Menschen
verschwinden, wenn sie zu einem Vampir verwandelt
werden?«

»Oh, das kommt ganz drauf an. Aber ich weiß das
auch nur aus zweiter Hand. Ich selbst habe nie jemanden verwandelt. Und es ist ja auch verboten. Warum
fragst du?«

»Ach, nur so«, erwiderte ich rasch und wechselte das
Thema.

■■■

Diese verdammte Depression ließ mich nicht los, und
das fiel auch Isobel bei unserem nächsten Treffen auf.

»Ich habe einfach keinen Bock mehr auf dieses
ganze Auf und Ab«, sagte ich leise. »Mal habe ich das
Gefühl, ich könnte Bäume ausreißen und dann wieder kann ich mich zu gar nichts aufraffen und selbst
die einfachsten Dinge fallen mir unendlich schwer.
Mal ist mein Leben voller bunter Farben, mal ist alles
trübe und grau. Das geht jetzt schon seit über zehn
Jahren so.« Wieder einmal kribbelten mir die Augen.
Ich hasste mich selbst dafür, schon wieder weinen zu
müssen. Ich schniefte, wischte mir über die Augen,

die bestimmt schon ganz rot waren. »Ich kann einfach nicht mehr.«

»Aber so ist es nun mal«, sagte Isobel leise. »Es gibt kein Heilmittel dagegen, das hast du mir doch erst neulich erzählt.«

»Ja, nur weißt du ... also ich dachte, vielleicht ...« Mich verließ fast der Mut. Ich musste neu ansetzen. »Wenn ich so wie du wäre, ich meine, eine Vampirin, dann hätte ich diese verdammte Störung vielleicht nicht mehr.«

Sie neigte den Kopf und sah mich forschend an. »Worauf willst du hinaus?«

»Mach mich zu einem Vampir. Es wäre doch auch so viel einfacher für unsere Beziehung.«

Falten durchfurchten ihre Stirn und ihre Augen wurden ganz schmal. »Das ist doch ... das ist kein Witz, oder? Du meinst das ernst?«

»Ja«, brachte ich hervor.

»Das ist doch Wahnsinn. Und illegal! Jeanie, das geht nicht. Und selbst wenn, es würde wahrscheinlich auch gar nichts an deiner Erkrankung ändern.«

»Aber ich habe doch darüber gelesen – Leute, die verwandelt wurden und sogar chronische Krankheiten damit überwinden konnten.«

Sie verzog den Mund und schüttelte den Kopf. »Das waren garantiert körperliche Krankheiten, keine geistigen. Keine Neurodivergenzen.«

»Wie meinst du das?«

»Lass es mich so ausdrücken – dein Gehirn ist sozusagen ein bisschen anders »verdrahtet« als bei vielen neurotypischen Leuten. Ich meine das nicht negativ.

Aber es würde sich nicht ändern, wenn du eine Vampirin werden würdest.«

Ich klammerte mich noch immer an diese Hoffnung. »Woher weißt du das denn so genau?«

»Ich weiß es nicht zu hundert Prozent. Aber ich habe auch so einiges gelesen.«

»Das ...« Ich suchte nach Worten. »Das ist mir egal. Ich würde das Risiko eingehen. Bitte, mach mich zu einer deinesgleichen! Ich bin dieses Leben so leid.«

»Mensch, Jeanie! Ich mache mich strafbar, wenn ich das tue!«

»Ich werde es gewiss niemandem sagen. Wir könnten von hier weggehen, irgendwo anders neu anfangen.«

Ungehalten sah sie mich an. »Ich habe hier eine Arbeit und du auch. Das kannst du doch nicht einfach aufgeben! Und was ist mit deinem Freundeskreis, deinen Angehörigen?«

So weit hatte ich noch nicht gedacht. Aber ich wollte diese Idee einfach nicht aufgeben. »Dafür fällt mir schon was ein. Ich könnte doch sagen, dass ... dass ich nachts von einem Vampir überfallen wurde. Und dass ich ihn nicht wiedererkennen könnte, wegen der Dunkelheit.«

Isobels blasses Gesicht rötete sich ebenso wie das Weiße in ihren Augen. So hatte ich sie noch nie erlebt. »Aber deine Leute wissen, dass ich eine Vampirin bin! Du hast es ihnen doch erzählt, dass wir zusammen sind.«

Das stimmte allerdings. Selbst meine Eltern wussten mittlerweile davon und waren alles andere als begeistert.

»Diese Geschichte von einem Überfall wird dir niemand glauben. Sie werden mich beschuldigen und ich werde im Gefängnis landen! Jeanie, bitte, komm zur Vernunft, das ist eine völlig absurde und bescheuerte Idee.«

Bescheuert. Diesen Ausdruck hatte mir zuletzt meine Ex entgegengeschleudert. »So, du findest mich also bescheuert? Verdammt, Isobel, du bist auch nicht besser als meine Ex! Himmel, was mache ich überhaupt hier?«, rief ich zornig und sprang auf. Ich wollte nicht eine Minute länger in ihrer Nähe sein.

»Ja, das frage ich mich auch gerade«, giftete sie zurück und richtete sich mit der abrupten vampirischen Geschwindigkeit auf, die mich noch immer irritierte. Im nächsten Moment klang ihre Stimme reserviert. Und eiskalt. Sie deutete in Richtung der Tür. »Du findest ja allein hinaus. Ich muss mich fertigmachen für die Arbeit. Die Nachtschicht beginnt in 45 Minuten.«

Wütend stand ich auf, polterte quer durch ihre Wohnung und knallte am Ende die Tür hinter mir zu. Es war unser erster Streit. Und wie es aussah, würde es unser letzter sein.

Ich war nicht gut mit Beziehungen. Und hatte wieder eine in den Sand gesetzt. Die kleine fiese Stimme in meinem Inneren setzte zum Landeanflug an, während ich mich noch immer zitternd vor Wut und Enttäuschung auf den Heimweg machte.

■■■

Nach diesem Streit herrschte zwischen uns vier Wochen lang Funkstille. Und die Depression, die sich erneut auf mich stürzte wie auf ein gefundenes Fressen, nagte an mir, in jeder verdammten Minute. Ich ging wieder zur Arbeit, aber dort agierte ich wie ein menschlicher Roboter: Mechanisch und gleichgültig erledigte ich meine Aufgaben, zwang mich dazu, zu funktionieren. Wenn ich nach Hause kam, stürzte alles über mir zusammen und ich weinte hemmungslos, bis keine Tränen mehr in mir waren.

Mein Therapeut kehrte aus dem Urlaub zurück und ich schilderte ihm mein ganzes Elend in einer Sitzung.

Er hörte sich alles mit ernster Miene an, wie immer, wenn er mir lauschte. »Es wird Ihnen nicht gefallen, was ich jetzt sage. Aber es gibt kein Heilmittel für die bipolare Störung. Vampirismus schon gar nicht. Glauben Sie mir, ich habe mich damit während meines Studiums auseinandergesetzt. Ich habe mehrfach Kurse über die Übernatürlichen belegt und unter meinen Klienten sind auch einige Übernatürliche.« Er blickte mich eindringlich an. »Es gibt kein Heilmittel. Nur Wege, um damit einigermaßen leben zu lernen. Und noch etwas. Liebe ist auch kein Allheilmittel. Aber eine gute Beziehung kann Ihnen unter Umständen dabei helfen, Ihr Leben etwas mehr zu stabilisieren. Sind Sie glücklich mit Isobel? Könnten Sie sich eine längerfristige Beziehung mit ihr vorstellen?«

»Ich weiß nicht.«

»Dann finden Sie es heraus. Sprechen Sie mit ihr.«

■■■

Auf meinem Heimweg von der Arbeit zwei Tage später musste ich wegen einer Straßensperrung einen Umweg mit einem anderen Bus fahren. Direkt neben der Haltestelle, an der ich umsteigen wollte, befand sich ein »FastBlood«, diese Imbisskette speziell für Vampir*innen. Sie servierten dort alle möglichen Sorten von Blut

– und auch eine Handvoll ausgewählter Speisen und Getränke für Leute, die sich nicht von Blut ernährten. Ich wollte schon in den zweiten Bus steigen, als ich plötzlich hinter der etwas abgedunkelten Glasfront Isobels Gesicht erkannte.

Mir war nicht bewusst gewesen, wie sehr ich sie vermisst hatte. Die Depression hatte auch diese Empfindung geschluckt. In diesem Moment tat es mir fast körperlich weh, Isobel zu sehen und von ihr getrennt zu sein.

Ich öffnete die Tür des Imbisses und ging zu ihr hinüber.

Abrupt wandte sie mir das Gesicht zu, als ich mich ihr näherte. Mit einem Scheppern stellte sie ihr Glas, in dem noch ein Rest Blut schwamm, auf den dunkelroten Tisch.

»Darf ich mich zu dir setzen?« Rau kratzten die Worte in meinem Hals.

Sie nickte stumm. Musterte mich abwartend. War sie immer noch wütend auf mich? Sie hatte allen Grund dazu.

Ich nahm ihr gegenüber Platz. Die Worte platzten aus mir heraus wie kleine Gedankenexplosionen. »Es tut mir leid. Ich war verzweifelt. Dieser Streit mit dir – ich hätte das niemals von dir verlangen dürfen. Ich hatte ein Gespräch mit meinem Therapeuten. Dadurch sehe ich einiges klarer. Dass es wirklich Nichts geändert hätte, wenn du ...« Ich senkte meine Stimme, schließlich waren wir nicht allein hier. »Wenn du mich verwandelt hättest. Ich hatte mich da in was verrannt. Ich werde dich das nie wieder fragen, das verspreche ich dir.«

Die Anspannung in ihrem Gesicht ließ nach, ihre Züge wurden etwas weicher. »Das ist gut.«

Ich zögerte. »Könntest du dir vorstellen, mal wieder mit mir auszugehen?«

Ein Lächeln schlich sich in ihr Gesicht, legte ihre Fangzähne bloß. »An was hast du denn gedacht?«

∎∎∎

Durch den Streit mit Isobel und das Gespräch mit meinem Therapeuten habe ich begriffen, dass weder Liebe noch Vampirismus ein Heilmittel dafür sind. Das Auf und Ab meiner Manien und Depressionen wird mich mein Leben lang begleiten. Also lebe ich weiter mit der bipolaren Störung. Oder Neurodivergenz, wie wir Betroffene es gern nennen.

Isobel und ich wohnen mittlerweile in einer gemeinsamen Wohnung, die wir nach Belieben abdunkeln können, durch ein paar ziemlich ausgeklügelte Spezialjalousien.

Zum ersten Mal in meinem Leben habe ich eine Beziehung, die länger als sechs Monate dauert.

Ich bin verdammt stolz auf mich und irre glücklich darüber, dass Isobel mich so akzeptiert wie ich bin. Es ist nicht immer leicht, für uns beide nicht. Und das wird es wohl nie sein. Aber ich liebe sie genau so, wie sie ist. Mit Fangzähnen, der Webserie »Carmilla« und gelegentlichen Imbissen bei »FastBlood«.

∎

WÜNSCH MIR DIE APOKALYPSE

Nora Bendzko

Ich hatte geholfen, den Weltuntergang zu verhindern, und fühlte mich beschissen.

Seit Tagen fragte ich mich, warum ich mir die Mühe gemacht hatte. Klar, die Menschheit war gerettet. Zusammen mit meinen Verbündeten hatte ich das Monster, das den Planeten fressen wollte, besiegt. Die normale Bevölkerung hatte dank magischer Amnesie längst vergessen, was passiert war.

Alles war gut – für die anderen. Ich hatte nichts vom Weltfrieden. Nein, ich hockte daheim, fucking einsam mit dem Gefühl, vom Leben verarscht zu sein.

Wenn ich nur an Jake und sein triumphales, perfekt weißes Lächeln dachte, kam es mir hoch. »Tja, Loverboy. Sieht aus, als würde ich gewinnen. Der Vampir-Hype ist wohl vorbei und Werwölfe sind wieder im Trend.« Er hatte über seine dämliche Popkulturreferenz gelacht.

Ich konnte nicht fassen, dass er und Mikaela jetzt zusammen sein sollten. Wir hatten uns so lange um sie geprügelt, mir war, als würde ein Teil meiner Normalität wegbrechen. Er, der Werwolf und US-amerikanische Austauschstudent, und ich, der Halbvampir mit dem dunklen Geheimnis. Unsere Rivalität war so klischeehaft, dass es Spaß gemacht hatte. Und jetzt war unser Dreieck mit Mikaela Geschichte.

Ich lag auf meinem Bett, nur in Boxershorts wegen der Hitze, drückte mir die Kopfhörer in die Ohren und stellte die Musik lauter, um meine Gedanken zu übertonen. Vergeblich. Nicht nur Jakes Stimme hallte in meinem Kopf, sondern auch die von Mikaela.

»Ich habe dich sehr gern, Abel«, hatte sie gesagt, mit traurigen mausgrauen Augen. »Aber ich glaube, Jake und ich passen besser zusammen.«

Damit war sie fortgegangen, um die Welt zu retten. Ich hatte ihr mit meiner Wunschmagie geholfen. Was ich mir selbst wünschte, interessierte niemanden.

Lustlos drückte ich mich in mein Kissen. Normalerweise hörte ich Hip-Hop. An schlechten Tagen kehrte ich zum Electronic Rock zurück, den ich als Teenager geliebt hatte. Der Bass wummerte, dass ich beinahe das Klingeln an der Wohnungstür überhört hätte. Ich schlurfte hin.

Zu meiner Überraschung stand Lotte in der Tür. »Hallo, Abel.« Sie musterte mich, ihr Blick blieb an meinem Bauch hängen. »Schlecht. Sehr schlecht. Selbst dein Sixpack schaut mich traurig an.«

Eigentlich hieß sie Charlotte. Ich neckte sie mit der Kurzform, weil sie Goethes »Die Leiden des jungen Werther« in der Schule hassen gelernt hatte. Sie war das Abbild einer Vampirin. Hochgewachsen, bleich, weißblonde Schönheit. Zusammen mit ihrer flapsigen Art war es eine wilde Kombination. Selbst an der Akademie für Dämonenjagd, die wir seit mehreren Jahren besuchten, fiel sie auf.

»Was willst du, Lotte?«

»Was wohl? Ich sehe nach dir.«

»Schön, du hast mich gesehen. Zufrieden? Tschüss.«

»Poah. Mikaelas Abfuhr hat dich echt fertiggemacht, was?«

Ich verschränkte die Arme vor der Brust. »Es geht nicht um sie.«

»Um wen dann? Jake? Machst du dein Ego von einem ollen Werwolf abhängig?«

Ich schwieg. Sonst vertraute ich Lotte viel an. Aber meinen Gefühlsscherbenhaufen wollte ich nicht vor ihr breittreten.

»Hör mal.« Sie griff nach ihrer Handtasche, die mit Buttons übersät war, und machte einen los. »Du solltest dich nicht verkriechen. Ich meine, wir haben die Welt gerettet. Wir sollten feiern.«

Sie nahm meine Hand und legte einen Button hinein. Er war regenbogenfarben.

»Morgen geht die Cologne Pride los. Es wird eine noch größere Party als sonst, weil jetzt die gleichgeschlechtliche Ehe legalisiert ist. Die meisten Kölner mögen nicht wissen, dass wir sie gerettet haben. Aber das ist egal. Sie haben trotzdem das Gefühl, dass die Welt besser wird. Lass uns mitfeiern.« Ich musste wohl blöd gucken, denn sie lachte. »Schau nicht so. Man muss nicht offen queer oder bunt wie ein Pfau sein. Jeder darf hin.«

Wirkte ich so hetero, dass sie das betonen musste? »Ich denke darüber nach.«

»Prima.« Sie tätschelte meine Hand. »Du kannst mich immer anrufen, wenn du reden willst. Bis dann!«

∎∎∎

Ich mochte die trockene Hitze des Sommers. Wenn ich in ihr trieb, versetzte es mich in meine Kindheit. Ich konnte mich kaum an die Zeit in Sousse erinnern. Als Vater mich geholt hatte, damit ich in der deutschen Vampirgesellschaft lebte, war ich gerade mal im Grundschulalter.

Die paar Erinnerungen, die ich besaß, stimmten mich wehmütig. Wenn ich in mich lauschte, hörte ich Kinderlachen, Wellenbrechen, die Gebetsrufe des Muezzins. Ich schmeckte Kumin und andere schwere Gewürze, und da war meine Mutter. Nicht meine leibliche, die hatte ich nie kennengelernt, sondern meine tunesische Adoptivmutter. Manchmal glaubte ich, dass sie mir zuflüsterte, und dann hatte ich eine schrecklich tiefe Sehnsucht.

Ich seufzte. Seit Lottes Besuch hatte ich den Regenbogenbutton nicht mehr weggepackt. Ich ließ meine langen Beine über die Bettkante hängen und betrachtete ihn. Neben dem Button hielt ich die Kette in der Hand, die ich sonst nur versteckt unter hohem Kragen trug. Es war ein Anhänger in Form der Hilal, des islamischen Halbmondes. Ein Geschenk meiner Mutter – das Einzige, was ich von meiner tunesischen Familie besaß.

Sie hatte es mir eines Tages über Vater geschickt. Ich weinte sonst nie, aber damals hatte ich furchtbar geheult. Es hatte mich fertiggemacht, dass Mama mir ausgerechnet etwas Religiöses schenkte, das Teil der tunesischen Flagge war. Als wolle sie sagen: »Ich vergebe dir. Und ich glaube, Allah tut es auch.«

Der Button klackte gegen die Kette. Regenbogen und Silber. Beides sah widersprüchlich in meiner Hand aus und brachte mich durcheinander. »Scheiße. Lotte hat recht. Ich muss frische Luft schnappen.«

Eine braune Strähne fiel mir in die Augen. Ich pustete sie weg, setzte mich auf und schaute aus dem Fenster. Von meiner Wohnung aus war die imposante Doppelspitze des Kölner Doms zu sehen. Die Vorstellung, dass der Platz davor voll mit Menschen sein würde und ich mittendrin, hatte etwas Tröstendes.

Klayton von Celldweller sang mir ins Ohr, dass es egal sei, wer wir waren und was wir uns wünschten. Es war ein schönes Wortspiel im Englischen: »wish upon a star«, ein Wunsch beim Anblick einer Sternschnuppe, nur dass es im Songtext »blackstar« hieß. Wünsch dir etwas beim Anblick eines schwarzen Sterns.

Man muss kein Pfau sein, hatte Lotte gesagt. Selbst wenn ich während der Pride noch so fehl am Platz sein sollte, ein schwarzes Loch in der bunten Menge ... Es war in Ordnung. Ich würde hingehen.

Ein Lächeln zupfte an meinen Lippen. Ich legte Button und Kette auf den Nachttisch, wollte mich aus dem Bett schwingen. Da passierte etwas, das mich völlig aus der Bahn warf: Der schwarze Stern aus dem Lied wurde Wirklichkeit. Er schoss am Fenster vorbei und schlug in den Kölner Dom.

Fassungslos sah ich, wie die Turmspitzen wegbröckelten, um einem wabernden Etwas mit Tentakeln Platz zu machen. »Ach du Schande!«

Ich schmiss meine Kopfhörer weg, streifte mir ein Shirt und eine Skinny Jeans über. Meine Gedanken rasten. Dieses Ding sah aus wie das Monster, das wir neulich bekämpft hatten. Wie war das möglich? Mikaela hatte sich doch den Tod des Weltenfressers gewünscht.

»Fuck«, fluchte ich. »Nein, das hat sie nicht.«

Ihr Wunsch hatte gelautet: Ich will das Monster besiegen. Von einem Tod war nicht die Rede gewesen, schon gar nicht von einem Todeszeitpunkt. So hatte der Weltenfresser zurückkehren können. Das war der Mist an Wunschmagie: Wenn sie eine Lücke in einer Formulierung fand, ging alles nach hinten los.

»Fuck, fuck, fuck.« Ich hämmerte mit den Fingern auf meinem Handy und presste es an mein Ohr. »Lotte, wir haben es vergeigt. Die Welt geht wieder unter!«

■■■

Als ich die Domplatte erreichte, versank die Innenstadt im Chaos. Der Weltenfresser riss ganze Häuserreihen mit seinen Tentakeln ein. Menschen flohen schreiend. Wer zu langsam war, wurde vom riesigen Maul eingesaugt. Einige Vampire waren schon vor Ort. Zumindest hoffte ich, dass die fliegenden Gestalten auf meiner Seite und keine Monsterbabys waren.

»Abel!«, rief Lotte. Sie schoss vom Himmel herab, wobei sie ihre ledernen Flügel einklappte. »Ein Glück, du bist da.«

Ich erkannte an ihren frisch gewachsenen Schwingen, den zu Klauen gewordenen Händen und den geröteten Augen, dass sie Menschenblut genommen hatte. Es war mehr als ernst, wenn sogar die kampfscheue Lotte glaubte, ihre vollen Vampirkräfte einsetzen zu müssen.

Ich umarmte sie hastig. »Tut mir leid, dass es gedauert hat. Ich musste einen Umweg nehmen und Blutpillen holen. Wie sieht's aus?«

»Übel. Das Ding hier schluckt nicht nur alles, es spuckt gefressene Menschen wieder als Monster aus.«

Verflucht. Wenn es also zu viel Schaden anrichtet, würden wir die Mutierten aufgrund ihrer Masse nicht mehr heilen können. Und dann hätten wir ein Problem, eine unaufhaltsame, alles verschlingende Monsterarmee. Apokalypse.

»Ich glaube, meine Magie ist schuld. Sie hat nicht richtig funktioniert, weil Mikaela ihren Weltrettungswunsch nicht genau formuliert hat.«

»Blöd, aber egal. Dann wünsche ich es mir richtig.«

»Lotte, das geht nicht. Du hast keine Wünsche mehr bei mir übrig. Wir haben den dritten bei der letzten Mission verbraucht.«

»Oh, ja. Verdammt. Was dann?«

»Erst mal erfülle ich keine Wünsche. Nicht, dass alles wieder schiefgeht –«

Ein Brüllen ertönte. Ich warf mich herum. Ein Monster hatte sich uns genähert. Es war ein äußerst unappetitlicher Anblick. Ich glaubte zwischen Geifer, Tentakeln und einem Schlund voller Zähne einen Frauenkörper auszumachen. Ehe die Kreatur zubeißen konnte, bekam es einen Schlag in die Schnauze. Ich kannte den breitkreuzigen Kerl, der sie zusammenprügelte. Es war Jake.

Er war nicht in Werwolf-Form, sondern bearbeitete das Monster mit bloßen Fäusten. Seine Bewegungen waren hart und präzise. Er wusste genau, was er tat, als er zwischen die Tentakel boxte. Seine Faust zerschmetterte das winzig kleine Hirn, der Körper erschlaffte und rührte sich nicht mehr.

Jake schnaubte, bevor er sich mir zuwandte und grinste. Seine perfekten Zähne leuchteten im Kontrast zum dunkelblonden Bart. »Hey, Buddy. Was los? Sonst muss ich dich nicht wie eine Prinzessin retten.«

Ich wusste nicht, was mich mehr aufregte: die Blöße, die ich mir vor Jake gegeben hatte, oder die Tatsache, dass er verboten gut aussah. Jede Faser seines durchtrainierten Körpers schien mich durch sein unverschämt locker sitzendes Tank Top auszulachen. Bildete ich es mir ein, oder war er haariger geworden? Meine Gedanken gingen zu der Frage, ob Hormone für einen dichteren Brustpelz sorgten, dadurch kam ich auf Glückshormone und Sex mit Mikaela, und ja, ich schmeckte Kotze in meinem Mund.

»Hey, Doggy«, sagte ich. Seine buschige Augenbraue zuckte. Wie so viele Werwölfe hasste er Hundebezeichnungen. »Kein Grund, dich aufzuplustern. Ich hatte alles unter Kontrolle.«

Leuchtend blaue Augen bohrten sich in mich. Jake stieg von dem Monster. Seine Oberarme wurden zusehends dicker, als er auf mich zuging. Jemand anderes wäre unter seinem Mörderblick eingeknickt, zumal ich ein schlaksigerer Typ war, nicht so breit gebaut.

Ehe wir aufeinander losgehen konnten, sprang Lotte zwischen uns. »Geht's noch?« Sie bleckte die Fangzähne. »Es ist nicht der Zeitpunkt für eine eurer Prügeleien. Da ist ein Weltenfresser, der Köln zerstört!«

Jake hob abwehrend die Hände. »Sorry. Gewohnheit.«

»Wo ist Mikaela?« Mein Bauchgefühl sagte, dass wir sie brauchten. Immerhin war sie es gewesen, die letztes Mal das Monster niedergestreckt hatte.

Als Jake verlegen über seinen Side Cut strich, ahnte ich Schlimmes. »Äh, weiß nicht.« Er war so zerknirscht, dass ihm erst nur englische Worte einfielen. »She dumped me and left.«

Langsam drangen seine Worte zu mir durch. Mikaela hatte es wieder getan: Sie hatte Jake Hoffnungen gemacht, nur um ihn fallen zu lassen. Das gleiche Spiel hatte sie zig Mal mit mir getrieben, sich nie zwischen uns entscheiden wollen.

Lotte warf die Arme in die Höhe. »Na, dann such sie.«

»Wieso? Ich brauche Mikaelas Bullshit nicht. Meine Wolfjungs und ich werden auch allein mit Monstern fertig.« Er funkelte mich an. »Ich kann ja nicht zulassen, dass ihr Vampire allen Ruhm einheimst.« Damit lief er los.

»Alter, nicht sein Ernst?« Irgendetwas an meinem Gesicht musste Lotte sagen, dass ich Jake nachwollte, denn sie stöhnte. »Dann suche eben ich Mikaela. Würdest du den Weltenfresser in Schach halten und bitte nicht sterben?«

■■■

Normalerweise war Krieg zwischen Werwölfen und Vampiren – nicht nur auf der Akademie für Dämonenjagd, in ganz Köln. Ein Revierkampf, so alt wie die Feindschaft zwischen Hunden und Katzen. Umso seltsamer war es, dass wir nun Seite an Seite stritten. Während ich Jake folgte, sah ich beide Parteien gegen die Monsterhorde vorgehen. Reißzähne und Klauen zerfetzten Tentakel.

Jake lief ins Getümmel, zog sein Tank Top aus und schleuderte es weg. Ich sah ein Blinken an seiner Kehle. Es war ein Halsband mit einem Lichtbalken, der anzeigte, wie viel Energie ihm zur Transformation blieb. Werwölfe verwandelten sich nur zum Vollmond. Um es gezielt tun zu können, nahmen sie vorsorglich Energie über ein Mondstudio auf. Er verwandelte sich im Sprung, zu einem noch sehnigeren Körper, ein Wolfsmann mit schwarzem Fell.

»Jake, warte!«

»You wish.« Seine Stimme klang verzerrt tief, während er durch die Monsterreihen wetzte. »Halt dich ran, wenn du mehr erwischen willst.«

Ich holte eine Blutpille aus meiner Hosentasche und warf sie ein. Sowie sich der Geschmack von Eisen auf meiner Zunge ausbreitete, spürte ich die Wirkung. Aus meinen Fingern wuchsen Krallen, ich sah und roch übermenschlich gut. Dabei war es nicht nur meine Vampirseite, die auf das Blut reagierte.

Dies war mein Geheimnis: Meine leibliche Mutter gehörte zu den Dschinn. Jene arabischen Elementardämonen, die ihre Form ändern und Wünsche erfüllen konnten. Sie mussten wie Vampire Menschenblut trinken, darum spürte ich den Kick umso mehr.

Ich hatte nicht alles von meinen Eltern geerbt. Mir wuchsen keine Lederflügel, ich konnte auch nicht zu Wind werden wie meine Dschinn-Mutter. Aber neben der Wunschmagie hatte sie mir eine irrsinnige Schnelligkeit vermacht. Meine Füße waren so flink, dass ich das Gefühl hatte, auch ohne Schwingen zu fliegen. Brüllende Mutierte stellten sich mir in den Weg. Ich war zu flott für sie. Meine Krallen fetzten ihre gedunsene Haut auf.

»Das hier ist kein Spiel«, brüllte ich über den Kampflärm. »Wir sollten auf Mikaela warten.«

Jake hörte nicht hin. Lachend schlug er Monsterköpfe ein und näherte sich dem Mutterdämon. Mir wurde klar, dass er ins Zentrum wollte. Alle größeren Monsterklassen besaßen einen Kern, wo sich ihre Magie sammelte. Einer der Lichtbalken an Jakes Halsband erlosch, als er in die direkte Nähe des Weltenfressers kam. Er ließ sich davon nicht aufhalten, rannte weiter. Sein Körper verschwamm, ehe er in die Geistersphäre trat.

Ich hatte ein schlimmes Gefühl dabei, dass er einen auf Einsamer Wolf machte. Am Ende wirkte meine Wunschmagie noch und hatte gefährliche Nebeneffekte. Gerne hätte ich ihn gewarnt, aber ich konnte nicht. Meine doppelte Herkunft war nicht grundlos geheim, ein Trumpf. Solange man mich nur für einen deutschen Vampir hielt, rechnete niemand mit meiner Dschinn-Kraft, die in vielen Teilen der magischen Welt gefürchtet war.

Ich knirschte mit den Zähnen. Meine gesamte Haut kribbelte. Der Übertritt in die Geistersphäre war immer anstrengend. Ein dunkler Filter schien sich auf mein Blickfeld zu legen, als ich die magischen Ströme vor mir erkannte. Hier, beim Weltenfresser, flossen sie nicht regelmäßig, sondern sickerten wie Eiter aus einer Wunde. Mir kamen die Worte meiner Professorin in den Sinn.

»Magie ist keine Quelle, die ihr endlos anzapfen könnt«, hatte sie in der Vorlesung gesagt. »Stellt sie euch als natürliche Ressource vor. Wenn ihr nicht verantwortungsvoll mit ihr umgeht, so kommt es zu Verschmutzungen in der Geistersphäre, die sich in Monstern und anderen Katastrophen manifestieren.«

Die besagte Verschmutzung konnte ich vor mir sehen. Ich watete durch die Magie, die den Weltenfresser nährte. Mitten in der dunklen Flut stand Jake. Er hatte das Zentrum gefunden. Es hatte die Form eines herzartigen Etwas, das an fleischigen Fäden aus dem Boden wuchs.

»Gewonnen!« Er streckte die Wolfspranken aus, um das Zentrum zu zerstören. »Du bist zu langsam, Abel.«

Ich blinzelte verwirrt, denn er sprach nicht in meine Richtung. Dann erkannte ich, an wen er seine Worte richtete. Wenige Schritte von ihm entfernt stand jemand – ein Wesen mit meinem Gesicht.

»Jake, weg da! Das ist ein Illusionsdämon!«

Er riss erschrocken den Kopf herum. Mein Doppelgänger trat vor ihn, dass sie Körper an Körper standen. Die Berührung führte zu einer magischen Entladung. Alle Lichter an Jakes Halsband erloschen. Er schrie.

»Jake!« Ich wollte zu ihm, doch eine Magiewelle hielt mich auf.

Geräusche flossen über mich hinweg, Stadtlärm, Gebetsrufe – die Laute meiner Kindheit. Der Illusionsdämon speiste aus meinen Gefühlen, die noch mit meiner Wunschmagie in der Geistersphäre hingen. Er beugte sich lächelnd vor und zog an Jakes Halsband.

Jake war kein Wolfsmann mehr, sondern wieder ein Mensch. Er rang nach Luft, stemmte sich gegen den Angreifer. Muskulös, wie er war, sollte er ihn auch ohne Wolfskräfte niederringen. Aber der Dämon tat etwas, das ihn völlig aus dem Konzept brachte: Er küsste ihn.

Jake versteifte sich, um panisch den Kopf wegzudrehen. »What the fuck?«

Ich hörte Entsetzen in seiner Stimme. Es tat weh. Warum fühlte ich diesen Scheiß? Die Welt ging unter, wir schwebten in Lebensgefahr, und mir tat es weh, dass er den Dämon mit meinem Gesicht – mich – wegstieß.

Ich kam bei den beiden an, holte mit den Krallen aus. Der Illusionsdämon hatte mir nichts entgegenzusetzen. Er zerstob unter meinen Hieben. Nur Fleischmatsch und Zweifel ließ er zurück.

Von Kopf bis Fuß bespritzt, stand ich neben dem schnaufenden Jake. »Was war das? Wieso hat der Dämon ... ich meine, du ...«

Die Angst um ihn wurde zu Wut. Ich rettete ihn, und er sagte nicht einmal Danke. Was hatte ich erwartet? Es war eben Mister Macho himself.

»Was denkst du, Trottel?« Mein Zorn versteckte eigentlich nur die verfickt verwirrende Enttäuschung. »Wie funktioniert ein Illusionsdämon, hm? Lernst du überhaupt etwas auf unserer Akademie?«

Wir kamen nicht mehr dazu, uns zu streiten. Die Magieverschmutzung nahm zu, peitschte in Wellen um uns. Ich fiel. Raum und Zeit brachen, bis die Geistersphäre ein einziges Loch ohne Boden war. Ich hörte Jake ängstlich schimpfen, griff nach ihm.

»Oh shit.« Er klammerte sich an mich. Ich spürte seinen hektischen Atem an meinem Mund, sah in seine Augen. Tiefblau wie das Meer vor Sousse. Mir kam der schräge Gedanke, dass ich zumindest nicht alleine und mit einem schönen Anblick sterben würde, wenn die Magie uns zerfetzte. »Ich wusste nicht, dass du ... und jetzt sind wir ... Shit. Wenn wir hier nicht mehr rauskommen, bin ich schuld –«

Ich fiel ihm ins Wort, denn wir hatten nur noch Sekunden. »Jake, das klingt bestimmt krass. Vielleicht drehst du durch, aber egal, alles ist egal jetzt. Ich glaube, ich ... ich steh auf dich.«

Er riss die Augen auf. »Shiiiiit.« Wir fielen und fielen. »Wow. Ich wünschte, ich müsste nicht mit so einem Schocker sterben.«

Dieses eine Wort weckte meinen Überlebensinstinkt. Es war noch nicht alles verloren. »Sag deinen Wunsch. Ganz laut!«

»Was? Ich wünschte, ich —«

Sowie er es sagte, prickelte mein ganzer Körper. Ich schöpfte Magie aus der Geistersphäre, speicherte sie in mir, um den Wunsch wahrwerden zu lassen. Die schmutzige Energie war Gift für mich, doch das war mir egal. Unser Fall endete abrupt. Da wusste ich, dass meine Magie gewirkt, dass ich Jake gerettet hatte. Das Gift füllte mich aus, bis es mir die Sinne raubte.

■■■

War ich tot? Ich schien kurz davor zu sein, denn ich sah mein Leben vorbeiziehen.

Ich ging durch die Akademie für Dämonenjagd. Eine Studentin fiel mir auf. Sie saß am Rand des Vorlesungssaals, einen dicken Wälzer in der Hand. Braunes, streng gebundenes Haar, Brille, Sommersprossen. Wie man sich das unscheinbare Mädchen von nebenan vorstellte. Während des Lesens kaute sie an ihrer Unterlippe.

Sie war gar nicht mein Typ. Trotzdem war ich unerklärlich fasziniert. »Hey. Wir kennen uns noch nicht. Wer bist du?«

Die Antwort veränderte mein Leben: Mikaela. Ich bildete mir ein, ihre Schale knacken zu müssen. Wir studierten zusammen, bekämpften Dämonen, tauschten Küsse und bald mehr aus. Dabei kam mir Jake ständig in die Quere. Auch er fühlte sich von Mikaela angezogen. Sie hatte mal was mit ihm, mal was mit mir. Irgendwann hatte es mich ermüdet. All die Frotzeleien und spielerischen Kämpfe, die ich mit Jake wegen ihr gehabt hatte, waren ehrlicher als ihre Nummer. Wie so viele hatte ich es mir nicht eingestanden, Angst vor der Frage gehabt, ob mehr als Frauen für mich in Frage kämen und was das für mich als Mann bedeutete. Aber ich vermisste eben nicht Mikaela, sondern ihn.

»Abel. Wach auf.«

Ich öffnete die Augen. Da war ein warmes Gefühl in meiner Brust. Ich blinzelte gegen das Licht. Mikaela beugte sich über mich. Sie war in ihrer Engelsgestalt. Ein Strahlenkranz hing um ihren Kopf. Sie lächelte, während sie über meine Brust strich. Heilmagie floss von ihren Fingern und löste alles Gift in mir auf.

»Unbelievable.« Ich sah, dass Jake ebenfalls da war und neben mir kniete. Der Wunsch hatte uns auf ein intaktes Haus teleportiert. Am Horizont schlängelten sich Tentakel. »Du hast ihn wirklich gerettet.«

»Schon gut. Dankt nicht mir, sondern Lotte, dass sie mich rechtzeitig gefunden hat.« Mikaela stand auf und entfaltete ihre weißen Flügel. »Bleibt hier. Ich kümmere mich um den Rest.«

Damit flog sie los. Kaum, dass ich ihre Heilmagie nicht mehr spürte, flirrte es vor meinen Augen. Ich versuchte mich aufzusetzen, hustete und sackte zusammen. Da spürte ich Halt. Jake stützte mich. Mir wurde heiß, immerhin hatte er nichts bis auf eine Hose am Leib. Eine Zeit lang trauten wir uns nicht, uns zu bewegen.

Jake seufzte. »Ich bin ... wie sagt man auf Deutsch ... stupid. Wie konnte ich glauben, die Welt braucht noch einen anderen Retter als Mikaela?«

Sie flog durchs Tentakelmeer. Ich sah ein rotes Blitzen als sie ihr Flammenschwert zückte. Sie hatte diese Waffe schon immer manifestiert als wäre es nichts. Mühelos bekämpfte sie den Weltenfresser. Ich wusste, dass sie unglaublich magiebegabt war, die Beste an der Akademie. Aber es hatte etwas Verhöhnendes.

»Und blind bin ich auch. Ich wusste nicht, dass du mich ...«, Jake schluckte. »Du beherrschst Wunschmagie?«, lenkte er ab.

Ich drehte mich in seinen Armen, um ihn anzusehen. »Ja. Ich bin nicht nur Vampir, sondern auch halb Dschinn.«

»Wie ist das ...?« Er stockte. Wie sollte man auch sensibel fragen, wie ein Untoter und eine Geisterfrau Kinder bekommen?

»Mein Vater meint, es ist biologisch nicht möglich. Er glaubt, dass ich ein schiefgegangener Wunsch bin.«

»Warum hast du es nie erwähnt?«

Ich zögerte. »Das ist nicht alles.« Irgendwie wollte ich ihm nichts mehr verschweigen. »Ich habe mehrere Jahre in Tunesien bei einer Menschenfamilie gelebt. Lange wusste ich nichts von meinen Kräften. Meine leiblichen Eltern dachten, ich hätte keine geerbt. Dann habe ich jedoch meine Adoptivmutter im Blutdurst angefallen.« Auf seinen geschockten Blick hin fügte ich hinzu: »Sie lebt und ist gesund. Aber meine tunesische Familie ist sehr gläubig. Allein, weil Bluttrinken nicht ḥalāl ist, konnte ich nicht bleiben. Und hier, in Deutschland, bei dem wachsenden Rassismus ... Mein Leben schien leichter, wenn ich nicht über meine tunesische Seite sprach.«

Jake war die Verwirrung anzusehen. Sein Blick ging über meine Haut, als suche er eine Antwort, die darauf stand. Er fand sie nicht. Mein Hautton war hell, nicht daunenweiß wie seiner, aber nur leicht braun. Er schien Nordafrikanisches nicht mit mir zusammenbringen zu können. »So you're mixed race?«

Der gleiche Satz wäre als wörtliche Übersetzung im Deutschen nicht möglich, hätte eine andere Bedeutung. Allein bei »Rasse« wäre ich zusammengezuckt. Aber dieses eine, so einfache Wort im Englischen klang tröstlich.

»Ja, das bin ich. Mixed.« Ich hatte Angst vor seiner Ablehnung, dass er nur an eklige Karikaturen von Terroristen denken könnte, wenn ich mehr sagte. Aber seine Wärme machte mir Mut. »Abel ist nur mein Zweitname. Mein deutscher Vater hat ihn ausgesucht. Eigentlich heiße ich Abdullah.«

Die Unsicherheit in seinem Blick blieb. Aber ich fürchtete mich nicht mehr. Jake sah mich eindeutig an mit dem Wunsch, mehr verstehen zu wollen. »Abdullah«, wiederholte er leise.

Ein Grollen ertönte. Wir sahen auf. Der Himmel leerte sich. Mikaela zerhackte eine Tentakel nach der anderen. Bald würde der Weltenfresser fallen, die Mutierten würden geheilt und die Stadt wiederaufgebaut werden. Wahrscheinlich würde die Welt schon morgen den Kampf vergessen haben und sich unwissend weiterdrehen.

»Sie hat uns nie gebraucht«, sagte ich und wagte es, mich an Jake zu lehnen. »Weder im Krieg noch in der Liebe.«

Er schlang seine Arme um mich, was mein Herz hoffnungsvoll pochen ließ. »Yeah. Ich hätte es viel früher checken sollen. Was machen wir jetzt, ohne sie?«

Ich hatte eine ziemlich gute Idee. »Willst du morgen mit mir auf die Pride, um die Rettung der Welt zu feiern?«

■

TODESDUFT UM MITTERNACHT

Jenny Cazzola

Zischend öffneten sich die Türen der U-Bahn vor mir und mit einem beherzten Schritt trat ich hindurch. Drinnen traf mich der typische Geruch von abgestandener Luft, altem Schweiß und zu vielen Menschen auf zu engen Raum so heftig, dass ich beinahe würgen musste. U-Bahn-Waggons gehörten wirklich zu einem der größten Übel, die die menschliche Zivilisation je hervorgebracht hatte. Aber leider waren sie als Fortbewegungsmittel auch unglaublich praktisch. Und irgendwie war es auch beruhigend zu wissen, dass sie auf der ganzen Welt gleich grausig waren. Egal, ob ich in Barcelona, in San Francisco, in Tokio oder eben in Berlin in die U-Bahn stieg, danach hatte ich immer das Bedürfnis ausgiebig zu duschen. Zum Glück hatte ich es ja nicht weit bis nach Hause. Zuhause ... Es kam mir immer noch ein wenig seltsam vor, Berlin mit diesem Wort zu belegen. Ich war erst vor Kurzem aus Wien hierhergezogen und fühlte ich mich in dieser lauten, schnellen und vor allem schnelllebigen Stadt noch ein wenig verloren.

Mit geübtem Blick scannte ich daher meine Umgebung, versuchte jedes Detail aufzunehmen. Es beruhigte mich immer, wenn ich das Gefühl hatte, alles im Blick zu haben. Und nach fast 30 Jahren als Journalistin war es mittlerweile auch so eine Art zweite Natur von mir.

317

Jenny Cazzola

Viele Leute würden sich wundern, was für interessante Geschichten man selbst an den alltäglichsten Orten entdecken konnte, wenn man nur aufmerksam hinsah und zuhörte. Noch dazu, wenn man als Vampirin übernatürlich gut sehen, hören und riechen konnte.

Heute Abend gab es aber nur wenig, was mein Interesse weckte. Außer mir waren nur wenige Fahrgäste anwesend und die meisten von ihnen dösten oder beschäftigten sich mit ihren Mobiltelefonen. Ein schneller Blick durch den Raum zeigte mir aber, dass Lederjacken wieder in Mode waren. Mindesten drei der anderen Fahrgäste trugen nämlich eine. Im Vergleich dazu war ich mit meinem langen Mantel relativ dick eingepackt. Mir war durchaus bewusst, dass ich damit ein ziemliches Vampir-Klischee darstellte, aber es war nun mal ziemlich schwierig, meine künstliche Hand durch den engen, steifen Ärmel einer Leder- oder gar einer Jeansjacke zu bugsieren. Ich war nur froh, dass zumindest diese schreckliche Mode der Röhrenjeans nun endgültig vorbei zu sein schien. Es hatte furchtbar ausgesehen, wie sich meine Beinprothese unter dem engen Stoff abgezeichnet hatte und ich hatte mehr als nur einen schiefen Blick dafür geerntet. Aber andere Hosen waren im Handel in den letzten Jahren ja kaum zu finden gewesen und mir extra welche anfertigen lassen? So hochnäsig und verzweifelt war ich noch nicht.

...

»Wow, was für ein langer Tag!«. Mit einem müden Seufzer ließ ich mich auf das durchgesessene Sitzpolster in der U-Bahn fallen. Gähnend kramte ich mein

Smartphone aus der Jackentasche und stöpselte meine Kopfhörer ein. Etwas laute Musik würde mich wachhalten, bis ich zu Hause ankam. Doch ein plötzliches Kribbeln in meinem Nacken machte diesem Vorhaben sofort ein Ende. Gefahr. Jetzt. Hier. Der Tod lauert überall. Mit einem Schlag war ich hellwach und in Alarmbereitschaft. Irgendetwas stimmte hier nicht. Ganz und gar nicht.

Ohne lange zu überlegen, packte ich mein Smartphone wieder weg und stand auf. Das Kribbeln in meinem Nacken wurde von Sekunde zu Sekunde stärker. Hier drinnen war ich nicht sicher. Aber wenn ich Glück hatte, erwischte ich die nächste Haltestelle noch. Nichts wie raus hier!

»Na Süße, so spät noch unterwegs?« Leider schaffte ich es nicht bis zur Tür. Alles an dem Kerl, der mich abfing, schrie ÄRGER. Von seiner bulligen Haltung, über die Bomberjacke bis hin zu dem Zahnstocher, den er im Mund hatte. Fast schon automatisch schob ich meine Hand in die Jackentasche und tastete nach dem Pfefferspray, das ich immer bei mir trug. Es wirkte leider nicht gegen alle Kreaturen, war aber immerhin besser als nichts. Mein Herzschlag beruhigte sich ein bisschen, als meine Finger sich um das kühle Metall schlossen. Ich verlagerte mein Gewicht ein wenig, um einen sichereren Stand zu haben und beschloss, den Kerl einfach zu ignorieren. Solche Idioten trollten sich normalerweise, wenn man ihnen keine Beachtung schenkte.

»Hey Mädel, ich hab dich was gefragt!« Offenbar gehörte der hier nicht zu dieser Sorte. Leider. Also änderte ich meine Taktik.

»Ich wüsste nicht, was dich das angeht«, antwortete ich ihm betont gelassen, als wäre dies das normalste Gespräch der Welt.

»Naja, es wäre doch eine Schande, wenn einer Schönheit wie dir heute Nacht etwas passiert«, wie selbstverständlich streckte der Kerl die Hand aus und fuhr mit einem Finger am Rand meines Kopftuches an meinem Gesicht entlang.

»Finger weg, du Arschloch!«, fauchte ich und schlug seine Hand weg. Doch der dreiste Kerl ließ sich davon nicht im Geringsten beirren. Im Gegenteil. Er lehnte sich noch ein Stückchen näher an mich heran und senkte seine Stimme zu einem vertraulichen Flüstern:

»Berlin ist eine gefährliche Stadt, musst du wissen. Da draußen lauern Kreaturen, von denen du keine Ahnung hast. Kreaturen, die nur zu gerne einmal einen kleinen Biss von deinem hübschen Gesicht nehmen würden.«

Sein feuchter Atem traf mein Gesicht und von dem Geruch wurde mir beinahe schwindlig. Igitt! Er roch nach nassem Hund, nur eine Million Mal schlimmer. Angeekelt drehte ich den Kopf weg. Dieser Typ war nicht der übliche Hohlkopf, der Frauen in der U-Bahn anmachte. Wenn mich meine Sinne nicht täuschten, dann war mein Gegenüber noch nicht einmal menschlich. Toll, das hatte mir heute Abend gerade noch gefehlt!

Ich versuchte, ruhig weiter zu atmen, und dachte in der Zwischenzeit angestrengt nach. Plötzlich kam mir eine Idee.

»Ach übrigens, es heißt ‚Bissen‘. Der Biss ist die Aktion. Aber ich erwarte von einem wie dir nicht, dass er den Unterschied kennt.«

Yes! Wie ich gehofft hatte, glotzte mich der Kerl nach diesem Spruch nur dümmlich an. Wusste ich es doch, dass er nicht der Hellste war. Ich hingegen nutzte die wertvollen Sekunden und konzentrierte mich für einen Moment ganz auf meine Fingerspitzen. Verborgen in meiner Jackentasche fuhren meine Krallen aus. Nur ein kleines Stück, aber es würde hoffentlich reichen, um mir diesen Idioten vom Hals zu schaffen.

Der hatte sich in der Zwischenzeit aber wieder gefangen. Und er lachte. Was für ein dreistes Arschloch! Oder zumindest dachte ich, dass das Geräusch, das da aus seinem Mund kam, ein Lachen sein sollte. Irgendwie klang es nicht richtig. Heiser und schief. Eher wie ein Bellen, als wie ein Lachen. Wie ein Hund. Oder nein: Eher wie eine Hyäne. Also auch ein Aasfresser.

»Das muss man dir lassen, du hast dich offenbar sehr gut hier eingelebt. Das muss sicher nicht einfach für dich gewesen sein. Für eine wie dich ...«

Glaubte der Kerl wirklich, mit solchen Sprüchen konnte er mir Angst einjagen? Ich war viel, wirklich sehr viel Schlimmeres gewohnt.

»Eine, wie mich? Was solln das heißen?«, zischte ich ihn an. »Ich bin hier geboren, du Spatzenhirn. Meine Eltern sind seit 30 Jahren in Deutschland!«

Doch der Trottel feixte mich nur dämlich an. Meine Antworten waren ihm offensichtlich egal. Arschloch! Vollpfosten! Kackbratze!

»Ich weiß!« Der Kerl grinste. So breit, dass ich seine rasiermesserscharfen Zähne sehen konnte. Oh, er war gefährlich, schon klar. Aber ich war auch mit meiner Geduld am Ende.

»Ich wollte auch nicht darauf hinaus, wer du bist, sondern was. Du kleine-«

Ich ließ ihn nicht ausreden. Blitzschnell zog ich meine Hände aus den Jackentaschen und ließ meine Krallen ganz ausfahren. Sie glänzten fast schwarz im bleichen Neonlicht der U-Bahn. Von weitem konnte man sie durchaus für künstliche Fingernägel halten. Harmlose Spielzeuge. Aber das waren sie bei Weitem nicht. Sie waren meine tödlichste Waffe. Tödlicher noch als mein Biss.

Und das wusste auch mein Gegenüber. Doch ich ließ ihm keine Zeit, um zu reagieren. Mit einem Sprung hechtete ich nach vorne und rammte dem Kerl meine Krallen in den Brustkorb. Nicht so tief, dass ich irgendetwas Wichtiges verletzte, aber tief genug, um seine Jacke zu zerstören. Ich hatte dabei so viel Schwung, dass ich uns beide ein paar Meter nach hinten gegen die Wand warf. Mein Gegenüber wehrte sich nicht, sondern glotzte mich nur aus großen Augen an. Mit Gegenwehr hatte er offenbar nicht gerechnet.

»So«, zischte ich und ließ meine Augen dabei bedrohlich flackern. »Jetzt habe ich die Kontrolle. Und du erzählst mir jetzt, wer du bist und was du von mir willst.«

■■■

Schlagartig änderte sich die Atmosphäre im Inneren des Waggons und riss mich aus meinen unerfreulichen Gedanken. Es war, als hätte plötzlich eine schwarze Wolke im Inneren des Zuges Einzug gehalten. Kaum bemerkbar, aber doch, schmeckte und roch die Luft plötzlich anders. Immer noch total ekelerregend natürlich, aber auch dicker, schärfer. Anders. Irgendwie nach Tod. Gefahr lag in der Luft.

Vorsichtig ließ ich meinen Blick durch den Waggon schweifen. Die anderen Fahrgäste hatten zum Glück noch nichts bemerkt. Gut so, niemand mochte traumatisierte Zeugen. Bis jetzt schien alles normal zu sein ... Doch halt, was war das? Ein gutes Stück hinter mir, in der Nähe der Türen. Eine junge Frau mit einem Hijab. Und ein Kerl. Groß, bullig und ihr definitiv zu nah. So nah, dass sie sich unmöglich wohlfühlen konnte. Für den Bruchteil einer Sekunde hätte ich am liebsten aufgelacht. Die Situation war so dermaßen klischeehaft, als ob sie direkt einem mittelmäßigen Film oder einer dieser typischen Berlin-Reportagen einer überregionalen Zeitung entsprungen wäre. Nur leider war daran überhaupt Nichts lustig!

Von meinem Platz aus sah es so aus, als ob der Kerl versuchen würde, die junge Frau einzuschüchtern. Er redete auf sie ein, doch sie versuchte sichtbar nicht auf ihn einzugehen, ihn nicht anzusehen und auch sonst so zu tun, als ob er gar nicht da wäre. Doch er schien nicht locker zu lassen, beugte sich immer mehr zu ihr hin ... und jetzt berührte er sie sogar! War denn das die Möglichkeit? Und warum schritt keiner ein?

Ein schneller Blick durch den Raum zeigte mir, dass außer mir wohl immer noch keiner etwas von der ganzen Szene mitbekommen hatte. Na toll! Stellte sich die Frage, was ich jetzt tun sollte. Die junge Frau in so einer Situation allein zu lassen, kam für mich absolut nicht in Frage. Dafür war ich selbst schon zu oft angestarrt, belästigt und öffentlich beleidigt worden, ohne, dass es jemanden gekümmert hätte. Auf der anderen Seite wusste ich aber auch, dass Zivilcourage in der Theorie leichter klang, als sie in Wahrheit war. Wenn ich jetzt dort hinüberging und vielleicht sogar versuchte, den aufdringlichen Kerl zu verscheuchen, konnte ich mich damit durchaus selbst in Gefahr bringen. Das war gefährlich für die meisten Menschen, geschweige denn für jemanden wie mich ...

Verflixt noch mal, das war einer dieser Momente, in denen ich meine Behinderung wirklich abgrundtief verfluchte! Es war über 50 Jahre her, dass ich meine Hand und mein Bein verloren hatte und mittlerweile kam ich auch gut zurecht. Die Prothetik hatte in den letzten paar Jahrzehnten zum Glück große Fortschritte gemacht und ich konnte eigentlich ganz normal leben. Klar, nasses, nebeliges oder Schneewetter stellten schon mal ein Problem dar, weil ich mit meinem künstlichen Bein weniger Standhaftigkeit besaß und daher schneller ausrutschte als andere. Auch starrten die Leute mich oft aufgrund meines unüblichen, leicht hinkenden Gangbildes ziemlich missbilligend oder sogar mitleidig an. Und ja, es war peinlich, wenn mir mal was aus der Hand fiel oder ich etwas umstieß. Insbesondere, wenn ich mich dabei in Gesellschaft befand. Aber an alle diese Dinge war ich mittlerweile gewöhnt. Alles im allem und im Vergleich zu anderen Menschen mit Behinderung, die ich kennengelernt hatte, kam ich ziemlich gut zurecht.

Was mich aber fast wahnsinnig machte vor Frustration, waren Situationen wie diese! Situationen, in denen ich unbedingt helfen wollte, ja helfen musste, ich aber nicht wusste, ob ich dazu in der Lage war. Oder ob ich nicht viel eher selbst ein Hindernis war. Es waren Situationen wie diese, die mir schmerzhaft meine Grenzen aufzeigten, und das mit einer Vehemenz, bei der ich am liebsten schreien wollte!

Aber wegsehen konnte ich auch nicht so einfach. Während ich noch hin und her überlegte und mich innerlich selbst verfluchte, ertönte hinter mir ein lautes Krachen. Die junge Frau hatte den Kerl gegen eine Wand geworfen. Chapeau, so viel Kraft hätte ich ihr gar nicht zugetraut! Aber Moment mal ... waren das Krallen, die ich an ihren Händen aufblitzen sah? War die junge Frau am Ende etwa gar kein Mensch? Im Bruchteil einer Sekunde traf ich eine Entscheidung. Hier ging es nicht mehr nur um einen Idioten, der Frauen in der U-Bahn belästigte. Hier ging es um etwas Übernatürliches. Und wenn die beiden da hinten nicht aufpassten, konnten sie uns alle auffliegen lassen. Ich musste etwas tun.

∎∎∎

Der Kerl glotzte mich immer noch sprachlos an.

»Was ist jetzt? Sprichst du auf einmal kein Deutsch mehr? Ich habe dich was gefragt. Wer bist du und was willst du von mir?«

Er öffnete und schloss seinen Mund nur wie ein Karpfen, der auf dem Trockenen lag. Schöne Scheiße! Solche Typen waren wirklich zu nichts außer zum bedrohlich Gucken zu gebrauchen. Bevor ich ihn aber weiter ausquetschen konnte, hörte ich hinter mir ein Räuspern.

»Hallo, könnten Sie bitte etwas zur Seite gehen? Sie blockieren den Weg zur Tür und ich müsste durch.« Die Stimme gehörte einer jungen Frau. Vorsichtig und leicht hinkend bahnte sie sich einen Weg an mir vorbei, so nahe, dass sie dabei meinen Rücken streifte. Ich erstarrte.

»Entschuldigen Sie bitte, dass ich mich so aufdränge, aber die nächste Haltestelle ist meine und mit meiner Prothese bin ich etwas langsam.«

Sie klopfte mit der Hand auf ihr Bein und ein metallisches Geräusch ertönte. Dann blieb sie neben mir stehen, wie um sich kurz auszuruhen. Doch in Wirklichkeit musterte sie dabei mich und den Kerl eindringlich. Verdammt, hatte sie etwa mitgekriegt ...? Nein, das konnte nicht sein!

Ein leichtes Lächeln glitt plötzlich über das Gesicht meiner Nachbarin und sie schüttelte den Kopf. »Oh glauben Sie mir, einer wie der ist es nicht wert!«. Ihr Lächeln wurde breiter und für eine Millisekunde konnte ich ihre spitzen Eckzähne sehen. Na toll, nur ich konnte am selben Abend auf einen Idioten und eine Vampirin treffen!

Die Vampirin betrachtete mich von Kopf bis Fuß, so eindringlich, dass ich davon rot wurde. Ich war gerade so verwirrt, dass ich nur hilflos blinzeln konnte. Zu spät checkte ich, was sie mit ihrem Spruch gemeint hatte. Hastig zog ich meine Krallen wieder ein und ließ von dem Kerl ab. Wahrscheinlich hatte die Vampirin recht und es hatte keinen Sinn, wenn ich ihn hier drin vermöbelte. Er würde mir ja doch nichts Neues erzählen. Besser, wir verlagerten das hier woanders hin. Genau in diesem Moment aber kam die U-Bahn zum Stehen. Zischend öffneten sich die Türen und der Kerl machte sich aus dem Staub.

»Verdammt, ich war aber noch nicht fertig mit dir!«, knurrte ich und sprintete hinterher.

■■■

Die junge Frau und der seltsame Typ verschwanden nacheinander in die Nacht. Ich hingegen blieb etwas ratlos zurück. Ich wurde den Eindruck nicht los, dass ich es gerade ordentlich versiebt hatte. Was war eigentlich passiert? Hatte der Kerl das Mädchen am Ende gar nicht belästigt? Während die U-Bahn wieder Fahrt aufnahm, begannen meine Gedanken zu rattern. Wer war das Mädchen überhaupt? Ich war vorhin mit Absicht so nah an ihr vorbeigegangen, nah genug, dass ich einen Hauch ihres Geruchs aufschnappen konnte. So etwas wie diese junge Frau hatte ich noch nie zuvor gerochen und ich konnte sie daher nicht zuordnen. Irgendwie würzig, lebendig, aber gleichzeitig haftete ihr auch ein unterschwelliger, aber unmissverständlicher Hauch des Todes an. Während ich darüber sinnierte, fiel mein Blick auf ein kleines, blinkendes Rechteck, das neben der Tür am Boden lag. Ein Mobiltelefon. Ich bückte mich vorsichtig, um es aufzuheben. Dabei streiften meine ungeschickten Finger den Bildschirm und er leuchtete auf. Die junge Frau mit dem Kopftuch lächelte mir entgegen.

■■■

»Scheiße!«, brüllte ich in die Nacht. Das Arschloch war mir tatsächlich entwischt. Müde und angepisst tastete ich in meiner Jackentasche nach meinem Smartphone, doch ich fand nur meine Schlüssel und das Pfefferspray.

»Schöne Scheiße!« Lustlos machte ich mich auf den Weg zurück zur U-Bahn-Haltestelle. Vermutlich hatte ich es dort verloren. Blieb mir nur zu hoffen, dass jemand es gefunden und abgegeben hatte. Das letzte, was ich heute Abend noch gebrauchen konnte, war, dass irgendein Arschloch sich mit meinem Handy aus dem Staub machte.

Da hörte ich plötzlich eine Stimme hinter mir:

»Hey! Hey, du, Mädchen mit dem Kopftuch! Warte doch mal!«

Zack, schon waren meine Finger wieder bei dem Pfefferspray und ich wirbelte herum. Manchmal hatte ich wirklich das Gefühl, ich würde den Ärger magisch anziehen.

Doch hinter mir war nur die seltsame Vampirin von vorhin, die mit langsamen, irgendwie hinkenden Schritten auf mich zukam.

»Sorry, ich bin nicht so schnell«, keuchte sie und ihr Atem bildete kleine Wolken um sie herum. Erst jetzt fiel mir auf, wie kalt es eigentlich war. Die Temperatur war empfindlich gesunken und ich zitterte ein wenig.

»Was willst du?«, fragte ich müde. Es war ein langer Tag gewesen und ich hatte keinen Bock mehr auf Ärger.

Die Vampirin blieb stehen und hob beide Hände in einer Friedensgeste.

»Ich ... ich habe vorhin in der U-Bahn dein Mobiltelefon gefunden«, antwortete sie. »Und ich dachte mir, du willst es vielleicht wiederhaben.«

»Okay.« Ich blieb weiter wachsam. Das konnte auch ein Trick sein.

»Es steckt in meiner Jackentasche. Ich hole es heraus, in Ordnung?«

Ich nickte stumm, ließ sie aber nicht aus den Augen. Die Vampirin nahm langsam ihre Hände herunter. Dann begann sie mit der linken umständlich in der Tasche ihres langen Mantels zu kramen. Erst jetzt kapierte ich, dass es sich bei ihrer anderen Hand wohl auch um eine Prothese handeln musste. Ich schluckte. Was war ihr wohl passiert?

»Hier!«, die Vampirin reichte mir das Handy mit einem schüchternen Lächeln.

Ich trat ein paar Schritte näher zu ihr hin und nahm es ihr aus der Hand. »Das habe ich schon gesucht. Danke«, fügte ich etwas zu spät hinzu.

»Kein Problem«. Die Vampirin entspannte sich sichtlich. »Das war aber nicht der einzige Grund, warum ich dir gefolgt bin. Ich wollte mich außerdem bei dir entschuldigen. Ich wollte dich vorhin nicht in Schwierigkeiten bringen.«

Was sollte ich darauf antworten. Schon in Ordnung? Danke für gar nichts? Stattdessen zuckte ich nur stumm mit den Achseln. Davon offensichtlich ermutigt redete die Vampirin weiter:

»Es hat für mich vorhin nur so ausgesehen, als ob du Hilfe brauchen würdest und da dachte ich ...«

»Du hast den Typen mit der Bomberjacke gesehen, der eine junge Frau in der U-Bahn einschüchtert und hast gedacht, dass das bestimmt Ärger gibt.«

»Ähm, ja, ich schätze schon.«

Fast automatisch entfuhr mir ein Seufzer. Manchmal hatte ich wirklich das Gefühl, dass ich von einer seltsamen, idiotischen Situation in die nächste stolperte.

»Aber du hast nicht damit gerechnet, dass die junge Frau sich auch ganz gut allein wehren kann. Stimmt's oder hab ich recht?«

»Äh, ja. Das heißt, nein. Ehrlich gesagt, ich habe keine Ahnung, was ich gedacht habe. Aber ich bin selber schon ziemlich oft doof angemacht worden, deshalb wollte ich dich da nicht alleine lassen. Ich konnte ja nicht wissen … Ich glaube, ich habe die Situation für dich noch viel schlimmer gemacht, als sie eigentlich war. Oder?«

Ich seufzte erneut und ein Schauer durchlief meinen ganzen Körper. Verdammt, es fing wirklich an, kalt zu werden. Eines musste ich der Vampirin zugestehen: Sie hatte mehr Zivilcourage als die meisten Menschen, denen ich bisher begegnet war. Und sie konnte ja wirklich nicht ahnen, in was für eine Art Situation sie da hineingeriet. Oder, dass ich kein Mensch war.

»Ja. Nein.« Jetzt, wo das Adrenalin langsam abebbte, konnte ich vor Müdigkeit kaum noch klar denken. Ich kreuzte die Arme vor der Brust, um einen weiteren Schauder zu unterdrücken. »Du konntest ja nicht wissen, dass ich eine Ghoula bin.«

»Eine Ghoula?« Die Vampirin reagierte so, wie die meisten eben reagierten, wenn sie erfuhren was ich war: Sie starrte mich an.

»Ja, eine Ghoula!«, antwortete ich schärfer, als ich es beabsichtigte. »Du weißt schon, ein weiblicher Ghoul. Angeblich gefährlicher Dämon oder Geist aus der arabischen Mythologie. Leichenfresser. Extrem selten. Und falls dir das noch nicht abgefuckt genug ist, ich bin, wie du sehen kannst auch noch Muslima. Und eine Lesbe, um mir das Leben noch etwas mehr zu verkomplizieren!«

Meine Stimme wurde immer lauter und Tränen prickelten hinter meinen Augenlidern. Ich wollte vor der wildfremden Vampirin nicht losheulen, aber es war auch schon eine Weile her, dass ich jemandem aufgezählt hatte, wie seltsam und abgefuckt mein Leben war. Und es war wirklich viel!

Doch die Vampirin schien sich nicht so wie die meisten vor mir zu ekeln oder mich erforschen zu wollen. Als sie mich in der Kälte zittern sah, schälte sie sich umständlich aus ihrem Mantel und reichte ihn mir.

»Hier, du scheinst den gerade dringender zu brauchen als ich. Ich bin übrigens Valeria«, stellte sie sich vor. »Vampirin. Krüppel. Und pansexuell, auch wenn ich nicht der Meinung bin, dass das wichtig ist. Sorry, falls ich dir nicht die Hand gebe. Aber du weißt schon: Prothese.«

Irgendetwas in ihrem Ton oder in ihrer unerwarteten Freundlichkeit brachte mich zum Lächeln. »Ich heiße Samira«, antwortete ich und schlüpfte dankbar in den Mantel. »Aber bevor das hier zum Gruppentreffen der queeren Monster ausartet, ich hatte einen wirklich langen Tag, mir ist kalt und ich bin zum Umfallen müde. Würde es dir etwas ausmachen, mich nach Hause zu begleiten? Es ist nicht weit und du kriegst dann gleich deinen Mantel zurück.«

■■■

Der Weg zu Samiras Wohnung war nicht lang, doch wir legten ihn recht langsam zurück. Einerseits natürlich meinetwegen, andererseits aber auch, weil Samira sich vor Erschöpfung kaum noch auf den Beinen halten konnte. Armes Mädchen. Es gab kaum etwas, das einen stärker umhauen konnte als die Ruhephase nach einem Kampf, wenn das ganze Adrenalin abgebaut wurde. Trotzdem plauderten wir die ganze Zeit über. Samira war wirklich eine faszinierende Gesprächspartnerin und ich erfuhr eine Menge über sie. Sie war erst seit Kurzem eine Ghoula, wollte mir aber nicht verraten, wie es passiert war. Das war mir nur recht, ich wollte sie nicht drängen. Viel zu oft hatten die Menschen mich ausgequetscht und ich hatte mir dann irgendeine halbgare Geschichte von einem Unfall ausdenken müssen. Stattdessen redeten wir über ihr Studium, meinen Job in einer Nachrichtenagentur und was wir beide sonst schon so im Leben erlebt hatten. Eigentlich war ich keine große Plaudertasche. Ich war besser im Zuhören als im Reden, aber Samira stellte mir immer neue Fragen. Es tat mir überraschend gut, mit jemandem zu reden, der einen ähnlichen Background hatte wie ich. Es gab nicht viele queere Personen in der paranormalen Sphäre und unter uns Vampiren hatten Frauen nicht viel zu melden. Samira war das komplette Gegenteil von den meisten Frauen, die ich im Laufe meines Lebens kennengelernt hatte. Sie war neugierig, ein wenig vorlaut und selbstbewusst. Und sie behandelte mich wie einen Menschen. Etwas, das mir schon sehr lange nicht mehr passiert war.

Als wir schließlich vor ihrer Haustür ankamen, war ich daher fast wehmütig, dass unser Gespräch schon zu Ende war.

»Danke fürs Nachhause bringen und so ...« Samira lächelte mich schüchtern an und reichte mir meinen Mantel wieder.

»Gern geschehen.« Ich lächelte zurück.

»Und danke auch für den Mantel. Und für das interessante Gespräch. Ich hoffe, du kommst noch gut nach Hause.«

»Gleichfalls. Für das Gespräch, meine ich.«

»Vielleicht sieht man sich ja mal wieder. In der U-Bahn, oder so.«

»Äh, ja. Das wäre nett.« Wäre es wirklich.

Samira gähnte ausgiebig. »Es ist schon verdammt spät. Ich sollte dann mal reingehen. Gute Nacht.«

»Gute Nacht.« Wie verabschiedete man sich in so einer Situation? Die Hand geben war mir immer etwas unangenehm und ein Küsschen links und rechts auf die Wange erschien mir viel zu intim. Schließlich kannten wir uns ja kaum eine Stunde. Doch Samira nahm mir diese Entscheidung ab. Sie trat einen Schritt vor und bevor ich blinzeln konnte, hatte sie mich auch schon in eine warme Umarmung gezogen. Für einen kurzen Moment schloss ich meine Arme um sie, dann machte Samira sich wieder los und verschwand mit einem flüchtigen Winken im Inneren des Hauses.

Ziemlich verwirrt über den Ausgang, den dieser Abend genommen hatte, machte ich mich ebenfalls auf den Heimweg. Als ich mir meinen Mantel überstreifte, bemerkte ich aber, dass sich eine Spur von Samiras Duft im Stoff festgesetzt hatte. Würzig, lebendig und mit einem Hauch von Tod …

■

DIE JURTE DES TODES

Patricia Eckermann

Sigrun Bayer?«

Siggi war so überrascht, mal nicht ihren Spitznamen zu hören, dass sie sich den Hals verdrehte. Ein schiefer Schmerz fuhr ihr ins Genick. Der Mann, der sie angesprochen hatte, war sehr viel jünger als sie, vielleicht 30, mit hellbrauner Haut und schwarzen, glatten Haaren, die zu einem Suebenknoten an der linken Kopfseite gebunden waren. Er saß auf der Bank unter der Bushaltestelle vor ihrer Wohnung, selbstbewusst, als wäre genau hier der Punkt, von dem aus er die Welt steuerte.

»Kennen wir uns?«

»Ich bin Tarek.« Er lächelte und zeigte auf den Platz neben sich. »Hast du eine Minute?«

Eine Hitzewelle donnerte durch Siggis Körper und presste ihr den Schweiß aus den Poren. Seit dem Wochenende hatte sie das jetzt schon, mehrmals am Tag, manchmal dauerte so ein Schub minutenlang. Sie hatte immer versucht, sich die Wechseljahre vorzustellen - darauf, dass sie jetzt öfter an Sex dachte und täglich mehrere T-Shirts durchschwitzte, war sie nie gekommen.

Tarek lächelte sie immer noch an, als wäre ihr »Ja« nur eine Frage der Zeit. Siggi zögerte. Wohin führte das? Für einen Flirt war er zu jung, und selbst wenn sie darüber hinwegsah – sie war mit David verheiratet. Sie brauchte keine Affäre, keine weiteren hormonellen Dissonanzen, sie brauchte ein Mittel, ihre Ehe zu retten.

Außerdem - so vertrauenerweckend Tarek auch schien – war das nicht gerade das Erfolgsrezept vieler Serienkiller? Siggi strich sich den Schweiß vom Haaransatz und sah hoch zu den Fenstern im fünften Stock, hinter denen David gerade das Abendessen zubereitete. Eine seltene Abwechslung ihrer betonierten Routine, die daraus bestand, dass sie sich um den Haushalt und das Essen kümmerte und er das große Geld verdiente. Doch die bemühte Geste ihres Mannes konnte die frustrierte Distanz zwischen ihnen genauso wenig überwinden, wie die gemeinsame Flasche Wein am Wochenende. Immerhin, der Wein hatte ihr den Mut geschenkt, David von ihren Hitzewallungen zu erzählen. Keine Ahnung, was sie sich davon erhofft hatte. Jedenfalls nicht, dass er ihr einen ungefragten Rat vor die Füße knallte und nun darauf wartete, dass sie ihn umsetzte! David hatte keine Ahnung vom Thema, trotzdem spielte er sich als Experte auf und wollte die Behandlungsmethode bestimmen. Er war es gewohnt, dass die Welt sich seinem Willen beugte – typisch weißer, alter, reicher Mann.

Klar, in der Beziehung mit Siggi hatte er eine andere Sichtweise kennengelernt. Sie zeigte ihm, wie ungerecht das System für diejenigen war, die nicht der Norm entsprachen; eine von Rassisten gesetzte Norm, die David unwissentlich und ohne sein Zutun erfüllte. Doch er stand bis heute nicht wirklich an ihrer Seite. Er war kein Ally. Und wenn sie ehrlich zu sich war, würde er niemals einer sein.

Jetzt wartete er oben mit dem Essen und war sicher schon vorgespannt. Er hasste es, wenn sie zu spät war. Trotzdem verspürte sie keinen Drang, sich zu beeilen. Im unausweichlichen Streit konnte sie dann gleich noch loswerden, dass sie nicht mit zur »All-White-Summer-Night« kommen würde, dem alljährlichen Schaulaufen der Kölner Klüngelprominenz, bei der David die meiste Zeit über sie, aber nicht mit ihr sprechen würde. Siggi spürte die nächste Hitzewelle anbranden.

Tarek saß noch immer entspannt, den Kopf an die Plexiglasscheibe der Bushaltestelle gelehnt und beobachtete sie mit einem flirtfreien Lächeln.

»Der Tod ruft dich. Ich fahr dich zu ihm, wenn du mir vertraust.«

»Zum Tod?« Siggi verschränkte die Arme. Die ganze Situation hier war vollkommen unwirklich. Sie deutete auf das Motorrad, das wie ein in Chrom und Stahl gegossener Midlifecrisis-Traum neben der Bushaltestelle stand. »Brettern wir damit vor die Wand? Oder wie ist dein Plan?«

Sie wunderte sich über sich selbst. Warum hatte sie keine Angst? Eigentlich wäre sie längst auf und davon!

»Keine Sorge, wir fahren mit dem da.« Tarek deutete auf einen petrolblauen Renault 4 mit eingedellter Beifahrertür. Fuhr man zum Tod nicht auf einem Floß über den Styx? Oder mit dem Totenschiff? Und lauerte der Tod nicht überall – wieso sollte sie ihm mit einem klapprigen Oldtimer entgegenkommen?

Oben in der Wohnung bewegte sich ein Schatten.

»Ich kann nicht«, sagte sie. »Mein Mann wartet mit dem Essen auf mich.«

Tarek schien nicht überrascht.

»David kann warten. Es geht um dein Leben.«

Etwas in Tareks Stimme schob sich wie kaltes Eis durch Siggis Eingeweide. Woher zur Hölle kannte er

Davids Namen? War er vielleicht doch gefährlich? Sie schob ihre Hand in die Hosentasche und fand den großen Hausschlüssel. Wenn Tarek ihr krumm kam, würde sie ihm den Schlüssel ins Auge rammen. Zumindest in der Phantasie hatte das schon hunderte Male geklappt. Tarek lachte, als ob er ihre Gedanken lesen konnte. Dabei blitzte ein Piercing in seiner Zunge auf. Eigentlich fand Siggi sowas albern, doch bei ihm war es ebenso stimmig wie das Hals-Tattoo, ein fein gestochener, magisch wirkender Keltenknoten. Tareks dunkle Augen schimmerten warm im bläulichen Licht der Straßenlaterne, als ob aus ihnen das Licht der Abendsonne nachglühte.

»Du stirbst nicht, Sigrun. Der Tod zeigt dir nur, wozu es sich zu leben lohnt.« Tarek beugte sich zu ihr, seine Augen kamen so nah, dass sie tief in seine Pupillen sehen konnte. »Deine Seele ist lost, Sigrun Bayer. Dein Leben hat keine Bedeutung mehr. Komm mit mir und ändere das.«

Seine Worte trafen Siggi härter als jede Hitzewelle.

■■■

Sie konnte nicht glauben, dass sie zu Tarek ins Auto gestiegen war. Sie rief David nicht an, schickte keine SMS. Dieses Abenteuer wollte sie für sich allein erleben. Davids Negativität würde sie noch früh genug zu spüren bekommen.

Die Fahrt ging quer durch den Feierabendstau. Tareks Laune schien das nichts anzuhaben. Sie hörten »Two Sides of a Gun« von Ben Harper, und er sang mit samtweicher Raspelstimme mit. Irgendwann traute sich auch Siggi. Wann hatte sie das letzte Mal gesungen?

Wenn David in der Nähe war jedenfalls nicht. Sie hatte es einmal getan, relativ am Anfang ihrer Beziehung. Er hatte sie ausgelacht und präsentierte sie seitdem neuen Bekannten gern mit seinem Smalltalk-Standard: »Sigrun ist das beste Beispiel, dass rassistische Klischees Quatsch sind – so schlecht wie sie singt.«

Siggi hasste diesen Spruch, genau wie die Events in Abendgarderobe, zu denen er sie regelmäßig schleifte. Sie wollte nicht mehr das Alibi sein, das ihm den Anstrich von Awareness vermittelte. Ihre Gedanken wanderten zu ihrem letzten Streit. David fand es lächerlich, dass sie überlegte, ihre Haar-Workshops für Schwarze Teenager professioneller aufzuziehen. Wozu arbeiten? Er verdiente doch das Geld! Schon damals nach der Hochzeit hatte er sie gedrängt, nicht weiter als Frisörin zu arbeiten. Anfangs hatte es ihr nichts ausgemacht, die Frau an seiner Seite zu spielen. Sie hatte seitdem nie wirklich gearbeitet, für nichts Verantwortung übernommen, nicht mal für sich selbst. Sie hatte Davids Aufstieg auf der Karriereleiter verfolgt, ihm den Rücken gestärkt und war der Prellbock für seine Wut, wenn Dinge nicht so liefen wie geplant. Und jetzt war ihre Ehe das »Ding, das nicht mehr lief«. Ihre Ambitionen, sich selbstständig zu machen, endlich auf eigenen Füßen zu stehen, empfand er als Bedrohung des ehelichen Status quo. Doch diesmal würde sie nicht einknicken. Das euphorische Feedback von Teenagern, die zum ersten Mal positive Erfahrungen mit ihren Haaren machten, motivierte Siggi. Sie wollte das nicht aufgeben, nur weil David es hasste, allein zuhause zu sein. Sie wollte mehr davon. Mehr Empowerment. Mehr Zuspruch. Mehr

Selbstvertrauen. Nicht nur für Teenager, auch für sich selbst.

Hinter grau verwohnten Hochhausblöcken bog Tarek in eine Sackgasse ab, an deren Ende er parkte. Auf einer wild blühenden Wiesenlandschaft gastierte ein Mittelaltermarkt. Direkt neben dem verwilderten Waldsaum, der die Wiese an zwei Seiten begrenzte, loderte ein Lagerfeuer. Gesang und Musik wehten herüber.

Erst als Tarek ihre Hand drückte, merkte Siggi, dass sie sich von ihm ziehen ließ. Sie gab ihn frei und schloss zu ihm auf. Je näher sie dem Jahrmarkt kamen, desto mehr Details konnte sie erkennen. Längst nicht alles hier war mittelalterlich. Im Gegenteil, sie entdeckte Solar-Paneele, High-Tech-Grills, mannshohe Boxentürme und DJ-Equipment.

Über dem Eingangstor stand »Samsara«, in dicken, geschwungenen Buchstaben aus verrostetem Metall. Die Frau an der Kasse winkte Tarek freundlich durch und bedachte Siggi mit einem neugierigen Blick.

»Hier ist ja nix los«, sagte Siggi mit Blick auf den spärlich besuchten Jahrmarkt. »Warum sucht ihr euch keinen besseren Standplatz?«

»Wir sind nicht auf viele Besucher aus«, antwortete Tarek. Er ging nicht auf das Feuer zu, das Siggi magisch anzog, sondern auf eine alte, ausladende Eiche am Waldsaum.

»Auf wen seid ihr denn aus?«, hakte Siggi nach.

»Samsara versammelt die Verlorenen. Die Suchenden. Und die Auserwählten.«

»Und ich bin eins davon?«

Tarek schwieg, und Siggi wusste nicht, ob sie sich verloren fühlte, als Suchende oder auserwählt. Sie folgte Tarek zu einem kreisrunden, stabil gebauten Zelt, einen Steinwurf von der Eiche entfernt. Es war mit grobem Stoff bespannt und ähnelte der mongolischen Jurte, in der Siggi vor Jahren an einem schamanischen Ritual teilgenommen hatte. Danach hatte sie sich fest vorgenommen, solche Rituale öfter zu machen, und die ganze Sache dann, wie so vieles in ihrem Leben, nie wieder probiert.

Tarek hob den Stoff an, der den Eingang der Jurte bedeckte, und Siggi schlüpfte an ihm vorbei ins Innere.

Im Zelt schien es fünf Grad kühler zu sein, trotzdem war die Atmosphäre nicht unangenehm. Kerzen flackerten in bunten Gläsern und warfen tanzende Lichter in den Raum. Die Wände der Jurte waren mit roten und orangefarbenen Stoffen verhängt. Auch der Boden, sogar die Kissen, Rollen und Decken, fast alles war rot oder orange. Hitze rollte durch Siggis Körper, doch die Kühle trocknete den Schweiß und hinterließ eine angenehme Spannung auf ihrer Haut, die perfekt zu ihrem Inneren passte.

Hinter Siggi fiel der Stoff zurück vor den Eingang. Sie musste sich nicht umdrehen, sie wusste, dass Tarek nicht mit in die Jurte gekommen war. Siggi tastete unauffällig nach ihrem Hausschlüssel. Ob sie den Tod damit bezwingen konnte?

»Schön, dass du da bist.« Die Stimme kam Siggi vertraut vor. In ihrem Augenwinkel bewegte sich etwas. Eine Gestalt löste sich von der Zeltwand und näherte sich. Der Tod? Zumindest die schwarze Kleidung würde passen. Die Gestalt trug Jeans und Hoodie, die Kapuze so tief heruntergezogen, dass Siggi kein Gesicht erkennen konnte. Sie fragte sich, ob Tarek den Eingang der Jurte verschlossen hatte, und sah erleichtert, dass der Stoff einen Spalt offenstand und sanft im Wind wogte. Notfalls konnte sie in zwei Sätzen entkommen.

Von draußen drang Gelächter und Musik ins Zelt.

Die Gestalt blieb vor ihr stehen, nicht mal einen halben Meter entfernt. Siggis Hand zuckte, und sie dachte kurz darüber nach, ihr die Kapuze vom Kopf zu reißen. Doch den Mut brachte sie nicht auf.

»Ich habe keine Ahnung, was ich hier mache.« Siggi räusperte sich. David warf ihr gern vor, dass sie absichtlich zu leise sprach. »Das hier passt gar nicht zu mir«, setzte sie lauter nach. Bisher hatte ihr die Aufregung, die das Abenteuer in ihr auslöste, gefallen. Jetzt kamen ihr langsam Zweifel. »Ich glaub, ich geh besser.«

»Man hat nur Angst, wenn man mit sich selbst nicht einig ist.« Siggi stutzte – zitierte der Tod jetzt ernsthaft Hesse?

»Ich hab keine Angst«, wehrte sie ab, doch das war eine Lüge. Ohne darauf einzugehen, zog die Gestalt sich die Kapuze vom Kopf und sah sie aufmerksam an.

Der Tod war schrecklich anzusehen und gleichzeitig wunderschön. Seine Gesichtszüge changierten, legten sich niemals lange fest. Mal war er alt, mal jung, mal schien er weiblich, dann männlich, mal war er Schwarz oder weiß, mal alles zusammen und mal nichts davon. Siggi wurde schwindelig, und ohne, dass sie es verhindern konnte, sank ihr Körper dem Tod entgegen. Etwas an ihm zog sie unwillkürlich an.

»Sorry.« Ihr Herz hämmerte vor Verwirrung. »Das ist mir noch nie passiert.«

»Diese Wirkung habe ich immer auf verlorene Seelen«, lächelte er. Er hatte sie aufgefangen und brachte sie zur Zeltmitte. Sein Gesicht zeigte jetzt immer häufiger die Züge von Männern zwischen 40 und 60 Jahren. Gesichter in allen Formen und Hautfarben, doch nur die wenigsten davon waren weiß. Weiß wie David, weiß wie ihre Familie, weiß wie die Norm, an der sie ihr Leben lang scheiterte. Der Schwindel schien sich einnisten zu wollen, sie sank schwer auf die bereitgelegte Yogamatte.

»Wer...«, Siggi versuchte, sich zu fokussieren. Doch es war fast unmöglich, einen klaren Gedanken zu fassen. »Was bist du?«, machte sie einen zweiten Anlauf. »Was ist das für ein Jahrmarkt? Und warum ausgerechnet ich? Lösegeld gibt's für mich jedenfalls nicht. Mein Mann lässt sich nicht erpressen.«

Der Tod reagierte darauf nicht. Er bedeckte Siggi mit einem schweren Tuch und entzündete ein Kräuterbüschel. Der Geruch von heiligem Salbei stieg in ihre Nase und kurz darauf fielen ihre Augen zu. Dann endlich konnte sie loslassen. Ihr Körper gab sich dem Sog der Erde hin, war bald eins mit allem, was atmete. Und dann schon weit darüber hinaus.

■■■

Stille. Das Gelächter und die Musik waren versickert. Siggi öffnete die Augen. Stockdunkel. Sie roch Erde, hörte Wasser tropfen. Lag sie noch auf der Yogamatte? Sie wollte sich bewegen, doch es war, als hätte sie keinen Körper mehr. Dann schob sich der Kopf des Todes aus dem Nichts in ihr Sichtfeld. Jetzt sah er aus wie Idris Elba.

»Deine Seele hat mich um Hilfe gebeten.«

»Dich?«, stutzte sie, »Sind Seelen nicht unsterblich?«

»Ja, und auch nein«, lachte der Tod und sein Gesicht zersplitterte in eine Vielzahl mäandernder Züge. Dann beruhigte sich der Fluss der Gesichter und sein Aussehen glich sich wieder den Zügen des britischen Schauspielers an.

»Du musst dein Leben ändern«, warnte er, jetzt wieder völlig ernst. Siggi dachte an den wachsenden Bücherstapel, den sie Zuhause zum Thema angehäuft hatte. Das Leben ändern... so etwas sagte sich so einfach. Aber um ein Leben zu ändern, brauchte es mehr als Bücher und großspurige Worte. Trotz keimte in ihr auf.

»Was, wenn ich einfach so weitermache?«, fragte sie und wusste gleichzeitig, dass er Recht hatte. »Sterbe ich dann, oder was?«

»Irgendwann sicher«, antwortete der Tod. »Aber nicht sofort. Und auch nicht deswegen.« Jetzt nahmen die Gesichter in der Mehrzahl weiblich anmutende Züge an, auch seine Stimme klang sanfter und höher.

»Es geht nicht um deinen Tod, Sigrun. Es geht um dein Leben. Wenn du es nicht änderst, dann... hast du es umsonst gelebt.«

Siggi spürte Widerstand. Was wusste der Tod schon von ihrem Leben? Wenn sie es umsonst gelebt hatte, dann, weil sie nie die Chance bekommen hatte, ihre Talente herauszufinden.

Sie war in einfachen Verhältnissen aufgewachsen, mit weißen, ahnungslosen Adoptiveltern und in einer Gesellschaft, der sie täglich beweisen musste, wie deutsch sie war. Während ihre privilegierten Freunde, abgesichert und gefördert, über sich hinauswachsen konnten, hatte Siggi ihre ganze Kraft dafür eingesetzt, den anderen immer wieder aufs Neue zu beweisen, wie wenig sie sich von ihnen unterschied.

»Ich habe nicht umsonst gelebt«, fuhr sie den Tod an. Trotz dämpfte ihre Stimme und drückte ihr den Atem ab. »Ich habe mein Leben lang gekämpft. Mich nicht kleinkriegen lassen.« Jetzt packte sie die Wut. »Ich habe überlebt! Obwohl ich oft daran gedacht habe, tot zu sein.«

»Ich weiß, Sigrun. Ich war dabei.« Der Tod legte seinen Kopf schief. Er ähnelte wieder Idris Elba, sah aber jetzt deutlich älter aus, die Haare und sein Stoppelbart waren vollkommen weiß, und seine dunkelbraune Haut wirkte, als wäre sie mit Asche gepudert. »Deine Seele will eine Veränderung in der Welt bewirken. Doch du trittst nicht mal mehr für dich selbst ein. Wie willst du da gegen das Unrecht kämpfen, dass deinen Schwarzen Brüdern und Schwestern seit Jahrhunderten widerfährt?«

Was sollte Siggi darauf antworten? Wo anfangen? Es fiel ihr tatsächlich schwer, ihre eigenen Bedürfnisse zu äußern. Aber was sollte das Gerede von einer Veränderung in der Welt? Sie war keine Rebellin, sie hasste es, Entscheidungen zu treffen, und besonders mutig fand sie sich auch nicht. Für eine bessere Welt sollten lieber die kämpfen, die sich zur Not auch wehren konnten. Siggi kümmerte sich lieber um sich selbst.

»Die Welt ist ungerecht, daran kann keiner was ändern«, wehrte sie ab, »am allerwenigsten ich.«

»Wenn du das so siehst, haben all diese Menschen umsonst gelitten.«

Damit zog der Tod sich zurück, und plötzlich lag Siggi auf einem großen Tisch, nackt, vor Kälte zitternd. Sie musste sich weit außerhalb ihrer eigenen Vergangenheit befinden, die weißen Wissenschaftler, die sie festhielten, trugen altmodische Kleidung und ungewöhnliche Bärte. Sie ignorierten ihr Schamgefühl und inspizierten ihre Genitalien, ohne sie dabei als Mensch wahrzunehmen. Siggi wehrte sich, doch die Männer waren stärker als sie.

Mit einem Mal änderte sich die Szenerie. Jetzt befand sie sich – barbusig und in eine fremde Tracht gekleidet – in einem Zoo. Sie hockte zusammen mit anderen Schwarzen in einem künstlichen Gehege, manche sprachen deutsch, andere nicht. Siggi rührte in einem Topf und versuchte, die aufdringlichen Blicke der weißen Zoobesucher zu ignorieren. Die Männer, Frauen und Kinder zeigten mit Fingern auf sie und lachten. »Wilde«, schnappte sie auf, »exotisch«, »minderwertig« und »Menschenfresser«. Sie schämte sich für ihre Blöße, zwang sich aber, den Blick zu heben. Unter den Gaffern vor dem Gehege erkannte sie Täter und Rassisten, Mitläufer und Bücklinge, Neugierige und Ahnungslose. David wäre nicht aufgefallen unter ihnen. Tränen vernebelten ihre Sicht.

Dann löste sich das Zoogehege auf, und ein Filmset materialisierte sich, mit Kameras und Scheinwerfern, die auf eine Urwaldkulisse gerichtet waren. Diesmal war sie bekleidet. Doch der Regisseur grabschte ihr grob an das Oberteil, entblößte ihre Brüste und ließ sie zusammen mit anderen Schwarzen Deutschen Komparsen auf eine Kamera zulaufen. Später, in der Pause zwischen zwei Szenen, zwang er sie zum Sex und drohte ihr mit der Gestapo, sollte sie darüber sprechen. Angst und Ohnmacht lähmten Siggis geschundenen Körper.

Wieder änderte sich die Umgebung, jetzt stand sie in einem staubigen, stacheldrahtbewehrten Konzentrationslager. Essensdunst aus einer verschimmelten Küchenbaracke vermischte sich mit dem Gestank verbrannter Haare. Hunger- und Ekelgefühle kämpften in ihrem unterernährten Körper, der nur noch auf den Tod wartete.

»Stopp! Ich kann nicht mehr!« Siggi weinte und schrie, mit zerbrechender Stimme. »Ich will das nicht sehen!« Doch der Tod war noch nicht fertig.

»Bisher hast du nur miterlebt, wie andere Schwarze gelitten haben«, sagte der Tod. »Jetzt wirst du mit ihnen in den Tod gehen.«

Mit diesen Worten stieß er Siggi in die Körper Schwarzer Menschen, die in Deutschland den Tod gefunden hatten. Sie fühlte deren Ängste und Schmerzen. Sie empfand die schrecklichen Todes-Qualen, die sterbende Hoffnung und die ohnmächtige, hilflose Wut, die das Sterben dieser Schwarzen Männer und Frauen begleitete.

Sie war im Körper eines Mannes, wurde fest auf den Boden gepresst, drei Männer schlugen und traten brutal auf sie ein. Sie schrie vor Schmerzen, als ihre Rippen brachen, bis das Blut in ihrem Rachen die Schreie erstickte. Da waren Polizisten, weit entfernt, doch niemand kam ihr zu Hilfe. Ohne Hoffnung sah sie zwei grobstollige Stiefelsohlen auf ihren Kopf zurasen, dann wurde es dunkel.

Und wieder grell.

Sie sah die Neonröhren einer Kellerzelle. Kaltblütige Polizisten fesselten sie auf einer Pritsche und lachten höhnisch, als sie die Matratze unter ihr anzündeten. Rauch und Flammen züngelten an ihrer Haut, und mit dem Zuschlagen der Zellentür verschlossen sich auch ihre Bronchien vor dem letzten Schrei.

Rauch und Flammen blieben, doch jetzt saß sie auf einem Dach. Die Angst drehte ihr den Magen um. Sie war noch ein Kind, verstand nicht, was hier geschah. Neben ihr weinte ihre Mutter. Der Rauch stach in der Lunge, und die Schreie der Menschen, die qualvoll im Haus verbrannten, mischten sich mit den Schreien derjenigen, die aus den unteren Fenstern sprangen und sich dabei schwer verletzten. Dann rutschte sie ab. Ihre Mutter griff ihre kleine Hand, versuchte vergeblich, sie zu halten. Zusammen stürzten sie in die flammende Tiefe. Die schreckgeweiteten Augen ihrer Mutter begleiteten sie ins Nichts.

Dann steckte sie wieder in einem Männerkörper, lag bäuchlings auf dem Kopfsteinpflaster vor einer Klinik. Sicherheitsmänner rammten die Knie auf ihre Nieren und pressten den letzten Atem aus ihrem Brustkorb. Ihre Augen blieben an der brennenden Zigarette hängen, die sie hatte rauchen wollen, bevor alle Luft aus ihrem Körper geprügelt wurde. Sie suchte die Augen der umstehenden Passanten, doch sie fand keine Anteilnahme. Kein Mitgefühl. Niemanden, der einschritt und für ihre Würde, für ihr Leben kämpfte. Sie sah nur Menschen wie David, die niemals eingriffen, niemals Stellung bezogen, immer nur an ihr persönliches Fortkommen dachten. Die Sicherheitsmänner droschen weiter auf sie ein, im Rausch der Allmacht, die sie aus den Uniformen zogen und ohne ihr Sterben wahrzunehmen. Ohne Atem und zitternd vor ohnmächtiger Wut versuchte sie, die Gewalt zu ertragen, denn je mehr sie sich wehrte, desto härter schlugen die Fäuste zu. Dann setzte ihr Herz aus. Siggi weinte.

»Ich weiß das alles«, wimmerte sie, »ich kenne die Geschichten. Ich kenne die Namen der Toten und ich trauere um sie!«

»Aber du tust nichts, um ihrem Tod etwas entgegenzusetzen. Nichts, um ihr Andenken zu ehren. Nichts, um ihrem Leid einen Sinn zu geben.« Gegen alle Widerstände spürte sie die Wahrheit in seinen Worten.

»Was kann ich allein schon machen?«

Statt zu antworten, warf der Tod Siggi in die nächste Bilderflut. Diesmal war sie die stumme Zeugin. Sie sah Schwarze Männer und Frauen, sogar Kinder, die sich erhoben. Die sich nicht einschüchtern ließen und füreinander eintraten. Einander bildeten und unterstützten. Sie sah Schwarze auf der Bühne und im Fernsehen. Schwarze in der Politik, in der Musik, im Sport und in der Wissenschaft. Zum ersten Mal begriff sie, wie viel Macht die Community besaß. Und dass auch sie dazugehörte, selbst wenn sie nicht rebellierte.

Als Siggi die Augen öffnete, war sie zurück in der Jurte. Der Tod mit dem Gesicht von Idris Elba saß im Lotossitz neben ihr und beobachtete sie schweigend.

■■■

In Tareks Wagen erinnerte Siggi sich an die zerschlagenen Knochen, zerplatzten Schädel, verstopften Atemwege, die verbrannte Haut. Gleichzeitig spürte sie eine neue, pulsierende Kraft. Sie sah aus dem Fenster auf die vorbeiziehende Stadt im Morgennebel und den schweren Dunst über dem Rhein.

Die Fahrt verlief wie ihm Zeitraffer. Sie sprach kein Wort, ließ das Leid und die Tode ihrer Schwarzen Brüder und Schwestern auf sich einwirken, und nahm dabei ihren eigenen, lebendigen Körper wahr. Die Hitzewellen hatten nachgelassen, Siggi fror und zog die schwere Decke aus der Jurte eng um die Schultern.

Vor ihrer Wohnung lenkte Tarek den Wagen an den Straßenrand und stellte den Motor aus.

»Sehen wir uns wieder?«, fragte sie, ohne ihn anzusehen.

»Wer weiß.« Tarek kramte in seinem Handschuhfach nach einem roten Flyer, den er Siggi in die Hand drückte. »Da erfährst du, wann Samsara wieder in der Nähe ist.«

Siggi sah sich den Flyer an. »Samsara – Das Rad des Lebens«, stand darauf, in derselben Schrift, die sie auch über dem Eingang zum Jahrmarkt gesehen hatte. »Komm in die Jurte des Todes. Kämpfe im Ring des Lebens gegen die Boxerin. Lass dich von den Kräutern der Hexe heilen. Und höre, was das Medium über dein Schicksal zu sagen weiß.«

Siggi wedelte mit dem Flyer, warf die Decke auf die Rückbank und stieg aus, mitten hinein in die nächste Hitzewelle. Der Wagen fuhr an und Siggi winkte, bis das Petrolblau in der Ferne verschwand. Die Vögel zwitscherten und die Strahlen der aufgehenden Sonne legten einen goldenen Schimmer über die Dächer der Häuser.

Sie verstaute den Flyer in ihrer Tasche, zog das Handy heraus und beendete den Flugmodus. David hatte etliche SMSen geschickt. Und garantiert auch mehrmals angerufen und auf die Mailbox gesprochen. Siggi ignorierte seine Nachrichten und öffnete eine Mitteilung des Co-Working-Space, bei dem sie sich - ja, wann eigentlich, gestern? Letzte Woche? Letztes Leben? - vorgestellt hatte: Man freute sich darauf, ihren »Black Hair Empowerment«-Salon zu unterstützen und wartete nur noch auf ihre endgültige Zusage.

Sechs Uhr. David würde bald aufstehen. Entschlossen kramte Siggi ihren Hausschlüssel aus der Hosentasche. Heute würden ihm nicht nur die Börsenkurse die Laune verderben.

■

KREISE

David Grade

Die Polizei holt sich die Versichertendaten, deine Diagnose. Ajun, du musst untertauchen.« Über das Smartphone klingt das hektische Flüstern meines Therapeuten blechern. Vor meinen Augen sehe ich Polizisten mit schwarzen Knüppeln, Brecheisen und Covid-Schützern, die mich an die Maske des Batman-Bösewichts Bane erinnern. Sie brechen in die Praxis ein, und die Aktenschränke mit den Rollladen davor auf. In Wirklichkeit würden sie sich die Daten aus den elektronischen Akten auf den Servern der Versicherungen holen.

»Do you feel in charge?«

Ich drehe mich zu der Stimme um. In einer Ecke meines Zimmers steht Bane oder Tom Hardy, sein Schauspieler in The Dark Knight Rises. Als wäre er aus einer der großen Kreise getreten, die ich auf die Tapete gemalt hatte. Er konnte nicht hindurch gekommen sein. Die Kreise funktionieren hier nicht. Es gibt Regeln.

»Ajun? Bist du noch dran?«

»Ja, ich weiß nicht ob sie echt sind.« »Nimmst du deine Medikamente?«

»Nein. Ich meine ja, jetzt nehme ich Paliperidon. Etwas anderes können wir nicht besorgen.«

Wir meiden seit vier Monaten Apotheken. Die Polizei nimmt Zugriff auf die Besucherlisten, gleicht sie mit anderen Listen ab und bäng, können sie mich haben.

Stattdessen besorgt Papa die Pillen sonstwoher. Er ist der ehrlichste und gesetzestreueste Mensch den ich kenne, aber ich schätze als Taxifahrer kann er manche Kontakte nicht vermeiden.

»Die helfen eher gegen Negativsymptomatik. Ach, Ajun – das ist alles eine Riesenscheiße.«

Bane lenkt mich ab. Er atmet und folgt mir mit den Augen während ich mein Bett umrunde, riecht nach Schweiß und Babyöl. Nur meine Einbildung. Trotzdem traue ich mich nicht, ihn zu berühren, aus Angst ich würde Haut und Muskeln statt Luft spüren.

»Ich bring sie meiner Mutter, Herr Koreander. Ich weiß nicht ob sie echt sind.«

Bevor ich gehe stecke ich das Comic, das ich vor Koreanders Anruf gelesen hatte, in seine Plastiktüte und verschließe sie mit einem Gummiband. Das geht schnell. Alle meine Bücher stecken in Plastiktüten, die besonders gefährlichen in mehreren. Zu den gefährlichsten, zum Beispiel Die Unendliche Geschichte, fülle ich Styroporflocken, damit ich meine Ruhe habe.

Meine Zimmertür lässt sich öffnen, obwohl der Rahmen zerfließt und mit ihm die Zeit, die sich auf meiner Reise, durch den Flur ins Wohnzimmer, dehnt. Jemand beobachtet mich. Alle paar Stunden blicke ich hinter mich, ob Bane mir folgt. Er tut es nicht.

Der Stress lässt die Schizophrenie stark werden. Der Anruf von Herr Koreander macht mir Angst. Mehr Angst als die Militärlaster in Italien, die die Toten zur Verbrennung brachten. Mehr Angst als Seehofer in den Abendnachrichten Die Mutter aller Probleme ist die Migration. Wir können das Virus nur besiegen, wenn wir die illegale Einwanderung stoppen. Und das können wir nur, wenn wir die Insekten stoppen. Kein Kreis darf mehr an einer Kreuzung zu sehen sein. Der Innenminister hatte Insekten gesagt. Das Schimpfwort nehmen selbst die Hetzer von der AFD selten in den Mund.

Sie haben Angst, wegen Covid-19, und weil sie fürchten die Kontrolle zu verlieren. Wir sind im sichersten Land der Welt, keine Angst Ajun, hatte Mama gesagt, Papa hatte nichts gesagt. Mama war die, die hier geboren war, die mit der weißen Haut und den blauen Augen, die deren Großeltern bei der Vernichtung von Millionen mitgewirkt hatten. Sie wiegte Chandini, die ebenso überraschend gekommen war wie ich, nur siebzehn Jahre später. Damals fühlte ich mich sicher in der Wohnung meiner Familie. Jetzt fürchte ich die Polizei. Sie sind nahe und die Zeit zieht sich im Flur.

Im Wohnzimmer hole ich wieder auf, werde von der Zeit vorwärts geschleudert als sei sie ein fletschendes Gummiband. Papa sitzt einsam am Tisch und isst Müsli, weiße Haferflockenberge auf dem Löffel vor seinem dunkelbraunen Gesicht. Chandini schläft in Mamas Armen, die auf dem Sofa liegt und sich die Eingangsmelodie der Tagesschau anhört.

»Ist Herr Koreander dran?«, frage ich.

Meine Hand, mit der ich ihr das Smartphone entgegen strecke, zittert. Ich weiß das, obwohl meine Wahrnehmung mir vorgaukelt, dass meine Hand fest im Universum verankert ist, während der Boden, das Sofa, meine Eltern, das Zimmer, der ganze Planet wanken. Nur Chandini nicht, die ihre braunen Augen aufschlägt und mich ansieht. Alt und weise wie Morla wirkt sie, wenn auch nicht mehr ganz so zerknittert.

Mama nimmt mir das Smartphone aus der Hand. Redet.

Die Tagesschausprecherin räuspert sich ... greift das Innenministerium auf die Daten psychisch Erkrankter zu, um diejenigen herauszufiltern die Intersektionen bestimmen können. Die umstrittene Entscheidung ging mit dem Entschluss einher, entsprechende Personen temporär in Sicherheits- und Erholungszentren festzuhalten. Eine Oppositionssprecherin erzählt davon, dass diese Maßnahme gegen Covid-19 zu weit geht. Bayern mag Gesetze haben, um Gefährder vorsorglich einzusperren. Andere Bundesländer haben sie nicht. Und alle zu Gefährdern zu erklären, die Intersektionen bestimmen können ist pure Willkür. Wir werden mit der Psychotherapeutenkammer und Betroffenenverbänden Klage ...

Mama hatte aufgelegt und streitet mit Papa.

»Dann geht er halt in so ein Sicherheitszentrum, ist ja nicht das erste Mal, dass er in der Psychiatrie ist. Was willst du machen Eva? Sollen wir alle fliehen? Mit Chandini? Und selbst wenn er uns einen Kreis zeichnet. Die Reise ist gefährlich. Wir haben keine Ahnung wo wir rauskommen, und ob es da besser ist. Deutschland ist ein gutes Land. Das sagt du immer.«

»Ich will, dass du ihn in Sicherheit bringst, Mahesh. Wir haben keine Ahnung, wann das aufhört, wir haben keine Ahnung, was sie noch machen werden.«

»Ich bring ihn zu Rama.« Papa kratzt das letzte Müsli aus der Schüssel.

»Ausgerechnet?«

»Hast du eine bessere Idee?«

»Nein.« Mama hat Chandini nicht mehr auf dem Arm, sie liegt in ihrer Schaukel. Ich hatte nicht mitbekommen, wie sie dahin gekommen war. »Ajunschatz pack dir ein paar Sachen ein. Soll ich dir helfen?«

Ich denke darüber nach, so angestrengt, dass Gedankenschleifen aus meinem Hirn dringen und wie breite, flache Fühler um meinen Schopf wabern. Ich muss eingefroren sein, denn Mama geht entnervt an mir vorbei. Papa schließt die Spülmaschine. »Hast du deine Medikamente genommen? Es wird schlimmer, oder?«

»Ja.«

»Nimm den Akku aus deinem Handy, am besten lässt du es hier.« Papa schaut auf die Straße und schlägt mit kleinen Bewegungen das Lenkrad ein. »Wenn die Weißen was machen, machen sie es gründlich, besonders die Deutschen. Über das Ding können sie dich orten.«

An jeder Straßenkreuzung sind die Fassaden der Miethäuser meterhoch mit schwarzer Farbe bemalt, Farbe von denen sich Graffitis abwaschen lassen. Das bringt wenig. Ein schwarzer Kreis auf schwarzer Wand ist schwer zu erkennen. Wirkungsvoller, um uns Insekten abzuschrecken, sind die Kameras, die über der Farbe an den Häusern kleben. Ein Schriftzug hat niemand entfernt; Vernichtet Insekten.

Ich ziehe mein Handy aus der Hosentasche, hole den Akku heraus und schiebe beides ins Handschuhfach. »Willst du wirklich, dass ich in so ein Sicherheitszentrum gehe?«

Papa überlegt, bevor er antwortet. »Wenn es nur uns beide gäbe, würde ich einfach so viel Kredit aufnehmen, wie ich könnte und uns nach Indien absetzen, im Hinterland ein Haus kaufen, etwas Land. Ich könnte als Sprachlehrer arbeiten. Und du würdest als heiliger Mann angesehen werden. Wer weiß.«

»Bullshit. Am Anfang dachtest du, Schizophrenie ist ansteckend. Du hast bis heute denen da drüben nichts davon erzählt.«

Papa biss sich auf die Unterlippe. »Das verstehst du nicht.« »Das verstehe ich wohl.«

»Alles was ich sagen will ist; wir kümmern uns um unsere Leute. Wir sind nicht wie Weiße, die sich gegenseitig in irgendwelche Einrichtungen abschieben.«

»Mama ist weiß, und sie kümmert sich gut.« »Deswegen habe ich sie auch geheiratet und nicht irgendeine andere. Es gibt immer Ausnahmen.«

»Blöde Vorurteile.«

»Ach ja. Ach ja?« Papa lacht. »Geh an die Universität, lerne Soziologie, da wirst du mitbekommen wie unterschiedlich unsere Gesellschaften aufgebaut sind.« Er liebt es, mir Dinge zu erklären, jetzt redet er von individualistischen und kollektivistischen Gesellschaften. Als Kind bin ich oft mit ihm Taxi gefahren. Er hat ein Gespür dafür, welche Gäste er in Diskussionen verwickeln kann. Ich lache auch und ignoriere meine Gedankenfühler, die das ganze Taxi ausfüllen, ignoriere, dass unser Lachen über die ganze Stadt schallt und wir so riesig sind, dass wir auf alle Dächer herabblicken können, während wir gleichzeitig in den Sesseln des Toyota Prius versinken.

»Scheiße.« Papas Hände verkrampfen am Lenkrad. Vor Ramas Haus stehen zwei Polizeiwagen. Eine Frau mit einer Einkaufstüte in der Hand und gelber Maske vor dem Gesicht spricht mit einer Polizistin und zeigt auf die Klingelschilder. Papa fährt vorbei.

»Wohnt da Rama?«

»Weißt du doch.«

Die Polizistin sieht auf. Sie trägt einen schwarzen Mundschutz, keine Bane-Maske. Ihr Blick folgt unserem Taxi. Ihre Hand geht zu ihrem Kragen.

»Sind die wegen mir hier?«

»Kann sein Ajun. Wahrscheinlich wegen Rama. Ich hab ihr gesagt sie soll vorsichtig sein.«

Papa biegt ohne zu blinken nach rechts ab. Zwanzig Meter vor uns schießt ein Polizeiwagen aus einer Nebenstraße und stellt sich mitten auf die Fahrbahn. Papa bremst, legt seinen rechten Arm um meine Kopfstütze und schaut nach hinten. Der Prius hat eine Heckkamera, aber Papa nutzt sie nicht. Die Reifen quietschen, als er Rückwärts fährt und einlenkt.

»Die sind wegen dir da. Ich komm nicht weg.« Papa beschleunigt. »Ich häng sie kurz ab, du springst raus und versteckst dich. Ich sammel dich später ein. Oder geh zu Rama, wenn die Pol weg ist.«

Ich klammere mich am Türgriff fest, weil Papa so ruckartig lenkt. Meine Gedankenfühler haben sich in mein Hirn zurückgezogen. Mein Körper kribbelt und ich bin in einem Größenverhältnis zur Welt, das als normal gilt. Dem Türgriff ist weißes Fell gewachsen, das sich langhaarig und grob anfühlt, wie das eines Pferdes. Weiche Nüstern, denke ich und höre Papa neben mir wiehern.

»Was?«

Er wiehert wieder, beugt sich über mich und stößt die Tür auf. Ich schnalle mich ab und verliere einige Sekunden. Das nächste, was ich wahrnehme ist das Geheul von Sirenen und das Heck des Taxis, das um die nächste Straßenecke schleudert. Ich stehe in einer blau gestrichenen Hofeinfahrt, jemand hat Wolken auf die gewölbte Decke getupft. Meine Tasche, meine Medikamente sind noch im Kofferraum. Ein blaugelbes Auto fährt vorbei. Ich gehe durch die Hofeinfahrt. Mein Hinterkopf kribbelt. Das Gefühl, beobachtet zu werden. - Bane ist in meinem Zimmer. Alle meine Bücher in Plastiktüten. - Wenn ich mich ruckartig umdrehe, um das Gefühl loszuwerden wandert es hinter mich. Aus den Augenwinkeln kann ich kleine schwarze Kreise erhaschen.

Sei normal.

Ein großer Innenhof liegt vor mir, umringt von Mietshäusern die keine sechs Stockwerke hoch sind (ich zähle Fensterreihen), aber mir scheint es, als würden sie am Himmel kratzen. Mir wird schwindelig, wenn ich nach oben sehe. Also blicke ich nach unten, drücke meinen Rücken an eine Wand, damit das Beobachtungsgefühl nachlässt, (es lässt nicht nach) und sage auf:

»Ich bin Ajun Schubert, siebzehn Jahre alt« »Es ist der fünfte Juni Zweitausendzwanzig.«

»Ich bin in der Nähe von Ramas Wohnung.« »Ich bin liebenswert.«

»Ich habe Schizophrenie und muss prüfen, ob meine Wahrnehmung und meine Gedanken stimmen oder nicht.«

Ich taste meine Hosentaschen ab und ziehe meinen Mundnasenschutz heraus. Ein Stück Kreide hat sich darin verheddert. Covid-19 ist echt, das war mir am Anfang schwer gefallen. Werde ich verfolgt? Keine Ahnung. Papa ist sicher kein Pferd und die Häuser größer als ich, das weiß ich.

●●●

Jemand rennt in mich hinein. Autos hupen. Die Sonne steht so tief, dass sie meine Augen blendet und die Fassaden der Häuser golden schimmern. Mir fehlt wieder Zeit.

»Ajun, was rennst du auf der Straße rum, bist du irre?« Rama hat mich am Schlafittchen. Ihr mageres Gesicht füllt mein Sichtfeld aus. Sie riecht nach Zigarettenrauch.

»Ja, bin ich.«

»Entschuldige.« Rama zieht mich hinter einen hohen Gitterzaun an dem Buschwerk wuchert. Etwas entfernt, unter einem Basketballkorb, versammelt sich eine Gruppe Jugendlicher, jünger als ich, um zwei Handys und tuscheln. Rama und ich setzen unsere Masken auf.

»Eva hat getextet. Sie fragt nach dir. Die Polizei hat angerufen, Mahesh ist auf `ner Wache wegen Verkehrsverstößen. Sie suchen nach dir.«

»Wer? Mama? Die Polizei?«

»Alle.«

»Die Polizei war bei dir, war das auch wegen mir?«

»Nein«, Rama zwängt sich eine Zigarette zwischen die Lippen, ich habe nicht mitbekommen, dass sie eine Packung aus dem Hemd, und die Maske unters Kinn gezogen hatte. Ihre Finger um die folierte Pappschachtel schillern und gleichen denen einer Echse. »Wegen mir.

Schikane. Sie denken, ich bin Schleuser - ein Insekt. Du weißt schon.«

»Bist du doch auch.«

»Du bist das Insekt.« Rama deutet mit dem Feuerzeug, das sie jetzt in der Hand hält, auf mich.

»Für die sind wir alle Insekten.«

Rama zuckt mit den Achseln und bedient das Feuerzeug. Das Fauchen des Gases und die Entzündung dröhnt in meinen Ohren.

»Rauchen ist hier verboten«, ruft eine der Jugendlichen. Jetzt stehen sie da, starren herüber, stoßen sich gegenseitig an und lachen.

Rama zeigt ihnen den Mittelfinger, lässt die Zigarette aber kalt. »Du kannst nicht nach Hause und du kannst nicht zu mir, weil die Polizei da jederzeit auftauchen kann. Ich bring dich in der Fabrik unter. Passt mir eh ganz gut, es gibt da Probleme mit den Kreisen.«

Wir gehen zum verlassenen Fabrikgelände. Meine Schritte werden weit und ich fühle mich wie ein Stelzenläufer, wackelig, lang, dürr.

»Wenns Probleme mit den Kreisen gibt hättest du mich ja früher fragen können, Rama.«

»In diesen Zeiten?« Rama schüttelt den Kopf, Wassertropfen fliegen aus ihrer Mähne und glitzern im letzten Sonnenlicht. Zeitlupe, Baby. Aber sicher ist es nur die Schizophrenie, Ramas Haare sind kurz und schwarz. »Deine Eltern würden mich umbringen. Und ich will auch nicht, dass dir was passiert.«

Es ist gut, neben Rama zu laufen, das Kribbeln im Hinterkopf wird schwächer, auch wenn ich immer noch glaube ich werde beobachtet.

»Immerhin bist du mein Baby-Cousin.« Rama nimmt mich von der Seite in den Arm und rubbelt mit den Fingerknöcheln über meinen Kopf. So leicht, dass es nicht weh tut. Als ich mich nach einigen Sekunden losreiße, stoppe ich, weil ich fürchte von den Stelzen zu fallen, die es gar nicht gibt.

»Alles klar?«, Rama scheint kilometerweit entfernt, ihre Stimme leise und dumpf. »Komm weiter.«

Ich beeile mich. Kaum gehe ich einen Schritt, habe ich sie eingeholt.

»Rama?«

»Ja.«

»Ich brauch Medikamente. Mir geht es nicht gut.«

»Die Schizo?«

»Ja.«

»Mal sehen was ich besorgen kann.« Sie schlägt sich ins Buschwerk an einem Bahnhang, gleich gegenüber der Häuserzeile, klettert aufwärts. Ich folge, überquere Schienen, zwischen deren Schwellen junge Bäume stehen. Schutthalden, zerfallene Blechhütten und Buschwerk umringen eine Fabrikruine. Wir setzen die Masken ab.

In den großen Hallen wächst Holunder, liegen Glasscherben und die Überbleibsel von Nachtlagern und jugendlicher Abenteurer. In einem Raum im zweiten Stock, ausgelegt mit durchgeweichten Pappen, prangt ein Kreis an der Wand.

»Ich warte schon seit zwei Tagen, es kommt keiner durch. Im Winter hat es noch geklappt. Dann sind wir auf die alte Bahnhofshalle umgestiegen. Weil die Polizei da alles übermalt hat und kontrolliert, sind wir hierher zurück.«

»Die Gruppe ist seit zwei Tagen unterwegs?« Ich drücke gegen das Gemäuer. Der Ziegelstein ist fest und feucht. Nichts gibt nach.

»Ja.«

»Wir kommen von hier ja nicht mal rein. Der Kreis ist tot. Hier sind zu wenig Leute, um eine Intersektion zu bilden, oder immer dieselben.«

»Dachte ich mir,« Rama klappt mit dem Fuß ein Stück des Pappteppichs um. Hornbach, steht in verblichener Schrift darauf. »Ich hab neue Kreise in die Nähe gemalt, aber ich kann die Intersektionen nicht sehen.«

»Ich kann mich umgucken.« Ich wühle das Stück Kreide aus meiner Hosentasche.

»Warte«, Rama zieht einen Haufen durchweichte Pappe beiseite, und zwei Montana Blacks 400ml hervor. »Die sind besser.«

»Woher hast du die?« Farbspraydosen sind so schwer zu bekommen wie ... keine Ahnung, mir fällt kein Vergleich ein.

»Ich bin ein Insekt, schon vergessen.« Rama stellt die beiden Dosen in einen leeren Fensterrahmen. »Ich lass dir ne Taschenlampe hier und besorg dir nen Schlafsack. Pass auf dich auf, okay?«

»Okay.« Ich will sagen bleib hier, denn es geht mir besser, wenn sie da ist. Aber ich bin kein Baby mehr.

Kaum ist sie weg, wird das Kribbeln in meinem Hinterkopf stärker und Zeit und Raum drehen sich ineinander. Ich zwinge mich, nur einige Male herumzufahren, um was immer da hinter mir schwebt und mich beobachtet, sehen zu können. Es bleibt immer hinter mir hängen.

Die Montana Blacks verfrachte ich wieder in ihr Versteck. Die Taschenlampe, LED und etwas größer als ein Kugelschreiber, richte ich auf meine Füße. Ich will es nicht zu hell haben, da scharfe Schattenränder dazu neigen, seltsame Dinge mit meiner Schizophrenie zu machen. Ich versuche nicht mit dem zu reden, was mich beobachtet, aus Angst, es könnte stärker werden, oder ich könnte es nicht mehr Schizo zuschreiben, sondern glauben, es sei real.

Mein Herz rast so sehr, dass meine Brust schmerzt. Ich stehe auf einem Treppenabsatz im vierten Stock. Das Geländer ist niedergerissen, und ich drohe zu stürzen. Mit einer Hand klammere ich mich an die rostige Halterung eines Feuerlöschers, mein Körper spürt schon den Sog in die Tiefe. - Das verdammte Gefühl, von etwas beobachtet zu werden, lenkt mich so ab, dass ich meine Umgebung missachte. Es hat gewonnen. Es will Aufmerksamkeit, es bekommt Aufmerksamkeit.

»Was willst du?«, frage ich in den Treppenschacht und meine was immer hinter mir schwebt und mich beobachtet. »Was willst du, verdammt?«

Ein leises, vielstimmiges Flüstern setzt ein. Mein Hinterkopf wölbt sich auf, um es verstehen zu können. Sicherheitshalber trete ich aus dem Treppenflur in einen Raum voller verrosteter Stuhlbeine, die orangene Sitzschalen tragen.

»Nicht durcheinander. Ich versteh euch nicht, was wollt ihr?« Das Flüstern wird lauter. Es ist nicht echt, nur Schizophrenie. Einzelne Sätze schälen sich heraus. Ich verstehe nicht. Was sind Intersektionen?

Wozu die Kreise? Wie lange gibts das schon? Gab es das schon immer? Wer sind Insekten?

Was soll das? Wer kann so etwas nicht wissen? Ich drehe mich in dem Raum, aber die Beobachtenden bleiben immer hinter mir. Ich lehne meine Stirn an die Wand. Wenn ich mich umdrehe werden alle Stühle aufgestellt sein, Menschen werden darauf sitzen, die mich voller Erwartung anblinzeln werden. Ich fühle mich nicht wie ein Lehrer in einer Klasse, eher wie ein Prüfling vor einer Kommission. Ich fahre herum. Im Schein der Taschenlampe liegen die Stühle da wie zuvor, einige auf der Seite, einige ihre rostigen Beinchen in die Luft streckend.

»Ich erkläre es euch, okay?«

»Okay«, die Stimme ist laut und deutlich. Sie kommt von hinter mir, aber hinter mir ist nur Wand, also gehört sie zur Schizo. Aber das Flüstern wird leiser, und so halte ich mein Versprechen besser ein.

»An Orten, an denen sich die Wege vieler Menschen kreuzen, können Intersektionen entstehen. Wenn jemand einen Kreis an einem solchen Ort zeichnet, kann er als Durchgang benutzt werden zum sogenannten Interraum, er wird auch Grauer Raum oder im englischen Interspace genannt. Einmal drin kann jeder andere Kreis an einer Intersektion zum Ausstieg genutzt werden, wenn man ihn findet.«

Das Flüstern wird lauter, zielgerichteter, fragender, zufriedener. Ich leuchte auf aufragende Stuhlbeine.

»Wahrscheinlich gab es den Grauen Raum schon immer. Es gab nur kaum Zugänge dazu. Vielleicht an kreuzenden Wildwechseln, keine Ahnung, ob Tiere auch

Intersektionen schaffen.« Ich denke an Ameisen und ihre Pfade, winzige Intersektionen, ein gigantisches, weltumspannendes Ameisenimperium, das durch Wege im Grauen Raum zusammengehalten wird.

»Den Grauen Raum gibt es schon lange als Legende, aber er kann nur an wenigen Orten betreten werden. Das alte Rom war groß genug, so dass ausreichend viele fremde Menschen durch Kreuzung ihrer Wege, mögliche Zugangswege schaffen konnten. Erst als die Urbanisierung einsetzte, wurde sich die Mehrheit des Grauen Raumes bewusst.«

Was soll ich erzählen? Von den Forschungen? Den fehlgeschlagenen militärischen Nutzungsversuchen? Den vielen Menschen, die im Grauen Raum für immer verloren gehen? Von Fliehenden, die verzweifelt genug sind, ihn zu nutzen, obwohl weniger eine Durchquerung überleben, als diejenigen die die Route übers Mittelmeer wählen? Es ist günstiger und geht schneller. Sowohl das Ankommen, als auch das Sterben.

Das Flüstern wird verworrener. Ich schnappe nur einzelne Worte auf.

»Insekten? Das ist ein Schimpfwort, eigentlich für diejenigen, die die Intersektionen wahrnehmen können und spüren, wo am besten die Kreise gesetzt werden. Mittlerweile werden alle Insekten genannt, die durch den Grauen Raum gehen, oder Kreise ziehen. Erst recht Menschen, die andere durch den Grauen Raum führen. Helden für viele, verbrecherische Schlepper für manche.«

Zwar kribbelt mein Hinterkopf noch, doch das Flüstern ist kaum zu hören. Ich kann mich wieder auf meine

Umgebung konzentrieren. Mein Plan hat funktioniert, die Schizophrenie beruhigen, indem ich mich auf sie einlasse. Ein gefährlicher Pfad, hätte Koreander gesagt.

Ich gehe aus dem Raum und die Treppe mit dem kaputten Geländer hinunter.

»Noch was«, sage ich den Beobachtenden hinter mir, »ich kann die Intersektionen nicht deswegen spüren weil ich Schizo bin. Es korreliert nur miteinander. Menschen, die Intersektionen spüren können, haben ne höhere Chance für bestimmte Auffälligkeiten. Das ist alles.«

Die Beobachtenden scheinen nicht sonderlich interessiert.

Ich mache mich auf die Suche. Die Intersektionen, die ich finde, sind zu klein, um einen ausreichend umfangreichen Kreis zu zeichnen. Schwierig zu erklären wie ich sie wahrnehme, in einem Computerspiel würde ich die entsprechenden Stellen mit schwachem, blauem Leuchten und hellem, unaufdringlichem Sirren markieren, um dem Spieler klar zu machen hier ist was. In der realen Welt ist es anders, mehr wie ein Körpersinn, ein leichtes ziehendes Gefühl, wie ich es manchmal habe, wenn ich auf Bahnsteigen stehe und den Zug in der Ferne sehe. Jetzt kann ich springen. Nicht, dass ich das je wirklich vor habe, aber der Gedanke und die Vorstellung ich könnte es tun, macht etwas mit meinem Körpergefühl. Wenn ich mir vorstelle ich könnte die Intersektionen sehen, dann gibt es tatsächlich einen leichten graublauen Schimmer, aber das liegt vielleicht an der bildhaften Einbildungskraft, die mir die Schizophrenie schenkt.

Erst als ich in einer der Hallen eine Stahltreppe hinauf gegangen war, finde ich einen großzügigen Raum hinter

einer Balustrade der geeignet ist. An den Wänden liegen
Menschen in Schlafsäcke gehüllt. Es riecht nach Bier
und faulen Eiern, dem Geruch aus Butangasflaschen für
Campingkocher.

»Such dir ´n Platz und bleib friedlich, ja.« Rechterhand
beugt sich eine Frau aus ihrem Schlafsack und leuchtet
mit dem Screen ihres Smartphones in meine Richtung.

»Muss mir noch einen Schlafsack organisieren. Will
nicht stören.« »Mach nur nich´ alle wach, und wenn du
pissen musst geh nach unten.«

»Okay, danke.«

Ich habe die Montana Blacks vergessen und hole sie
aus dem Raum mit den Pappen. Auf dem Rückweg treffe
ich auf Rama, die mir mit einer Stirntaschenlampe, einem Rucksack auf dem Rücken und einem gestopften
Schlafsack im Arm in der großen Halle entgegen kommt.

»Hey, Ajun«, Rama nimmt das Stirnband mit der
Lampe ab und leuchtet auf den Boden, »was gefunden?«

»Ja, da schlafen aber Leute.« Ich halte die Sprühdosen
hoch. »hab die Montanas geholt.«

»Gut«, Rama hebt den Schlafsack an. »Im Rucksack
hab ich Tortillachips und nen Dip, aber nen gekauften,
und was zu trinken. Wie gehts deiner Schizophrenie?«

»Geht so.« Seit ich mit den Beobachtenden gesprochen
habe geht es sogar gut, aber das Kribbeln ist noch da.

»Tabletten konnte ich nicht auftreiben.« Ich leuchte
zur Stahltreppe. »Sollen wir loslegen?«

»Unbedingt.«

Auf der Treppe nehme ich Rama den Schlafsack ab
und drücke ihr dafür eine der Montanas in die Hand,
die andere schiebe ich in das Sackbündel und schüttel

beides. Das Klackern der kleinen Stahlkugel in der Dose ist kaum zu hören.

»Sneaky, kleiner Cousin.«

»Nicht so laut, oben ist vorhin schon eine aufgewacht, nur weil ich reingegangen bin.«

»Oh, du bist jetzt der Captain?«

»Ich bin der verdammte Admiral.« Mein ganzes Gesicht verzieht sich zu einem Grinsen, das sich gut anfühlt. Kühle verbreitet sich in meinem Kopf und eine Klarheit, unbeeindruckt vom Kribbeln im Hinterkopf. Kein einziger Gedankententakel entwirrt sich meinem Hirn. Oft sind psychische Störungen eine Anpassung an Umstände, die einem Schlimmeres antun würden als die Störung, hatte Koreander gesagt. - Kurz vor meinem dreizehnten Geburtstag hatte mich Rama das erste Mal mitgenommen und mich gebeten, Kreise zu ziehen. Ich hatte meine Mama noch nie so wütend erlebt, als sie davon erfuhr;

»Was glaubst du, was die Polizei mit ihm macht, wenn sie ihn erwischen?« Mamas Stimme war schrill.

»Eva hör mir zu, er ist noch nicht strafmündig. Ich brauche ihn, okay?« Rama hatte den Kopf so tief zwischen die Schultern gezogen, dass sie wie eine Schildkröte wirkte.

»Nicht strafmündig? Darum gehts nicht? Hast du seine verdammte Hautfarbe gesehen? Vielleicht verprügeln sie ihn, vielleicht erschießen sie ihn oder sie verbrennen ihn in einer Zelle.«

»Das weiß ich ja wohl besser als du.« »Einen Scheiß weißt du.« Meine Mama packte Rama und zog sie zur Tür. »Raus aus meiner Wohnung.«

»Eva bitte.«

»Raus aus meiner Wohnung und wage es nicht, Ajun noch mal zu so etwas mitzunehmen.«

Wenn mensch die Macht hat, Leben zu retten und es nicht tut, was ist dann? Ich hatte nur noch zweimal Kreise für Rama gezeichnet, bis zu dieser Nacht.

Ich sprühe den Kreis auf den Bode in der Mitte des Raumes. Ich teste ihn, indem ich meine Hand auf den steinernen Boden lege und zudrücke. Meine Hand versinkt, wie in einem Haufen frischem Schnee, nur das es nicht knirscht, nicht kalt ist, und sie keinen Abdruck hinterlässt, als ich sie wieder hervorziehe.

Rama und ich setzen uns im Schneidersitz an die Linie, öffnen so leise wie möglich die Tüten mit den Tortillachips und den Dipps, drehen die Wasserflaschen auf und genießen unser Nachtmahl, während die Menschen an den Wänden schlafen.

...

»Hilf mal« Jemand stößt mich an.

Als ich die Augen aufschlage durchschneiden Strahlen von Taschenlampen den Raum. Rama hat ihre Maske aufgesetzt. Es riecht nach Schweiß und Terpentin. Ein junges Mädchen in mehreren Lagen Kleidung ragt aus dem Kreis. Rama nimmt sie an, setzt sie auf sicheren Boden und reicht ihr einen Mund-Nasen-Schutz. Als nächstes packt sie die Hände, die das Mädchen hinauf gereicht hatten und aus dem Boden winken, wie die eines Ertrinkenden in grauen Wassern. Ich helfe, den Mann in unsere Wirklichkeit zu ziehen, er umarmt sofort das Mädchen. Ein Mann, mit einem Schnurrbart, der sich unter seiner Maske abzeichnet, steht hinter uns, kniet sich an den Rand des Kreises und fischt mit seiner Hand unter die Oberfläche. Wir ziehen drei weitere Menschen nach oben. Zwei Jungen, wenig jünger als ich, und eine Frau. Sie alle haben Rucksäcke auf, Ringe unter den Augen und ihre Lippen sind spröde und aufgeplatzt.

»Thats it«, sagt der Mann mit dem Schnurrbart. »I´ll need some rest, then I go back.« Er muss der Fluchthelfer sein, der Kreisesucher im Grauen Raum.

Die Menschen in den Schlafsäcken an den Wänden geraten in Bewegung, sehen uns aus verhangenen Augen an. Die Frau mit dem Smartphone wählt eine Nummer.

»Move«, Rama schiebt die beiden Jungen zum Ausgang in Richtung Stahltreppe. Ich setze den Rucksack auf und packe den Schlafsack. Wir folgen.

Auf dem Außengelände verstecken wir uns in einer der Blechhütten.

Die Frau stößt das Mädchen an, das sich Rama und mir zuwendet.

»Kya hamen thoda paanee mil sakata hai?« Die Kleine hebt die Hände als wolle sie uns einen Schmetterling zeigen.

Rama holt zwei Wasserflaschen aus dem Rucksack auf meinem Rücken hervor. Die Menschen ziehen ihre Masken unters Kinn und reichen die Flaschen herum.

»Die Frau mit dem Smartphone oben hat bestimmt die Polizei gerufen.« Ich spähe in die Dunkelheit zu Zäunen und Buschwerk, die das Gelände vom zivilisierten Teil des Viertels trennen.

»Kann sein, wir müssen eh weiter.« Rama stellt sich neben mich und deutet auf zuckende Lichtkegel, die von

Taschenlampen stammen mochten. »Das werden sie sein, sobald sie in der Ruine sind gehen wir weiter.«

»Wo gehen wir hin?«

»Ich bring die Leute in eine sichere Wohnung. Du suchst dir einen Platz zum schlafen.« Rama drückt mir ein Plastikbrikett in die Hand, das ich im Licht des Vollmonds als Nokia 3210 identifiziere. »Morgen früh ruf ich oder deine Familie dich darauf an. Das ist mein Fluchthelferhandy, es ist sicher.«

»Ich will mit.« Ich will nicht alleine sein.

»Auf keinen Fall. Ich würde mir nie verzeihen, wenn du wegen meiner Geschichten verhaftet wirst. Wer weiß was sie mit dir machen. Wer weiß, was diese Sicherheitszentren sind, wo sie euch hinbringen wollen, und ob du da je rauskommst.«

»Es sind unsere Geschichten.« Ich versuche Rama ihr Nokiabrikett in die Jackentasche zu stecken.

Rama nimmt meine Hand und drückt sie gegen meine Brust. »Okay Ajun, es sind unsere Geschichten. Trotzdem gehen wir getrennte Wege sobald wir vom Gelände runter sind.«

Ich will ihr von meiner Schizophrenie erzählen, die besser wird wenn sie da ist, wenn wir zusammen gute Dinge machen und ich nicht einfach nur mein Leben lebe. Davon, dass das Kribbeln in meinem Hinterkopf stärker werden wird, wenn ich alleine bin. Ich lasse es. Sekundärer Störungsgewinn nennt es Koreander, wenn ich die Schizophrenie nutze, um mich vor Herausforderungen zu drücken.

∎∎∎

Als wir auf der Straße stehen, hören wir Hunde bellen. Die Fassaden weit südlich von uns werden von blauen Signallichtern gefärbt. Rama führt die Fliehenden in eine Nebengasse im Westen und ich gehe in den Norden, auf die Bahngleise zu, die wir überquert hatten, um auf das Fabrikgelände zu gelangen. Das Kribbeln in meinem Hinterkopf wird stärker, das Gefühl beobachtet zu werden auch. In den Schatten finden Bewegungen statt, die nicht dort sein sollten. Mit klopfendem Herzen verstecke ich mich zwischen parkenden Autos. Ich klemme den Schlafsack zwischen meine Knie und lege die Hände auf den Asphalt, rau und nicht kühler als die Luft. Unter mir ist fester Boden, über mir das nächtliche Firmament. Der Vollmond trägt eine Bane-Maske.

»Do you feel in charge?«, donnert es vom Himmel herab.

»Ja, tu ich. Fick dich, Schizo.«

Ich übernachte unter der Laderampe eines Lidls, wache auf, als die Heckklappe eines LKWs auf das Gitter über mir prallt und setze mich auf einen nahen Blumenkübel, um die verbliebenen Tortillachips zu frühstücken. Ich überlege, wo ich etwas zu trinken herbekommen könnte, die Wasserflaschen sind bei den Fliehenden. Das Nokia klingelt. Papa.

»Gehts dir gut Ajun?«

»Ja, hat dich die Polizei gehen lassen?« »Ja. Ich brauch ein paar Stunden. Wo kann ich dich einsammeln, sagen wir um elf.«

Wir vereinbaren den Parkplatz des Lidls. Ich verstecke Ruck- und Schlafsack unter der Laderampe. Finde eine leere Plastikflasche bei den Pfandautomaten und mache mich auf die Suche nach einer Toilette, weil ich pinkeln muss und weil ich dort Wasser bekomme.

···

»Wo hast du den Wagen her?«

Papa fädelt sich mit dem roten Volvo V60 in den Verkehr ein, kaum dass ich die Beifahrertür geschlossen hatte.

»Von Freunden geliehen.« Er hatte mich nicht angesehen als ich eingestiegen war. »Ich bring dich aus der Stadt zum Sommerhaus der Dalals. Dann verkaufe ich das Taxi, nehme Kredit auf und wir verlassen das Land. Alle vier.«

Im Rückspiegel kann ich sein Gesicht sehen. Auf dem linken Wangenknochen ist ein blauer Fleck unzureichend überschminkt.

»Was hat die Polizei mit dir gemacht?« Papa wendet sich mir zu, legt seine Hand unter mein Kinn und streicht mir mit dem Daumen über die Wange. »Du siehst gut aus, wir sollten dich öfter auf der Straße übernachten lassen.«

»Mir geht's gut.« Wenn man von dem kribbelnden Beobachtungsgefühl im Hinterkopf absieht, das wieder stärker geworden ist und das meine Gedankenschleifen sich über den ganzen Lidlparkplatz gekräuselt hatten, bevor Papa neben mir gehalten hat, stimmt das. »Was ist mit deinem Gesicht?«

»Wir dürfen nicht hassen, Ajun. Wenn es uns die Weißen schon schwer machen, lass sie nicht unsere Herzen vergiften.«

Ich weise ihn nicht darauf hin, dass Mama auch eine Weiße ist. Darum geht es nicht. Ich will etwas sagen, aber es dauert Ewigkeiten, meinen Mund zu öffnen. Wir fahren im Zeitraffer, Fußgänger und Autos zuckeln vorbei. Hausfassaden huschen vorüber. Papa hält an einer Ampel. Ein Jeep biegt in unsere Richtung ab und stellt sich mit seiner Stoßstange an unsere, nur das seine höher ist. Ein weißer Wagen klemmt uns von hinten ein, Papa hatte schon meine Kopfstütze umarmt und den Rückwärtsgang eingelegt.

Bane steigt aus dem Jeep, eine Waffe in der Hand und stapft behäbig zum Fahrerfenster. »Machen sie den Motor aus und legen sie ihre Hände auf das Lenkrad. Du auch Kleiner, auf die Ablage mit deinen Händen.«

Papa gehorcht. »Tun sie meinem Sohn nichts. Wir machen alles was sie sagen. Bitte tun sie meinem Sohn nichts.«

Auf der Gegenspur hält ein Polizeiwagen.

»Setzen sie ihren Mundnasenschutz auf und steigen sie aus dem Wagen, ich öffne die Tür«, schnarrt Bane durch seine Maske.

Auf meiner Seite tauchen zwei weitere Banes auf. Ich setze meine Maske auf und versuche die Zeit in normaler Geschwindigkeit laufen zu lassen. Nur nicht auffällig sein, nicht jetzt. Nicht ausgerechnet jetzt.

Die Banes stellen mich an den Wagen und tasten mich ab.

»Der Kleine wird vom Gesundheitsamt gesucht. Ein Insekt, guter Fang«, ruft jemand vom Polizeiwagen herüber.

Bane hinter mir nimmt seine Finger von meinen Hosentaschen. »Hab doch gleich gesagt, zwei Kanaken in so einem Auto, da stimmt was nicht.«

Ich renne los, die Straße zurück, die wir gekommen sind. So schnell, dass ich Wind spüre. Ein Krampf durchzuckt mich und ich krache auf den Boden, spüre kleine Steinchen an meiner Wange, wieder ein Krampf. Ich verliere die Kontrolle über die Zeit. Zwei Banes packen mich und schleifen mich zu einem Polizeiauto, mittlerweile stehen hier drei. Handgelenke. Handschellen. Rücken. Rückbank. Desinfektionsmittelgeruch im Auto und auf den Gängen der Wache.

Die Gedankenschleifen, die aus meinem Kopf drängen haben eine viel langsamere Zeit und müssen sich mühsam gegen die zäh gewordene Luft stemmen. Ich sorge mich um Papa und Mama. Und natürlich Chandiri. Ich fühle mich schuldig, weil ich verspätet an Chandiri gedacht hatte. Das Fluchthelfer-Handy von Rama ist eine eigene Gedankenschleife. Und Ruck- und Schlafsack, die ich unter der Lidl-Rampe vergessen habe eine andere. Meine Gedankenlosigkeit. Die Sicherheitszentren. Der blaue Fleck. Die Bücher, die in ihren Schutztüten warten. Die Geflohenen, die im Grau verschollen sind. Stuhl, auf dem ich sitze. Tisch vor mir.

Bane beugt sich in mein Gesichtsfeld. »Du verstehen? Ich Fragen an dich.« Are you in charge?

Es ist genug Spucke in meinem Mund und ich schleudere sie Bane mitten auf seine schwarze Maske. Seine Hand schießt vor packt meinen Kopf und knallt ihn an die Wand. Ich sinke zu Boden und bleibe liegen.

»Scheiße, so fest wollte ich das nicht.« Jemand dreht mich um. »Kein Problem. Insekten sind hart im Nehmen.«

»Er blutet aus dem Ohr. Ich hol `nen Arzt.« »Auf keinen Fall, weißt du, was das an Schreibkram ist? Entweder sind wir dran oder die Kollegen, die ihn festgenommen haben.«

»Und was, wenn er stirbt?«

»Er stirbt nicht«, eine dritte Bane-Stimme, «und wenn doch, haben wir noch die Jalloh-Behandlung.«

Gelächter. Jemand wischt mein Ohr mit einem feuchten Papiertuch ab.

»Packen wir ihn in eine Einzelzelle. Sollen sich die Kollegen vom Gesundheitsamt mit ihm rumschlagen. Wahrscheinlich ballern die ihn eh mit Medikamenten voll.«

Halb tragen, halb schleifen sie mich durch die Wache. Grauer Linoleumboden zieht unter mir dahin.

»Nicht die Handschellen abnehmen, das letzte Insekt hat uns die ganze Bude mit ihrer Scheiße vollgeschmiert.« Eine schwere Tür schließt sich.

Ich liege da und Hoffnung flammt in mir auf. Mein Kopf und meine Knie, mit denen ich zuerst auf den Asphalt geprallt war, schmerzen. In meinem Körper gibt es ein leichtes Ziehen, als würde ich zu nah an den Gleisen stehen und aus der Ferne fährt der Zug heran. Wenn ich es mir einbilde, schimmert der Raum in einem dezenten Graublau. Viele Fremde, deren Wegen sich in dieser Zelle kreuzten. Ich muss nur einen Kreis malen.

Im Boden ist ein Klo mit Wasserspülung eingelassen. Rückwärts rutsche ich darauf zu, benetze meine Finger mit Wasser und beginne einen Kreis aus Feuchtigkeit um mich herum zu ziehen. Es ist mir, als würden meine Arschbacken und meine Finger etwas im Boden versinken, aber es reicht nicht, um in den Grauen Raum zu gelangen. Sollte ich es mit Kot versuchen? Ich könnte hinten mit den Fingern in meine Hose gelangen. Aber ich muss nicht, ich hatte heute nur die Tortillachips gegessen und gestern nach meinem letzten großen Geschäft gar nichts mehr. Ob mein Finger ausreichend schmutzig würde, wenn ich ihn mir in den Anus steckte? Ich gebe zu, ich habe es versucht, er kam sauber wieder hinaus. Vielleicht der Nachteil, wenn mensch sich mit Wasser reinigt statt mit Klopapier. Die Gedankenschleifen, die nervös um mich herum zucken werden schwerer. Ich versuche sie zu Kreisen um mich herum zu legen. Es dauert lange, bis ich die Sinnlosigkeit meines Unterfangens einsehe. Die Beobachtenden hinter mir werden nervös.

»Könnt ihr mir helfen?«

Vielstimmiges Wispern, aus dem ich nur Wortfetzen verstehen kann.

Ich beginne, meine Fingerkuppen am Boden zu reiben, in der Hoffnung, sie würden zu bluten beginnen. Es tut zu weh. Vielleicht kann ich einen Stoffkreis legen? Meine Jeans mit den Zähnen zu zerreißen erweist sich als unmöglich. Im halben Schneidersitz auf dem Boden bekomme ich, weit vornübergebeugt, den Saum meiner Jeans zwischen die Zähne, bringe aber nicht die Kraft auf, ihn zu zerstören. Ich stelle fest, dass ich zu feige bin, meine Zunge oder meine Wangen absichtlich blutig zu beißen. Gedankenschleifen mit Selbstvorwürfen schnüren mich ein und erschweren mir Atmung und Bewegung.

»Du bist nicht feige, tus einfach.« Ich sitze auf meinen Knien, sauge die Wangen zwischen meine Zähne. Meine Schuhe konnte ich ausziehen. Vielleicht könnte ich mit Zähnen und Zehen meine Socken in so lange Streifen reißen, dass ich einen Kreis um mich legen könnte. Blödsinn.

»Tu es einfach.« Ich erhöhe den Kieferdruck auf meine Wangen und sie flutschen frei. Wenn, muss ich es schnell und plötzlich tun.

Oh Gott und was es sonst noch an Gestalten da oben geben mochte, ich habe solche Angst vor den Schmerzen.

Ich sauge die Wangenhaut rechts von meiner Lippe ein, zähle bis zehn. Nichts passiert.

Ich beiße mit aller Kraft zu und brülle innerlich, Tränen schießen mir in die Augen, mit offenem Mund liege ich auf den Knien, die Stirn auf den Boden gepresst, metallischen Geschmack auf meiner Zunge. Blut tropft. Mit großer Anstrengung unterdrücke ich den Impuls zu schreien, zu weinen, mich zu einem Ball zusammen zu rollen und einfach einzufrieren. Blut tropft und ich drehe mich auf den Knien, um damit einen Kreis um mich zu ziehen. Mit der Zunge helfe ich nach, damit es keine Unterbrechungen in der Linie gibt.

Die Beobachtenden wispern aufgeregt und leiden mit mir, als ich ein zweites Mal zubeiße, damit genug Blut für einen Kreis fließt.

Mit der Zunge schließe ich den Kreis. Meine Knie, Schienbeine und Fußrücken sinken ein, der Boden schluckt meine Oberschenkel und meine Hüften, meinen Torso, meine Hände, Arme, Schultern, meinen Hals, dann meinen Kopf.

Das Gefühl großer Geschwindigkeit überkommt mich. Terpentingeruch lässt mich durch den Mund atmen. Ich ziehe mich zu einem Punkt zusammen, die Gedankenschleifen an mich gepresst, wie Haare an ein Neugeborenes. Um mich herum ist Hellgrau, diffuses Licht in dichtem Nebel.

Der Boden unter meinen Schuhen ist weich, wie Waldboden oder Fleisch. Druck liegt auf meinen Ohren. Es ist nicht feucht, aber auch nicht trocken, die Luft fühlt sich dicker an. Und Luft gibt es, denn ich kann atmen, abgesehen vom Geruch nach Terpentin, problemlos. Auf der Suche nach meinem Blutkreis blicke ich nach oben. Nichts, nur Grau.

Wie orientieren sich die Insekten? Ich weiß, dass Gruppen sich an der Kleidung festhalten. Leinen haben die Angewohnheit im Grauen Raum zu verschwinden, genau wie Gepäckstücke, die nicht getragen werden. Verdammt, es verschwinden Menschen im Grauen Raum – viele. Ich war so beschäftigt damit gewesen aus der Zelle zu entkommen, dass ich keinen Gedanken daran verschwendet hatte, wie ich den Grauen Raum überleben sollte. In meiner Wange pocht dumpfer Schmerz. Ich gehe los.

Meine Gedankenschleifen lösen sich von meinem Körper, wabern durch den Grauen Raum um mich herum. Die Beobachtenden sind noch da, kribbeln an meinem Hinterkopf. Ein paar Mal fahre ich herum. Aber es ist hier wie im Farbraum, sie bleiben immer hinter mir.

»Wenigstens bin ich nicht alleine.« Meine Stimme dringt an meine Ohren wie durch Watte.

Durst nagt in meiner Kehle und Hunger in meinem Bauch. Meine Beine werden müde. Es gibt Menschen, die sind tagelang durch den Grauen Raum gewandert, mit Vorräten, und sie haben dort geschlafen. Wenn alle schlafen, verschwinden die meisten Menschen.

Ich brauche Hilfe.

»Könnt ihr mir helfen?«

Die Beobachter wispern nicht einmal. Du bist irre Ajun, denk nach, was weißt du über den Raum.

Das Leute verschwinden. Es gab Versuche, Soldaten durch den Grauen Raum zu schicken, ihn zu kartographieren, alles vergeblich. Die Sorgenschleifen, die sich aus meinem Hirn winden, werden dicker und schwerer. Ich muss mich nach vorne beugen, um genug Kraft zu haben, sie mitzuziehen. Wenn wenigstens meine Hände frei wären. Was wohl passieren würde, wenn ich hier auf den Boden einen Kreis malen würde? Nichts fühlt sich hier so an, wie eine Intersektion im Farbraum.

Notfalls würde ich mir auf die andere Wange beißen, um es zu versuchen.

»Hallo?« Kein Hall verstärkt meinen Ruf.

Was hatte ich getan? Was wusste ich schon, was in diesen Sicherheitszentren mit mir passieren würde. Ja sie würden mich festhalten, wahrscheinlich bekäme ich auch Medikamente, na und? Ich hätte einen Platz zum schlafen, und essen, und trinken, und vielleicht einen Fernseher und Bücher und Plastiktüten, vielleicht gab es sogar Turnhallen, Sport, ein Schwimmbecken – ein Leben verdammt.

Stattdessen, Grauer Raum.

»Hallo?«

Ich muss etwas tun, irgendetwas, sonst werde ich verrückt. Also noch verrückter als ich schon bin. Mit einem Ruck wirbele ich herum, nein, die Beobachtenden bleiben hinter mir. Ich kriege euch schon. Meine Gedankenschleifen schweben um mich herum, abgesehen von den Sorgen, die in dicken Wülsten auf dem Boden liegen. Ich stelle mir die schnellen Gedanken hellgelb und die langsamen Sorgen dunkelgrau vor. Sie bekommen Farbe, mehr Gewicht und Materie. Wie Medusa ihre Schlangen beginne ich sie zu bewegen, manche gehorchen meinem Willen, andere nicht, haben es noch nie getan. Mit den gehorsamen Gedankenschleifen greife ich nach hinten, versuche die Beobachter zu fixieren, als wäre da etwas anderes als meine Vorstellung.

Langsam drehe ich mich um. Das Kribbeln von meinem Hinterkopf wandert in mein Gesicht. Das Gefühl beobachtet zu werden, wird durch das Gefühl ersetzt, angesehen zu werden.

»Hallo?«

Gespanntes Schweigen. Vor mir sehe ich Grau, aber da ist noch etwas. Ich trete näher heran. Auf einer kleinen Fläche, mitten im Raum, schweben kleine schwarze Kreise. o.

»Hallo?«

Sie sind kleiner als meine Nasenspitze, die ich gegen sie drücke. Sie bieten Widerstand und es scheint mir als würde sich meine Haut in die Kreise hinein wölben. Farbiges Licht dringt aus ihnen. Ich ahne Bewegung und spähe durch einen der Kreise. Ein Gesicht ist auf der anderen Seite, die Augen wandern.

Ein Buch. Da liest jemand ein Buch.

»Hallo, helfen Sie mir!«

Das Gesicht runzelt die Stirn, der Mund verzieht sich belustigt. Wer immer da liest grinst kurz.

»Bitte, zeichnen Sie einen großen Kreis. Am besten an einer Kreuzung.«

Das Gesicht wirkt irritiert.

»Hören Sie mich? Zeichnen Sie Kreise, bitte!«

∎

Der süße Duft von Creme und süßen Früchten erfüllte die Büroküche und vertrieb den Geruch von kaltem Kaffee, als Mỹ den Deckel der Kuchentransportbox abnahm. Die tiefroten Waldbeeren erstrahlten unter dem glänzenden Guss. Hoffentlich schmeckte der Kuchen so gut, wie er aussah. Mỹ schnitt den Kuchen vorsichtig an und hatte große Lust, ihren Finger in die fluffige Sojaschmandfüllung zu stecken, um die Creme zu kosten. Aber sie hielt sich zurück; nicht nur des Anstandes wegen, sondern auch, weil der Kuchen für die Kollegenschaft war – nicht für sie.

»Ist der vegan?«, hörte Mỹ die sonore Stimme ihres Chefs.

Sie drehte sich um. Ihr Chef, ein graumelierter Mann, der beim Firmenmarathon immer ganz vorne mitlief, lehnte lächelnd im Türrahmen.

»Natürlich, Herr Toma.«

»Dann nehme ich mir gern ein Stück.«

»Natürlich, Herr Toma.« Mỹ öffnete den Hängeschrank und holte einen Teller heraus, bevor sie ihm ein Stück vom Kuchen auftat, dann eilte sie zur Kaffeemaschine, um sie mit Wasser zu befüllen, als zwei weitere Mitarbeitende eintraten.

Auch sie wurden vom Waldbeerenduft des Kuchens angelockt, wenn man ihren Aussagen glauben konnte.

»Aber nicht zu hart feiern, ja?«, erinnerte Herr Toma sie und deutete mit dem Kinn zur Wanduhr über der Tür. »Ich hab uns nicht diesen Auftrag an Land gezogen, damit ihr die Mittagspause überzieht!«

»Natüüürlich«, riefen alle im Chor, mit dem Wissen, dass es der Chef nicht schaffte, so streng zu sein, wie er vorgab. Mỹ machte sich dennoch auf den Weg zurück in ihr Büro. Das aktuelle Projekt war absolut wichtig für die Firma, und Mỹ war motiviert, das Beste herauszuholen. Herr Toma wusste es und er baute auf sie. Und das wiederum wusste Mỹ.

In ihrem Arbeitsbereich schwang sich Mỹ auf ihren Drehstuhl, krempelte die Ärmel hoch, rüttelte an der Maus und widmete sich dem erwachenden Monit–

Moment mal! Was war das? Zwischen den Post-Its, die um ihren Bildschirm herum klebten, steckte ein violetter Briefumschlag. Darauf stand in Glittergelschrift: »Happy Birthday, Mỹ.« Sie hatte doch niemanden erzählt, dass sie heute Geburtstag hatte ...

Mỹ reckte ihren Kopf und spähte durch die gläserne Tür in den Flur, um eventuell die Person noch zu erwischen, die ihr die Geburtstagskarte dorthin geklebt hatte. Aber niemand war zu sehen. Vorsichtig zupfte sie den Umschlag ab, schlitzte ihn mit einem Brieföffner auf und zog eine ebenso lilafarbene Karte heraus. Goldener Flitter rieselte aus dem Umschlag zwischen ihren Fingern hindurch, auf ihre Tastatur. Mist. Sie pustete und der Flitter verteilte sich über den Schreibtisch.

»Schöne Scheiße«, flüsterte Mỹ, öffnete aber trotzdem die Karte, ohne vorher mit dem Handstaubsauger über ihren Schreibtisch zu gehen.

GUTSCHEIN
Für einen Abend im Me Time.
12.09.
18:00 Uhr
Reserviert für eine Person.

Der 12.09. war ein Mittwoch – das wusste sie auch, ohne den Kalender öffnen zu müssen –, aber was war überhaupt reserviert worden? Mỹ gab in die Onlinesuche »Me-Time« und die Adresse ein. Innerhalb weniger Sekunden hatte sie mehrere Bilder von einem schlichten Altbau gefunden, über dessen Jugendstil-Tür an einem verschnörkelten Ausleger ein ovales Metallschild mit »Me-Time« hing. Vom Innenraum gab es jedoch nur ein einziges Bild: runde Tische mit weißen gestärkten Decken, deren Mitte ein kleines Blütenbouquet schmückte. An jedem Tisch stand jeweils ein Stuhl. Es handelte sich anscheinend um ein Restaurant ... welches offenbar nur Einzelplätze anbot.

Mỹ überlegte sich, aus welchen Gründen man alleine essen gehen könnte, aber ihr fiel nichts ein. Es wirkte verzweifelt; als ob man keine Begleitung gefunden hätte. Mỹ steckte die Karte in den Umschlag zurück und warf sie in die Schublade. Aber wenn an jedem Tisch nur ein Stuhl stand, müssten ja alle im selben Boot sitzen. Sie öffnete die Schublade wieder.

»Sag mal ...« Lena stand plötzlich in ihrem Büro – einen Teller mit dem Waldbeer-Schmand-Kuchen in der Hand und einer Gabel in der anderen. »Hast du schon probiert? Voll lecker. Vielleicht etwas süß.«

Zu süß? Mỹ schüttelte den Kopf. »Noch nicht.«

»Na ja, musst du auch nicht probieren. Ist halt Kuchen.« Lena fuchtelte mit ihrer Gabel herum, während sie sprach; dann deutete sie mit den Zinken auf Mỹs Schreibtisch. »Wieso ist da überall Goldflitter? Hat ein Einhorn auf deinen Schreibtisch genießt?«

Wenn, dann eine Fee, dachte Mỹ, Einhörner waren die mit den Regenbögen. Aber zumindest wusste sie nun, dass die Karte nicht von Lena stammte.

»Ich mach mal die Flatter. Herr Toma schleicht hier herum. Ich wette, der will nur den ganzen Kuchen für sich allein. Soll er doch einen Zuckerschock kriegen.« Lachend ging Lena aus der Tür hinaus und verschwand in einem Nachbarbüro.

Mỹ starrte noch einen Moment auf die Stelle, wo gerade noch Lena gestanden hatte.

Zu süß ... musst du auch nicht probieren ... halt Kuchen ... Zuckerschock.

Enttäuscht widmete sich Mỹ wieder ihrem PC. Schließlich gab es viele Akten zu wälzen, und sie wollte heute zeitig Schluss machen, um ... Aber so viel Zucker hatte sie doch gar nicht reingemacht. Sogar extra 20 g weniger ... Sie sank in ihrem Bürostuhl zusammen und pustete über ihren Schreibtisch.

Goldflitter wirbelte auf.

●●●

Am liebsten wäre sie zu Hause geblieben, hätte die Vorhänge zugezogen und sich in ihre Couch gekuschelt, wo niemand sehen konnte, dass sie im Plüsch-Jumpsuit angezogen vor Netflix versackte. Aber dank ihres Pflichtbewusstseins und eines Telefonates mit ihrer großen

Schwester war auf dem Kalender der besagte Mittwoch rot umkringelt und mit Stickern beklebt (Besteck, Herz, Totenkopf). Das Pflichtbewusstsein hätte sie irgendwie noch ignorieren können, da es sich nicht um Arbeit handelte, sondern um ein Vergnügen, aber ihre große Schwester hatte sie nicht in Ruhe gelassen und sie ermutigt, hinzugehen – nicht, dass Mỹ den Abend ihres Lebens verpasste – und ihr auch gleich noch schwarze Pumps geliehen.

Nun stand Mỹ in ihrem besten Kostüm im Flur, die Haare in Locken gelegt und die Augen elegant dunkel geschminkt. Mỹ kontrollierte das dritte Mal ihre Handtasche: Karte, Portemonnaie (falls der Gutschein ein Scherz war, würde sie den Restaurantbesitzern nicht vor den Kopf stoßen, sondern trotzdem dort essen und aus eigener Tasche bezahlen), Handy, Schlüssel, Kaugummis, Taschentücher, Nagellack gegen eventuelle Laufmaschen in der Strumpfhose. Schließlich schlüpfte sie in die Pumps ihrer Schwester, und dann ging sie los.

Schon auf dem kurzen Weg zur U-Bahn-Station verfluchte sie sich dafür, nicht einfach eigene Schuhe gekauft zu haben. Sie fühlte sich in den engen, spitz zulaufenden Dingern wie Aschenputtels Stiefschwester. Ihre Füße schmerzten jetzt schon, aber sie riss sich zusammen. Heulen ging ja nicht, der Eyeliner war nicht wasserfest.

So lief sie, wie auf rohen Eiern, die Treppe hinunter und stieg in die U-Bahn. Sie lächelte den Fahrgästen entschuldigend zu, weil diese sich für Mỹ noch dichter aneinanderdrängen mussten. Es war heiß, und sie schwitzte unter ihrem Mantel, sodass ihr der eigene Deogeruch in die Nase stieg. Auch die Locken hingen ihr schlaff ins Gesicht. Mỹ warf einen kurzen Blick zur Scheibe, um ihre Frisur zu richten, und bemerkte, wie sie beobachtet wurde. Sofort errötete sie und sah schnell auf ihre Mantelknöpfe. Hoffentlich hielt man sie nicht für eitel. Zum Glück konnte sie zwei Stationen später aussteigen und wurde dort mit dem Pendlerstrom mitgerissen.

■■■

Schlicht, fast unscheinbar ging das Restaurant zwischen den opulenten Fassaden der Jugendstilbauten unter, aber Mỹ erkannte es wieder. Neben der Tür hing wie auf den Fotos im Internet das ovale Schild mit den verschnörkelten violetten Buchstaben »Me Time«.

Mỹ trat ein.

Das Ambiente war anders als sie erwartet hatte. Auf dem Bild wirkten die kleinen runden Tische mit den hübschen Blumensträußchen niedlicher – mehr nach einer Umgebung, in der sie sich halbwegs wohlfühlen würden. Jetzt war sie überwältigt von der elegant-mystischen Atmosphäre. Das Kerzenlicht schimmerte auf den goldenen Ornamenten der violetten Damasttapete, welche wunderbar zum Kirschbaumparkett passte. Und es war, als vibrierten die Blüten der Pfingstrosenbouquets auf den Tischen in der elektrisierten Luft. An jedem Einzelplatz saß eine einzelne Person, die leider ganz und gar nicht wie einsame Gestalten wirkten. Da hätte sich Mỹ zumindest zwischen ihnen verstecken können. Doch die Gäste strotzten vor Ich-bin-hier-und-das-ist-gut-so.

Sie trat automatisch einen Schritt zurück, ihr Fluchtinstinkt kämpfte mit dem Pflichtbewusstsein.

Irgendjemand hatte ihr den Restaurantbesuch geschenkt, also musste sie es auch wertschätzen und es
durchziehen ... oder doch nicht?

»Sie haben reserviert?« Ein Mann im schwarzen Anzug schob sich in ihr Blickfeld. Dezent in Haltung und
Mimik und dennoch höflich fordernd.

»Äh ... ja. Liên-Schmidt. Ich habe einen Gutschein.«
Ungelenk kramte sie in ihrer Handtasche und zog die
Karte heraus. Ein Rest Goldflitter krümelte auf seinen
Lackschuh, als der Mann sie an sich nahm. Er studierte
kurz die Uhrzeit und nickte.

»Folgen Sie mir.« Damit floss er mit weichem Schritt
über das Parkett davon.

Mỹ folgte ihm vorbei an den Gästen, die noch auf ihr
Essen warteten. Der dünne Herr im dunkelbraunen
Cord-Anzug thronte an seinem Tisch wie ein Quali-
tätssicherungsangestellter. Er schwieg und betrachtete
jeden Quadratzentimeter der Tischdecke. Währenddessen zeigte sich ein Mann mit Vollbart und kunstvoll
zerzauster Frisur von seiner lässigsten Seite: die Ärmel seines Designer-Hemdes hochgekrempelt und die
obersten Knöpfe geöffnet, sah er aus wie aus einem In-
stagram-Feed entsprungen. Sein Halbprofil sprach mit
dem Smartphone, das er mit ausgestrecktem Arm vor
sich hielt. An dem Tisch ihm gegenüber saß eine ältere
Dame, stilsicher in ihrem Hosenanzug und mit klaren,
wachen Augen. Dennoch wirkte sie nicht so angekommen wie die anderen beiden, in ihre Stirn waren tiefe
Sorgenfalten gegraben, als hätte sie in diesem Leben
schon zu viel gesehen. Sie sah so verloren aus, wie sie
Mỹ fühlte.

Mitten im Raum blieb der Platzanweiser stehen und rückte ihr den Stuhl zurecht. »Bitte sehr.«

Mỹ lächelte höflich, bevor sie sich setzte. Der Bund ihres Bleistiftrocks drückte in ihren Magen, und dieses unangenehme Gefühl wurde dadurch verstärkt, dass sie im Zentrum der Blicke saß.

»Ihr Essen wird gleich serviert.«

»Aber, ich habe noch nichts bestellt ...«, stutzte Mỹ und fragte sich, ob Me Time zu den Restaurants mit den modernen Gastrokonzepten gehörte, die nur ein einziges Gericht anboten?

Als ob er in ihrem Gesicht lesen konnte, antwortete er: »Jeder Gast bekommt vom Koch eine ganz individuelle Speise zubereitet.«

»Verstehe«, sagte Mỹ, obwohl sie nicht verstand, und knetete die Finger. Vielleicht sollte sie sagen, dass sie gegen Tomaten allergisch war?

Er nickte freundlich, und ließ sie daraufhin alleine.

Mỹ schob ihre gefalteten Hände zwischen die Knie, zog die Schultern hoch und starrte auf die Pfingstrosen. So versuchte sie, sich davon abzulenken, dass sie ihrerseits angestarrt wurde. Was mochten die anderen von ihr denken? Sie glaubten bestimmt, dass Mỹ noch nie alleine essen gewesen war, so verkrampft, wie sie war. Um sich selbstsicher zu zeigen, lehnte sie sich bewusst zurück und checkte auf ihrer Smartwatch den Posteingang. Fünf ungelesene Mails, welche liegen geblieben waren. Schnell öffnete sie die erste Nachricht und überflog sie. Ja, sie hatte die Unterlagen bereits gestern eingereicht, antwortete sie. Wäre sie doch lieber noch auf der Arbeit geblieben, dann hätte sie das früher klären können jetzt gab es deshalb Verzögerungen, die vermeidbar gewesen wären.

Auf einmal drehten alle ihre Köpfe zur Küchentür. Der Influencer verstummte. Es wurde still. Nun lag der Fokus nicht mehr auf ihr, sondern auf dem Kellner, der heraustrat und einen Teller zu dem Mann im Cordanzug trug. Mỹ ließ von ihrer Uhr ab und sah neugierig auf.

Der Cordanzugtyp richtete seine Krawatte, legte seine Unterarme parallel zueinander auf den Tisch, während der Kellner aus einem filigran geformten Dekanter dunkelroten Wein in ein Glas goss und als Horsd'œuvre Austern auf einem silbernen verzierten Teller servierte. Der dünne Mann beobachtete schmallippig jede feine Bewegung des Kellners, als müsse er dessen Choreographie auf Fehler prüfen. Auch wenn Mỹ das Bild zum Schmunzeln fand, tat ihr der Kellner etwas leid. Schließlich war ihr der Druck bekannt, wenn alle sie während einer Projektpräsentation erwartungsvoll beobachteten, wodurch sich Mỹ erst recht verhaspelte. Entgegen ihrer Befürchtung servierte der Kellner schwungvoll und professionell, stellte dem Mann die frischen Austern zwischen die Unterarme und wünschte einen guten Appetit.

Es war, als würden die Leute von den umgebenden Tischen atemlos zusehen. Ein angespanntes Knistern erfüllte die Luft, während der Herr im Cordanzug die erste Auster schlürfte. Mỹ verstand zwar die Spannung nicht, dennoch sprang sie wie ein Funke über. So saß sie nun ebenfalls mit gerecktem Hals da und sah den Mann beim Schlürfen zu, obwohl sich schon beim Anblick dieser rohen, schleimigen Dinger ihre Speiseröhre zusammenknotete.

Der Anzugtyp lockerte seine Krawatte und trank einen Schluck Wein. Man konnte förmlich sehen, wo die Flüssigkeit die Speiseröhre runterrann, denn auch seine Wirbelsäule schien aufzuweichen und sein Rücken schmiegte sich an die Stuhllehne. Und während die Aufmerksamkeit der anderen Gäste auf dem Essenden lag, schwebte der Kellner aus dem Bild, als würde er sich wie Wasserdampf verflüchtigen. Mỹ sah verwundert dem Kellner hinterher. Bevor er mit dem leeren Tablett durch die Tür ins Innere der Küche trat, hielt er inne, drehte den Kopf zu ihr und zwinkerte ihr zu. Noch bevor sie ertappt wegschauen konnte, verschwand der Kellner in der Küche und war einen Augenblick später mit zwei Kristallgläsern auf der Servierplatte wieder da.

Die Gläser waren angefüllt mit regenbogenfarbenen Eiskugeln, die sich in die Höhe türmten und von gedrehten Hippen gehalten wurden. Diese süße Berglandschaft zierten Sahnehäubchen, über die wie in einem Schneesturm silberne Zuckerperlen und buntes Konfetti gepustet waren. Ganz oben saß die Kirsche. Drumherum floss die Schokosoße in zarten Strömen talwärts und endete in glänzenden braunen Seen zwischen den Eiskugeln.

Der Kellner stellte der Dame mit den Sorgenfalten einen Eisbecher hin und den zweiten auf den Platz ihr gegenüber.

Die Frau ergriff den Löffel und betrachtete das Kunstwerk, als läge vor ihr unbekanntes Land, das darauf wartete, mit all seinen Schätzen entdeckt zu werden. Bedächtig tauchte sie den Löffel in die gelborange Kugel und führte das Eis an die Lippen. Ihre Augen weiteten sich, als es in ihrem Mund schmolz. Nicht nur das. Die Falten auf ihrer Stirn und um ihre Augen entspannten sich und machten Platz, für das Leben, was sich dahinter verbarg. Freude, Wärme und Mütterlichkeit. Sie aß nicht schnell, eher sinnlich und genussvoll, während sie ab und an lächelnd auf den Platz gegenüber von sich schaute, als säße dort eine imaginäre Person. Mit Schrecken bemerkte Mỹ, dass das Eis im zweiten Becher ebenfalls weniger wurde. Es schmolz nicht, sondern wurde in der Art weniger, als würde jemand davon essen. Das ... das konnte doch gar nicht sein. Was passierte hier? Wieder sah die Dame zu dem Jemand, den nur sie wahrnehmen konnte, nickte und dann füllten sich ihre Augen mit Tränen.

Mỹ legte besorgt ihre Hand auf ihre Brust und sah sich im Restaurant um. Der Dame ging es nicht gut; wieso interessierte das niemanden? Warum kümmerte sich niemand um ... diese ganzen seltsamen Sachen? Den schwebenden Kellner, das verschwindende Eis und vor allem die weinende Dame.

Offenbar war Mỹ die Einzige, die sich sorgte. Der Anzugtyp schnippte die ausgeschlürfte Austernschale auf den Teller zurück, kicherte und wischte sich mit dem Ärmel über den Mund. Der Influencer nahm schon wieder sein Gelaber mit dem Handy auf, machte ein Foto von sich und dann tippte er auf dem Display herum – als gäbe es nur ihn, sein Antlitz und die Likes seiner Follower.

»Entschuldigen Sie«, flüsterte Mỹ an die Dame gewandt und war selbst überrascht, dass sie sie einfach angesprochen hatte. Die Frau sah auf.

»Geht es Ihnen ... gut?«

»Ja«, sagte die Dame. Bissen für Bissen rannen ihr die Tränen über die Wangen.

»Manchmal passiert das.« Der Influencer schaltete sich in das Gespräch ein. »Manchmal ist die Seele übervoll und läuft einfach über.«

Mỹ runzelte die Stirn. »Was ... was meinen Sie ...«

Der Influencer unterbrach Mỹ mit einem Handzeichen, denn ein drittes Mal ging die Küchentür auf. Dieses Mal trug der Kellner eine einfache Servierplatte mit silberner Cloche.

»Jetzt bin ich dran«, sagte der Influencer, zwinkerte Mỹ zu und machte erneut ein Selfie. Dann legte er sein Smartphone weg und wartete darauf, dass die Cloche vor ihm hingestellt wurde.

Neugierig erhob sich Mỹ ein wenig vom Stuhl, um genauer auf den Teller schauen zu können. Der perfektionistische Mann im Anzug bekam Austern und Wein, die seine Steifheit erweichten; der Dame wurde ein ... zwei riesige bunte Eisbecher serviert, und die Tränen liefen – was für eine persönliche Speise wohl der stylische Handy-Typ bekam? Ob bei ihm auch die Emotionen überliefen?

Mit einer eleganten Verbeugung lüftete der Kellner den Deckel. Der Teller war leer. Mỹ sank zurück. Das ... das ging doch nicht. Der Mann hatte für das Essen bezahlt ... und er bekam nichts?

Jeder Gast bekommt vom Koch eine ganz individuelle Speise zubereitet.

Also war Nichts für den Influencer angemessen? Mỹ fragte sich, wie das zusammenpasste.

Anstelle sich über den leeren Teller aufzuregen oder irritiert zu sein, legte der Influencer eine Hand an seine Wange und schüttelte mit einem gerührten Lächeln den Kopf. Schließlich sank er gemütlich in den Stuhl und genoss das Nichts, als wäre er ein Kind, das den ersten Schluck einer heißen Schokolade mit Marshmallows trank.

Da er vorhin so nett war und ihr etwas über die Emotionalität des Essens erklärt hatte, wollte sie ihm fast noch ein paar weitere Fragen stellen, aber er sah so glücklich und bei sich aus, da wollte sie nicht stören. Auch die anderen wollte sie nicht stören. Der Anzugstyp zerging wie die Austern auf seiner Zunge. Mittlerweile hatte er auch das Jackett abgelegt. Die Dame weinte immer noch bei jedem Löffel Eis. Aber es war keine Traurigkeit in ihren Tränen, sondern pure Zufriedenheit. Und der Influencer labte sich am Nichts. Alle wirkten, als hätten sie einen Teil von sich losgelassen ... oder wiedergefunden.

Nun schwang ein viertes Mal die Tür auf, und der Kellner trug eine kleine Porzellanschüssel mit einer Blumenbemalung zu Mỹ an den Tisch. Vorsichtig stellte er die Schüssel ab und rückte sie zurecht. Daneben legte er einen silbernen, fein ziselierten Löffel. Neugierig sah Mỹ in die Schüssel.

Buchstabensuppe? Eine ... Buchstabensuppe? Mỹ lachte ungläubig auf; wahrscheinlich lag sie mit dem Loslassen doch daneben. Sie konnte es sich ansonsten nicht erklären, warum sie ausgerechnet Buchstaben, mit denen sie tagtäglich auf Arbeit zu tun hatte, heimsuchten.

Fragend blickte sie zum Kellner und dieser antwortete: »Essen Sie, solange die Suppe noch warm ist, und sehen sie genau hin«

»Okay«, sagte Mỹ kurz und nahm den schweren Silberlöffel. Sie stippte ihn in die Brühe. Sofort schwammen Buchstaben dem Löffel entgegen. Es war nicht der Wirbel, den man verursachte, wenn man mit dem Löffel die Brühe verdrängte und zufällig die Nudeln auf ihn spülten. Nein. Einzelne Buchstaben schwammen wie kleine Fische den Futterflocken auf den Löffel zu und formierten sich dort. Sie betrachtete die Buchstaben. Zwei von ihnen hatten sich gefunden und drehten sich an der Löffelspitze in Mỹs Richtung.

»DU«, las sie leise vor. Die restlichen Buchstaben trieben langsam an ihren Platz und ergaben »BIST WUNDERVOLL«.

Ungläubig starrte Mỹ auf den Löffel. Sie pustete auf die Buchstaben, die kurz auseinanderstoben, aber sogleich wieder an Ort und Stelle schwammen. »Du bist wundervoll.« flüsterte sie, als würde das Aussprechen der Wörter ihr helfen, den Sinn zu verstehen.

»Denken Sie nicht so viel nach. Einfach essen«, sagte der Anzugtyp zu ihr gewandt. Glückselig schlürfte er die letzte Auster.

Langsam führte Mỹ den Löffel an ihren Mund. Das durchgewärmte Metall berührte ihre Unterlippe, dann ihre Zunge. Sie kippte den Löffel an, und die Suppe floss in ihren Mund, aromatisch, umamig. Wärme durchströmte sie. Eine Art Wärme, die sie als Kinder umgab, wenn sie auf Mamas Schoß einschliefen. Eine Art Wärme, wenn Mama ihr durch das Haar strich und flüsterte: Alles ist gut, Mỹ. Dieses alte, dieses uralte Gefühl, welches sie an die Hand nahm und durch finstere Tage geführt hatte.

Mỹ rieb sich über die Augen und tauchte den Löffel erneut ein. Wieder schwammen die Buchstaben zu ihrem Löffel und sie hob ihn aus der Suppe.

DU BIST EINZIGARTIG

Ein Lächeln umspielte ihre Lippen, als sie dieses Mal die Buchstaben aß. Die Wärme breitete sich in ihr aus, bis in die Fingerspitzen und Füße, und erfüllte sie mit einer Wohligkeit. Wohlig und warm und richtig, wo sie war. Sie lehnte sich in den Stuhl zurück, streckte ihre Beine aus und kreiste mit den Füßen. Die Enge der Schuhe hinderte die Wohligkeit daran, bis in ihre Zehenspitzen strömen zu können, und so trat sich Mỹ die Pumps ihrer Schwester von den Füßen. Schließlich war sie nicht Cinderellas Stiefschwester, sondern einfach nur Mỹ mit den breiten Füßen. »Mỹ mit den breiten Füßen«, wiederholte sie grinsend im Kopf. Zumindest ist es damit einfacher, standhaft zu bleiben.

Sie seufzte behaglich und tauchte den Löffel erneut in die Suppe. Die Buchstaben schwammen wieder zielstrebig zu ihm, fanden ihre Position und richteten sich aus.

DU BIST WERTVOLL.

Hätte es ihr irgendwer gesagt – ein Freund, ein Kollege, selbst ihre eigene Mutter –, hätte sie Zweifel gehabt oder gar hinterfragt, ob die Worte wirklich so gemeint waren. Doch dieser Suppe glaubte sie. Sie lachte auf. Dieser einfachen Suppe glaubte sie! Nein, es hatte nicht mit glauben zu tun; die Suppe ließ sie spüren, dass es so war. Als wäre es ein unverrückbarer Fakt. Dass sie keine Angst haben musste, etwas nicht zu schaffen, nicht auszureichen, nicht elegant genug zu sein, nicht bestehen zu können.

Mỹs Augen begannen zu brennen, und sie wollte die sich anbahnenden Tränen nicht aufhalten, als sie diesen Löffel voll Suppe aß. Sie fühlte die Stärke in sich, das Bewusstsein, dass es ihr egal sein sollte, was irgendeine Kollegin von ihrem Kuchen hielt, was die U-Bahn-Gäste dachten, wenn sie ihr Spiegelbild in der Fensterscheibe betrachtete, was andere Restaurantbesucher über ihre Unwissenheit dachten, ... einfach das zu tun, was sie wollte (auch gern mit 30 g mehr Zucker).

Sie lehnte den Löffel in die Schüssel und rieb sich die Tränen von den Wangen. Ihre Wimperntusche war sicher völlig verschmiert, aber wen kümmerte das? Wen kümmerte das alles? Mỹ strahlte und sah erleichtert auf. Die Dame war fast fertig mit ihrem Eisbecher und lächelte ihr mit Löffel im Mund zu und Mỹ lächelte zurück. Offen, nicht versteckt, wie sie es so oft tat. Keine Hand vor dem Mund, kein Gefühl verbergend. Sie lächelte mit allem, was sie hatte.

Erneut tauchte Mỹ den Löffel in die Suppe und die restlichen Buchstaben formierten sich. Voller Vorfreude lass sie den nächsten Satz:

LASS LOS

Mỹ aß die Buchstaben, nicht mit Bedacht wie die davor, sondern mit einem deutlichen »Ja, verdammt!«. Es war nicht mehr die Suppe, die ihr gut zuredete. Es war sie selbst, die wusste, dass es stimmte. Sie stieß die Skepsis, die ihr im Nacken saß, von sich und genoss das neue unbeschwerte Gefühl. Sie war vollkommen. Sie löste ihre Uhr von ihrem Handgelenk und warf sie in ihre viel zu große Handtasche. Sie war wundervoll, wertvoll, einzigartig und vollkommen, auch ohne im Minutentakt Arbeitsmails zu beantworten! Sie durfte sich gut fühlen. Sie durfte einfach sie selbst sein. Wundervoll, wertvoll, einzigartig und vollkommen.

■

Nora Bendzko, 1994 in München geboren, hat von Kindheit an phantastische Texte geschrieben. Der Wunsch, Literatur zu einem festen Bestandteil ihres Lebens zu machen, brachte sie nach Wien. Dort studiert sie Deutsche Philologie und arbeitet nebenbei als Lektorin. Wenn sie nicht schreibt, singt sie leidenschaftlich, was sie in Metal-Bands wie »Nightmarcher« auslebt. Ihr erster Verlagsroman, »Die Götter müssen sterben«, erscheint 2021 bei Droemer Knaur und wird sich um rachedurstige Amazonen drehen. Für »Urban Fantasy: Going Intersectional« verarbeitet sie ihre kulturelle Hybridität als Kind einer deutsch-marokkanischen Familie.
Webseite: https://norabendzko.com
Twitter: @NoraBendzko

∎

Jenny Cazzola, Jahrgang 1996, ist zweisprachig, Waisenkind und bisexuell. Sie sitzt im Rollstuhl, studiert Kommunikations- und Kulturwissenschaften und träumt von einer Welt, in der alle gleich viel wert sind. Das Mittel ihrer Wahl um dieses Ziel auch eines Tages zu erreichen, ist das Schreiben, das schon sehr lange zu ihren Hobbys gehört. Wenn die gebürtige – und immer noch dort lebende – Südtirolerin ihre Nase nicht gerade in Bücher steckt, oder lauthals deutsche Punksongs grölt, surft sie in Autorenforen. Jenny ist ein Kurzgeschichten-Junkie. Bisher erschienen ist aber nur die

Kurzgeschichte »Gangsta's Paradise« in der Anthologie »Dark Islands«, vom Geisterspiegelverlag (März 2019).

■

Luna Day wurde 1982 in Wertingen geboren und wuchs in Augsburg auf, wo sie immer noch lebt, mit ihrem Mann und ihren zwei Kindern. Ihre Liebe zum Schreiben entdeckte sie durch Harry Potter und Roleplay-Games schreiben in Foren. Sie tippt Kindergeschichten, aber auch Fantasy- und Liebesgeschichten.
Webseite: https://www.lunadayautorin.com
Twitter: @Ladykiroi

■

Aşkın-Hayat Doğan kam 1980 in Berlin auf die Welt und verbrachte größte Teile seiner Kindheit in Ankara und Istanbul. Später studierte er Turkologie und Islamwissenschaft an der Freien Universität Berlin. Er arbeitet als freiberuflicher Diversity- & Empowerment-Trainer, Sensitivity Reader sowie Übersetzer für Deutsch-Türkisch. Seit über einem Jahrzehnt setzt er sich als homosexueller Moslem mit türkischer Migrationsgeschichte sowohl privat als auch wissenschaftlich mit Feminismus, Islamfeindlichkeit, Queerness, Gender und Rassismus auseinander.
Webseite: http://ask-dogan.de
Twitter: @AskDoan1

■

Patricia Eckermann studierte Theater-, Film- und Fernsehwissenschaft, Pädagogik und Anglistik. Die Schwarze Deutsche und Wahlkölnerin mit ostwestfälischen Wurzeln

arbeitet als freiberufliche Fernsehautorin, schreibt Jugend- und Erwachsenenromane, engagiert sich für mehr Diversität in den Medien und veranstaltet Workshops zum Thema.
Webseite: https://www.antagonisten.de
Twitter: @feireficia

■

David Grade wurde 1980 in Dortmund geboren, wohin seine Mutter aus Mecklenburg-Vorpommern und sein Vater, mittlerweile US-Amerikaner, aus Indien, geflohen war. Er veröffentlichte zahlreiche Kurzgeschichten, Artikel und Beiträge zu Rollenspielen und die Shadowrunbücher »Iwans Weg« und »Marlene lebt«. Er arbeitet als Kinder- und Jugendpsychotherapeut und setzt sich politisch für eine weltoffene, chancengerechte und progressive Gesellschaft ein. Zur Spielemesse 2021 erscheint sein drittes Buch im Shadowununiversum »Wendigos Wahrheit«.
Twitter: @gradewegs

■

Stefanie Huber, 1980 in München geboren, hat familiäre Wurzeln in der Türkei und in Marokko und eine Adoptionsgeschichte. Sie studierte an der UdK Berlin Visual Culture Studies und übersetzt literarische Texte aus dem Arabischen, u.a. von Rasha Abbas, Mohammad Al Attar, Bushra al-Maktari, Aref Hamza, Kadhem Khanjar, Aboud Saeed, Assaf Alassaf und Raif Badawi und ist Gründerin des Literaturkollektivs 10/11 (http://teneleven.org) für zeitgenössische arabische Literatur. Sie lebt in Berlin.

Oliver Kontny wurde 1974 in Dortmund geboren und geht fast täglich an die frische Luft. Er hat aktuell keine Arbeit, aber viel Angst. 2010 schrieb er mit Hakan Savaş Mican eine Bearbeitung von Orhan Pamuks »Schnee«, die in einem dystopischen Deutschland der Gegenwart angesiedelt ist. Das Stück wurde am Ballhaus Naunynstraße, am Maxim Gorki Theater (beide Berlin) und am Husets Teater (Kopenhagen) aufgeführt. 2012 veröffentlichte er das Hörspiel »Republik der Verrückten« (buchfunk Verlag), das nach Radioausstrahlungen für den Deutschen Hörbuchpreis nominiert war und den Hauptpreis des Berliner Hörspielfestivals gewann. Geld hat er u.a. mit Literaturübersetzungen, Simultandolmetschen und journalistischer Arbeit verdient.

■

Jade S. Kye, geboren 1994, studiert Germanistik, Amerikanistik und Medieninformatik in Regensburg. Sie steht kurz vor ihrem Bachelor Abschluss und arbeitet währenddessen an ihrem Debütroman. Sie geht beruflich derzeit ihrer Passion, dem Fotografieren, nach und führt den Blog https://buecherinselblog.com auf welchem sie Rezensionen, Kurzgeschichten und Texte über das Schreiben postet.
Twitter: @writingKye

■

Marcel Lewandowsky, geb. 1982 in Köln, ist Politikwissenschaftler und hat in dieser Funktion unter anderem an Universitäten in Bonn, Hamburg und Gainesville, Florida gearbeitet. Als Forscher befasst er sich mit

Demokratie, Parteien und Populismus, in seinem literarischen Schreiben beschäftigen ihn Verdrängtes, Abgründiges und Apokalyptisches. Marcel Lewandowsky schreibt Prosa; manchmal jedoch rutscht ihm der Stift aus, und mit etwas Glück liegt dann ein Gedicht vor.

■

Victoria Linnea arbeitet als freie Lektorin. Sie ist Mitgründerin vom Schreibforum https://www.wortkompass.de/, in dem sie Kurse gibt und Autor*innen motiviert, und Mit-Initiatorin von http://sensitivity-reading. de. Da Diversität eine wichtige Sache ist, schreibt sie auf den sozialen Medien darüber, dass sowohl in Romanen als auch in der Gesellschaft noch eine Menge dafür getan werden kann. Ihr bester Freund Kaffee unterstützt sie, ihre eigenen Schreibprojekte umzusetzen.
Twitter: @VictoriaLinnea1

■

Ilka Mella, Jahrgang 1974, ist in München geboren und aufgewachsen. Nach ihrer Laufbahn als Medizinerin in Jena, Mannheim, Lyon, Madagaskar und Worms lebt sie zur Zeit mit ihrem Mann, drei Kindern und einem Stall voller Tiere in der Nähe von Stuttgart. Sie arbeitet seit Ende 2019 als Autorin und schreibt an mehreren All-Age Fantasyromanen.

■

Robin Nayeli kam 1997 in einem Geburtshaus mitten im Nichts auf die Welt. Zurzeit treibt sie an der Uni in Dortmund ihr Unwesen. Sie ist asexuell und seit ihrer

Kindheit Diabetikerin. Ihr ist besonders wichtig, dass ihre Charaktere so einzigartig und doch normal sind wie die Leser*innen, die ihnen später begegnen. Sie klaut gerne die Katzen ihrer Freunde und trinkt Tee aus einer mittelalterlichen Teeschale.

■

Isabella von Neissenau hat Geschichte und Politik studiert, arbeitet hauptberuflich als Lehrerin und ist über Pen and Paper Rollenspiele als Hobby zum Schreiben gekommen. Seit einigen Jahren schreibt sie als freie Autorin für das deutsche Rollenspiel »Splittermond« und ist darüber hinaus auch als Cosplayerin aktiv.

■

Alexander Neumann ist Geowissenschaftler, Völkerrechtler, Autor und heimlicher Besitzer einer Zeitmaschine, die es ihm ermöglicht, nebenbei das Schreibforum https://www.wortkompass.de/ zu betreiben und regelmäßig seinen Kater zu kraulen. Wenn er nicht schreibt, dann twittert er gegen Nazis.
Twitter: @AlexOhneW

■

Lena Richter ist Autorin, Lektorin und Übersetzerin mit Schwerpunkt im Bereich Pen-and-Paper-Rollenspiele. Sie ist eine der Herausgeberinnen von Queer*Welten und spricht gemeinsam mit Judith Vogt einmal im Monat im Genderswapped Podcast https://genderswapped-podcast.podigee.io über Rollenspiel aus queerfeministischer Perspektive. Lena hat verschiedene

Kurzgeschichten und Sachtexte veröffentlicht und an diversen Rollenspielbänden mitgearbeitet. Sie lebt in Hamburg.
Twitter: @Catrinity

■

Ronja Schrimpf ist 1995 geboren und studiert Wissenschaftskommunikation in Karlsruhe. Nebenbei arbeitet sie als freie Journalistin und schreibt an ihrem Debütroman. Schrimpf ist queer und lebt mit einer bipolaren und einer Borderline-Störung. In der Geschichte »Zuhause« beschäftigt sie sich mit dem Gefühl, »anders« zu sein und »nicht dazuzugehören«. Die Geschichte soll außerdem auf die Folgen des Klimawandels aufmerksam machen – für alle Lebewesen, die dadurch ihr Zuhause verlieren.
Twitter: @schimpfschrimpf

■

Schwartz, geb. 1981 in Köln, studierte Germanistik und Geschichte in Düsseldorf. Seit 2006 Rapper beim Berliner Undergroundlabel Hirntot Records, wo er im Laufe der Jahre zahlreiche Solo- und Colaboalben veröffentlicht hat. Seit 2009 wohnhaft in Berlin-Tempelhof. Neben den musikalischen Veröffentlichungen erschienen außerdem die Gedichtbände »in der u-haft eines weiteren abends« (2011) und »Vantablack« (2018) sowie als eBook die Horrorgeschichte »Als der blaue Vogel blind wurde« (2020).
Webseite: https://schwartzkunst.com/
Twitter: @schwartz_ht

James A. Sullivan wurde 1974 in West Point (Highlands, New York) geboren und wuchs in Deutschland auf. Er studierte Anglistik, Germanistik und Allgemeine Sprachwissenschaft an der Universität zu Köln. Zunächst schrieb er Fantasy-Romane – »Die Elfen« (mit Bernhard Hennen), »Der letzte Steinmagier« und »Nuramon«. Später widmete er sich mit »Chrysaor«, »Die Granden von Pandaros« und zuletzt mit »Die Stadt der Symbionten« auch der Science Fiction.
Twitter: @fantasyautor

■

Teresa Teske ist ein studiertes Arbeiterkind, Lehrende in der Erwachsenenbildung und Autorin. Ursprünglich kommt sie aus Niedersachsen, lebt aber schon lange in Hessen. Ihr literaturwissenschaftliches Studium hilft ihr leider mehr beim Verstehen als beim Schreiben von Büchern. Ihre Geschichten sind queer, im Alltag verankert und in die Zukunft gedacht. Sie liebt den Optimismus in Science Fiction und schreibt, um zu unterhalten, trösten und um da zu sein, wenn es passiert.
Twitter: @resatastic

■

Judith Vogt schreibt Fantasy und Science-Fiction (am liebsten über Revolutionen), lektoriert, übersetzt und schreibt feministische Essays und Pen&Paper-Rollenspiele. Sie lebt in Aachen und auf Twitter.
Webseite: www.jcvogt.de
Twitter: @JudithCVogt

Annie Waye ist eine junge Autorin mit einer alten Seele, die sich in den weitesten Sphären der Phantastik bewegt. Sie hat viele Namen und Gesichter, die auf der ganzen Welt zu Hause sind. Sie schreibt, um den phantastischen Charakteren und fremden Welten Leben einzuhauchen, die sie seit ihrer frühesten Kindheit nicht mehr loslassen. Auf Facebook, Instagram und ihrer Webseite hält sie über ihr Leben und Schaffen auf dem Laufenden.
Webseite: www.anniewaye.de

■

Amalia Zeichnerin lebt mit ihrem Mann in Hamburg, wo sie einen Stall voller Plotbunnys hütet. Sie schreibt in den Genres Phantastik, Krimis, Historisches und Romance, fast immer mit queeren (LGBTQ*) Protagonist*innen. Zu ihren Hobbies zählen Liverollenspiel und Pen & Paper Rollenspiel, und beides hat sie auch schon fürs Schreiben inspiriert.
Webseite: https://amalia-zeichnerin.net/
Twitter: @Fortunately1

■

ACE In SPACE

Sag deinen Followern, wer du bist.
Sei, was du im Datanet darstellst.
Und dann: Dare to fly!

Desillusioniert von ihrem Heimatkonzern Hadronic Inc. flieht die Pilotin Danai mitsamt gestoh-
lenem Raumjäger zur Jockey-Gang ihrer Mutter.
Marlene „Deardevil" führt die Daredevils an –
Fliegerasse, die ihre Stunts und kleinkriminellen
Aufträge direkt ins Datanet streamen und von
ihren Followern dafür geliebt werden.

Danai hat wenig Lust auf Follower und Social
Media, aber Fliegen kann sie wie der Teufel. Der
Daredevils-Anwärter Kian braucht ihr Talent für
eine Stuntflugshow, die verschleiern soll, dass sie
einer unabhängigen Siedlung auf Valoun II gegen
die Luftangriffe eines Megakonzerns helfen – genauer gesagt: gegen Hadronic Inc.

Und so navigiert Danai mit vollem Schub in den Konflikt zwischen Anonymität,
Ruhm und Zivilcourage, zwischen Kian und seine Ex-Freundin Neval, zwischen
die Egos der Daredevil-Jockeys und die Fallstricke ihrer eigenen Persönlichkeit.

„Dabei ist „Ace in Space" genau das, worauf man bei jedem neuen Verlagspro-
gramm hofft: moderne Science Fiction, die mit Klischees spielt und bricht und ak-
tuelle Themen bedient." — literatopia.de

466 Seiten, Klappenbroschur
2020 Ach je Verlag 2020
ISBN eBook 978-3-947720-46-0
ISBN Print 978-3-947720-47-7

Mehr auf
shop.ach.je!